HENRI LOEVENBRUCK

Das Geheimnis der weißen Wölfin 2

Buch

Die Inselwelt Gaelia droht in Krieg und Chaos zu versinken. Immer neue Pakte und Abkommen werden zwischen den verschiedenen Völkern geschlossen, während bereits die ersten Schlachten toben. Inzwischen hat das Mädchen Alea sich mit den magischen Kräften, die es unfreiwillig geerbt hat, abgefunden – doch sie hat viele Fragen dazu. Und so begibt sie sich auf die Suche nach einer sagenhaften verschollenen Bibliothek, in der sie Antworten zu finden hofft. Auf dieser Reise geraten Alea und ihre Gefährten, der Zwerg Mjolln und die Bardin Faith, immer wieder in tödliche Gefahren. Allein die geheimnisvolle weißeWölfin Imala und ihr Rudel können ihnen Hilfe bringen…

Autor

Henri Loevenbruck wurde 1972 in Paris geboren. Er studierte an der Sorbonne englische und amerikanische Literatur und lebte danach einige Zeit im englischen Canterbury, bevor er nach Paris zurückkehrte. Er arbeitete einige Jahre als Journalist, gründete das *Science Fiction Magazine* und begann selbst Romane zu schreiben. Schnell avancierte er mit seinen bisherigen zwei Fantasy-Serien zu einem der erfolgreichsten Autoren Frankreichs. Er lebt mit seiner Frau und seinen beiden Kindern in einem Vorort von Paris.

Das Geheimnis der weißen Wölfin bei Blanvalet:

Band 1: Der Ring (24383)
Band 2: Die Schrift (24390)
Band 3: Die Prophezeiung (24393)
erscheint im April 2007

Henri Loevenbruck

Die Schrift

Das Geheimnis der weißen Wölfin 2

Roman

Ins Deutsche übertragen
von Michael von Killisch-Horn

blanvalet

Die Originalausgabe erschien unter dem Titel
»La Moïra 2: La Guerre des Loups«
bei Bragelonne, Montreuil sous Bois.

Umwelthinweis:
Alle bedruckten Materialien dieses Taschenbuches
sind chlorfrei und umweltschonend.

1. Auflage
Deutsche Erstveröffentlichung Februar 2007
bei Blanvalet, einem Unternehmen der Verlagsgruppe
Random House GmbH, München

Umschlaggestaltung: Design Team München
Umschlagillustration: Tertia Ebert
Redaktion: Gerhard Seidl/text in form
UH · Herstellung: Heidrun Nawrot
Satz: Uhl+Massopust, Aalen
Druck und Einband: GGP Media GmbH, Pößneck
Printed in Germany
ISBN 978-3-442-24390-7

www.blanvalet-verlag.de

Ein herzliches Dankeschön an Philippe Munch
für seine wunderschönen Bilder.

Dieses Buch ist meiner kleinen Zoé gewidmet.

Prolog

Das Gedächtnis der Erde

Das Gedächtnis der Erde ist ein anderes als das der Menschen. Man glaubt, alles über die Geschichte und die Welt zu wissen, aber es gibt ferne Zeitalter, in denen noch tausend Wunder lebten, die heute verschwunden sind. Nur die Bäume erinnern sich, und der Himmel und der Wind... So begegneten sich eines Nachts, in einer vergessenen Zeit, zwei Welten unter dem Blick der Erde.

Es war am Abend eines schönen Herbsttags. Der Sommer war nur noch eine Erinnerung, ein paar letzte Blätter auf den Bäumen der kleinen Täler, ein paar Tiere auf der Suche nach Nahrung, um sich auf den Winter vorzubereiten. Der Wind fuhr in die Koniferen des Gor-Draka-Gebirges. Der Himmel verfinsterte sich bereits.

Er war von Südwesten gekommen; einen großen Sack über der Schulter, ein gerader Schatten, den Kopf bedeckt, war er entschlossenen Schrittes in den Norden von Gaelia unterwegs. Er war noch weit von seinem Ziel entfernt, von diesem Gebäude, das sich hoch oben auf einer geheimnisvollen Halbinsel erhob. Sai-Mina. Der Palast der Druiden, der Tempel aller Weisheiten, wo er unterwiesen werden wollte.

Cathfad, Sohn von Katubatuos. Sein Name trug bereits das Gewicht seines Schicksals. Eines Tages würde er Großdruide sein, und eines Tages würde er durch die Welt ziehen, um sein Wissen weiterzugeben.

War es der Zufall, der ihn an diesem Herbstabend an genau diesen Ort geführt hatte? Oder war es die Moira? Nichts in dieser Landschaft konnte das Geheimnis dieses Ortes preisgeben, und doch entschied er sich, die Nacht hier zu verbringen, am Fuß des Gebirges, ein paar Wegstunden von Atarmaja entfernt, unter dem großen Felsen, der die beiden Welten trennt.

Vor dem Eingang zum Sid.

Erst nachdem er einen Hasen und ein paar in der Umgebung gesammelte Früchte verzehrt hatte, bemerkte der junge Mann die eigenartige Form des Felsens, der sein Lager überragte. Ein hoher Dolmen, dessen Oberfläche vollkommen glatt war. Ein steinerner Riese gleichsam, der über ihn wachte.

Langsam stand er auf und ging zu dem großen Steinblock. Der Mond warf seinen Schatten vor ihm auf den Boden, und die Nacht hüllte das Monument in eine sonderbare Stille. Derjenige, der später einmal Druide sein würde, streckte die Arme nach dem Stein aus, um ihn zu berühren. Der Felsen war irgendwie ungewöhnlich, als würden seine perfekten Proportionen ihm unweigerlich etwas Göttliches verleihen.

Cathfad hielt den Atem an und legte seine Hand vorsichtig auf die graue Oberfläche. Statt der Kälte, die er erwartet hatte, fand er einen warmen, angenehmen, fast lebendigen Felsen. Überrascht zog er die Hand zurück und entfernte sich einen Schritt. Sofort schien die Felswand ihre Farbe zu verändern. Cathfad hob den Kopf, um zu sehen, ob der Mond etwa eigenartige Re-

flexe hervorrief. Aber der Mond war bleich, und der Stein färbte sich rot.

Der junge Mann wich noch mehr zurück. Angst packte ihn, als in den wogenden Reflexen plötzlich eine Gestalt erschien. Es waren die Formen einer Frau. Die vollkommenen Formen einer Frau. Die Umrisse wurden immer deutlicher, als käme das Bild langsam näher und ließe einen Körper, ein Gesicht, einen Blick erahnen.

Cathfad war verblüfft. Er stand regungslos da und betrachtete die märchenhafte Erscheinung. Die Frau blickte ihn an. Nein, sie lächelte ihm zu. Bald verschwanden die flackernden roten Flammen hinter ihr, und schließlich stand sie tatsächlich vor ihm.

Sie war wunderschön und wild. Schwarze Haare, große blaue Augen, die dunkle Haut der Leute aus dem Süden. Sie war schlank, wirkte irgendwie zerbrechlich und sagte kein Wort.

Mit der Anmut einer Tänzerin öffnete sie die Arme, ging auf den jungen Mann zu und nahm zärtlich lächelnd seine Hände.

Kein Wort. Nur Blicke. Ihre beiden Körper vereinten sich unter den Küssen des Mondes, und die Nacht begleitete ihre Liebesspiele wie ein diskreter Zeuge. So einfach war das.

Am Morgen schreckte Cathfad aus dem Schlaf. Die Herbstsonne hatte ihn nicht geweckt. Er blickte sich um. Die Frau war nicht mehr da. Und der Felsen war im Tageslicht nur noch ein ganz normaler Stein.

Der junge Mann stand schweigend auf. Er konnte es nicht glauben. Nichts um ihn herum konnte ihm seine Erinnerungen bestätigen. Aber er wusste, dass er nicht geträumt hatte. Sein Körper zitterte noch immer.

Cathfad hatte die Liebe niemals kennen gelernt. Und er würde sie nie wieder erleben. Das war das einzige Mal. Niemals würde er diejenige wiedersehen, die er geliebt hatte.

Der Sid hatte seine Pforten wieder geschlossen.

1

Lugnasad

Auf dem ganzen Gebiet von Gaelia gab es keine Wölfin, die weißer war als diese. Die Erzähler nannten sie Imala, was die Bezeichnung für die Farbe des Schnees in der Sylphen-Sprache ist. Man konnte sie mit keinem anderen Wolf der Insel verwechseln, und dieser Unterschied war übrigens nicht der einzige, der sie von ihren Artgenossen abhob. Imala hatte sich verändert. Sie hatte allen anderen Wölfen etwas voraus, und das war an ihrem Gang, in ihren Augen und in der edlen Haltung ihres weißen Kopfes zu erkennen.

Imala war den Vertikalen begegnet.

Jetzt war sie nach Norden unterwegs; sie ließ sich Zeit und freute sich bei jedem Schritt an den Schönheiten des Sommers, dem grünen Gras, dem fruchtbaren Boden, von dem die üppig blühenden Lilien und das weiße Perlgras zeugten, und dem Wild, den Rehen, Hasen und Feldhühnern. Manchmal legte sie sich in der Sonne auf die Seite und genoss die Sommerhitze, und dann schüttelte sie den Kopf, um die nicht sehr misstrauischen Insekten zu verjagen, die ihr zu sehr auf die Pelle rückten.

Sie hatte das Revier ihres ehemaligen Rudels, in das sie eigentlich nicht hätte zurückkehren dürfen, noch nicht verlassen. Sie konnte die Markierungen nicht ignorieren, die die Wölfe des Rudels da und dort gesetzt hatten und die darauf hinwiesen, dass sie nicht in ihrem Revier war. Aber Imala machte sich darüber kaum Gedanken. In einem langen Kampf, dem das ganze Rudel beigewohnt hatte, hatte sie Ahena, das dominante Weibchen, besiegt. Sie hatte ihre Überlegenheit bewiesen. Ahena hatte mit eingezogenem Schwanz das Feld geräumt, und die anderen Wölfe hatten geschwiegen. Sie würden sie nicht mehr herausfordern. Zumindest erst einmal nicht.

Sie hätte im Rudel bleiben und Ahenas Platz einnehmen können. Sie wäre das ideale dominante Weibchen für das Rudel gewesen. Noch jung und bereits stark, zielstrebig. Aber Imala suchte etwas anderes. Etwas, das sie nicht zu verstehen vermochte. Das alles war nicht sehr klar für sie, aber ihr Instinkt rief sie woanders hin, nach Norden, und sie verließ ihr Rudel ohne Bedauern. Ahena, das ehemalige dominante Weibchen, würde von den Ihren vermutlich sehr schnell verjagt werden. Als sie sich Imala unterworfen hatte, hatte sie ihre herausragende Position verloren. Eine jüngere Wölfin würde sie schon bald herausfordern und gewiss besiegen. Das war das Gesetz der Natur. Nur selten herrschte eine Wölfin ihr ganzes Leben über ein Rudel. Und Ahena würde in aller Stille gehen, sie, die einst Imala in die Flucht getrieben hatte, indem sie ihre Jungen getötet hatte.

Aber das würde Imala nicht mehr miterleben. Sie hatte Besseres zu tun. Schwanzwedelnd folgte sie der Vertikalen nach Norden, die auf sie zugekommen war, die sich ihr genähert, die sie gestreichelt hatte… Eine sehr genaue Vorstellung hatte sie sicherlich nicht, aber was Imala suchte, war das junge Mädchen mit den dunklen Haaren.

Nach einigen Tagesmärschen in der Sommersonne wusste Imala, dass sie sich nicht mehr auf dem Gebiet des Rudels befand. Aber das beruhigte sie nicht wirklich. Sie fühlte sich weniger in Sicherheit, sie blieb häufiger stehen, um auf jedes Geräusch zu lauschen, hielt sich näher am Boden, die Ohren nach vorn gerichtet.

Jetzt würde sie auf die Jagd gehen müssen. Der Hunger begann in ihren Eingeweiden zu wüten. Aber sie war allein, und das Großwild war keine leichte Beute für eine einsame Wölfin. Der wildreiche Wald war nur noch eine Erinnerung. Hier gab es weniger Hasen und mehr Raum für die Flucht.

Die Wölfin ging weiter nach Norden, ohne auf irgendeine Spur zu stoßen, als sie, kurz bevor es Abend wurde, plötzlich ihren Schritt verlangsamte. Sie hatte soeben einen vertrauten Geruch wahrgenommen. Instinktiv duckte sie sich in das hohe Gras der Ebene. Nur ein paar Schritte entfernt, dessen war sie sicher, befand sich inmitten der Hügel, die im Osten zu erkennen waren, eine Schafherde. Eine einfache Beute, schwach, feige und langsam. Eine bequeme Mahlzeit, selbst für eine einsame Wölfin.

Imala lief das Wasser im Mund zusammen. Geräuschlos erhob sie sich und trabte nach Osten. Sie folgte keinem geraden Weg, sondern beschrieb einen weiten Kreis, um sich nach und nach an die Flanke der Herde zu schleichen, gegen den leichten Wind, der sie vielleicht noch einige Zeit schützen würde, indem er ihren Geruch und das Geräusch ihrer Schritte nicht zu ihnen dringen ließ. Bald konnte sie die Herde sehen. Ein knappes Dutzend Tiere. Aber eines reichte ihr schon.

Zunächst musste sie auswählen. Die Schafe beobachten, um das schwächste herauszusuchen. Dasjenige, dem sie am wenigsten würde hinterherjagen müssen. Sinnlos, sich zu verausgaben. Von Zeit zu Zeit blieb Imala stehen, weil sie fürchtete, entdeckt zu werden, wenn ein Schaf das Weiden unterbrach; dann trabte sie behutsam weiter, ohne die Herde aus den Augen zu lassen. Sie kam bis auf wenige Meter heran, und noch hatte keines der Tiere sie bemerkt. Dennoch begannen die Schafe unruhig zu werden. Eines von ihnen hatte vermutlich die Gefahr gespürt, zu blöken begonnen und die anderen angesteckt. Der Augenblick anzugreifen war gekommen. Und Imala war bereit. Sie hatte ihre Beute gewählt. Ein Lamm auf ihrer Seite der Herde. Ein kleines Lamm, das hinkte und das sie gewiss mühelos erwischen würde. Sie wollte gerade losspringen, als sie einen unerwarteten Geruch bemerkte. Ein anderes Tier. Das war kein Schaf. Sie war nicht allein.

Imala blieb sofort stehen und setzte ihren bogenförmigen Weg fort, während sie versuchte, durch das Gras hindurch zu erkennen, wo dieser neue Geruch herkommen mochte. Diesmal hatten die Schafe sie gesehen. In den ersten Sekunden hatten sie sich, starr vor Überraschung, nicht bewegt, aber jetzt gewann ihr Überlebensinstinkt die Oberhand, und die Herde begann zu fliehen, völlig planlos, ein paar Sprünge, ein paar Schritte erst in eine, dann in eine andere Richtung. Irgendetwas war merkwürdig. Etwas, das ihr verborgen blieb, ließ die Schafe die Richtung ändern. Dennoch beschloss sie, schneller zu laufen und sich näher heranzuwagen, trotz der Bedrohung, die der unbekannte Geruch darstellte. Sie näherte sich, ohne allerdings anzugreifen, als sie plötzlich begriff, was da los war. Die Schafe waren nicht allein; ein Hund begleitete sie.

Sie hatte ihn soeben gesehen, auf der anderen Seite der

Herde, ein grauer Fleck, der kurz inmitten der weißen Wolle aufgetaucht war. Es war kein großer Hund, aber lebhaft und gewiss entschlossen, die Herde zu beschützen. Normalerweise brauchte es nicht viel, um einen Wolf zum Aufgeben zu veranlassen. Aber Imala wurde immer hungriger, und ihr Kontakt mit den Vertikalen hatte ihr eine neue Selbstsicherheit verliehen, einen Anflug von Stolz, der ihr vielleicht befahl zu kämpfen, sich dem Hund entgegenzustellen.

Dennoch versuchte die Wölfin, sich der Herde von der linken Seite her zu nähern. Das Lamm, das sie ausgeguckt hatte, war nicht sehr weit von ihr entfernt, und vielleicht ließ es sich erreichen, bevor der Hund eingreifen konnte. Mit einem Satz sprang sie auf die Herde zu. Sie hatte urplötzlich die Richtung geändert und rannte mit aller Kraft auf die zu Tode erschreckten Tiere zu.

Aber der Hund hatte den Angriff vermutlich vorausgeahnt und lief bereits bellend auf sie zu. Imala blieb sofort stehen und lief dann langsamer in die andere Richtung. Noch immer folgte sie einem imaginären weiten Kreis um die Herde. Doch diesmal begnügte sich der Hund nicht mehr damit, die Schafe zu beschützen, er schien zum Angriff bereit. Zähnefletschend und mit durchgestreckten Vorderbeinen knurrte er und starrte die Wölfin an.

Imala zögerte. Sie war etwas größer als der Hund, aber dieser stand besser im Futter und war möglicherweise stärker. Sie unterbrach ihren Trab, um sich vor ihn zu stellen, aber sie war noch nicht bereit zu kämpfen. Ihr Blick wanderte zwischen dem Hund, der sie bedrohte, und dem Lamm, das ein paar Meter weiter hinten hinkte, hin und her. Der Wachhund musste ihren Blick bemerkt haben. Sein Knurren wurde lauter, und er machte ein paar drohende Sätze auf die Wölfin zu. Die Schafe hinter ihm blökten jetzt immer lauter.

Imala zog ihrerseits die Lefzen zurück, um ihre langen scharfen Fangzähne zu zeigen. Der Hund wartete nicht länger und stürzte sich mit wildem Knurren auf die Wölfin. Imala stürzte ebenfalls los, und die beiden Tiere prallten mitten im Flug gegeneinander, das Maul weit aufgerissen, und jeder suchte die Kehle seines Gegners. Ineinander verbissen, fielen sie auf die Erde zurück und rollten ein paar Meter über den Boden. Immer wenn es einem von ihnen gelang, die Kehle des anderen zu packen, wurde er von dessen Hinterbeinen zurückgestoßen. Ein paar Augenblicke versuchten sie so, den Kampf mit einem tödlichen Angriff zu beenden, bis sie sich plötzlich hochrappelten; keuchend standen sie einander gegenüber und suchten nach einem neuen Angriffswinkel. Der Kampf war ausgeglichen. Die Wölfin war schneller und der Hund kräftiger. Er war kein einfacher gehorsamer Haushund, sondern ein aggressives Tier, das vermutlich für den Kampf ausgebildet worden war. Aber die Fangzähne der Wölfin waren gefährlicher, ihre Kiefer kräftiger und ihr Hals stärker. Sie konnte den Kampf gewinnen.

Nachdem der Hund unaufhörlich knurrend den Rhythmus seines Gegners studiert hatte, stürzte er erneut los, diesmal von der Seite. Imala konnte sich gerade noch drehen, um ihre Flanke vor den Eckzähnen ihres Gegners zu schützen. Aber sie konnte ihm nicht völlig ausweichen, und der Hund erwischte sie am Oberschenkel. Imala heulte auf vor Schmerz, bevor sie sich vollständig befreien konnte. Der Schmerz machte sie noch wütender. Sie folgte nur noch ihrem Instinkt, der ihr befahl zu töten, und stürzte sich ihrerseits auf ihren Gegner. Ihre Vorderpfote schlug gegen das rechte Auge des Hundes. Ihre Krallen ritzten die Oberfläche des Auges auf und drangen in den blutenden Augapfel ein. Der Hund heulte vor Schmerz und rollte sich auf die Seite, um sich zu befreien. Aber Imala ließ nicht von ihm ab. Sie nutzte die Verwirrung ihres Gegners und schlug ihre Zähne in seine Kehle, wobei sie ihn in ihrem ungestümen Schwung zu Boden riss. Das Heulen des Hundes verstummte, als die Wölfin voller Wut die Stimmbänder durchtrennte. Das Blut des Tieres bespritzte Imalas weißes Fell, ein klebriger Brei, der über ihren Hals lief.

Die Wölfin schüttelte den Kopf, um den Nacken des geschwächten Hundes zu brechen, der schon sehr bald keinen Mucks mehr von sich gab. Als sie von ihm abließ, war der Wachhund bereits tot, und die Schafe waren geflohen. Imala zögerte keinen Augenblick, ließ den zerfetzten Kadaver ihres entfernten Verwandten in der Ebene zurück und machte sich an die Verfolgung der schutzlosen Herde.

Es hätte ein Sommer wie die anderen im Tal des Sandes sein können. Die Sonne funkelte wie Glaskristalle. Der Himmel war ein ruhiger Ozean, den keine Schaumkrone trübte. Lediglich ein paar Raubvögel störten das blaue Gewölbe und beschrieben in den Wolken weite harmonische Kreise wie die ruhigen Wellen eines Tropfens im Wasser. Für den Schatten war kein Platz, außer unter ein paar Steinen, wo der Unvorsichtige aus Versehen schlafende Skorpione hätte wecken können.

Es hätte ein Sommer wie die anderen sein können, aber am Horizont deutete sich eine Veränderung an. Der Beginn einer neuen Ära. Der Gesang, der einen Krieg ankündigte. Jenseits der roten Felsen, am Ende des Tals, dort, wo das Land zu enden schien, erstreckten sich so weit das Auge reichte wogende Kolonnen, die sich langsam nach Norden schoben. Große ferne Schlangen, die Sandwolken aufwirbelten und sich durch die schwüle Luft der Hundstage bewegten. Die Gorgunen. Die Armeen der Gorgunen. Endlose Reihen von Lanzen, von Rüstungen, von wilden purpurnen Blicken, von zerschrammten Muskeln, die sich bei jedem Schritt unter ihrer grünen Haut abzeichneten. Kolonnen von Kriegern, die nichts mehr würde aufhalten können und die sich alle auf einen Punkt zubewegten, der in der Augustsonne funkelte: der Palast von Shankha.

Maolmòrdha hatte alle Gorgunen von Gaelia zu sich gerufen. Und seit einigen Tagen waren ganze Armeen zu ihm unterwegs. Er war der Träger der Flamme. Er war ihr Führer. Er war ihre Rache. Und durch ihn, für ihn würden sie die Druiden vernichten. Das war die Botschaft, die durch ihre Adern floss.

Nur wenige Schüler von Maolmòrdha genossen das – furchtbare – Vorrecht, ihrem Herrn in die Augen zu blicken. Es hieß sogar, dass es ein böses Vorzeichen sei. Dass all jene, die den Blick zu dem Herrn der Gorgunen aufzuheben gezwungen waren, in den folgenden Stunden, Tagen oder Wochen gestorben waren. Und dieser Bote bildete keine Ausnahme. Als er den Thronsaal, den dunkelsten Raum des Palastes, betrat, begriff er sofort, dass er ihn nicht mehr lebend verlassen würde.

Maolmòrdha saß schweigend auf seinem hohen, aus Menschenknochen geschnitzten Thron. Das rote Licht der Lava, die in den Becken ringsum floss, erfüllte den Raum wie ein schimmernder Lichthof. Es waren nur das Geräusch der Ketten an den Füßen einer verstümmelten

Sklavin und die Strudel der brodelnden Lava in den Gefäßen zu vernehmen. Der Meister hatte verlangt, dass man ihn nur störe, wenn dieser Bote angekommen sei. Die Langsamkeit der Gorgunen hatte ihn bereits in Wut versetzt. Nichts konnte denjenigen, der die schlechte Nachricht bringen würde, noch retten.

Und tatsächlich schäumte Maolmòrdha vor Wut, als er vom Tod der Herilim-Ritter erfuhr. Sein Schrei zerriss die klebrige Atmosphäre des Thronsaals. Er erhob sich abrupt und packte den Kopf des Boten mit beiden Händen, um ihm geradewegs in die Augen zu blicken. Der Wächter begann am ganzen Körper zu zittern. Er wollte schreien, aber die Angst ließ ihn alle Kontrolle verlieren. Er spürte nicht einmal mehr die Tränen unter seinen Augen, nicht mehr die plötzliche Trockenheit seiner Kehle. Maolmòrdhas Finger drückten zu. Immer stärker. Wie ein Schraubstock um seinen Schädel. Seine Wangen färbten sich purpurrot, und seine Augen füllten sich mit Blut. Das Blut, das in seinen Schläfen pochte und in seinen Ohren summte. Dann schloss Maolmòrdha seine Finger noch fester. Und der Bote wusste, dass das Ende gekommen war. Die Knochen seines Kopfes gaben unter den Händen seines Henkers nach. Die Bruchstücke seiner Schädeldecke vermischten sich mit dem Gehirn und dem Blut zu einem zähflüssigen Brei, und der Körper des Boten sackte zu Boden.

Endlich verstummte Maolmòrdhas Wutschrei. Selbst das Echo seiner Stimme schien mit einem Mal zu erlöschen. Als sei die Zeit stehen geblieben oder hätte sich beschleunigt und einen Sprung in die Zukunft gemacht. Der Herr der Gorgunen trat einen Schritt zurück und setzte sich wieder auf seinen Thron.

Die kleine Hexe hatte also Sulthor besiegt. Er konnte

es nicht fassen. Ayn'Sulthor. Fürst der Herilim. Meister des Arhiman. Besiegt von einem kleinen dreizehnjährigen Mädchen. Maolmòrdha schloss die Lider über seinen brennenden Augen. Er brauchte einen anderen Krieger. Einen neuen Hauptmann. Jemanden, der die Gorgunen zum Sieg führen und das junge Mädchen und alle Druiden mit einem Schlag auslöschen konnte. Aber niemand hier verdiente diese Position. Es gab keinen einzigen Krieger, der Sulthor würdig wäre. Er musste woanders suchen. Er hatte keine Wahl. Die Gorgunen brauchten einen Führer.

Einen außergewöhnlichen Führer.

Finghin war jetzt allein in seinen neuen Gemächern. Es war nicht mehr der kleine schmucklose quadratische Raum der Lehrlinge und auch nicht das größere Zimmer der Druiden. Ernan hatte ihn zum Großdruiden ernannt, und daher kam Finghin jetzt in den Genuss einer der dreizehn Luxussuiten, die den Weisen seines Rangs vorbehalten waren.

Alles war so schnell gegangen. Seine Initiation war kaum vorbei gewesen, und schon hatten die Ereignisse sich überstürzt. Jeden Morgen schien die Welt noch ein bisschen verrückter geworden zu sein. Der Tod von Ailin, Aodh und Aldero; die Flucht von Alea, dem jungen Mädchen, das behauptete, der Samildanach zu sein, und von Phelim und Galiad, die ihr nachgefolgt waren. Dann hatte Finghin Erwan zu seinem Magistel gemacht, bevor dieser losgezogen war, um auf den Straßen Gaelias zu versuchen, das junge Mädchen wiederzufinden...

Erwan, sein bester Freund, sein Vertrauter, der wie er die letzten sieben Jahre in Sai-Mina verbracht hatte, der dieselben Zweifel, dieselben Freuden mit ihm geteilt hatte. Wo mochte er heute sein? Hatte er seinen Vater wiedergefunden? Hatte er das junge Mädchen gerettet? Eines wusste Finghin mit Sicherheit: Erwan war am Leben. Er wusste es, weil die Bande, die einen Druiden mit seinem Magistel verbinden, so stark waren, dass der Tod des einen für den anderen so spürbar war, dass er es nicht ignorieren konnte. Erwan lebte also, aber wo?

Finghin ging zu dem großen Fenster seines Arbeitszimmers. Der Drache der Moira war auf den roten Samt der langen Vorhänge gestickt. Draußen hinderte die heiß herabbrennende Sonne die Magistel und ihre Lehrlinge nicht daran zu trainieren. Der Palast war in Alarmbereitschaft. Der Krieg stand unmittelbar bevor, und nicht nur er, sondern zahlreiche Konflikte; jeden Tag entstanden neue. Die Rückkehr der Tuathann schien Gaelia tief erschüttert zu haben. Wenn es nicht etwas anderes war…

Der jüngste unter den Großdruiden öffnete das Fenster, um ein wenig Luft hereinzulassen. Es war Hochsommer. Am nächsten Tag würde man, obwohl der Rat andere Sorgen hatte, Lugnasad, das Fest des Königs, feiern. Die Feierlichkeiten würden vor allem in Providenz, am Hof König Eoghans von Galatia und der Königin Amina, stattfinden, aber im ganzen Land würde man mit Märkten, Hochzeiten, Spielen, Liedern und Gedichten den Sommer feiern, und in Sai-Mina würden alle Druiden vor der hundertjährigen Eiche im großen Hof dem Lugnasad-Ritual beiwohnen. Normalerweise war der König in den Palast der Druiden eingeladen und nahm an dieser heiligen Zeremonie teil. Aber dieses Jahr hatten die Hochzeit des Königs und die Konflikte mit Harcort beide Seiten daran gehindert, den Besuch zu organisieren. Finghin ahnte, dass dies nicht der einzige

Grund war. Er vermutete andere Interessenskonflikte hinter den offiziellen Argumenten.

Der Druide seufzte. Draußen war das gesamte Personal von Sai-Mina damit beschäftigt, das Fest vorzubereiten. Aber er selbst hatte Mühe, sich zu konzentrieren. Seine Aufmerksamkeit auf einen präzisen Gedanken zu richten. Ein Gefühl der Trauer machte ihm zu schaffen. Erwan fehlte ihm so sehr…

Jeden Abend schlugen die drei Gefährten etwas abseits von der Straße ihr Lager auf, zündeten ein Feuer an und teilten in der erwarteten Kühle der Nacht eine Mahlzeit. Am Tag atmete die Natur und füllte sich mit Farben, Gerüchen und Lichtern. Aber am Abend schenkte der Sommer den Reisenden Himmel voller Sterne.

Nach diesen Abendessen griff Faith, die Bardin, nach ihrer Harfe, um Mjolln eine neue Melodie beizubringen, die er auf seinem Dudelsack übte. Sie lehrte ihn die geheimen Töne der Traurigkeit. Die undurchdringlichen Klagen einer Tonart, die den Leuten ihrer Kaste vorbehalten war. Und der Zwerg war überglücklich. Sein Traum, eines Tages Barde werden zu können, war jetzt in greifbare Nähe gerückt. Faith führte ihn auf den richtigen Weg. Über diese Musikstunden schuf er sich jeden Abend eine neue Vertrautheit, als wollte er eine schlimme Erinnerung vertreiben.

Die Schluchzer des Dudelsacks, die die Traurigkeit spielten, begleiteten jeden Abend Aleas betrübte Seele. Phelims Tod lastete noch immer schwer auf ihr. Der alte Mann fehlte ihr – trotz seiner abweisenden Manieren und seiner Strenge – jeden Tag ein bisschen mehr. Gewiss, er hatte ihr vieles vorgeworfen, als er bei ihr gewesen war, häufig hatte sie rebelliert und sich geweigert, auf seine Fragen zu antworten, aber sie hatte auch Zuneigung zu ihm gefasst; er war der einzige Druide gewesen, der sie beschützen wollte. Mehr noch: Er hatte sich lieber aus dem Rat verbannen lassen, als sie allein zu lassen. Sie hätte ihm jetzt so gern gesagt, wie sehr ihr diese Geste gefallen hatte und dass sie ihm trotz allem vertraute. Sie hätte ihm so gern ganz einfach gedankt. Aber Phelim war nicht mehr.

Und so war Alea seit dieser schrecklichen Schlacht im Wald von Borcelia ziemlich schweigsam geworden. In ihren Augen konnte man tausend Gewissensbisse, eine große Unsicherheit lesen. Umgeben von ihren beiden Freunden, fühlte sie sich doch allein. Faith und Mjolln versuchten vergeblich, sie abzulenken, aber tief in ihrem Innern wussten beide, dass sie ihr nicht reichten. Alea brauchte Antworten. Sie hatte so vieles gesehen. So viele Geheimnisse entdeckt.

Und sie hatte einen verschlossenen Gesichtsausdruck bekommen. War verstummt. Nur selten schenkte sie ihren ohnmächtigen Gefährten ein verlegenes Lächeln. Aber sie war noch immer schön in dem Wettstreit, den Schatten und Licht sich in der Nacht lieferten. Die Sylphen hatten ihr neue Kleider gegeben, und Faith hatte ihre Haare auf Schulterlänge gestutzt. Sie wirkte nicht mehr wie eine verlotterte kleine Diebin, und die Vornehmheit ihrer neuen Kleider passte sehr viel besser zu der Tiefe des Blicks aus ihren schmalen Augen. Die Sylphen hatten sie in Gold und Blau gekleidet, und ein weißer Umhang auf ihrem Rücken erinnerte an das Gewand der Druiden. Sie hatte Phelims Eichenstock behalten, den sie nicht mehr aus der Hand gab. Wie die Brosche auf ihrer Brust war er das Andenken, das sie von dem Druiden bewahren wollte, und es war ihr egal, was der

Rat davon halten mochte. Manchmal trug sie den langen Stock über der Schulter auf ihrem Rücken, meist aber stützte sie sich beim Gehen auf ihn und blieb mit der einzigartigen Wärme in Kontakt, die er ausstrahlte. Als würde der Saiman in den Adern des geschnitzten Holzes wohnen.

»Mjolln, du spielst immer besser«, sagte sie anerkennend, als der Zwerg gerade eine neue Weise der Traurigkeit beendet hatte.

Der Zwerg schien überrascht. Aleas Worte waren selten geworden, und die Komplimente noch seltener.

»Danke, Steinewerferin. Aber ich verdanke alles Faith! Meine Bardin, Ihr seid, ja, eine vortreffliche Lehrerin …«

»Danke, Herr Abbac.«

Doch auch Faith war nicht mehr unbeschwert. In ihrer schwermütigen Stimme schwangen hundert Tage Bedauern mit. Hundert Tage ohne das grüne Gewand der Barden, in denen ihr Geist von einer nicht gestillten Rache brannte. Faith mochte diese nächtlichen Klänge, aber sie wusste, dass sie nur eine kurze Ruhepause in einem Kampf waren, den bis zum Ende zu führen sie sich geschworen hatte. Es verging kein Abend, an dem der Name Maolmòrdha ihrem Schlaf nicht die Ruhe raubte.

Einen Augenblick herrschte Schweigen, während die drei Gefährten sich einen komplizenhaften Blick zuwarfen.

»Faith«, begann Alea, »ich weiß, was du denkst.«

Die Bardin runzelte die Stirn. Sie vermochte sich noch immer nicht an die vorzeitige Reife des jungen Mädchens zu gewöhnen.

»Maolmòrdha«, fuhr sie fort. »Du denkst an ihn, nicht wahr? Du denkst an das Versprechen, das du dir gegeben hast und das ich zusammen mit dir gegeben habe.

Den Tod der Wirtsleute zu rächen. Den von Phelim zu rächen.«

Faith nickte langsam.

»Wir werden unser Versprechen erfüllen müssen. Was mich betrifft, so glaube ich übrigens, dass ich gar keine andere Wahl habe. Aber bevor wir ihn suchen, haben wir noch eine Menge anderer Dinge zu erledigen.«

Der Zwerg legte seinen Dudelsack neben sich, spitzte die Ohren und zog eine Augenbraue hoch. Der Ernst der Unterhaltung gefiel ihm nicht sonderlich.

»Ähm. Was hast du dir denn jetzt schon wieder in deinen kleinen Kopf gesetzt? Obwohl die Vorstellung, diesen Maol-sowieso nicht sofort aufzusuchen, mir eigentlich ganz gut gefällt, ähm!«

Alea schenkte ihm ein Lächeln, das ihn, wie sie hoffte, beruhigen sollte.

»Zunächst möchte ich Erwan und Galiad wiederfinden«, fuhr sie fort.

Die Bardin und der Zwerg sahen sich beunruhigt an. Sie erinnerten sich an das Chaos, in dem der Kampf gegen Sulthor geendet hatte. Und sie erinnerten sich auch an das plötzliche Verschwinden des Magistels und seines Sohns.

»Sie sind am Leben«, beharrte das junge Mädchen, »ich verspreche es euch. Ich kann nicht sagen, wo sie sind, aber mein Herz sagt mir, dass sie am Leben sind. Und dann gibt es da noch etwas anderes …«

Alea machte eine Pause und sah ihre Zuhörer nacheinander an.

»Ihr erinnert euch, ich habe euch erzählt, was die Sylphen mir in der Nacht, in der sie uns im Wald empfangen haben, gesagt haben; sie haben mir gesagt, dass ich … drei Prophezeiungen erfüllen muss.«

Sie schwieg, den Blick in der Ferne verloren. Sie sprach jetzt nicht mehr zu ihren Gefährten. Sie sprach zu sich selbst.

»Drei Prophezeiungen. Vielleicht ist das eine Antwort auf die Fragen, die ich mir stelle. Vielleicht ist das eine Erklärung. Ein Weg, dem ich folgen muss. Ich muss verstehen. Ich muss suchen. Drei Prophezeiungen.«

Faith zuckte verlegen die Achseln.

»Ich würde dir gerne helfen, Alea, aber es gibt so viele Legenden, die von Prophezeiungen sprechen, so viele Geschichten, ich habe keine Ahnung, auf welche die Sylphen sich bezogen haben. Eigentlich kenne ich keine, die eine unmittelbare Verbindung mit dir hat, Alea. Oder sagen wir besser, absolut alle könnten eine Verbindung mit dir haben …«

»He, he, Faith! Ihr sprecht wie ein Druide«, spottete Mjolln.

Alea nickte. Aber ihr Blick war noch immer in die Ferne gerichtet.

»Ich muss nach Mons-Tumba gehen«, schloss sie, und ihre Stimme war nur noch ein Flüstern.

»Nach Mons-Tumba?«, rief der Zwerg. »Was für eine Idee! In der Grafschaft Harcort? Man wird uns dort nicht gerade mit offenen Armen empfangen … O nein! Keinen Dudelsack spielenden Zwerg, keine Bardin auf Mission und gewiss kein junges Mädchen, das sich für die größte Druidin aller Zeiten hält!«

»Ich werde allein gehen«, erwiderte das junge Mädchen.

Der Zwerg prustete in seinen weißen Bart.

»Das ist eine noch viel dümmere Idee!«, spottete er. »Weder Faith noch ich haben die Absicht, dich allein zu lassen, Steinewerferin!«

Faith legte eine Hand auf die Schulter des Zwergs, als wollte sie ihn bitten, sich keine Sorgen zu machen.

»Du willst nach Mons-Tumba gehen? Ja, vielleicht gibt es dort eine Antwort auf diese geheimnisvollen Prophezeiungen. Ich denke, du hast Recht. Aber wir werden dich begleiten, Alea. Von nun an werden Mjolln und ich dir überallhin folgen, damit du es weißt. Wir müssen nur diskret sein. Ich bin schon in der Grafschaft Harcort gewesen, und ich kenne ihre Gewohnheiten. Ich werde alles tun, um dir zu helfen, damit du findest, was du suchst. Und wie auch immer, du kannst nicht lesen, Alea, du wirst mich brauchen. Uns.«

Das junge Mädchen nickte lächelnd.

»Brrr«, knurrte Mjolln. »Jetzt benehmen wir uns schon wieder wie Dummköpfe! Bei meinen Vorfahren, ihr seid verrückt, alle beide!«

In diesem Augenblick stand Faith abrupt auf. Sie machte dem Zwerg ein Zeichen zu schweigen. Alea runzelte die Stirn.

»Hast du das gehört?«, fragte die Bardin.

Alea nickte. Sie blickte sich um und suchte hinter den Bäumen und Felsen, was das Geräusch hervorgerufen haben könnte, das sie soeben gehört hatten. Der Zwerg ging murrend zu der Bardin.

»Was ist los?«

»Vielleicht ist es ja nichts«, flüsterte Faith. »Ich habe ein Geräusch gehört, von dort«, erklärte sie und deutete auf eine Gruppe hoher Buchen. »Ich werde nachsehen …«

»Warte!«, unterbrach Alea sie.

Das junge Mädchen war vom Saiman erfüllt. Er war jetzt ständig präsent. Auf dem Sprung. Bereit, sich in ihre Adern zu ergießen. Beim geringsten Alarm in ihrem

Körper emporzusteigen. Alea schloss die Augen und versuchte zu wiederholen, was Phelim im Tunnel von Borcelia gemacht hatte. Sie konnte sich ungefähr erinnern. Er hatte den Saiman nach vorn projiziert, um die Dunkelheit zu erforschen.

Alea konzentrierte sich. Sie versuchte, den Saiman langsam aus sich herauszudrängen, wie eine Welle, die den Sand liebkost. Die Energie stieg in ihre Arme, in ihre Finger, in ihre Fingerspitzen. Sie hatte es fast geschafft.

Mjolln und Faith warfen dem jungen Mädchen einen beunruhigten Blick zu. In den Augen des Zwergs leuchtete sogar ein Schimmer von Vorwurf. Es gefiel ihnen gar nicht, Alea in diesem Zustand zu sehen. Sie verstanden nicht. Sie sahen nichts anderes als ein junges Mädchen mit geschlossenen Augen und gerunzelter Stirn, das einen inneren Kampf ausfocht, der ihnen unbegreiflich blieb. Aber sie hätten niemals gewagt, sich einzumischen. Alea war zwar ein junges Mädchen, aber wenn sie ihre Kräfte benutzte, machte sie ihnen einfach nur Angst. Doch sie wussten, dass sie weder die Mittel noch das Recht hatten, sie daran zu hindern.

Plötzlich breitete der Saiman sich um sie herum aus. Sehnsuchtsvolle Lava eines unsichtbaren Vulkans. Die magischen Wolken dehnten sich nach allen Seiten aus und durchdrangen die Luft. Und Alea sah die Welt mit ihrem Geist. Sie sah ihre beiden Freunde. Sie sah die Bäume und darüber hinaus.

Das Gesicht des jungen Mädchens war vollkommen verschlossen, als es plötzlich ausatmete und die Augen aufriss. Ihre beiden Gefährten zuckten zusammen.

»Es ist nichts, Faith. Es sind Pferde. Dort«, sagte es und ging auf die Bäume zu. »Ich frage mich sogar, ob …«

»Ob was?«, fragte Mjolln und trottete hinter ihr her.

Aber er bekam seine Antwort, bevor Alea etwas sagen konnte.

»Alragan!«, rief er, als er sein Pony im Halbdunkel auftauchen sah. »Tada! Was für eine Überraschung.«

Faith stieß einen Seufzer der Erleichterung aus. Die Pferde hatten sich also schüchtern hinter den Bäumen versteckt. Sie waren gekommen, als hätten sie ihre Reiter wiederzufinden gewusst. Da war Alragan, aber auch Dulia, Aleas Pony, und die drei anderen Pferde.

Alea lief zu ihrem Pony, dicht gefolgt von Mjolln. Die Pferde scheuten etwas, und es waren mehrere Versuche nötig, um sie einzufangen.

Die drei Gefährten banden die Tiere, die sich schließlich beruhigt hatten, an, fütterten sie und dankten der Moira, dass sie sie wieder zu ihnen zurückgeführt hatte.

»Das ist ein gutes Vorzeichen, nicht?«, sagte Mjolln entzückt.

»Gewiss«, erwiderte Alea.

Das junge Mädchen ging zu Galiads Pferd. Wie die anderen war es noch immer gesattelt; Galiad hatte sich nicht die Mühe gemacht, die Pferde abzusatteln, als sie sich, bevor sie den Wald der Sylphen betraten, von ihnen hatten trennen müssen. Sie hatte hinten an Galiads Sattel eine kleine Umhängetasche bemerkt und sah, dass sie noch immer da war. Neugierig stellte sie sich auf die Zehenspitzen, um die Ledertasche zu öffnen. Im Innern fand sie ein blaues Stirnband. Sie hatte es Galiad bereits tragen sehen, wenn sein Helm ihm zu warm war. Er hatte es wohl vergessen, und vermutlich bedeutete es für ihn keinen großen Verlust, aber Alea nahm es und steckte es in ihren Sack. Sie sagte sich, dass es für sie ein Erinnerungsstück an diesen Mann war, der sich ihr gegenüber so gerecht und anständig benommen hatte. Sie gab sich das Versprechen, ihn bald wiederzufinden, um ihm dieses Stück Stoff zurückzugeben. Es war wie ein Symbol, das ihren Schwur besiegeln sollte.

Schließlich verließen sie die Pferde und kehrten zum Feuer zurück. Die Nacht war vollständig hereingebrochen, und Mjolln hatte Mühe, ein Gähnen zu unterdrücken.

»Kommt, gehen wir schlafen«, sagte das Mädchen, »ich werde eine Runde machen.«

Der Zwerg warf der Bardin einen fragenden Blick zu. Er fragte sich, ob Aleas nächtliche Spaziergänge sie ebenfalls beunruhigten. Seit sie Borcelia verlassen hatten, war kein Abend vergangen, an dem das Mädchen nicht für ein paar Stunden verschwand, jede Begleitung ablehnte und nie darüber sprechen wollte, was sie da mitten in der Nacht machte.

Und wieder stand Alea wortlos auf und ging, wobei sie ihren beiden Freunden lediglich ein kleines Zeichen mit der Hand machte.

Mjolln sah der schlanken Gestalt des Mädchens nach, während es im Schatten der ersten Bäume verschwand. Er seufzte, schlüpfte unter seine Decke und hoffte, dass der Schlaf ihn beruhigen würde.

Ein paar Stunden vor dem Abendessen ging Finghin mit entschlossenem Schritt in den großen Hof von Sai-Mina hinunter. Er durchquerte den Palast und versuchte, nicht die Aufmerksamkeit der Diener oder der letzten Magistel, die etwas weiter entfernt trainierten, zu erregen. Er kam zum Haus des Bäckers und klopfte an seine Tür.

Der Bäcker kam sofort heraus. Er war ein junger,

etwas rundlicher Mann mit roten Wangen und leuchtenden Augen, der gern und viel lächelte. Er wischte sich die mehligen Hände an seiner Schürze ab.

»Meister Finghin!«, rief er und bat ihn hinein.

Der Druide schlüpfte kopfschüttelnd ins Innere.

»Asdem, nenn mich nicht Meister! Du hast mich immer Finghin genannt, ich sehe keinen Grund, warum das heute anders sein sollte…«

»Aber du bist doch jetzt Großdruide!«, verteidigte sich Asdem und zog einen Stuhl heran.

»Ich bin vielleicht Großdruide, aber ich bin immer noch dein Freund, also kannst du mich auch Finghin nennen«, beharrte der Druide, während er sich an den Tisch des Bäckers setzte.

Die beiden jungen Männer lächelten sich zu. Beide waren glücklich, sich wiederzusehen. Die jüngsten Ereignisse hatten ihnen nicht sehr häufig die Gelegenheit dazu gegeben. Der Bäcker setzte sich ebenfalls. Erwan und er waren die besten Freunde des Druiden, sie waren alle zur gleichen Zeit nach Sai-Mina gekommen, und in diesen sieben Jahren hatte sich zwischen ihnen eine tiefe und aufrichtige Freundschaft entwickelt.

»Lugnasad muss dich ganz schön auf Trab halten«, sagte Finghin und betrachtete die zahlreichen Brotlaibe, die auf den Brettern des Bäckers lagen.

»Bist du gekommen, um dich mit mir über Lugnasad zu unterhalten… Was führt dich zu mir?«, fragte Asdem, während er seinem Freund etwas Wein einschenkte.

»Was glaubst du?«

»Erwan?«, sagte der Bäcker probeweise.

»Weißt du, wo er sich befindet?«, fragte Finghin sofort zurück.

»Nein.«

»Ich auch nicht. Ich ... ich bin gekommen, um dich zu bitten, dein kleines Informationsnetz zu benutzen, um zu versuchen, Erwan ausfindig zu machen. Du kennst allerhand Leute, Handwerker, die Gilden angehören, Barden, fahrende Schauspieler ... Du müsstest doch seine Spur finden können, oder?«

Der Bäcker nickte. »Jedenfalls kann ich es versuchen. Ich dachte, ihr hättet das in der Hand ... Glaubst du, er ist in Gefahr?«, fragte er besorgt.

»Er ist auf jeden Fall am Leben. Aber ich habe keine Ahnung, wo er sich befindet. Er ist sicher nach Süden gegangen, auf die Suche nach dem Mädchen, das von hier geflohen ist ... Aber wohin genau?«

Der Bäcker hörte auf zu trinken und sah seinen Freund lange an.

»Ist er in es verliebt?«, fragte er schließlich lächelnd.

Finghin antwortete nicht, sondern lächelte seinerseits, und das genügte Asdem, um zu begreifen.

»Die Liebe ...«, seufzte der Bäcker, bevor er einen Schluck Wein trank. Er stellte sein Glas auf den Tisch. Seine Wangen röteten sich durch das Trinken noch mehr. »Warum hast du ihn nicht zurückgehalten?«, fragte er, während der Druide sich anschickte aufzustehen.

»Ich habe es versucht ...«

»Du bist Druide, du hättest ihm nur zu befehlen brauchen zu bleiben!«

»Ich erteile meinen Freunden keine Befehle, Asdem ... Nein. Ich habe ihn gefragt, ob er mein Magistel werden wollte, und unmittelbar bevor er ging, hat er akzeptiert, sich an mich zu binden, so dass ich seine Präsenz spüren kann. Daher weiß ich, dass er nicht tot ist ...«

»Und daher hast du jetzt keinen Magistel und keinen Freund!«

»Asdem, halt mir keine Moralpredigt! Ich habe ihn gehen lassen, weil er verliebt ist. Aufrichtig verliebt. Und nicht in irgendwen!«

»Wer ist dieses Mädchen?«, fragte der Bäcker misstrauisch.

»Hast du denn nicht mitbekommen, was man sich über sie erzählt?«, fragte der Druide überrascht.

»Ich habe so viele Dinge über sie gehört, dass ich überhaupt nicht mehr weiß, was ich glauben soll. Manche sagen, sie sei der Samildanach, andere, dass sie es zwar glaubt, aber nicht ist, wieder andere behaupten, sie stehe im Dienst von Harcort, und noch andere, sie sei mit den Tuathann gekommen ... Es heißt auch, sie sei die beste Freundin der Königin von Galatia, oder auch, sie sei nur eine kleine Diebin aus der Grafschaft Sarrland ...«

»Und was noch?«, fragte Finghin neugierig.

»Dass sie mit den Tieren, mit den Sylphen spricht ... Manche denken, sie ist von Maolmòrdha geschickt worden, andere, von Samael ... Kurz, dieses Mädchen sorgt für viel Gerede, aber man sieht sie nicht! Und du, was weißt du von ihr?«

»Ich weiß, dass Erwan in sie verliebt ist. Und das ist für mich eher ein gutes Zeichen. Ich weiß auch, dass der Rat sich sehr für sie interessiert, aber der Rat weiß nicht so recht, wer sie ist. Und ich weiß, dass sie den Ring des Samildanach gefunden hat und dass es daher gut möglich ist ...«

»Ja?«

Finghin zögerte. Er konnte es noch immer nicht fassen, dass er diese Worte aussprechen konnte: »Dass es gut möglich ist, dass sie ihrerseits der Samildanach geworden ist.«

Der Bäcker war sprachlos. Finghin stand auf.

»Du gehst schon?«, fragte Asdem.

»Ja«, erwiderte der Druide. »Auch ich muss Lugnasad vorbereiten. Aber ich bitte dich, versuche alles, um herauszubekommen, wo Erwan ist. Ich... ich möchte nicht, dass ihm etwas zustößt. Und was das betrifft, was ich dir über dieses Mädchen gesagt habe, behalt es erst einmal für dich.«

Der Bäcker nickte und begleitete seinen Freund zur Tür. Finghin ging auf die andere Seite des Palastes, ohne sich noch einmal umzudrehen. Er stieß einen Seufzer aus, in dem sich Sorge und Erleichterung mischten. Er wusste, dass er seinem Freund, dem Bäcker, vertrauen konnte. Asdem würde Erwan bestimmt aufspüren. Aber würde er ihn rechtzeitig finden?

Alea wusste, wo sie suchen musste. Seit einigen Tagen war es zu einem Ritual geworden. Eine Art Verabredung. Sie brauchte sich nur vom Lager nach Süden zu entfernen, weit genug, damit ihre beiden Freunde sie nicht mehr sehen konnten, und dann setzte sie sich ins Gras, das mit Einbruch der Nacht abkühlte, und wartete, Phelims Stock auf den Knien, zwischen den vereinzelt stehenden Bäumen. Sie ließ sich vom Wind wiegen, diesem alten Gefährten. Dem leisen Geräusch der Haselmäuse, die an den Knospen nagten. Und wie zur Erinnerung tauchte sie ihre Hände in die Erde.

An diesem Abend erschien die Wölfin wie jeden Abend plötzlich hinter dem Stamm einer Linde, der nach unten breiter wurde.

Die weiße Wölfin. Wie schön sie war. Nachts leuchteten ihre Augen wie zwei kleine Fackeln. Manchmal wirkten sie leer und schwarz, und dann flammten sie plötzlich bei der geringsten Kopfbewegung in einem lebhaften Gelb auf, das die Nacht durchdrang. Der Sommer hatte ihr weißes Fell kräftig ausgedünnt, und sie wirkte magerer. Dennoch hatte sie nichts von ihrer Erscheinung verloren. Vornehm und stolz. Groß auf ihren geraden Beinen. Bereit loszustürzen, mit hellwachen Sinnen. Ihre abgerundeten Ohren richteten sich bei jedem neuen Geräusch auf, und ihr Schwanz schlug die Luft in einem unregelmäßigen Rhythmus.

Wenn die Wölfin Alea erblickte, schien sie sich immer unbehaglich zu fühlen. Ihr leises Jaulen drückte Verlegenheit, Schüchternheit und Frustration aus. Sie ging ein paar Schritte vorwärts, wich dann wieder zurück und senkte ihre Vorderbeine, als wollte sie das junge Mädchen zum Spielen einladen; anschließend wich sie erneut knurrend zurück.

Du weißt nicht, was du willst.

Alea sah das Blut auf dem Fell des Tieres. Einen Augenblick fragte sie sich, ob die Wölfin verletzt war, aber da sie nichts von ihrer Beweglichkeit verloren hatte, begriff sie, dass es das Blut einer besiegten Beute war.

Du erkennst mich wieder, nicht wahr? Natürlich, da du mir folgst. Aber du hast immer noch Angst vor mir…

Die Wölfin war noch nicht bereit. Ihr Gedächtnis war angefüllt mit schlechten Erinnerungen. Bildern, wo die Vertikalen sie jagten und schlugen. Sie verstand nicht so richtig, was es mit dieser Vertikalen auf sich hatte, und doch fühlte sie sich unwiderstehlich von ihr angezogen. Sie hatte einen angeborenen Respekt vor diesem Mädchen. Wie vor einem dominanten Wesen.

Schön. Du bist schön. Komm näher…

Die Wölfin begann sich im Kreis zu drehen. Sie war beunruhigt und zugleich aufgeregt. Sie wollte sich ihm nicht nähern, und doch machte das Mädchen sie neugierig. Sie brauchte Zeit. Sie wussten es beide. Sie mussten eine Gewohnheit daraus machen. Ein Band entstehen lassen. Und jeder Abend würde sie einander näher bringen. Aber noch war es zu früh.

Ich weiß nicht, warum du mir folgst, meine Wölfin, und ich weiß auch nicht, warum mir das gefällt… Aber da ist etwas zwischen uns. Du spürst es auch, nicht wahr?

Die Wölfin schien sich zu beruhigen und setzte sich auf ihren Hintern, ohne das Mädchen aus den Augen zu lassen. Eine ganze Weile beobachteten sie sich so, näherten sich, ohne sich zu berühren, zähmten sich. Die Nacht war ihr Komplize. Sie wussten nicht, was sie auf diese Weise miteinander verband. Aber sie fühlten sich wohl, so einander gegenüber, und das genügte ihnen für den Augenblick.

Als Alea schließlich ging, heulte die Wölfin, den Kopf erhoben in der tiefdunklen Nacht, und ihr Heulen schien Freude auszudrücken.

Das Mädchen kehrte geräuschlos zum Lager zurück. Das Heulen der Wölfin hatte ihre Gefährten nicht geweckt. Sie lächelte, als sie das Schnarchen des Zwergs hörte, und schlüpfte unter die Decke, die Faith für sie vorbereitet hatte.

Sie legte sich auf den Rücken und blickte zu den Sternen empor. Der Himmel schien grenzenlos. Seine Unermesslichkeit ließ sie schwindeln. Aber es war ein angenehmer Schwindel, den sie zu bändigen, zu schätzen gelernt hatte. Denn dieser Schwindel half ihr jeden Abend, in die Welt von Djar einzutauchen. Die Welt, in der sie Sulthor besiegt hatte. Die Welt, in der sie Galiad und Erwan verloren hatte.

Was ist hinter den Sternen? Weitere Sterne? Und auf diesem ein Mädchen, das wie ich die unendliche Nacht betrachtet? Wo in dieser Unendlichkeit ist die Moira? Jenseits? Oder mitten drin… In allem. Und warum ist sie da? Was will sie, falls sie etwas will? Wenn ich es nur verstehen könnte. Alles ist miteinander verbunden, das habe ich im Lebensbaum gesehen. Die Moira, der Saiman, die Sylphen, ich… Wenn ich es nur verstehen könnte. Phelim hätte mir vielleicht helfen können. Aber er ist nicht mehr da. Und meine Gefährten würden die Fragen nicht verstehen, die ich mir stelle. Ich muss ihnen Angst machen. Aber ich muss wissen. Wen könnte ich fragen? Wer könnte mich führen?

Wo bist du, Erwan, wo ist dein Vater? In welche Gegend seid ihr geflohen? Werde ich euch eines Tages wiederfinden können?

Ich bin in der Welt von Djar. Ich spüre die Kraft meines Geistes, der mich trägt, der mich antreibt. Und wenn ich mich zwinge, kann ich mich orientieren. Ich habe Sulthor an diesem Ort geschlagen, nichts ist mehr unmöglich.

Ich erinnere mich, dass ich hier die Wölfin gesehen habe, in jener Zeit, als ich nicht verstand. Die weiße Wölfin. Warum folgt sie mir? Warum kann ich sie verstehen? Mit ihr sprechen? Ich habe das Gefühl, sie zu kennen, aber auch, dass sie sich nicht erinnert. Sie hat Angst vor mir, aber zugleich mache ich sie auch neugierig. Sie weiß, dass wir etwas haben, das uns beide verbindet, aber sie weiß nicht, was. Vielleicht hat sie es nur vergessen. Vielleicht habe auch ich es vergessen. Ich würde so gern verstehen.

Ich habe nicht genug gesehen im Lebensbaum. Ich habe noch so viele Fragen. Die Moira. Ich frage mich, ob das nicht die einzige wirkliche Frage ist. Was ist die Moira? Warum kann ich sie nicht spüren? Ihre Anwesenheit spüren?

Dort hinten ist ein Felsen. Ein großer Felsen über einem Weg. Wie ein steinerner Riese.

Wie ein steinerner Riese.

Samael war ein Meister in der Kunst des Lügens geworden. Im Schutze seines Anflugs von Wahnsinn fiel es schwer, in seinen rätselhaften Äußerungen die Lüge von der Wahrheit zu unterscheiden. So viele Jahre, damit verbracht, sich vor dem Rat der Druiden zu verstecken, so viele Jahre, damit verbracht, in Gesellschaft der großen Männer der Welt langsam die Stufen der Macht hinaufzuklettern … Unter dem Namen Natalis war er einer der wichtigsten Bischöfe von Thomas Aeditus am Hof des Grafen von Harcort, Feren Al'Roeg, geworden.

Samael fühlte sich in der Haut von Bischof Natalis sehr wohl. Man respektierte und man fürchtete ihn. Samael schien den christlichen Gott sogar noch stärker als Aeditus zu verehren, und er setzte seine ganze Ehre darein, seine Rolle mit mustergültigem Eifer zu spielen. Er erweckte den Anschein, dass er zu den Gebetsstunden betete, er versäumte nicht eine Messe, er bestrafte die Sünder, ehrte die gewissenhaftesten Soldaten der Flamme, und seine Keuschheit stand für jeden außer Zweifel. Er trug mit Eleganz die Insignien seines Amtes, blasslila Albe und Bischofsmitra … Der ehemalige Druide war ein perfekter Vertreter des Klerus von Harcort geworden.

Aber seine Pläne waren noch viel finsterer, als selbst Thomas Aeditus sich vorstellen konnte. Samael war ein Abtrünniger, sein Ausschluss aus dem Rat der Druiden hatte einen verbitterten, streitsüchtigen und käuflichen Mann aus ihm gemacht. Nur eines interessierte ihn: den Druiden, denen, die ihn verbannt hatten, ihr kostbarstes Gut zu rauben: die politische Macht. Und dafür war er zu allem bereit, selbst zur Religion der Christen überzutreten, um die Mitra zu tragen. Schließlich hatte er bis jetzt noch keinen einzigen Bischof getroffen, dessen tatsächliche Intentionen völlig frei von geheimen Interessen gewesen wären, und das amüsierte ihn noch mehr.

Wie überall brodelte es auch im Schloss von Ria. Der Krieg stand unmittelbar bevor und war unvermeidlich. Die einzige Unbekannte war noch, welche Bündnisse die Grafen eingehen würden. Es schien auf der Hand zu liegen, dass Galatia und die Druiden alles tun würden, um den Rest des Landes gegen Harcort, die einzigen Christen der Insel, aufzubringen. Eine solche Gelegenheit würde sich diesem Schurken von König und seinen Ränke schmiedenden Druiden nicht so schnell wieder bieten. Der Abgesandte, den der Rat entsandt hatte, der Großdruide Aodh, war nur eine Formalität gewesen, um sich reinzuwaschen. Die Druiden wussten ganz genau, dass Harcort niemals einen Pakt mit ihnen akzeptiert hätte, und Samael hatte den Großdruiden abgefangen, bevor er das Schloss des Grafen erreichen konnte. So viel Macht, so viele Jahre des Studiums des Saiman, und doch hatte der arme Aodh einem einfachen vergifteten Pfeil nicht entgehen können. Samael lächelte bei der Erinnerung an den Druiden, der mit durchbohrtem Körper vom Pferd gefallen war.

Es hatte ihm ein gewisses Vergnügen bereitet, einen der Großdruiden zu töten, aber das änderte nichts an den Umständen des Kriegs, der sich da anbahnte. Galatia und die Druiden hatten keinerlei Mühe, Sarrland und Bisania in diesen Feldzug hineinzuziehen, und vielleicht würde es ihnen sogar gelingen, die Tuathann zu überzeugen, sich einzumischen. Harcort konnte also nur noch eine einzige Karte ausspielen: Braunland oder vielmehr der Graf Meriander Mor der Schöne hasste den König, seinen Bruder. Samael war überzeugt, dass er Meriander sehr leicht überreden könne, die Armeen von Braunland mit denen von Harcort zu vereinen, um gegen Galatia, die Druiden und die Tuathann zu kämpfen. Gewiss, es würde kein leichter Krieg werden, aber Samael Haskatan, der Ankläger, hatte einen Vorteil: Niemand wusste, wer sich hinter dem Namen von Bischof Natalis verbarg.

Er trat in das Arbeitszimmer von Thomas Aeditus, den er um eine Audienz gebeten hatte.

»Setzt Euch, Natalis, ich beende nur noch schnell diesen Brief, dann gehöre ich Euch.«

Aeditus war ein alter Mann, aber er war klug und hatte einen eisernen Willen. Ganz allein war es ihm gelungen, die christliche Religion in der Grafschaft Harcort einzuführen. Nur wenige Gaelianer kannten die Geschichte dieser geheimnisvollen Persönlichkeit, aber Samael wusste Bescheid, wie alle Großdruiden.

Aeditus stammte aus Brittia, dem Kontinent jenseits der Südmeere. Im Alter von sechzehn war er von einer Gruppe galatischer Krieger gefangen genommen worden und auf diese Weise Sklave auf Gaelia geworden. Die Legende erzählte, dass er während seiner Sklaverei zum Glauben gefunden habe, aber Samael fiel es schwer, das zu glauben. Nach sechs Jahren im Dienst einer angesehenen Persönlichkeit Galatias war dem jungen Aeditus die Flucht gelungen, und er war nach Brittia zurückgekehrt, wo er fünfzehn Jahre lang Theologie studiert hatte. Dort hatte er, fern von seinen schlimmen Jugenderinnerungen, Bischof werden wollen, aber seine zahlreichen Gesuche waren wegen seiner geheimnisvollen Vergangenheit stets abgelehnt worden. Als er sich jedoch angeboten hatte, nach Norden zu gehen, um die Insel Gaelia zum Christentum zu bekehren, war er endlich zum Bischof ernannt worden und hatte seine Mission beginnen können, die für ihn so etwas wie eine Rache an denen war, die ihn versklavt hatten. Damals war sein Hass auf Galatia entstanden, und es war ganz natürlich, dass er sich in der Grafschaft Harcort niederließ. Nach zehn Jahren war es ihm gelungen, den Grafen Feren Al'Roeg zu bekehren, und all seine Untertanen waren ihm gefolgt. Aeditus war zum religiösen Oberhaupt von Harcort ernannt worden, aber auch zum Oberbefehlshaber über die Soldaten der Flamme, die der bewaffnete Arm seiner Kirche wurden. Auf diese Weise hatte er einen lokalen Klerus geschaffen, seinerseits Bischöfe ernannt, Diözesen eingerichtet, klerikale Räte abgehalten und auf dem Umweg über seine Klöster die Schriftkultur in der gesamten Grafschaft entwickelt. Schließlich hatte er Mons-Tumba übernommen, um daraus ein religiöses Universitätszentrum zu machen, wo die künftigen Kleriker ausgebildet wurden.

Normalerweise lebte Thomas Aeditus im Bischofspalast von Mons-Tumba, aber der Graf hatte ihn zu sich gerufen, weil er ihm helfen sollte, die bevorstehende Krise zu meistern.

Aeditus faltete den Brief, den er soeben beendet hatte, und siegelte ihn mit heißem Wachs.

»Was verschafft mir die Ehre Eures Besuchs, Natalis«, fragte er schließlich lächelnd seinen Besucher.

Samael erwiderte sein Lächeln. Es amüsierte ihn so sehr, sich Natalis nennen zu lassen, dass er sich fragte, ob sein Amüsement ihn nicht eines Tages verraten würde.

»Eminenz, ich möchte nach Braunland reisen.«

»Ich verstehe. Interessiert die Politik Euch wirklich so sehr?«, erkundigte sich der Bischof misstrauisch.

Samael wusste, dass Aeditus irgendetwas ahnte. Dennoch hatte er ihn niemals daran gehindert weiterzukommen. Vielleicht kam der alte Mann ja in Samaels Akten auf seine Kosten. Wie konnte er das wissen? Es gab so viel Falschheit auf beiden Seiten, so viele Lügen, Manipulationen. Es war, als belauerten sich die beiden Männer, gestochen von einer Neugier, die stärker als ihr Misstrauen war, als warteten sie ab, wohin das alles führen würde.

»Ihr müsst beim Grafen Al'Roeg bleiben, und ich denke, Eminenz, dass ich nach Euch am besten Braunland überzeugen kann, sich uns anzuschließen«, erwiderte Samael geschickt.

»Mit uns zusammen Krieg zu führen oder zum christlichen Glauben überzutreten?«, fragte Aeditus, obwohl er die Antwort bereits kannte.

»Ich denke, wenn wir ihnen anbieten, mit uns in den Krieg zu ziehen, werden wir anschließend auch keine Mühe haben, sie zu bekehren …«

»Außer wir verlieren diesen Krieg, Natalis«, unterbrach der alte Bischof ihn. »Wir greifen nicht nur Galatia an, sondern auch die Druiden und vielleicht sogar die Tuathann.«

»Unsere Armee ist jetzt die stärkste im ganzen Königreich von Gaelia, und wenn es uns gelingt, den Erhabenen König zu besiegen, werden wir Meriander auf den

Thron setzen können, und dann wird ganz Gaelia christlich werden.«

»Ich weiß, aber die Druiden …«

»Die Druiden?«, erwiderte Samael etwas vorschnell. »Ist ihre Macht denn wirklich wichtig angesichts der Macht Gottes?«

Das war eine gewagte Bemerkung. Nach diesen Worten konnte Aeditus kaum mehr seine Furcht vor den Druiden eingestehen; damit hätte er zugegeben, dass nicht nur die Moira existierte, sondern auch, dass sie stärker als die Macht Gottes war … Dennoch war die Macht der Druiden sehr real. So real, dass sie ein echtes Problem für die Kirche darstellte. Aeditus hatte seit langem begriffen, dass die Druiden seine schlimmsten Feinde waren. Eigentlich hatte er es vom ersten Tag an gewusst, aber er war noch nie einem Mann begegnet, der es so eilig hatte, der Herrschaft des Rats ein Ende zu setzen …

»Ihr scheint die Druiden noch mehr als ich zu hassen«, sagte Aeditus und blickte Samael scharf an.

»Ich habe meine Gründe«, räumte Samael ein.

»Wir haben alle welche, Natalis«, erwiderte der Bischof.

Die beiden Männer schwiegen eine Weile. Dann stand Aeditus auf und ging zu dem großen Fenster, das sich hinter seinem breiten Schreibtisch öffnete. Den Blick auf die Weitläufigkeit der Gärten des Schlosses von Ria gerichtet, sagte er mit gespielter Feierlichkeit: »Ich glaube in der Tat, dass es im Interesse des Grafen wie der Kirche wäre, dass Ihr nach Braunland reist. Ihr habt meinen Segen, Natalis.«

»Danke, Eminenz.«

Samael stand ebenfalls auf und verließ den Raum, ohne noch etwas hinzuzufügen.

Die Lugnasad-Zeremonien hatten bis spät in die Nacht gedauert. Der große Hof von Sai-Mina leerte sich langsam, und die Fackeln verloschen eine nach der anderen, während Druiden und Barden in ihre Gemächer zurückkehrten.

Den ganzen Tag über war der Palast die Bühne eines prunkvollen Festes gewesen. Wie jedes Jahr hatte es in Sai-Mina den größten Markt der Jahreszeit gegeben; die Handwerker aus dem Osten von Sarrland, die Bauern, die Viehzüchter, alle waren sie gekommen, um unter den wohlwollenden Augen der Druiden Güter oder Vereinbarungen zu kaufen, zu verkaufen oder zu tauschen. Manche Einwohner Sarrlands nutzten Lugnasad auch, um die Druiden um Hilfe bei der Regelung ihrer Konflikte zu bitten. Das war die Pflicht der Männer im weißen Mantel. An diesem Tag mussten sie Streitigkeiten schlichten, Seelen versöhnen, ein glückliches Ende für die politischen oder wirtschaftlichen Rivalitäten der kleinen Leute wie der Herren der Region finden. Am Spätnachmittag waren dann die Hochzeiten an der Reihe. Und auch hier walteten die Druiden gern ihres Amtes. Sie vereinten Männer und Frauen unter dem Zeichen der Moira innerhalb der Mauern von Sai-Mina. Dann war es Zeit fürs Essen, die Gelegenheit für die Barden, einem sehr großen Publikum ihre Gedichte und Lieder zu Gehör zu bringen, während man die köstlichen Gerichte genoss, die die Köche des Palastes zubereitet hatten. Die Sarrländer aßen niemals so gut wie am Abend von Lugnasad. Jedes Gasthaus hatte seine Spezialität. In diesem wurden Kalbsnieren mit Sauerampferblättern und Kresse zubereitet, in jenem konnte man ein köstliches Kaninchenfrikassee mit Olivencreme und Weißwein kosten, das durch Salz, Pfeffer und Basilikum die richtige Würze erhielt, in wieder einem anderen drängten sich die Gäste, um gemeinsam Hasenrücken in Cidre zu genießen, den der Wirt mit gebratenen Austernpilzen und Weintrauben servierte, die er sorgfältig in der Sauce aus dem Bratenfond des Hasen erwärmt hatte... Und der Wein floss in Strömen.

Nach dem Essen verließen die Leute, größtenteils betrunken, den Palast und die Gasthäuser, um in der Ebene von Sarrland an den Spielen und Rennen teilzunehmen, die zu diesem Anlass organisiert wurden, während die Druiden und Barden im Hof von Sai-Mina um die alte hundertjährige Eiche mit der Lugnasad-Zeremonie begannen.

Die Barden begleiteten die Prozession der Druiden mit ihren Gesängen und ihrer Harfenmusik. Man spielte in der spirituellen, der geheimen Tonart. Ein großer runder, zweigeteilter Holztisch war um die Eiche herum aufgestellt worden, und darauf waren im Licht der Kerzen die Blumen zu erkennen, die die Einwohner von Sarrland den ganzen Tag über gebracht hatten. An die unteren Zweige des Baums hatte man rote und weiße Bänder gebunden. Im Norden des Steinkreises hatte man eine Wanne mit klarem Wasser aufgestellt, im Süden eine große Kerze. Die Großdruiden führten die Prozession an und führten Barden, Druiden, Vates und Lehrlinge von Osten nach Süden. Und dann erklärte der Erzdruide: »*Wir haben euch aus der Dunkelheit ins Licht geführt, und diese Reise ist schwierig...*« Daraufhin ging der Erzdruide nach Norden, tauchte seine Hände in die Wanne mit Wasser und fuhr fort: »*Und doch haben wir uns stark gezeigt. Und durch unsere Stärke sind alle groß und stark geworden. Möge die Moira auch weiterhin ihr Licht dort verbreiten, wo*

Dunkelheit herrscht, möge sie neues Leben bringen, und mögen wir auf ihrem Weg wandeln.« Die Zeremonie ging weiter, bis alle die Eiche umringten, die Frauen die roten und die Männer die weißen Bänder abnahmen. Das war das Lugnasad-Ritual.

Mitten in der Nacht befand sich schließlich niemand mehr im Hof von Sai-Mina. Das gesamte Personal des Palastes war schon seit langem gegangen, aber Finghin saß noch auf einem der dreizehn steinernen Throne in der Mitte des Hofs. Er war in seine Gedanken versunken. Seine Sorge um Erwan wurde immer größer. In der Ferne war das Echo der letzten Nachtschwärmer zu hören, die grölten und den Nachtstunden die letzten Vergnügen des Fests entrissen, diese seltenen unbeschwerten Momente in ihrem elenden Leben.

»Wärt Ihr gern da draußen?«

Finghin zuckte zusammen. Er hatte die Stimme des Erzdruiden erkannt. Ernan hatte sich geräuschlos genähert und beobachtete ihn vielleicht schon länger. Zu normalen Zeiten hätte Finghin ihn kommen hören müssen, aber er war so sehr in seine Gedanken versunken, dass die Außenwelt ihn kaum erreichte. Er richtete sich auf und versuchte nicht zu zeigen, dass die Frage des Erzdruiden ihn verwirrte. Außerdem hatte er sich noch nicht daran gewöhnt, dass der alte Mann ihn nicht mehr duzte, aber so war das eben, seit er in den Rang des Großdruiden erhoben worden war.

Er ahnt, dass ich an Erwan denke. Er hatte mich gewarnt. Ihn zu meinem Magistel zu machen, sei keine gute Idee. Wie hatte er sich noch ausgedrückt? »Dumm, aber großmütig.« Wenn er mich fragt, ob ich lieber »draußen« wäre, meint er damit »fern«, bei Erwan… Ich werde mich daran gewöhnen müssen. Die Leute werden nicht mehr so wie früher mit mir sprechen. Ich werde lernen müssen, alles zu entschlüsseln. Jede noch so kleine Unterhaltung wird zu einer geistigen Herausforderung. Die Rhetorik beschränkt sich nicht mehr auf den großen Ratssaal, jetzt wird auch draußen gespielt... Aber ich habe das Amt des Großdruiden ja akzeptiert.

»Draußen? Nein, nächtliche Feste haben mich noch nie sonderlich begeistert. Aber es macht mir Spaß zuzuhören... Hört Ihr sie?«, fragte Finghin naiv. »Man könnte glauben, sie wollen nie ein Ende finden...«

»Man kann nicht alles, was draußen passiert, von unserem Palast aus kontrollieren«, sagte der Erzdruide lächelnd.

Er weiß, dass ich verstanden habe, was er sagen wollte. Ich werde das Spiel bis zum Ende mitspielen.

»Ich bin nicht einmal sicher, ob man es könnte, wenn man hinausginge«, erwiderte Finghin. »Wenn sich jemand etwas in den Kopf gesetzt hat, ist es manchmal schwierig, ihn davon abzubringen. Und außerdem... können diese Leute nicht jeden Tag Lugnasad feiern.«

Ernan lächelte. Die Scharfsinnigkeit seines Gesprächspartners schien ihm zu gefallen. Das erinnerte ihn vermutlich an die langen Abende, die er im Gespräch mit Ailin verbracht hatte. Der frühere Erzdruide hatte diese Gespräche zu einer täglichen Gewohnheit gemacht.

»Und Ihr, Finghin? Habt Ihr nicht manchmal Lust, nur zu tun, was Euch gefällt? Auch wenn man Großdruide ist, hat man doch immer noch Wünsche, oder?«

Er testet mich. Aber so leicht will ich es ihm nicht machen... Warum führt er mich auf dieses Terrain?

»Der stärkste Wunsch, den ich in meinem ganzen

Leben gehabt habe, war, Großdruide zu werden. Das ist ein Wunsch, der heute Wirklichkeit geworden ist. Dank Euch. Und jetzt möchte ich das voll und ganz ausleben. Das ist mit Sicherheit wichtiger als alles, was mich verlocken könnte hinauszugehen …«

»Wirklich?«, fragte der Erzdruide überrascht und stützte sich mit beiden Händen auf seinen langen weißen Stock. »Ihr wart doch da an dem Tag, als Phelim den Streit mit Ailin hatte, nicht wahr? Habt Ihr an dem Tag nichts empfunden? Hat die Haltung unseres Bruders Phelim Euch nicht geschockt, habt Ihr ihn nicht ein bisschen beneidet?«

Diesmal weiß ich nicht, ob er mich testet oder ob er mich veranlassen will zu sagen, was ich wirklich auf dem Herzen habe …

»Manchmal«, fuhr Ernan fort, »sind solche Vorfälle nötig, wisst Ihr, und manchmal sind sie sogar gut für beide Seiten.«

»Meint Ihr, dass Phelims Fortgang gut war?«, fragte Finghin.

»Ach, mein Bruder. Wie soll ich es Euch erklären?«

Der alte Mann setzte sich auf den Thron rechts von Finghin.

»Nehmt etwa das Beispiel eines Wolfsrudels. Wenn der Winter kommt, ist das Revier, in dem das Rudel lebt, manchmal nicht wildreich genug. Das Rudel ist zu groß. Und im Winter sind die Welpen des letzten Wurfs noch kein Jahr alt. Sie sind die Zukunft des Rudels, versteht Ihr …«

»Ja, sie … sichern ihr künftiges Überleben, ist es so?«

»Genau. Und die Wölfe wissen, dass das Überleben des Rudels vor allem anderen zählt. Die Zukunft. In solchen Fällen kommt es vor, dass das Rudel sich von einem der erwachsenen Männchen trennen muss. Und es beginnen Kämpfe zwischen dem dominanten Paar und einem anderen Wolf des Rudels. Häufig werden diese Kämpfe mit einer solchen Grausamkeit geführt, dass der bedrängte Wolf schließlich nachgibt und das Rudel für immer verlässt. Der Bruch ist furchtbar. Für diesen armen einsamen Wolf ebenso wie für die Mitglieder des Rudels. Aber wenigstens ist das Gleichgewicht des Rudels wiederhergestellt. Es hat jetzt bessere Aussichten, durch den Winter zu kommen. Und der Wolf, der jetzt allein ist, kann ein neues Rudel in einem anderen Jagdrevier gründen.« Der Erzdruide machte eine Pause, als wollte er die Wirkung seiner Worte auf Finghin abschätzen. Dann fuhr er fort. »Das Interessante, Finghin, ist, dass der Wolf, der fortgejagt wird, nicht immer der Schwächste des Rudels ist. Gewiss, häufig handelt es sich um den Rangniedrigsten in der Hierarchie des Rudels, aber eben nicht zwangsläufig um den körperlich Schwächsten ... Könnt Ihr mir folgen?«

»Ich bin nicht sicher«, gestand Finghin.

»Wenn das Bedürfnis des Individuums stärker ist als das des Rudels, dann ist es besser, wenn das Individuum aus der Gruppe ausgeschlossen wird, und sei es nur vorübergehend, um das Gleichgewicht aufrechtzuerhalten. Und das kann hervorragend funktionieren. Man muss ausschließen können. Worauf es ankommt, und das hat Phelim uns gelehrt, ist, dass man sich selbst treu bleibt. Selbst wenn man, um sich selbst treu zu bleiben, eine Gruppe verlassen muss.«

Finghin nickte. Er wusste nicht genau, was Ernan ihm sagen wollte, aber er hatte das Gefühl, dass er ihn im Großen und Ganzen verstand. Teilweise jedenfalls. War es eine Rechtfertigung für Phelims Entscheidung, war es eine Reflexion über Erwan, war es eine Warnung für die Zukunft … Vielleicht ein bisschen von allem. Der junge Mann seufzte und fügte ironisch hinzu: »Ich verstehe nicht so ganz, was das mit dem Lugnasad-Fest zu tun hat!«

Beide lächelten, und dann erhob sich der Erzdruide.

»Ich weiß nicht, wie ich dir sagen soll, was ich dir sagen möchte …«

Warum duzt er mich plötzlich? Wahrscheinlich, weil er diesmal mit dem Herzen zu mir spricht. Ohne Umschreibungen.

»… Ich denke, dass Ailin es geschickter, feinsinniger hätte ausdrücken können. Auf eine Weise, die du später hättest verstehen können. Ich … ich halte sehr viel von dir, Finghin, und ich denke, wir sind mehrere im Rat, die unsere Hoffnungen auf dich setzen. Der Saiman ist stark in dir, und du kannst zuhören. Aber eben gerade weil du ein hervorragender Druide bist, musst du deinem Instinkt folgen. Wie Phelim. Der Rat wird mit Sicherheit die größte Krise in seiner Geschichte durchmachen. Wenn Alea wirklich ist, was wir fürchten, dann wird diese Krise uns möglicherweise sogar unsere Existenz kosten. Ich werde Mühe haben, den Zusammenhalt des Rats zu garantieren. Ailin hätte das besser als ich vermocht. Aber einer Sache bin ich mir sicher, Finghin, nämlich dass du nicht aus Zufall hier bist. Dass du deine Rolle in all dem hast. Die Moira hat dich hierher geführt. Ich weiß nicht, ob du uns aus unserer Krise herausführen kannst oder ob du uns helfen kannst, sie durchzustehen, aber du musst auf deinen Instinkt, auf deinen Verstand, auf die Moira hören.«

Ohne ein weiteres Wort hinzuzufügen, drehte er sich um und ging ebenso geräuschlos, wie er gekommen war.

2

Vor den Pforten des Sid

Filiden glich jeden Tag ein wenig mehr den unterirdischen Städten des Sid. Die Tuathann schmückten die Straßen und Gebäude bereits mit den Farben ihrer Stämme und gestalteten die Stadt um wie ein Haus, in das man einzieht. Von den Vordächern bis zu den Fahnen, von den Vorhängen bis zu den Blumen wurde die Stadt blau. Man zerstörte alle Häuser, die mehr als ein Stockwerk hatten, um dem Horizont die flache Weite der unterirdischen Welt zu verleihen. Jeder Klan bezog sein eigenes Viertel, das Leben organisierte sich, die Männer und Frauen widmeten sich ihren Aufgaben, und die Kinder fanden Geschmack an der Welt der Menschen.

Sarkan der Jüngere, Anführer des Mahat'angor-Klans – und damit aller Tuathann –, saß im Schneidersitz in dem großen Raum, der ihm als Hauptquartier diente, vor einem hohen goldenen Spiegel aus Bisania. Allein, seinem eigenen Bild gegenüber, versuchte er seine Ungeduld zu bezähmen, die Zeit wahrzunehmen und im Takt jeder einzelnen Sekunde zu leben. Der Spiegel zeigte ihm das Bild seines perfekten Körpers: hervortretende Muskeln, gerader Rücken, breite Schultern und den Kamm seiner sorgfältig geschnittenen blauen Haare. Er atmete langsam. Seine Bewegungen glichen denen der Meditationsübungen, denen sich die jungen Druiden unterzogen, für ihn ging es jedoch lediglich darum zu lernen, außerhalb des Sid zu leben. Und seine Pflichten für den Tag verlangten Geduld von ihm. Er wartete an diesem Nachmittag auf einen Boten. Einen wichtigen Boten. Der ihm die Anerkennung seines ersten Sieges durch die Druiden und Galatia bringen sollte. Des ersten Sieges seines ganzen Volks.

Während sie auf dieses Abkommen warteten, hatten sich die Tuathann in Filiden niedergelassen, und Sarkans Klan bewohnte jetzt, was einst die Kaserne der Stadt gewesen war. Der Anführer der Stämme hatte hier flache, lang gestreckte Gebäude gefunden, in denen seine Leute wohnen konnten und die auch den Pferden Unterkunft boten. Die Anführer der anderen Klans kamen zu ihm, um sich Ratschläge zu holen, ihn um seine Meinung zu bitten oder um ihn einfach darüber zu unterrichten, was ihre Leute so dachten. Die einen konnten es kaum erwarten, wieder in den Kampf zu ziehen. Die anderen hielten Filiden für die ideale Hauptstadt. In einem weiteren Klan gab es nicht genügend Frauen, so dass das Gleichgewicht des Stammes stark gefährdet war. In wieder einem anderen versuchte man vergeblich, die geheime Macht der Druiden zu entdecken… Aber überall vermied man ein Wort: der Sid. Für viele war er nur noch eine ebenso schöne wie unantastbare Erinnerung. Die Erwachsenen wussten, dass man vermutlich nie mehr dorthin zurückkehren würde, und die Kinder versuchten einfach nur, sich zu erinnern. Das Tuathann-Volk war annähernd vierhundert Jahre unter der Erde geblieben. Vierhundert Jahre für die Menschen der oberen Welt, eine Ewigkeit für die Bewohner des Sid. Denn unter der Erde schien die Zeit unentschlossen. Langsam. Fast stillzustehen.

Aber das vergaßen die jungen Tuathann jeden Tag ein wenig mehr. Die Geschichte kam ihnen abhanden. Nur eines zählte jetzt noch für sie: die Gegenwart. Das galt auch für Tagor, Sarkans Sohn. Der Klanchef geriet häufig mit seinem Sohn aneinander, der sich, wie viele Jugendliche aller Klans, wünschte, dass die Kämpfe aufhörten und das Leben wieder zu einer tröstlichen Ruhe zurückfände. Filiden gefiel ihnen, und mehr verlangten sie nicht. Tagor verstand den Hass nicht, den sein Vater auf die Menschen der Oberwelt hatte. Er verstand sein Bedürfnis nach Rache nicht. Nachdem er zunächst vom Verstreichen der Zeit und dem Begriff des Todes erschreckt worden war, hatte er sich schnell an das Leben in Galatia gewöhnt und wollte einfach nur das Beste daraus machen. Die Idee der Zeit hatte sich dem Geist der Jungen viel schneller als dem der Älteren eingeprägt. Sie wollten keine Sekunde vergeuden und daher den Krieg einstellen. Aber wie überall hatten auch bei den Tuathann nicht die Jungen das Sagen …

Sarkan erinnerte sich an seine Kindheit. Er erinnerte sich an die Invasion der Menschen, die aus dem Süden gekommen waren und seinen Vater, seine Onkel und seine Brüder getötet hatten. Er erinnerte sich an die Flucht unter die Erde und dass er schweren Herzens im Bauch der Welt aufgewachsen war, unter dem verbitterten Blick einiger Erwachsener, die überlebt hatten. Er würde niemals verzeihen können, und diesen Krieg war er seinen Vorfahren schuldig.

Plötzlich klopfte es an der Tür der großen Halle, und Sarkan zuckte zusammen, aus seinen Träumereien wie aus einem tiefen Schlaf gerissen.

»Der Bote von Galatia ist da«, meldete der Tuathann-Krieger an der Tür.

»Er möge eintreten«, erwiderte Sarkan.

Ein junger Mann kam herein, groß und mager und das Wappen des Erhabenen Königs, die Diamantenkrone, auf seiner roten Kleidung. Er war kein Krieger, sein Körper war dafür nicht schwer genug, seine Muskeln zu wenig ausgeprägt, aber sein Blick drückte mehr Selbstsicherheit aus als der vieler Soldaten. Der König hatte nicht irgendwen geschickt.

»Salve, Sarkan, die Erde möge dich und deinen Klan anerkennen.«

Er sprach also die Sprache der Tuathann und kannte ihre Bräuche.

»Ich bin Taliendre O'Ballian, Bote von Eoghan Mor von Galatia, Erhabener König von Gaelia, Sohn von Conor Mac Nessa, dem Einiger. Ich bringe dir das Siegel, mit dem der Erhabene König deinem Volk einen Teil von Braunland schenkt, vom Wald von Tenian bis zur Spitze von Dinan.«

»Ein Siegel?«, fragte der Tuathann überrascht. »Willst du damit sagen, dass es weder eine Urkunde noch einen Vertrag gibt? Kein Dokument?«

»Die Schrift hat keinerlei Wert in Gaelia. Die Moira diktiert unsere Handlungen, das Wort gräbt sie in unser Gedächtnis ein. Die Druiden haben Euch ihr Wort gegeben und der Erhabene König sein Siegel zum Beweis seiner Aufrichtigkeit. Es gibt keine größere Sicherheit auf dieser Insel als das, was ich Euch bringen kann.«

Sarkan nickte. »Wenn es denn so ist.« Er erhob sich und ging zu dem Boten des Königs. »Salve, Taliendre, und die Erde möge dich sowie deinen König und deinen Klan anerkennen. Lass mich dieses Siegel sehen.«

Der Galatier reichte ihm das goldene Metallrohr. In der Mitte hatte man in einer kleinen runden Vertiefung

Wachs geschmolzen, in dem der Abdruck einer Diamantenkrone erkennbar war.

»Wir akzeptieren die Anerkennung dieser Erde, die mit dem Blut unserer Brüder bezahlt wurde. Hier wird unser Volk leben. Wir werden dieses Land Eriu nennen, Bote, teile dies dem König und seinen Grafen mit. Und in Eriu werde ich den Tempel der Tuathann errichten.«

Der Bote blieb den ganzen Abend und die ganze Nacht in Filiden und wurde aufgenommen wie ein Klanchef. Am nächsten Morgen brach er wieder zu den Ebenen Galatias auf und dachte über die Konflikte nach, die aus einem so törichten Abkommen zwangsläufig entstehen mussten. Braunland würde niemals akzeptieren, dass eine Parzelle seines Territoriums abgetreten wurde. Harcort würde diesen neuen Nachbarn nicht willkommen heißen. Aber er war nur ein Bote, und das Schicksal der Welt hing nicht von ihm ab ...

Sie waren den ganzen Tag marschiert, am Horizont immer die gezackte Kette des Gor-Draka-Gebirges vor Augen. Mjollns gute Laune verlieh der Reise eine Würze, die sie die Zeit vergessen ließ. Er lachte viel und redete noch mehr. Obwohl er tief in seinem Innern wusste, dass sie neuen Komplikationen entgegenzogen, genoss der Zwerg diese Tage des Wanderns durch die Ebenen von Galatia und dachte nicht mehr daran. Aber er redete so viel, dass er im Grunde an gar nichts mehr dachte. Auch wenn er mehrere hundert Jahre alt war und tausend Abenteuer erlebt hatte, kannten seine beiden Gefährten jetzt sein Leben auswendig, so sehr hatte er sich darüber verbreitet. Er begann seine Geschichten stets mit der rituellen Einleitungsformel: »Hab ich euch schon erzählt ...«, womit er Faith jedes Mal unweigerlich zum Lächeln brachte, was ihn jedoch keineswegs daran hinderte, seine Geschichte doch zu erzählen.

Mitten am Nachmittag führte Faith, einen der seltenen Augenblicke nutzend, in denen Mjolln nicht redete, ihr Pferd neben das von Alea, um zu versuchen, ein wenig mit ihr zu sprechen.

»Alea, du hast mir einmal von deiner Freundin aus Kindertagen erzählt …«, begann die Bardin.

»Amina?«

»Ja … Sie hat doch den Erhabenen König geheiratet?«, fragte Faith, den Blick auf das junge Mädchen gerichtet.

Alea schien überrascht. Faiths Frage kam völlig unerwartet.

»Das habe ich tatsächlich gehört. Die Hochzeit hat gerade stattgefunden. Ich wäre gern dabei gewesen. Ich wüsste gerne, was Amina alles widerfahren ist, dass sie dem Erhabenen König begegnet ist und ihn geheiratet hat … Weißt du, seit ich Saratea verlassen habe, habe ich nur an eines gedacht, sie wiederzusehen. Ich … sagen wir, die Ereignisse haben mir nicht die Zeit gelassen«, schloss sie seufzend.

»Glaubst du, dass sie sich an dich erinnert?«

Alea runzelte die Stirn. »Natürlich! Wir standen uns sehr nahe.«

»Weißt du, die Zeit verändert die Menschen manchmal. Ich kann die Freunde gar nicht zählen, die ich als Kind hatte, die ich zärtlich liebte und die mir heute vollkommen fremd sind. Wenn dein Weg dich von ihr entfernt hat, so sag dir, dass ihr Weg sie vielleicht noch viel mehr von dir entfernt hat …«

Alea zuckte die Achseln. »Ich weiß nicht. Aber ich bin sicher, dass sie sich erinnern würde. Wie kommst du gerade jetzt auf sie?«

»Alea, wenn das, was du sagst, stimmt, dann ist deine Freundin Königin geworden! Königin von Gaelia, ist dir das klar? Vielleicht könnten wir sie aufsuchen und um Hilfe bitten ...«

»Der König sucht uns noch immer«, unterbrach das Mädchen sie.

»Nur weil die Druiden ihn darum gebeten haben; aber vielleicht revidiert er sein Urteil ja, wenn seine Frau ihm sagen würde, dass du ihre Freundin aus Kindertagen bist ... Jedenfalls wäre es gut, mit Bestimmtheit zu wissen, dass sie es ist.«

»Wir werden das in der nächsten Stadt, in die wir kommen, überprüfen«, schlug Alea vor.

»Gestern hat das ganze Königreich Lugnasad gefeiert. Das Fest des Erhabenen Königs. Die Leute müssen den Namen der Königin kennen. Wir sind gewiss die einzigen Verrückten, die sich aus dieser Welt ausgeschlossen haben ... Wie lautet ihr genauer Name?«

»Amina Salia«, erwiderte Alea; dann lächelte sie.

»Was ist los?«, fragte die Bardin.

»Stell dir nur mal vor! Sie war die Tochter des Schmieds, und jetzt ist sie Königin! Und ich, die ich nur eine Waise war ...«

Sie beendete ihren Satz nicht. Als machte das Wort Samildanach ihr Angst. Oder als hätte sie geahnt, dass es Faith Angst machen würde.

Sie schwiegen eine Weile.

»Glaubst du, dass sie glücklich ist, weil sie Königin ist?«, fragte Alea träumerisch.

»Woher soll ich das wissen?«, erwiderte Faith amüsiert.

»Hätte es dir gefallen, den Erhabenen König zu heiraten?«

»Nein …«, gab die Bardin zu.

»Warum bist du nicht verheiratet?«

Faith schreckte unwillkürlich zusammen. Alea hatte wirklich eine irritierende Gabe, ihre Gesprächspartner in Verlegenheit zu bringen.

»Ich bin Bardin …«, erwiderte Faith kurz und bündig.

»Heiraten Barden nicht?«, beharrte Alea ungeniert.

»Selten …«

»Aber hast du niemals … Hast du dich nie verliebt?«

Diesmal musste die Bardin unwillkürlich lächeln. »Du bist ganz schön indiskret, Alea …«

»Neulich habe ich bemerkt, dass du Galiad mit … ziemlich aufdringlichen Blicken angeschaut hast …«

Faith weigerte sich zu antworten. Sie zog es vor, zu lachen und den Kopf abzuwenden. Alea lachte ebenfalls, und dieses so selten gewordene Lachen machte Mjolln neugierig, so dass er sich zwischen sie schob.

»Warum lacht ihr?«

»Das geht Euch nichts an, Dudelsackpfeifer!«, entgegnete Faith und blinzelte Alea zu.

Der Zwerg grummelte in seinen Bart und versetzte seinem Pony ein paar Schläge, um es vorwärtszutreiben.

Die Gruppe setzte ihren Weg in der Nachmittagshitze fort. Die Pferde machten keinen erschöpften Eindruck, als hätten auch sie Gefallen am Abenteuer gefunden. Als trieben die Zukunft und ihre Geheimnisse sie an.

Alea wandte sich erneut an die Bardin.

»Faith, als du studiert hast, um Bardin zu werden, was hast du da über die Moira gelernt?«

»Was meinst du damit?«

»Ich glaube, jeder hat eine andere Vorstellung von der Moira. Für die Sarrländer ist sie eine höchste Wesenheit, die über das Schicksal eines jeden bestimmt, für andere ist sie das Schicksal, für die Christen ist sie nur eine irrige Interpretation Gottes … Als du bei den Druiden studiert hast, was hat man dich da über die Moira gelehrt?«

Die Bardin zögerte einen Augenblick. Sie hätte sich gewünscht, Phelim wäre da, um für sie zu antworten. Sie war nicht sicher, ob sie die richtigen Worte finden würde.

»Die Moira ist das Prinzip der Geschichte«, sagte sie schließlich, »die Ursache für den Unterschied zwischen Gegenwart und Zukunft. Sie bringt die Dinge voran …«

»Das ist eine dermaßen naive Interpretation, dermaßen … unvollständig! Ich kann gar nicht fassen, dass du dich damit zufriedengibst!«, sagte Alea empört. »Du sprichst von der Moira, als wäre sie eine große Dame, die über unsere Leben entscheidet …«

Faith war sprachlos. Nicht zum ersten Mal regte sich Alea auf diese Weise auf, und das machte ihr Angst. Das Mädchen quälte sich mit Fragen, seit es den Lebensbaum gesehen hatte, und Faith fühlte sich vollkommen unfähig, ihm zu helfen. Trotz ihrer Ausbildung als Bardin war sie nicht in der Lage, in Frage zu stellen, was alle Welt über die Moira glaubte, und doch verlangte Alea genau das von ihr.

»Faith«, fuhr Alea sehr viel ruhiger fort, »ich glaube, dass die Gaelier eine falsche Vorstellung von der Moira haben, ich glaube, dass die Christen eine falsche Vorstellung von ihrem Gott haben, und ich glaube, dass die Druiden eine falsche Vorstellung vom Wesen des Saiman haben. Ich glaube, dass sich niemand die richtige Frage gestellt hat. Von all dem, was du gesagt hast, scheint mir nur ein einziges Wort richtig. Das Wort Prinzip. Ja, ich glaube, dieses Wort trifft es genau. Es gibt ein Prinzip. Ein Prinzip hinter all dem. Vielleicht auch mehrere. Alles, was ich verstehen muss, ist dieses Prinzip. Wo findet sich der Beweis für seine Existenz? Wozu dient es?«

Mehr sagte Alea nicht. Aber Faith begriff, dass sich das Mädchen in Gedanken noch mehr Fragen stellte. Und sie wagte nicht, etwas zu sagen. Sie wusste, dass sie ratlos war, sie wusste aber auch, dass ihr Schweigen und ihr Zuhören die einzige Hilfe waren, die sie Alea bieten konnte. Und helfen wollte sie ihr von ganzem Herzen. Sie sah, wie das junge Mädchen sich Tag für Tag ein bisschen mehr veränderte, wie seine Seele und sein Körper erwachsener wurden, ohne dass ihm die Zeit blieb, das Leben zu genießen, wie ein Kind seines Alters es tun sollte. Das machte sie traurig, aber sie hatte begriffen, dass Alea keine Wahl hatte. Dass sie nur ein Opfer war. Ein Opfer vermutlich dieses Prinzips, das sie zu verstehen suchte.

Nach langen Minuten des Schweigens ergriff Alea wieder das Wort, aber ihre Stimme klang nicht mehr so ernst.

»Faith, wie sagt man ›weiß‹ in der Tuathann-Sprache?«

Die Bardin zögerte einen Augenblick. Sie fragte sich, wo der Zusammenhang zwischen dieser albernen Frage und all denen war, die die Kleine sich einen Augenblick zuvor gestellt hatte. Alea wurde wirklich immer unbegreiflicher.

»Ich kenne die Tuathann-Sprache nicht sehr gut, aber ich glaube man sagt Imala«, antwortete sie schließlich. »Warum?«

»Imala«, wiederholte das Mädchen langsam. »Ja, das ist ein hübscher Name.«

»Wovon sprichst du eigentlich?«

Alea konnte nicht antworten; die plötzlichen Freudenschreie des Zwergs hinderten sie daran.

»Ein Wirtshaus!«, rief Mjolln und trieb sein Pony in den Galopp. »Bei der Moira, ein Wirtshaus!«

Alea und Faith galoppierten ebenfalls los. Eine echte galatische Mahlzeit war ein Luxus, von dem alle drei seit Tagen träumten, und für diesen Abend vergaßen sie alles, was ihre Reise Tag für Tag so bedrückend machte: Aleas Fragen, Phelims Tod, die Fahndung des Königs, sogar Maolmòrdha ...

Galiad tupfte mit einem Stück Stoff die Stirn seines Sohns ab. Die Sonne stand im Zenit, und nichts konnte die Sommerhitze am Fuß dieses öden Bergs mildern.

Der Magistel war noch immer verwirrt. Er konnte sich nicht genau erinnern. Wie war er hierher gekommen? Er erinnerte sich an einen schrecklichen Kampf. Die Herilim. Der Wald. Er erinnerte sich, vor dem leblosen Körper Phelims, seines Druiden, auf die Knie gefallen zu sein. Er erinnerte sich, dass er geweint hatte. Dass er gespürt hatte, wie das Leben den Körper seines Herrn verlassen hatte, sich in Luft aufgelöst hatte. Möglicherweise erinnerte er sich an ein paar Worte Aleas. Undeutliche Worte. Dann nichts mehr. Absolute Stille, Ewigkeit. Leere.

Er hatte das Gefühl gehabt, hier, im Schatten dieses großen Felsens, aufzuwachen wie nach einem langen Schlaf. Langsam hatte er das Bewusstsein wiedererlangt, die Augen dem blendenden Licht der Sonne zugewandt; dann war er mühsam aufgestanden. Er war wieder zu sich gekommen und hatte sofort Erwans reglosen Körper vor sich entdeckt. Einen Augenblick hatte er geglaubt, sein Sohn sei tot. Seine Beine hatten zu zittern begonnen. Er war näher herangegangen, schwankend, ungläubig, dann hatte er seine Hand auf die Brust des jungen Mannes gelegt. Er hatte gewartet. Er hatte gehofft. Diese Sekunde hatte sich in die Länge gezogen, es war eine Sekunde, die über Leben oder Tod entschied. Eine endlose Sekunde für eine einzige Frage. *Lebt mein Sohn?*

Aber Erwans Herz schlug noch. Galiad hatte sich verkrampft. Hatte auf einen zweiten Herzschlag gewartet, um sicher zu sein. Mit der linken Hand hatte er ein paar Schweißtropfen von seinen Schläfen gewischt. Und das Herz hatte erneut geschlagen. Sein Sohn lebte. Galiad hatte einen Seufzer der Erleichterung ausgestoßen, dann hatte er Wasser gesucht. In seiner Feldflasche war noch etwas. Er war sehr durstig, aber zuerst kümmerte er sich um seinen Sohn, versuchte ihn zu wecken, indem er seine Lippen, seine Wangen mit Wasser benetzte … Aber der junge Mann war in ein tiefes Koma versunken.

Seit zwei Tagen versuchte Galiad mittlerweile vergeblich, seinen Sohn zu wecken. Erwan war alles, was ihm noch blieb. Sein einziger Lebensinhalt. Phelim war tot. Der Rat hatte sie verbannt. Etwas Schlimmeres konnte einem Magistel nicht passieren. Und Galiad wurde wütend. Er lehnte sich gegen das Schicksal auf, das die Moira für ihn bereitzuhalten schien. In den letzten beiden Tagen hatte er gegen das Koma seines Sohns gekämpft. Er ließ ihm die beste Pflege angedeihen, zu der er fähig war. Er überließ ihm das ganze Wasser, das ihm noch geblieben war. Er brachte ihn an den kühlsten Ort in diesem entsetzlichen Glutofen, kämpfte gegen den Schlaf an und wartete, dass sein Sohn aufwachte.

Am Abend des dritten Tags öffnete Erwan die Augen. Am vierten konnte er sprechen, und am fünften machte er ein paar Schritte. Sein Körper wies nicht die geringste

Spur einer Verletzung auf, und doch war er schwächer als ein schwer verwundeter Mann. Galiad verspürte selbst eine unendliche Müdigkeit. Irgendetwas war geschehen. Etwas, das keiner von ihnen begreifen konnte.

Am Abend des sechsten Tags konnten sie endlich länger miteinander reden, während sie ein Stück Fleisch aßen, das Galiad über dem Feuer gebraten hatte.

»Alea«, sagte Erwan mühsam, während die Nacht sich auf sie senkte. »Sie hat uns hierher geführt, um uns zu schützen. Ich weiß nicht, wie sie es angestellt hat, aber ich erinnere mich, dass sie uns hierher geschickt hat.«

»Du hättest niemals kommen dürfen, Erwan …«

»Ich wollte dich warnen, dass der Rat hinter euch her war, und ich wollte … Alea helfen.«

Galiad lächelte. Er wusste Bescheid.

»Sie muss glücklich gewesen sein, dich zu sehen. Und du bist im richtigen Moment gekommen. Es war nicht vernünftig, dass du gekommen bist, aber manchmal muss man auch unvernünftig sein können. Ich danke dir. Dein Schwert war nicht überflüssig in diesem Kampf. Ich hoffe dennoch, dass es nicht vergeblich war … Dass auch Alea überlebt hat. Und Mjolln und die Bardin. Da war noch ein Herilim. Der Schrecklichste von allen.«

»Ich bin sicher, dass sie ihn besiegt hat«, behauptete Erwan. »Wenn sie in der Lage war, uns hierher zu schicken, dann sind ihre Fähigkeiten noch größer als die eines Druiden.«

Galiad zog es vor, nichts zu sagen. Sein Sohn hatte vermutlich Recht, aber diese Wahrheit war erschreckend. Dabei wusste er, dass die Welt gerade eine beispiellose Umwälzung erlebte. Phelim selbst hatte es vorausgesagt. Und alles schien darauf hinzudeuten, dass die Hauptursache für diese Umwälzung die junge Alea war. So unglaublich es auch scheinen mochte. Und wenn Phelim sie hatte beschützen wollen, wenn er sogar vorgezogen hatte, sich eher vom Rat verbannen zu lassen, als das Mädchen im Stich zu lassen, dann wusste Galiad, dass es so sein musste.

»Phelim ist tot, nicht wahr?«, fragte Erwan seinen Vater, aber das Zittern seiner Stimme zeigte, dass er die Antwort kannte.

»Ja. Ich spüre seine Präsenz nicht mehr. Es ist … es ist ein schreckliches Gefühl.«

Erwan schwieg einen Augenblick. Er hatte seinem Vater so vieles zu sagen. Ihn so vieles zu fragen, so vieles zu enthüllen, und vor allem fragte er sich, was sie jetzt tun konnten. Für ihn zählte nur Alea. Er musste unbedingt wissen, ob sie lebte. Und wenn ja, wo sie war. Er wollte sie wiederfinden. Aber würde sein Vater das akzeptieren? Und wie sollten sie sich dem Rat gegenüber verhalten?

»Vater, ich verstehe, was Ihr empfindet. Finghin hat mich zu seinem Magistel gemacht, bevor ich gegangen bin. Ich hätte mir gewünscht, dass Ihr an diesem so wichtigen Tag da gewesen wärt, aber ich musste Euch wiederfinden, und Finghin hat sich geweigert, mich gehen zu lassen, wenn ich mich nicht …. Ich verstehe jetzt das Band, das einen Magistel mit seinem Druiden verbindet. Es ist … ganz außergewöhnlich.«

Galiad nickte. Er hatte es geahnt, als Erwan an seiner Seite gegen die Herilim gekämpft hatte. Da war etwas Neues in seinen Bewegungen, seinen Ausweichmanövern, seinem Instinkt. Das Zeichen des Saiman.

»Wenn ihr das so entschieden habt, dann macht mich das glücklich. Ich dachte nicht, dass es so schnell geschehen würde, aber offen gestanden geht seit Aleas Ankunft alles sehr schnell, und das ist gewiss der Wille der Moira.«

»Finghin muss sich Sorgen um uns machen. Ich wünschte, ich könnte ihn beruhigen. Oder einfach nur mit ihm sprechen …«

»Aber zuerst möchtest du doch Alea wiederfinden, nicht wahr?«, beendete Galiad den Satz für seinen Sohn.

Erwan nickte.

»Und du, was soll ich deiner Meinung nach tun?«, fragte der junge Magistel demütig.

»Phelim hätte gewollt, dass wir bei Alea bleiben. Wir werden uns gemeinsam auf die Suche nach ihr machen, Erwan, aber vorher musst du erst wieder zu Kräften kommen, und ich auch.«

Vater und Sohn hatten keine Mühe einzuschlafen, aber es war für beide ein unruhiger Schlaf.

Als Erwan am nächsten Morgen erwachte, sah er, dass sein Vater nicht mehr neben ihm lag. Leicht beunruhigt, stand er auf und inspizierte die unmittelbare Umgebung des Lagers, um ihn zu finden. Nichts. Er hob den Kopf und suchte den Berghang ab. Dort erblickte er seinen Vater, der vor einem hohen Felsen kauerte.

Neugierig ging er zu ihm, ohne das Essen zu nehmen, das sein Vater für ihn bereitgelegt hatte. Als Galiad seinen Sohn kommen hörte, erhob er sich und machte ihm ein Zeichen, sich dem Felsen zu nähern.

»Sieh nur!«, rief er und deutete auf die glatte Oberfläche des hohen Steins. »Hier, dieses Symbol …«

Erwan ging näher heran. Und da entdeckte er, was sein Vater ihm zeigen wollte. Ein Zeichen war in den Felsen eingraviert. Eine Krone und ein Herz, beschirmt von zwei Händen.

»Was ist das?«, fragte Erwan.

»Das Symbol des Samildanach. Es war auf Ilvains Ring, den Alea in der Heide gefunden hat … Wirklich eigenartig. Das kann doch kein Zufall sein, nicht wahr?«

»Du glaubst, das ist ein Zeichen, das Alea uns hinterlassen hat?«, fragte Erwan eindringlich.

»Ich weiß nicht, das würde mich wundern. Ich glaube nicht, dass sie hier gewesen ist …«

In diesem Augenblick runzelte Erwan die Stirn.

»Ich … ich erinnere mich jetzt. Nicht Alea hat uns hierher geführt. Jedenfalls nicht direkt.«

»Wie das?«, fragte Galiad überrascht.

»Ich weiß nicht, ob es wahr ist oder einfach nur ein Traum war, aber ich erinnere mich, dass ich in eine stille, leere Welt eingetreten bin, in der Alea, du, ich und der letzte Herilim waren. Wir waren gelähmt. Fast bewusstlos. Und Alea sprach mit uns. Sie sagte uns, wir sollten fliehen. Sie sagte mir, ich solle an einen Ort denken, um mich dorthin zu begeben. Als könnten meine Gedanken mich transportieren …« Erwan hörte auf zu sprechen und blickte seinem Vater in die Augen. »Du musst mich für verrückt halten …«

»Nein. Nein, Erwan, ich erinnere mich daran. Ich habe das ebenfalls für einen Traum gehalten … Ich erinnere mich, sie sagte: ›Denkt euch weit weg von hier‹, oder etwas in der Art, nicht wahr?«

»Ja, und dann waren wir hier. Und ich habe keine Ahnung, an was für einem Ort wir uns befinden«, fuhr Erwan fort.

»Ich denke, das ist das Gor-Draka-Gebirge. Aber warum hier?«

Sein Sohn zuckte die Achseln. Erneut betrachteten sie das Symbol auf dem Stein. Es war kein Zufall. Es gab einen Grund, aber sie kannten diesen Grund nicht. Alea würde möglicherweise eine Antwort haben. Aber dafür mussten sie sie wiederfinden.

Und sie hatten keine Ahnung, wo sie sie suchen sollten.

Es war ein Gasthof, in den anscheinend nur wenige Gäste kamen. Oben auf einem kleinen Hügel gelegen, wo Pferde und Ponys auf einem abgegrasten Feld nach den letzten Grasbüscheln suchten, handelte es sich um ein mit Terrakotta verputztes Fachwerkhaus. Das sichtbare Balkenwerk war alt und eigenartig, und an manchen Stellen so schief, dass man sich fragte, wie das Ganze der Zeit hatte standhalten können. Das Dach setzte sich nach Westen in einem Vordach fort, das von zwei senkrechten Trägerbalken gestützt wurde und eine kleine Terrasse überdachte, auf der man am frühen Abend die kühle Luft genießen konnte. Zwei steinerne Schornsteine ragten aus dem Strohdach, der größere, der nicht rauchte, kam aus dem Gastraum, der andere, aus dem Rauch aufstieg, war bereits in der Küche in Betrieb. Über der Eingangstür trug der Gasthof stolz sein Schild zur Schau: Zum Lamm im Blätterteig; man hatte sogar eine herrliche Lammkeule auf das Schild malen lassen.

»Das ist ein Wirtshausname, der einem richtig das Wasser im Mund zusammenlaufen lässt!«, rief Mjolln, als sie sich endlich dem Gebäude näherten.

Er rieb sich die Hände, ging als Erster hinein und begrüßte die Wirtsleute mit lauter Stimme. Kein einziger Gast saß im Speisesaal, und die beiden Wirtsleute schenkten dem Zwerg ein einladendes Lächeln. Alea und Faith kamen ebenfalls herein.

Der Raum war klein, aber hübsch, jedes Detail zeigte

deutlich, dass die Wirtsleute ihren Beruf und gewiss auch ihr Haus liebten. Die Tische waren geschmückt, auf jedem stand ein Blumentopf, an den Wänden hingen Bilder, an der Decke schöne Lampen. Der Raum war hergerichtet wie der Innenraum eines Schiffs. Täfelung bis auf halbe Höhe der Wände, Kupfergerätschaften, Netze… Der Gasthof lag fern der großen Städte, an einer wenig benutzten Straße, aber er war gewiss schöner eingerichtet als so manch großes Haus Galatias, das für die Zahl seiner Besucher berühmt war.

»Guten Tag, meine Damen«, sagte die mollige Wirtin, als sie Faith und Alea hereinkommen sah.

Die Bardin erwiderte ihren Gruß mit jenem magischen Lächeln, das ihr keiner nachmachen konnte, ein Lächeln, von dem Alea vermutete, dass es ihrer Kaste vorbehalten war.

»Wollt Ihr essen?«, fragte die kleine Frau.

»Mit dem größten Vergnügen!«, erwiderte der Zwerg eilig. »Und wir werden auch bei Euch schlafen, wenn Ihr noch freie Zimmer habt.«

Die Wirtin lächelte.

»Ihr seid im Augenblick unsere einzigen Gäste«, gestand sie. »Kommt, setzt Euch, Ihr müsst müde sein. Ich werde Euch sofort das Abendessen machen. Ich werde meine Spezialität für Euch zubereiten, und wenn kein anderer Gast mehr kommt, dann muss eben mein Mann den Rest mit Euch aufessen!«

Sie ging lächelnd in die Küche und überließ die drei ihrem schnurrbärtigen Mann.

»Wollt Ihr etwas trinken? Einen Cidre, einen Melissengeist? Bier, Met? Oder vielleicht einen Tee?«

Mjolln antwortete als Erster.

»Bier! Für mich Bier! Ähm.«

»Ich nehme einen Cidre«, fuhr Faith fort.

»Ich… Ja, für mich auch einen Cidre«, bat Alea schüchtern.

Sie hatte noch nie in ihrem Leben in einem Wirtshaus einen Cidre bestellt und fragte sich, ob es in ihrem Alter nicht unangebracht wäre. Sie war verlegen und amüsiert zugleich. Ihr Leben war dermaßen merkwürdig geworden. Sie war der Samildanach, aber sie würde gleich zum ersten Mal in ihrem Leben Cidre trinken!

Der Wirt nickte freundlich und ging, um die bestellten Getränke zu holen.

»Dieses Gasthaus ist seltsam eingerichtet, nicht wahr?«, flüsterte Alea und beugte sich über den kleinen Holztisch zu ihren Freunden.

»Ich denke, sie wollten an das Innere eines Schiffs erinnern«, erklärte Faith lächelnd. »Das Meer ist hier nicht sehr weit weg, in Richtung Westen.«

»Ich bin niemals auf einem Schiff gewesen…«

»Wenn man bedenkt, wie du Boote lenkst«, rief der Zwerg spöttisch, »dann denke ich, das ist auch besser so!«

Er brach in schallendes Gelächter aus. Die Atmosphäre des Gasthofs und der Gedanke, die Spezialität der Wirtin zu probieren, hatten ihn in die fröhlichste Stimmung versetzt.

»Was meint Ihr damit?«, fragte Faith.

»Er spielt auf unsere Flucht aus Sai-Mina an«, erklärte Alea und lächelte ihrerseits. »Sagen wir, ich habe ein bisschen gemogelt, um unsere Überfahrt zu beschleunigen… Heute lachst du darüber, mein guter Mjolln, aber an dem Tag hattest du ganz schön Schiss!«

Mjollns Lachen erstarb allmählich. Zum ersten Mal hatte er ganz offen von Aleas Macht gesprochen. Und um es zu können, hatte er lachen müssen. Er fragte sich, ob er richtig gehandelt hatte, aber er fühlte sich befreit …

»Tut mir leid, dass ich euch all dem aussetze«, murmelte Alea, als hätte sie die Gedanken des Zwergs gehört.

»Es muss dir nicht leid tun«, erwiderte Faith sofort.

»Ich mache euch ein bisschen Angst, nicht wahr?«

»Natürlich; wie sollten wir keine Angst haben? Aber die Hauptsache ist doch, dass wir dir vertrauen, nicht wahr, Mjolln?«

Dem Zwerg war das Lachen vergangen. Die Unterhaltung war auf ein ernstes Thema umgeschwenkt, und das hasste er, aber er wusste auch, dass Alea das brauchte. Er seufzte, und dann beschloss er zu antworten.

»Wir Zwerge verstehen den Saiman nicht. Ähm. Umso besser oder Pech für uns. Noch nie ist ein Zwerg Druide gewesen, wisst ihr. Also ist es doch nur natürlich, dass mir das Angst macht …« Er machte eine beklemmende Pause, den Blick in der Holzmaserung des Tisches verloren. Dann fuhr er fort: »Egoistisch. Ähm. Jetzt kennt ihr die Wahrheit. Ich bin egoistisch, Alea. Denn was mir Angst macht, ist im Grunde nicht deine Kraft … Ähm. Das nicht, nein. Was mir Angst macht, ja, ist, dich ihretwegen zu verlieren …«

Alea legte ihre Hand behutsam auf die des Zwergs. Es fiel ihr schwer, ihre Rührung zu verbergen. Aber es war weder der Ort noch der Moment, sich gehen zu lassen. Sie verbarg das alles durch einen Seufzer und ein schiefes Lächeln.

»Nein, Mjolln. Du wirst mich nicht verlieren. Ich bin ebenfalls egoistisch, und ich habe fest vor, euch bei mir zu behalten. Allerdings wisst ihr, was ich tun muss …

was ich zu tun habe. Und ehrlich gesagt fehlt mir im Augenblick etwas. Oh, ihr tut viel für mich, viel mehr, als ich von euch verlange, viel mehr, als ich euch zurückgeben kann, aber mir fehlt etwas. Jemand.«

Der Zwerg zog eine Augenbraue hoch.

»Nein«, fuhr Alea lächelnd fort. »Ich meine nicht Erwan, auch wenn es stimmt, dass er mir fehlt …«

»Phelim?«, fragte Faith.

»Ja. Ein Druide wie Phelim. Jemand, der den Saiman kennt, der weiß, wer ich bin, der mich aber nicht unbedingt loswerden will … Jemand, mit dessen Hilfe ich verstehen könnte, was mit mir geschieht, mit dem ich weiterlernen könnte … Es ist grausam von mir, euch das zu sagen, aber all das könnt ihr mir nicht bieten.«

»Ach ja, Alea. Ja. Aber Phelim war der einzige Druide, der dich verstehen konnte … Die anderen, o nein, die anderen nicht.«

»Ich kann nicht glauben, dass alle Druiden schlecht sein sollen, Mjolln. Phelim kann nicht der Einzige sein. Vielleicht war er der Einzige unter den Großdruiden, aber auch das würde mich wundern, jedenfalls ist es nicht möglich, dass er der Einzige unter allen Druiden von Sai-Mina gewesen sein soll.«

Die Bardin ergriff das Wort, und ihre Stimme klang eine Spur genervt.

»Ihr sprecht von meinen Brüdern, wenn ich euch erinnern darf. Und selbst wenn der Rat sich geirrt haben sollte, aber da bin ich mir keineswegs sicher, erlaube ich euch nicht, so über die Druiden zu sprechen!«

»Ähm. Nicht sicher? Dass der Rat sich geirrt hat? Der Erzdruide wollte meine Steinewerferin einer tödlichen Prüfung unterziehen! Nein, ich bin sicher! Wie könnt Ihr nicht sicher sein, Bardin?«

»Diese Prüfung wäre tödlich, wenn Alea nicht der Samildanach wäre, und heute sind wir doch fast sicher, dass sie er ist, nicht wahr? Du hättest diese Prüfung mit Sicherheit überlebt, Alea, und Ailin wusste das vielleicht. Man darf die Handlungen und die Worte eines Druiden nicht vorschnell interpretieren. Unter dem Deckmantel seiner Aggressivität dir gegenüber wollte er vielleicht nur sicherstellen, dass alle dich anerkennen ... Wer kann das wissen?«

Alea nickte.

»Ich habe auch schon an diese Möglichkeit gedacht, Faith. Aber das macht aus Ailin noch keinen guten Menschen. Was ich den Druiden vorwerfe, ist meine Sache, und das geht sehr viel tiefer als ihre Handlungen gegen meine Person ...«

»Manche meiner Druidenbrüder haben ein reines Herz. Manche, mit denen ich zu tun hatte, als ich die Kunst meiner Kaste lernte, waren gerechte Männer, deren Absichten oft besser als meine waren. Es gibt viele Druiden, die ebenso gut wie Phelim sind. Vielleicht nur wenige, die ebenso weise sind, aber ebenso gut, dessen bin ich sicher.«

»Das möchte ich gern glauben«, stimmte Alea zu.

»Ähm, vielleicht. Ich erinnere mich an einen Lehrling, der Erwans Freund war. Wir haben ihn in Sai-Mina gesehen. Ja. Erinnerst du dich?«

»Ja, William. Du hast Recht. Er hatte das Herz am rechten Fleck, wie Erwan. Wenn ich ihn nur treffen könnte ...«

»Aber er war nur ein Lehrling ...«

»Das ist egal. Ich glaube, dass er kurz vor seiner Initiation stand. Heute ist er vielleicht schon Druide. Erwan muss es wissen. Ich muss unbedingt einen Weg finden, mit Erwan in Kontakt zu treten. Vielleicht wird er ja bereit sein, mich mit seinem Freund bekannt zu machen. Letzten Endes hattest du doch Recht, Mjolln«, schloss Alea lächelnd, »ich brauche Erwan …«

»Sieh an, sieh an«, sagte der Zwerg spöttisch.

Sie wurden vom Wirt unterbrochen, der die Getränke brachte, die sie bestellt hatten. Alea fand den Cidre ein wenig bitter, aber nach ein paar Schlucken hatte sie sich daran gewöhnt und fand Gefallen an diesem neuartigen Geschmack.

Kaum hatten sie ihre Gläser ausgetrunken, erschien die Frau des Wirts und brachte voll Stolz eine große Platte, von der ein köstlicher Duft aufstieg.

Die Köchin hatte ein außergewöhnliches Meisterwerk vollbracht. Sie hatte eine entbeinte Lammkeule mit halbierten Nieren gefüllt, die sie mit Thymian gebraten hatte. Nachdem sie die Keule mit den Nieren zusammengebunden hatte, hatte sie sie auf lebhaftem Feuer scharf angebraten. Nachdem das Ganze abgekühlt war, hatte sie das Fleisch mit Blätterteig bedeckt, auf den sie sorgfältig kleine Rauten gezeichnet hatte, und das Ganze dann in den Ofen geschoben. Als Beilage servierte sie zu diesem köstlichen Gericht Tomaten, die mit einem Püree aus Zucchini und Kartoffeln gefüllt waren.

Wie es seine Gewohnheit war, klatschte Mjolln in die Hände, als er dieses Meisterwerk der Kochkunst sah. Die geschmeichelte Wirtin legte ihm zuerst auf, und er wartete nicht, bis die anderen ihre Portion bekommen hatten, um mit dem Essen anzufangen.

Sie ließen es sich schmecken und sprachen kein Wort, bis sie fertig gegessen hatten; nur ein paar leise Laute des Vergnügens und der Bewunderung waren von Zeit zu Zeit zu vernehmen.

Als sie ihre Mahlzeit beendet hatten, beglückwünschten sie die Wirtin und gingen hinaus, um sich auf die kleine Terrasse zu setzen und den Sonnenuntergang zu betrachten. Sie unterhielten sich noch bis spät in die klare Sommernacht hinein, dann kündigten Mjolln und Faith an, dass sie schlafen gehen würden.

»Gute Nacht… Ich werde noch meinen kleinen Spaziergang machen«, sagte Alea lächelnd zu ihren Freunden.

Aber an diesem Abend folgte Mjolln ihr. Der Zwerg, dessen Neugier mit jedem Spaziergang Aleas größer geworden war, hatte beschlossen, dass er es endlich wissen wollte. Und da er sich nicht getraut hatte, das Mädchen zu fragen, hatte er entschieden, ihm zu folgen. Gewiss hatte der Wein, den der Wirt serviert hatte, ihm an diesem Abend den nötigen Mut verliehen…

Er folgte Alea also über die Felder und versuchte möglichst kein Geräusch zu machen. Natürlich wusste er nicht, dass Alea ihn von Anfang an bemerkt hatte. Doch sie sagte nichts. Schließlich hatte der Zwerg ein Recht darauf, Bescheid zu wissen…

Sie ging nach Süden, dorthin, wohin ihr Instinkt sie führte, und als sie weit genug vom Gasthof entfernt war, suchte sie nach dem Ort, wo die Wölfin sich am besten verstecken konnte. Sie setzte sich ins Gras und wartete, die Arme über den Knien gekreuzt. Nur das Zirpen einiger Grillen war zu vernehmen.

Lange saß sie da, ohne sich zu bewegen. An den anderen Abenden war die Wölfin schneller erschienen. Aber vermutlich hatte sie die Anwesenheit von Mjolln gespürt, der sich ein paar Meter entfernt versteckt hatte.

»Mjolln!«, rief Alea.

Der Zwerg zuckte zusammen. Nicht einen Augenblick hätte er vermutet, dass das Mädchen ihn bemerkt haben könnte.

»Komm und setz dich neben mich!«

Der Zwerg seufzte und kam aus seinem Versteck. Alea drehte sich nicht einmal um. Sie wusste ganz genau, wo er war.

»Setz dich hierher und mach kein Geräusch. Du spionierst mir also hinterher?«

»Ähm. Ich mache mir eben Sorgen um dich, Steinewerferin. Ich frage mich, was du machst, wenn du abends immer so fortgehst, ja. Ich habe Angst, dass dir etwas passiert, das ist alles.«

»Ich würde eher sagen, du stirbst vor Neugier! Also, wenn du mein kleines Geheimnis entdecken willst, dann verhalte dich mucksmäuschenstill.«

Der Zwerg nickte aufgeregt. Er war nicht wirklich beruhigt, aber er wollte unbedingt Bescheid wissen.

Lange saßen sie so nebeneinander, bis Alea sich fragte, ob die Wölfin überhaupt noch kommen würde, als plötzlich Blätter raschelten und das weiße Fell des Tieres flüchtig im dunklen Dickicht auftauchte.

Mjolln schloss seine Hände fest um Aleas Arm. Er hatte eine Gänsehaut.

»Was … was ist das?«

Das Mädchen lächelte.

»Keine Angst, Mjolln. Sieh genau hin.«

Alea streckte ihre Hand langsam nach der Wölfin aus. Man konnte ihre gelben Augen durch die Blätter sehen. Alea rieb ihre Finger an ihrer Handfläche, um die Wölfin anzulocken, und schließlich entschloss sich die Wölfin, aus dem Schatten herauszutreten. Sie kam ein paar Schritte auf sie zu, dann blieb sie stehen und starrte den Zwerg an.

»Äh, hm, ich weiß nicht so recht…«, murmelte Mjolln.

»Psst«, unterbrach Alea ihn.

Imala, komm her. Hab keine Angst. Das ist Mjolln. Er ist mein Freund.

Die Wölfin jaulte leise. Sie drehte sich mehrmals um sich selbst und kam dann langsam näher. In Etappen näherte sie sich den beiden Vertikalen. Ein paar Schritte, dann blieb sie stehen. Zögernd wiegte sie sich auf ihren Vorderbeinen hin und her, senkte den Kopf und hob ihn leise wimmernd wieder. Alea wiederholte die Bewegung ihrer Finger. Die Wölfin kam näher. Bald war sie so nah herangekommen, dass ihr Schwanz die Füße des jungen Mädchens streifte. Aber immer, wenn Alea die Hand hob, um sie zu streicheln, machte die Wölfin einen schnellen Schritt zurück. Das Mädchen ließ sie gewähren.

Imala hatte noch immer ein wenig Angst, und den zweiten Vertikalen kannte sie nicht. Sie machte ein paar Schritte um die beiden Menschen herum und galoppierte dann, wie von einer plötzlichen Angst gepackt, in die Dunkelheit der Nacht.

Alea erhob sich, ein Lächeln auf den Lippen, und sah der Wölfin nach, die zwischen den Bäumen verschwand.

»Fo… fo… folgt dieser Wolf uns schon lange?«, fragte Mjolln mit zitternden Lippen.

»Das ist kein Wolf«, korrigierte Alea, »das ist eine Wölfin. Sie folgt uns, weil ich sie darum gebeten habe.«

Mjolln runzelte die Stirn.

»Sprichst du jetzt mit den Wölfen?«

»Nicht mit *den* Wölfen. Mit *dieser* Wölfin. Das ist nicht irgendeine Wölfin. Sie hat etwas Besonderes.«

»Ach ja, und was?«

Alea zuckte die Achseln.

»Ich weiß nicht... Aber ich weiß, dass sie nicht zufällig da ist. Wir müssen gemeinsam etwas tun. Ich spüre es.«

»Wenn du willst...«, erwiderte Mjolln zweifelnd. »Solange sie nicht gefährlich ist...«

»Imala ist meine Freundin. Sie ist nicht gefährlich. Es sind eher die Menschen, die eine Gefahr für die Wölfe sind, weißt du.«

»Tada, das ist nicht, was man erzählt, nein, nein, nicht, was man erzählt«, entgegnete Mjolln und stand auf.

Alea lächelte. »Man darf nicht alles glauben, was erzählt wird.«

Der Zwerg verzog das Gesicht, und dann kehrten sie Seite an Seite zum Gasthof zurück.

»Nun ja«, räumte Mjolln ein, »schön ist sie ja, deine Wölfin, ja. Und ja, wie weiß sie ist! Ich verstehe, ja. Deswegen hast du Faith vorhin gefragt, wie man ›weiß‹ in der Tuathann-Sprache sagt... He he. Aber warum die Tuathann-Sprache?«

»Phelim hat mir einmal gesagt, dass die ersten Einwohner Gaelias die Wölfe und die Tuathann gewesen seien. Sie sind in gewisser Hinsicht unsere Vorfahren... Ich habe mir gesagt, dass die Wölfe folglich Namen haben müssten, die die Tuathann ihnen gegeben haben...«

»Tja... Wenn du willst...«

Der Zwerg blickte Alea überrascht an. Im Kopf der Kleinen gingen eine Menge Dinge vor, von denen er keine Vorstellung hatte, und es nützte gar nichts, dass er sich vorgenommen hatte, sich nicht mehr zu wundern. Alea schob die Grenzen der Schrulligkeit immer noch weiter hinaus. Er seufzte und stellte seiner Freundin keine weiteren Fragen mehr. Außerdem war es schon spät, und er hatte es eilig, ins Bett zu kommen. Er lief schneller, und als sie den Gasthof erreicht hatten, ging jeder von beiden in sein Zimmer hinauf und legte sich rasch schlafen.

Djar. Ich erkenne diese Welt jetzt mühelos wieder. Ich träume nicht, ich reise. Imala, ich weiß, dass du nicht fern bist. Eines Tages werden wir uns hier verstehen können, denn ich denke, dass du hier keine Angst mehr haben wirst. Aber es gibt Dringenderes. Erwan. Ich muss Erwan wiederfinden.

Wo könnte er hingegangen sein? Ich hatte ihn gebeten, mit seinem Vater so weit weg wie möglich zu gehen. Sich weit weg zu denken. Ist es ihm gelungen? Er kennt Djar nicht, er weiß bestimmt nicht, wie man sich mit der Kraft des Denkens bewegt.

Wir waren im Süden der Insel. Nein. So darf ich nicht denken. Er hat seinen Körper nicht so kontrollieren können, dass er in die Außenwelt zurückkehren konnte. Wenn es ihm gelungen ist fortzugehen, dann nur an einen anderen Ort von Djar. Nicht in die wirkliche Welt… Vielleicht sitzen sie ja noch immer in diesem Raum fest. Ich hoffe, dass ihnen nichts passiert ist.

Der… Was ist los? Alles verschwimmt. Dieses Licht! Ich kann dieses Licht nicht sehen. Wie ein langer weißer Strahl. Der vor mir kreist. Die Augen schließen. Ich muss die Augen schließen. Aber ist das hier möglich? Ich schaffe es nicht. Ich muss es schaffen. Ich muss. Dieses Licht tut mir zu sehr weh.

Ich schließe die Augen.

Wind. Eine Welle von Wind geht durch meinen Körper. Etwas ist passiert. Das Licht vielleicht. Ich kann vielleicht wieder die Augen öffnen. Jetzt.

Ich öffne die Augen.

Phelim. Vor mir.

»Druide?«

Das ist das einzige Wort, das mir einfällt. Er lächelt.

»Guten Tag, Alea …«

»Was …«

»Ich kann hierher kommen, Alea. Ich kann herkommen, aber nicht für lange. Das kostet mich viel Kraft. Es ist … sehr anstrengend!«

»Phelim! Ich habe mir so sehr … Das ist nicht möglich …«

»Du hast die Welt von Djar gefunden. Du bist jetzt so stark, Alea!«

Ich muss ihm antworten. Normal mit ihm sprechen. Er ist wirklich da. Ich darf diesen Augenblick nicht zerstören.

»So stark? Ich verstehe nicht die Hälfte von dem, was ich verstehen möchte. Wenn Ihr doch da wärt …«

»Du verstehst bereits mehr als die meisten Druiden … Ich habe nicht die Zeit, dir alle Antworten zu geben, die du suchst. Und ich habe diese Antworten auch nicht … Ach. Ich bin erschöpft. Es ist so anstrengend für mich hier …«

»Erwan?«

»Es gibt ein Tor zwischen allen Welten. Ein Tor zwischen der Welt von Djar und Gaelia. Und zu weiteren Welten. Dort musst du suchen. Das Tor von Djar. Es ist ein Tor, durch das jeder in die Welt von Djar gehen oder sie verlassen kann. Es ist ein bisschen wie der Man'ith von Djar.«

»Ein Tor?«

»Ja. Und durch dieses Tor können auch wir kommen.«

»Wer wir?«

»Die Toten, Alea.«

Das Bild verschwindet. Phelim verschwindet. Nein!

»Wartet!«

Er hört mich nicht mehr. Ich möchte ihm folgen. Nein, ich darf ihm nicht folgen. Ich habe nicht das Recht dazu. Phelim. Danke, Phelim. Wie schön ist es, Euch wiederzusehen.

Ich schließe die Augen.

Ein Tor. Das Tor von Djar. Wie soll ich es finden?

Imala. Sie weiß es vielleicht.

Ich gehe. Ich muss nur weit weg von hier gehen. Und mich dann hinsetzen. Dort. Mitten ins Nirgendwo. Wenn ich warte, wird sie kommen. Meine Wölfin.

Nichts. Mir ist schwindlig. Alles ist so leer. Ich darf nicht daran denken. Mein Blick trübt sich. Ich muss nur daran glauben. Ich muss hier bleiben. Einatmen. Die Augen weit öffnen, daran glauben und warten.

Da ist sie ja. Imala. Meine Wölfin. Sie kommt näher. Hier hat sie keine Angst.

Du hast keine Angst. Du verstehst mich. Ich sehe durch deine Augen. Ich sehe, wie du uns siehst. Ich sehe deine Angst. Deine Erinnerungen. Ahena. Du hast diese Wölfin besiegt. Und deine Jungen… Ja. Sie sehe ich auch. Sie hat sie getötet, nicht wahr?

Wie kommst du hierher, du, die du nur eine Wölfin bist? Woher kennst du die Welt von Djar? Sie ist in deinem Gedächtnis, nicht wahr? Du willst mich nicht sehen lassen? Du hast ebenfalls Angst?

Eines Tages werden wir gemeinsam schauen müssen. In dein Gedächtnis, Imala. Wir müssen verstehen, nicht wahr? Woher kennst du diese Welt so gut?

Führe mich, Imala. Führe mich zum Tor von Djar.

Ja. Ich folge dir. Hab keine Angst. Ich bin hinter dir. Ich weiß nicht, wohin du mich führst, wie du dich orientierst, aber ich bin hier, hinter dir. Du bist meine Führerin, Imala.

Dort hinten. Das Licht, schon wieder. Ja. Ich sehe. Warte.

Sie ist nicht mehr da. Die Wölfin. Aber ich muss angekommen sein.

Ein Licht. Sonst nichts. Ich muss näher herangehen. Ich gehe. Ich habe Angst. Natürlich. Alle Welten laufen dort zusammen. Alle Welten? Wie viele gibt es, Phelim? Ihr spracht von mehreren Welten?

Ich sehe ein Loch. Ein Loch im Licht. Eine Gefahr vielleicht. Was soll's. Ich will sehen. Ich nähere mich. Noch mehr, noch ein bisschen, um zu sehen. Dort. In dieser neuen Leere. Ein blaues Licht. Der Himmel. Dann, etwas weiter unten, ein Berg. Noch einer. Ich muss näher herangehen. Ein Felsen. Ein Felsen am Fuß des Berges. Zwei Gestalten. Dort. Sie sitzen vor diesem gewaltigen Felsen. Zwei vertraute Gestalten. Galiad und Erwan. Ja. Sie sind es. Ich muss sie rufen. Sie sehen mich nicht.

Erwan! Ich bin da! Erwan!

Er hebt den Kopf.

Alles erlischt.

Alea schreckte aus dem Schlaf. Es klopfte an ihrer Tür. Wo war sie? Ach ja. Der Gasthof. Sie stand auf und rieb sich die Augen. Es war noch Nacht. Sie konnte nicht richtig sehen. Nur ein Lichtstrahl drang unter der Tür durch.

Das Mädchen näherte sich der Tür und blieb einen Augenblick stehen, um die Ohren zu spitzen.

»Fräulein!«

Das war die Stimme der Wirtin. Der kleinen rundlichen Frau, die sie so freundlich aufgenommen hatte. Was konnte sie mitten in der Nacht von ihr wollen?

Alea beschloss, die Tür zu öffnen. Sie ließ die Wirtin in ihr Zimmer. Die Wirtin wirkte verlegen. In der rechten Hand trug sie einen Kerzenleuchter und mit der linken machte sie Alea ein Zeichen, kein Geräusch zu machen.

»Fräulein... Ihr seid Alea, nicht wahr?«

»Was ist los?«

»Soldaten des Königs sind vorhin gekommen. Mitten in der Nacht. Ich habe gewartet, bis sie schlafen gegangen sind, um Euch zu warnen...«

»Mich zu warnen? Warum?«

»Nun ja, mein Fräulein... Im ganzen Land wird nach Euch gefahndet. Ihr seid es, nicht wahr?«

Alea sagte nichts. Erneut holte ihr Schicksal sie ein. Würde sie denn nie zur Ruhe kommen?

»Ich denke, Ihr solltet noch vor Tagesanbruch weg sein.«

Und wenn es eine Falle ist? Wie hat sie mich erkannt? Nein. Ich muss ihr vertrauen. Ich kann nicht mein ganzes Leben jedem misstrauen. Sie ist eine anständige Frau, das spüre ich.

»Warum helft Ihr mir? Warum liefert Ihr mich nicht aus?«

»Warum sollte ich?«, fragte die Wirtin erstaunt.

»Es gibt eine schöne Belohnung.«

»Und was sollte ich damit anfangen? Ich habe alles, was ich brauche. Und ich glaube keine Sekunde, dass Ihr ein schlechter Mensch seid. Ebenso wenig wie die wunderschöne Bardin, die Euch begleitet, und dieser reizende Zwerg.«

»Danke.«

»Und außerdem hört man so einiges über Euch …«

»Über mich?«

Die Wangen der Wirtin röteten sich. Sie traute sich nicht mehr, dem Mädchen direkt in die Augen zu sehen.

»Es heißt, Ihr wärt der … der Samildanach. Ein Mädchen! Ein Mädchen Samildanach! Das ist der Traum aller Frauen!«

Alea war überrascht. »Ein Traum?«

»Fräulein Alea … Stimmt es, was man sich erzählt? Seid Ihr der Samildanach?«

»Dieses Wort hat keinerlei Bedeutung. Es ist nur ein alter Glaube. Das ist nicht wichtig. Was zählt, sind Menschen wie Ihr. Ihr erinnert mich an eine andere Frau, die sehr gut zu mir war. Und das tut mir gut. Aber Ihr habt Recht. Ich muss fliehen. Ich kann nicht hier bleiben und über all das reden. Tut mir leid. Wir müssen Mjolln und Faith wecken …«

»Wir Ihr wollt, Fräulein.«

Alea seufzte. Sie war im Begriff, ein neues Element in dem Leben zu entdecken, das sie führen würde. Etwas, das sie nicht mehr ignorieren konnte. Die Menschen. Das Bild, das die Menschen von Gaelia von ihr hatten. Im ganzen Königreich begann man von ihr zu reden. Das konnte eine erhebliche Stärke oder eine tödliche Schwäche für sie sein. Sie konnte nicht mehr darüber hinwegsehen. Sie musste darüber nachdenken … Aber erst einmal musste sie fliehen.

»Ich muss Euch noch um einen weiteren Gefallen bitten«, sagte sie.

Das Gesicht der Wirtin leuchtete auf. Vermutlich, weil es für sie ein Glück war, dem Samildanach helfen zu können.

»Gibt es einen Barden, den Ihr gut kennt? Einen Barden, zu dem Ihr größtes Vertrauen habt?«

Die kleine Frau wirkte überrascht. Auf eine solche Frage war sie nicht gefasst gewesen. Aber sie nickte.

»Taelron. Ja. Er kommt oft hierher. Und er ist gut. Nicht nur im Singen und Erzählen, er ist auch ein guter Freund.«

»Und Ihr könnt ihm vollkommen vertrauen?«, fragte Alea noch einmal.

»Wenn meine Tochter noch lebte, hätte ich mir gewünscht, dass er sie heiratet!«

»Gut. Würdet Ihr ihn für mich um etwas bitten?«

»Ja?«, drängte die Wirtin.

»Bittet ihn, eine Botschaft nach Sai-Mina gelangen zu lassen. Aber Vorsicht. Eine Botschaft, die nur ein einziger Mann bekommen darf. Und absolut unbemerkt. Sagt Eurem Freund, dass er auf keinen Fall das übliche Netz der Barden benutzen, sondern nur diejenigen seiner Brüder einschalten darf, zu denen er absolutes Vertrauen hat. Denn kein anderer Druide als der, an den diese Botschaft gerichtet ist, darf davon Kenntnis erhalten.«

»Welcher Druide, und wie lautet die Botschaft?«

»William. Er muss der jüngste Druide sein. William ist sein richtiger Name, nicht sein Druidenname. Ich weiß nicht, wie er sich heute nennt, aber das werden die Barden wissen. Und die Botschaft ist, dass er zu mir nach Mons-Tumba kommen soll.«

»Ist das alles?«, fragte die Wirtin. »Einfach nur nach Mons-Tumba? Das ist nicht sehr genau …«

»Er soll nach Mons-Tumba kommen, ich werde ihn dann schon finden.«

Die Wirtin nickte ernst. Und da begriff Alea, dass sie sich auf sie verlassen konnte. Die kleine Frau würde alles tun, um ihren Auftrag zu erfüllen. Sie konnte es in ihren Augen lesen. Ein Schimmer von Entschlossenheit, der aufrichtig war.

»Und jetzt wecken wir die anderen.«

Der Wagen des Mannes, der sich Natalis nennen ließ, wurde von sechs großen Pferden gezogen und von einem eindrucksvollen Trupp von Soldaten der Flamme eskortiert. Mehr als fünfzig Männer in Rüstung, das Gesicht trotz der drückenden Hitze unter einem breiten und geraden zylindrischen Helm verborgen. Auf ihrem Brustharnisch war in eine goldene Platte die Flamme von Harcort eingraviert.

Der Bischof musste eine Reise in den Süden unternehmen, die ihn aus Harcort herausführen würde, weswegen er den Schutz dieser christlichen Krieger benötigte.

Samael hätte gern den Saiman benutzt, um seine Reise zu beschleunigen, aber er vermied es, seine Fähigkeiten in Begleitung seiner Männer zu gebrauchen, wenn er die Identität von Bischof Natalis annahm. Für seine Pläne war es von wesentlicher Bedeutung, dass seine Identität geheim blieb. Aber sie hatten Ria bereits vor mehreren Tagen verlassen, und die Augustsonne wurde von Tag zu Tag unerträglicher.

Es würde noch einige Tage dauern, bis sie die Hauptstadt von Braunland erreichten. Samael hoffte, dass er dort den Grafen überreden konnte, sich Harcort gegen die Druiden und die Tuathann anzuschließen. Diese Reise war von entscheidender Bedeutung für die Verwirklichung seines Plans. Auch wenn die Armee von Harcort die beste der Insel war, würde sie allein nicht ausreichen, um den Rat zu stürzen, und Samael hatte nur einen Wunsch: die Macht der Druiden zu vernichten und an ihrer Stelle über die Souveräne Gaelias zu herrschen. Und dafür brauchte er zumindest die Unterstützung von Braunland.

Als sie die Grenze von Harcort passiert hatten und durch die Region von Gor-Draka fuhren, blieb der ganze Konvoi plötzlich stehen. Samael hörte die Stimme des Hauptmanns, der seinen Männern Befehle zubrüllte. Irgendetwas war da los. Die Schwerter wurden gezogen. Die Schilde von den Sätteln der Pferde gelöst. Derjenige, der einmal Großdruide gewesen war, streckte den Kopf aus dem kleinen Fenster der Kutsche und sah, dass die Soldaten sich zum Kampf formierten. Er vermochte nicht zu erkennen, was den Alarm ausgelöst hatte. Aber schon näherte sich der Hauptmann.

»Eminenz! Wir werden gleich mit einem Stamm der Tuathann zusammentreffen«, erklärte der Soldat, ohne vom Pferd zu steigen.

»Können wir ihnen nicht einfach ausweichen?«

»Nein, Eminenz, wir befinden uns in einem Tal und hätten nicht genug Zeit, um zu fliehen …«

»Haben sie uns ebenfalls bemerkt?«

»Ich glaube. Sie haben Halt gemacht. Soll ich den Befehl zum Angriff geben?«

Samael runzelte die Stirn. Er bedeutete dem Hauptmann, noch zu warten, und erhob sich, um aus dem Wagen zu steigen.

»Man gebe mir ein Pferd«, befahl er.

Der Bischof war zwar ein alter Mann, erfreute sich aber ausgezeichneter Gesundheit, und der Hauptmann vermutete, dass er einmal ein Krieger gewesen sein musste, weil er wirklich die Statur eines Kämpfers hatte. Samael zog seine Albe und seine Mitra aus und legte sie auf die

Ledersitzbank der Kutsche. Dann schwang er sich mühelos auf das Pferd, das man ihm gebracht hatte.

»Folgt mir«, befahl er dem Hauptmann.

Er galoppierte zur Spitze des Konvois. Die Soldaten neigten respektvoll den Kopf, als er an ihnen vorbeiritt. Als er die Spitze erreicht hatte, hielt er an, dicht gefolgt vom Hauptmann.

»Sie machen einen Umweg!«, rief er, als er sah, wie der Stamm in der Ferne die Straße verließ. »Seid Ihr sicher, dass es sich um Tuathann handelt?«

»Absolut, Eminenz. Es sind ihre Farben, ihre Kleidung, und ich erkenne auch ihre Formation wieder.«

»Woher könnt Ihr das wissen?«, fragte Samael überrascht. »Seid Ihr diesen Wilden schon einmal begegnet?«

»Ich war in Filiden, als sie die Stadt erobert haben, Eminenz, ich kann Euch sogar sagen, dass ich einer der wenigen Überlebenden bin. Sie sind furchtbare Krieger.«

»Und warum gehen sie uns dann aus dem Weg?«

»Sie wollen uns vielleicht von der Seite angreifen«, gab der Hauptmann zu bedenken.

»Lächerlich! Sie wissen genau, dass wir sie gesehen haben und dass diese Art von Angriff ohne den Überraschungseffekt wirkungslos verpuffen würde. Nein, ich glaube eher, dass diese Barbaren den Kampf vermeiden wollen.«

»Eminenz, es fällt mir schwer, das zu glauben.«

»Ich verlange nicht, dass Ihr mir glaubt, sondern dass Ihr mir zuhört. Ich sage Euch, sie sind im Begriff zu fliehen. Ich weiß wie Ihr, dass das bei so wilden Kriegern überraschend ist, aber vielleicht haben sie eine wichtigere Mission, als gegen uns zu kämpfen. Vielleicht transportieren sie etwas, das wir nicht sehen sollen. Nicht die Angst treibt sie in die Flucht, das gestehe ich Euch zu.

Sondern vielmehr die Geheimhaltung. Ich will wissen, was sie vor uns verbergen. Hauptmann, wir werden angreifen.«

»Eminenz, wir sind nicht mehr als sie, und ich möchte Euch unter den besten Voraussetzungen nach Braunland eskortieren können. Es wäre ärgerlich, wenn ich hier Männer verlöre und Euch dann nicht mehr schützen könnte, wenn wir in Braunland sein werden. Meint Ihr nicht, dass wir …«

»Schweigt!«, befahl Samael. »Wir verlieren nur Zeit! Befehlt Euren Männern unverzüglich anzugreifen. Wir müssen diese Barbaren einholen.«

Der Hauptmann zögerte einen Augenblick. Der Befehl des Bischofs war reiner Wahnsinn. Es gab keinen Zweifel, dass die Tuathann ihnen überlegen waren. Er hatte sie im Kampf erlebt und wusste, dass einer ihrer Krieger es mit dreien von seinen aufnehmen konnte. Aber er konnte sich nicht erlauben, sich einem Bischof zu widersetzen. Dessen war er sich vollkommen bewusst. Er versuchte seine Verwirrung zu verbergen, drehte sich zu seinen Männern um und befahl ihnen, sich für den Angriff fertig zu machen.

»Ich will, dass sechs Männer bei Seiner Eminenz bleiben!«, fügte er hinzu.

Aber Samael widersprach erneut. »Nein!«, schrie er so laut, dass alle Männer es hören konnten. »Ich werde mit Euch kämpfen, so wird Gott mit Euch sein!«

Die Soldaten der Flamme jubelten dem Bischof zu. Vermutlich hatten sie noch nie einen Kirchenmann gesehen, der bereit war zu kämpfen …

Der Hauptmann trieb als Erster sein Pferd mit Peitschenhieben an. Gleich darauf folgten ihm alle Soldaten im Galopp, unter ihnen Samael.

Die Tuathann waren bereits mitten auf dem Hang, aber sie waren zu Fuß und würden ihren Verfolgern mit Sicherheit nicht entkommen können. Als sie erkannten, dass der Kampf unvermeidlich war, hielten sie an und machten kehrt. Sie bildeten eine lange Linie auf dem Hang des Hügels, mit den Bogenschützen auf jeder Seite und in der Mitte, gerade wie die Stäbe eines Fallgitters, breitschultrige Männer mit nacktem Oberkörper, bewaffnet mit Lanzen, Äxten oder Schwertern, Arme und Brust mit den Kriegsfarben bemalt.

Samael sah sofort, dass er sich nicht geirrt hatte: Die Tuathann ließen einen riesigen zugedeckten Karren zurück. Sie transportierten irgendetwas. Etwas Wertvolles. Daran bestand jetzt kein Zweifel mehr.

Die Soldaten der Flamme hoben ihre Schilde, während ihre Pferde weitergaloppierten. Sie wussten, dass schon bald ein Hagel von Pfeilen auf sie herabregnen würde. Sie hatten gesehen, dass die Bogenschützen ihre Waffen gespannt hatten.

»Schwärmt aus!«, brüllte der Hauptmann. »Bleibt nicht zusammen!«

Die Soldaten gehorchten und entfernten sich voneinander, so dass sich bald eine breite Welle den sonnigen Abhang des Hügels hinaufbewegte.

Samael hielt sein Pferd etwas zurück, um hinter der ersten Linie der Soldaten zurückzubleiben.

Ich werde die Macht des Saiman einsetzen können. Wenn ich es richtig anstelle, werden die Männer des Hauptmanns das für ein Zeichen ihres Gottes halten. Ich muss ihnen einen Vorteil verschaffen. So groß, dass die Tuathann verwirrt sind und ich ihre Reihen durchbrechen und mir diesen Karren ansehen kann, den sie so sorgsam beschützen.

Der ehemalige Druide konzentrierte sich. Der Galopp seines Pferdes war nicht ideal, um den Saiman zu beherrschen, aber es gelang ihm sehr schnell, die Energie in seinem Körper zu konzentrieren.

Eine Kuppel. Ich werde eine Kuppel aus Saiman über ihnen bilden, um die Pfeile abzulenken. Und kurz bevor sie mit den Infanteristen in Kontakt kommen, werde ich diese Kuppel auf die Tuathann stürzen lassen; mit etwas Glück wird das ein paar von ihnen betäuben.

Der Feind war nicht weit entfernt. Samael trieb den Saiman, der aus seinen Fingerspitzen austrat, von sich weg. Er würde viel Energie in ihn pumpen. Eine große Fläche war zu bedecken. Die Verteidigungstaktik des Hauptmanns war letzten Endes von Nachteil für ihn. Es wäre einfacher gewesen, die Soldaten zu schützen, wenn sie zusammengeblieben wären. Aber das hatte der Hauptmann ja nicht wissen können.

Ein Schrei erhob sich aus den Reihen der Tuathann. Ein Signal. Wie ein Mann schossen die Bogenschützen ihre Pfeile ab. Sie flogen nebeneinander her, einige etwas voraus, andere mehr oder weniger hoch, aber alle so abgeschossen, dass sie die Reihe der Soldaten erreichen mussten, die sich im Galopp näherte.

Und doch wurden die Pfeile in dem Augenblick, in dem sie begannen, sich abwärts zu neigen, in ihrer Bahn abgelenkt. Diejenigen Tuathann, die die Bahn ihrer Pfeile verfolgt hatten, konnten es nicht fassen. Was für ein Wunder war da am Werk? Wie war es möglich, dass die Pfeile über ihren Zielen so abgelenkt wurden? Die anderen wunderten sich, dass sie keinen Soldaten zu Boden stürzen sahen. Und von den Männern aus Harcort dachten einige, sie wären so schnell geritten, dass sie den Pfeilen entkommen waren, und andere waren überzeugt, dass es sich um ein Wunder handelte. Ein Wunder, das sie der Anwesenheit des Bischofs unter ihnen verdankten. Aber keiner verlangsamte sein Pferd.

Es blieben nur noch ein paar Meter. Samael hielt die Saiman-Kuppel über ihnen so lange aufrecht, wie er konnte. Er musste bis zum letzten Augenblick warten. Bis zu der Sekunde, die dem Zusammenprall der beiden Armeen vorausging. Wenn er diese unsichtbare Masse zu früh auf das gegnerische Lager stürzen ließe, wäre das zu offensichtlich und würde nur Panik auslösen. Wenn er es aber wirklich erst im letzten Augenblick täte, würde der Schock sich mit der allgemeinen Verwirrung verbinden.

Aus der Entfernung diese Mauer aus Energie aufrechtzuerhalten, bedeutete eine beträchtliche Kraftanstrengung für ihn. Der Saiman wurde allmählich immer weniger in seinen Adern. Sogar das Atmen fiel ihm jetzt schwer. Nur noch ein paar Meter. In seinem Kopf drehte sich alles. Die Schwerter der Tuathann hoben sich. Reiben von Metall. Kriegsrufe. Der Zusammenstoß stand unmittelbar bevor. Noch einen Augenblick warten. Einen noch …

Am Ende seiner Kräfte, gab Samael plötzlich seine Kontrolle über den Saiman auf. Mit den letzten Energieströmen, die ihm noch blieben, versuchte er diese unsichtbare Masse auf die Reihen der Tuathann stürzen zu lassen. Und dann gab es so etwas wie eine Explosion.

Zuerst wusste Samael nicht, ob es ihm gelungen war, sein Ziel zu treffen. Mehrere Körper wurden in die Luft geschleudert, aber das Chaos war so groß, dass er nicht sagen konnte, ob der Saiman dafür verantwortlich war oder einfach nur der Zusammenprall der beiden Armeen. Das Zentrum der Schlacht war in eine Staubwolke gehüllt. Der Lärm war so groß, dass er den Eindruck von Chaos noch verstärkte. Aber als der eigentliche Kampf Mann gegen Mann begann und der Galopp der Pferde nur noch ein nervöses Getrappel war, sah Samael, dass zahlreiche Tuathann bereits gefallen waren. Sein Angriff hatte Erfolg gehabt. Er wartete keinen Augenblick länger. Der Kampf würde mit Sicherheit nicht lange dauern. Er musste so schnell wie möglich zu dem Karren gelangen.

Während die Schlacht nur ein paar Meter vor ihm tobte, stieg Samael vom Pferd und kniete sich hin. Er musste sich erneut konzentrieren, um noch etwas Saiman zu sammeln. Er war bereits erschöpft. Aber er war einer der angesehensten Großdruiden im Rat von Sai-Mina gewesen. Und er hatte die Beherrschung der Druidenkraft nicht verlernt. Er brauchte nur mehrmals tief einzuatmen, um wieder in Kontakt zu dieser Kraft zu treten, die tief in ihm schlief. Ein zweiter Energiefluss. Eine zweite Saiman-Quelle. Diesmal würde es weniger anstrengend sein. Und er hatte es bereits mehrmals in seinem Leben gemacht. Seinen Körper mit dem Saiman umhüllt und so fortbewegt, dass man ihn nicht mehr sehen konnte. Ihn so schnell um sich selbst drehen lassen, dass er wie ein um den Körper des Druiden gewickelter Tornado praktisch unsichtbar wurde.

Vor den Blicken der Tuathann und seiner eigenen Männer geschützt, erhob Samael sich und lief zu dem Karren, der von vier dieser Barbaren bewacht wurde. Schon bald hatte er das Handgemenge, in dem die Männer jetzt immer erbitterter kämpften, hinter sich gelassen. Die Tuathann verfügten über eine furchtbare Technik. Halb nackt, waren sie sehr viel schneller und beweglicher als die Soldaten von Harcort, die unter dem

Gewicht ihrer schweren Rüstungen kämpften. Die Krieger des Sid versetzten ihren Gegnern mit dem Knauf ihres Schwertes oder dem Griff ihrer Axt zunächst Schläge auf den Helm, die so heftig waren, dass das Dröhnen des Metalls die Soldaten betäubte und sie für einen Augenblick ohnmächtig wurden. Für einen kurzen Augenblick, gewiss, aber lang genug, damit die Tuathann geschickt die Spitze ihrer Waffe zwischen die Platten ihrer Rüstung schieben konnten, dort, wo der Körper ihrer Opfer nicht mehr geschützt wurde.

Die Soldaten fielen einer nach dem anderen. Diejenigen, die auf ihren Pferden blieben, entkamen diesem Angriff, hatten aber Mühe, die Tuathann, die sehr viel beweglicher waren, zu treffen. Dennoch bewiesen die Männer von Harcort einen Mut und eine Stärke, wie sie den Tuathann nur selten begegnet waren. Sie waren zwar weniger schnell, dafür aber stärker, und wenn ihre Rüstungen sie in ihren Bewegungen auch langsamer machten, so schützen sie sie doch wirksam vor den Angriffen.

Als der Hauptmann die Taktik seiner Feinde erkannte, stieg er vom Pferd und brüllte: »Sammelt euch. Schließt euch eng zusammen. Bildet einen Kreis! Steigt vom Pferd und bildet einen Kreis!«

Nach und nach gehorchten seine Männer. Die Befehle wurden von Reihe zu Reihe weitergegeben.

»Einen Kreis bilden. Auf den Boden!«

Manche legten erschöpft einen Teil ihrer Rüstung ab. Der Kampf organisierte sich. Viele ihrer Brüder waren gefallen, aber Gott war auf ihrer Seite.

»Bei Christus und dem Grafen von Harcort!«, schrie der Hauptmann, bevor er sich mit Feuereifer wieder in die Schlacht stürzte.

Seine Männer folgten seinem Beispiel. Die Schwerter ragten aus der Masse heraus und sausten auf die Tuathann nieder. Hier wurde ein Kopf abgetrennt, dort ein Arm, und überall begleitete das Blut den Totentanz der Kämpfenden. Bald war der Boden nur noch ein Brei aus roter Erde.

Auf der anderen Seite des mörderischen Gewimmels näherte Samael sich dem Ziel. Die Männer, die den Karren bewachten, hatten sich trotz der Wildheit des Kampfes nicht gerührt. Samael ging einmal um das Gefährt herum. Auch wenn der Saiman ihn noch immer schützte, konnte er, wenn er nicht aufpasste, gesehen werden. Sein Körper war der eines alten Mannes, aber durch seine Macht und jahrelanges Training hatte er die Geschmeidigkeit eines Jugendlichen. Langsam ließ er sich zu Boden gleiten und kroch auf den Karren zu. Als er ihn endlich erreicht hatte, erhob er sich geräuschlos und blickte sich um, um sich zu vergewissern, dass er nicht entdeckt worden war.

Der Karren war mit einer Lederplane zugedeckt. Er zog einen Dolch aus seinem Gürtel, schnitt die Schnüre durch, mit der sie festgebunden war, und befreite einen Zipfel der Plane. Immer noch sehr vorsichtig, hob er ihn hoch, und was er darunter sah, war, was er zu sehen gehofft hatte. Wovon er geträumt hatte.

Die vier Man'ith, nach denen die Druiden seit hunderten von Jahren gesucht hatten. Die vier größten magischen Objekte, die die Samildanach in der Vergangenheit hergestellt hatten. Den Stein des Schicksals, die Lanze von Lug, das Schwert von Nuadu und den Kessel von Dagda. Alle vier. Und unversehrt. Er brauchte nicht lange, um sie wiederzuerkennen, obwohl die Tuathann sie in dicke Stoffe gewickelt hatten.

Samael konnte es nicht fassen. Er hatte sie für immer verloren geglaubt. Zahlreiche Druiden nahmen an, dass die Tuathann sie geraubt hatten, bevor sie in den Sid gegangen waren … Aber niemand hatte es bestätigen können. Dabei hätten diese Man'ith den Lauf der Geschichte verändern können. Es handelte sich um Objekte von unschätzbarem Wert, deren Kraft gewiss noch größer war, als man sich vorstellen konnte. Und da lagen sie, einfach so, vor seinen Augen.

Der alte Mann atmete tief durch. Er richtete seinen Blick auf das Schlachtfeld. Die Tuathann schienen die Oberhand zu gewinnen. Er konnte nicht auf den Sieg seiner Männer hoffen, um diesen Schatz zu bergen. Er musste ihn unverzüglich an sich nehmen. Er zögerte einen Augenblick. Er wusste nicht, wie er es anstellen sollte. Seine Hände zitterten. Schweißperlen rannen über seine Stirn.

Dann entschloss er sich endlich. Langsam hob er die Plane mit der rechten Hand hoch und tauchte seinen linken Arm in den Karren, um den ersten Man'ith an sich zu nehmen. Es war das Schwert von Nuadu, daran bestand kein Zweifel. Er nahm es fest in seine Hand und holte es vorsichtig unter der Lederplane hervor.

In diesem Augenblick ertönte ein Schrei neben ihm.

Es war Tuathann, aber er musste die Sprache nicht kennen, um zu verstehen. Er war entdeckt worden. Die vier Wachposten begannen ihrerseits zu schreien. Da ihre Blicke in alle Richtungen gingen, begriff Samael, dass sie ihn nicht sehen konnten, aber sie hatten bemerkt, dass die Plane hochgeschlagen war, und vielleicht hatten sie auch die Bewegung des Schwertes wahrgenommen.

Er hechtete auf den Boden und versuchte das Schwert

unter seinem Körper zu verbergen. Ein Tuathann sprang vorn auf den Karren. Ein anderer sprang hinein. Im nächsten Augenblick galoppierten die Pferde wie wild los.

Samael konnte den Rädern des Karrens gerade noch ausweichen, indem er sich zur Seite warf. Als er den Kopf hob, sah er, dass die Tuathann zu kämpfen aufhörten und dem Karren hinterher liefen. Der Schatz war wichtiger für sie als der Kampf.

Verblüfft glaubten die Soldaten der Flamme, ihre Feinde würden aufgeben ... Manche rannten ihnen hinterher, aber ihre Rüstungen waren zu schwer. Andere stiegen wieder auf ihre Pferde und versuchten die Tuathann einzuholen. Es kam noch zu vereinzelten Kämpfen oben auf dem Hügel, aber dort waren die Tuathann in der Überzahl, und die Krieger von Harcort konnten ihnen nicht lange standhalten. Bald verschwanden die Männer des Sid auf der anderen Seite des Hügels und ließen die Leichen ihrer Brüder zurück sowie fünfzehn Soldaten der Flamme, die einzigen Überlebenden.

Imala lag im kühlen Gras eines schattigen Fleckchens. Sie hatte soeben die Vertikale verlassen, die an diesem Abend mit einem der Ihren gekommen war. Anfangs hatte sie etwas Angst gehabt, aber dieser zweite Vertikale hatte keinen aggressiven Eindruck gemacht. Er hatte neben dem jungen Mädchen gesessen und sich nicht bewegt.

Dann waren sie zum Hügel zurückgegangen, zu diesem Unterschlupf aus Stein, wo die Vertikalen sich zu treffen schienen.

Die Tage verliefen friedlich, und Imala war ausgeruht. Die Vertikalen reisten nicht sehr schnell, und sie hatte keine Mühe, ihnen zu folgen. Manchmal lief sie sogar etwas voraus und fand sie jedes Mal leicht wieder. Sie konnte ihren Geruch auch auf sehr große Entfernung erkennen.

Plötzlich hörte sie ein Geräusch hinter sich, wie das Knacken eines Zweigs. Irgendetwas kam von dort hinten auf sie zu. Noch war es relativ weit entfernt, aber doch nah genug, dass Imala sich erhob, um sich an einem Ort zu verstecken, wo sie sich auf die Lauer legen konnte. Im Augenblick hatte sie keine Ahnung, was dieses Geräusch verursacht haben könnte. Ein Vertikaler? Eine Beute? Sie hob die Schnauze und versuchte in der Luft einen vertrauten Geruch wahrzunehmen, etwas, das sie beruhigen könnte. Aber in diesem Wäldchen gab es tausende von Düften, und keiner konnte ihr Auskunft geben. Sie trabte so diskret wie möglich nach Westen und versuchte sich dicht am Boden zu halten. Sie hatte sich daran gewöhnen müssen, dass man sie schneller als die anderen Wölfe sah, und war dadurch sehr viel misstrauischer geworden.

Nach ein paar Schritten bewegte sich erneut etwas in den Büschen. Es war ein Tier, diesmal war sie sicher. So bewegte sich kein Vertikaler. Nicht einmal jene so anmutigen, die sie gesehen hatte, nachdem sie das Rudel verlassen hatte, und die eine holzfarbene Haut gehabt hatten.

Imala drückte sich auf den Boden. Sie kroch weiter, um einen Ort zu finden, wo sie ein größeres Blickfeld haben würde. Den Schwanz gerade, die Ohren aufgestellt, war sie bereit zu kämpfen.

Eine erneute Bewegung. Und diesmal nahm Imala einen neuen Geruch wahr. Sie kannte diesen Geruch. Es war ein anderer Wolf.

Sie erhob sich und versuchte nun nicht mehr, sich zu verstecken; jetzt wollte sie gesehen werden. Sie hatte vorhin ihr Revier markiert, und dieser Fremde hätte sich nicht so weit vorwagen dürfen. Imala versuchte zu erkennen, ob er allein war oder ob sie es mit einem ganzen Rudel zu tun hatte. Sie lief erneut nach Westen und blieb auf einem kleinen Erdhügel stehen. Von dort aus konnte sie ihn deutlich sehen.

Es war ein großer grauer Wolf in ihrem Alter, aber gewiss sehr viel stärker. Auch er war stehen geblieben. Er blickte ihr direkt in die Augen.

Die beiden Tiere starrten sich lange so an, aber keiner von beiden schien sich bewegen zu wollen. Zähnefletschend versuchte jeder den anderen einzuschüchtern, aber sie standen zu weit voneinander entfernt, um sich wirklich beeindrucken zu können.

Imala machte den Anfang. Mit kleinen jähen Sprüngen, begleitet von Knurren, versuchte sie den grauen Wolf zurückzudrängen. Aber der rührte sich nicht. Imala bemerkte allerdings, dass er die Anspannung seiner Muskeln ein wenig lockerte. Dass seine Lefzen nach und nach wieder seine Zähne bedeckten. Das Männchen wollte weniger bedrohlich erscheinen. Aber Imala wusste, dass sie misstrauisch bleiben musste. Immer noch knurrend, ging sie weiter. Als sie nur noch ein paar Schritte von dem Unbekannten entfernt war, blieb sie stehen; mit gesträubter Mähne stand sie hochaufgerichtet da, als wollte sie sich größer machen. Sie wartete einen Augenblick und versuchte ihren Gegner einzuschätzen. Würde er sich auf sie stürzen? Würde er fliehen oder angreifen? Sie lauerte auf die geringste Bewegung des grauen Wolfs, aber dieser zeigte immer weniger Zeichen von Aggressivität.

Plötzlich stürzte sie los und sprang so hoch wie möglich, um sich auf ihn fallen zu lassen, ihre Vorderpfoten auf seine Schultern zu legen und ihn zu Boden zu zwingen. Aber der Wolf wich ihr aus, indem er im letzten Augenblick zur Seite sprang. Doch Imala ließ sich nicht entmutigen und griff den Eindringling erneut an. Diesmal gelang es ihr, ihn zu berühren, aber kaum hatte sie ihre Pfoten auf die Schultern des Wolfs gelegt, ließ dieser sich zu Boden fallen und drehte sich auf den Rücken, als Zeichen der Unterwerfung.

Er zitterte nicht. Es hatte nicht wirklich einen Kampf gegeben. Der Wolf wollte sich einfach nur unterwerfen. Zeigen, dass er anerkannte, dass die Wölfin in ihrem Revier war. Er war nicht gekommen, um zu kämpfen.

Er war gekommen, weil er eine verwandte Seele suchte.

Finghin erinnerte sich, wie er zum ersten Mal den Ratssaal betreten hatte. Er war noch nicht Großdruide gewesen und hatte gewagt, das Wort zu ergreifen. Er erinnere sich an Ailins Wut und an diese ganz besondere Atmosphäre. So viele große Geister im Streitgespräch in der Abgeschlossenheit eines Raums. So viele Interessen, so viele Konflikte, so viel Verantwortung. Denn während ein Druide, wenn er den Schwur tat, lehren musste, war es Aufgabe eines Großdruiden zu führen, und nicht immer mit Milde. Das war die Wahrheit, eine Wahrheit, die man selbst herausfinden musste, wenn man so jung Großdruide wurde, eine Wahrheit, die manchmal nur schwer zu akzeptieren war, und doch wusste Finghin, dass das Schicksal der Insel bei den Druiden vermutlich in besseren Händen war als bei jedem Politiker des Landes. Gewiss hatte die manipulierende Macht des Rats etwas Irritierendes, aber das war ein notwendiges Übel, und jetzt, da er neben den anderen Großdruiden im Rat saß, hatte er die feste Absicht, seinen ganzen Einfluss geltend zu machen, damit seine Brüder auf eine Weise handelten, die ihm richtig erschien. Die Vorstellung gefiel ihm, dass er der Aufpasser seiner älteren Kollegen sein konnte. Anmaßend, gewiss, aber, so sagte er sich, wenn der Ehrgeiz im Dienst der guten Sache steht, kann er schließlich gar nicht groß genug sein.

Bei seiner letzten Sitzung hatte der Rat das Datum und den Gegenstand der nächsten Zusammenkunft festgelegt. Endlich würde man über Maolmòrdha diskutieren, diesen ehemaligen Bruder, der rebelliert, den Rat verlassen und anschließend mit den Herilim paktiert hatte, wobei deren Kraft, der Arhiman, auf ihn übergegangen war. Die Alchimie zwischen dem Saiman und dieser neuen Energie hatte aus ihm ein mächtiges und gefährliches Monster gemacht. Der Rat hatte viele Jahre nach ihm gesucht, und schließlich hatte Aldero ihn gefunden. Der Großdruide war in einem Zweikampf mit dem Verräter besiegt worden, aber sein Tod hatte dem Rat zumindest erlaubt, seinen Feind zu lokalisieren. Maolmòrdha residierte im Palast von Shankha. Finghin hatte keine Ahnung, wo dieser düstere Ort sich befand, aber die anderen Großdruiden schienen es zu wissen, und in ihren Augen konnte man erkennen, dass es für sie ein schrecklicher Ort war.

Der Rat wurde jedoch schon lange vor dem festgesetzten Datum einberufen. Außerordentliche Sitzungen wurden immer häufiger, ein Besorgnis erregendes Zeichen für die Unruhen, die das ganze Land erfassten.

Finghin rasierte gerade seinen Schädel, als ein Diener an seine Tür klopfte, um ihm zu melden, dass der Rat in einer halben Stunde zusammentreten würde. Der junge Druide dankte dem Boten und beendete seine Vorbereitungen. Normalerweise überließen die Großdruiden es einem Diener, ihnen den Schädel zu rasieren, aber Finghin legte Wert darauf, es selbst zu tun. Für ihn war es ein richtiges Ritual. Eine beruhigende Zeremonie, auf die er nicht verzichten mochte. Das Gefühl der Klinge auf der Haut, die Präzision der Bewegung, damit man sich nicht schnitt, die Geduld… Es machte Finghin einfach Spaß. Der rasierte Schädel gehörte zu den Druiden wie ihre Kleidung. Da sie ursprünglich mit bloßer Hand gekämpft hatten, hatten sie sich dafür entschieden, um einen Vorteil im Kampf zu haben: Man konnte sie nicht an den Haaren packen. Und dann war das Symbol der Reinheit, der Entbehrung hinzugekommen…

Finghin legte den weißen Umhang seiner Kaste an, dem über der Brust das rote Symbol der Moira eingestickt war. Sorgsam richtete er seine Kleidung, nahm seinen Eichenstock und verließ seine Gemächer.

Er ging allein durch die belebten Gänge des Palasts von Sai-Mina. Seit er als Großdruide in den Rat aufgenommen worden war, hatte er eine neue Form von Einsamkeit entdeckt. Obwohl die Brüderlichkeit eine Devise des Ordens war, hatte er sich in Wahrheit noch nie so einsam gefühlt wie seit seiner Erhebung in den Stand des Großdruiden. Er wusste nicht, ob die kühle Distanz seiner Brüder auf dieser Ebene des Ordens etwas ganz Normales war oder ob diese ihm sein Alter vorwarfen. Finghin war der jüngste Großdruide in der Geschichte von Sai-Mina, und, schlimmer noch, er hatte weniger als ein Jahr den Rang des Druiden bekleidet. Diejenigen im Rat, die ihn noch vor einem Jahr als Lehrling behandelt hatten, mussten ihn jetzt als einen der Ihren ansehen…

Im Grunde war Ernan, der neue Erzdruide, der Einzige, der regelmäßig auf ihn zuging. Und auch das wurde mit Sicherheit nicht von allen geschätzt... Auch Phelim hatte sich brüderlich ihm gegenüber verhalten, aber er war so selten da gewesen, und jetzt hatte der Rat ihn verbannt! Dieser Gedanke weckte in dem jungen Großdruiden die Erinnerung an Erwan. War es ihm gelungen, Alea zu finden? Und Phelim? Ach, wie sehr diese beiden in Sai-Mina fehlten, ihr freier Geist, ihre Frische... Finghin sagte sich, dass er ebenfalls gern hinausgezogen wäre, dorthin, wo die Welt in Bewegung war, wo er zu etwas nutze sein konnte. Hier fühlte er sich so nutzlos.

Aber er wusste, dass er sich Zeit nehmen musste zu lernen, zu überzeugen. Eines Tages würde er nicht mehr der jüngste Großdruide sein, und eines Tages würde er sogar zu den Alten gehören. Wenn es den Palast dann noch geben sollte. Ernan hatte sich am Abend von Lugnasad sehr pessimistisch über die Zukunft des Ordens geäußert, und Finghin konnte seine Worte nicht vergessen.

Als er die Hohe Kammer betrat, sah er, dass alle seine Brüder bereits da waren und begannen, auf den Sesseln aus geschnitztem Holz Platz zu nehmen. Finghin liebte das dumpfe Summen, das sich in den Minuten, die der Sitzung vorausgingen, unter dem Gewölbe des Ratssaals ausbreitete. Ein anhaltendes Murmeln, aus dem man Sorgen, Bekenntnisse, vielleicht irgendein Geheimnis heraushören konnte... Shehan, Tiernan und Aengus waren ebenfalls da. Sie waren also von der Mission zurück, die ihnen übertragen worden war: Phelim und Galiad wiederzufinden, die den Rat ohne Einverständnis des Erzdruiden verlassen hatten und daher verbannt worden waren. Finghin erkannte sofort den Grund für diese außerordentliche Sitzung: Es würde um Phelim gehen …

Der junge Mann setzte sich auf seinen Platz und legte seinen Eichenstock neben sich. Er blickte sich um. Die Schönheit des Ortes begeisterte ihn noch immer. Da waren so viele Details, die er jedes Mal von neuem entdeckte. So viele Symbole, die zu entschlüsseln waren. Auf den Gemälden, die die Vergangenheit des Ordens beschworen oder eine Allegorie der Moira darstellten, in den Kunstgegenständen, die an den Wänden hingen, in den Holzwerkzeugen, die von den größten Meistern geschnitzt worden waren, und diese geflochtene Schnur, die rund um den Raum herumlief. Jedes Mal, wenn er hier hereinkam, bekamen die Inschriften an den Wänden, in goldenen Lettern, eine neue Bedeutung.

Der Druide ist der Sohn der Poesie,
Poesie, Tochter der Reflexion,
Reflexion, Tochter der Meditation,
Meditation, Tochter der Wissenschaft,
Wissenschaft, Tochter der Forschung,
Forschung, Tochter der Großen Wissenschaft,
Große Wissenschaft, Tochter der Großen Intelligenz,
Große Intelligenz, Tochter der Auffassungsgabe,
Auffassungsgabe, Tochter der Weisheit,
Weisheit, Tochter der Moira.

Wie immer, wenn er in der Ratskammer war, las Finghin erneut langsam diesen Text und versuchte ihn ganz zu begreifen, ihm einen vollständigen Sinn zu geben. Intelligenz, Auffassungsgabe und Weisheit waren Töchter der Moira. Das, so viel begriff er heute, sagte mehr über die Moira als eine ganze Abhandlung. Und doch … Wer konnte innerhalb dieser Kammer schon behaupten, dass er die wahre Bedeutung der Moira verstanden hatte? Hatten die Großdruiden, fragte sich Finghin, diese Suche nicht vergessen? Die Suche nach dem Sinn?

Neben diesen Text hatte man in Spalten die druidischen Triaden geschrieben. Finghin brauchte sie nicht mehr zu lesen. Wie alle Druiden hatte er sie auswendig gelernt. Aber sie waren immer da, über ihnen.

Als würde er sie nicht kennen, las Finghin die erste:

Es gibt drei Grundeinheiten, und jede kann es nur einmal geben:

– ein Schicksal,

– eine Wahrheit,

– einen Punkt der Freiheit, das heißt einen Punkt, an dem jede Opposition ausgeglichen werden wird.

Ein Punkt der Freiheit, wiederholte er in Gedanken. War Gaelia wirklich frei?

Er betrachtete seine Brüder und atmete tief ein. Da saßen zehn der bedeutendsten Männer der Insel, und er war einer von ihnen. Es war noch immer ein eigenartiges Gefühl. Er erinnerte sich noch an die erste Unterrichtsstunde, die er von einem Druiden bekommen hatte, als er noch ein Kind gewesen war. Sein ganzes Leben hatte er nur ein Ziel gehabt: dem Rat anzugehören. Hier Platz zu nehmen und am großen Plan der Druiden teilzuhaben. Die Menschen auf dem Weg der Moira zu begleiten. Und heute zweifelte er. Während seiner ganzen Lehrzeit hatte er nicht gezweifelt. Aber heute, da er das Schwierigste geschafft hatte, heute, da er sein oberstes Ziel erreicht hatte, stellte er sich keine Fragen über das Ziel, sondern über den Weg…

Ernan schlug mit seinem Stock auf den Boden der Ratskammer.

Phelim. Alea. Erwan. Er wird das Thema nicht vermeiden können. Wo sind sie? Was machen sie? Und vor allem, was werden wir tun? Wie ich Euch bedaure, Ernan. Neulich habt Ihr ganz offen mit mir gesprochen, aber hier müsst Ihr Eure Rolle als Erzdruide erfüllen. Euer Wort ist unseres.

»Meine Brüder, ich danke Euch, dass Ihr so schnell gekommen seid. Wie Ihr seht, sind Shehan, Tiernan und Aengus zurück. Und noch einmal habe ich Euch hier versammelt, um Euch eine sehr schlimme Nachricht mitzuteilen«, erklärte der Erzdruide mit ernster und tiefer Stimme.

Ein Murmeln ging durch den großen Raum.

Phelim ist also tot. Ich hätte es wissen müssen. Mache die Moira, dass Erwan und Alea nichts passiert ist…

»Unsere drei Brüder haben Phelims Körper im Wald von Borcelia gefunden. Phelim ist tot. Groß ist meine Trauer. Er ist gestorben, bevor der Rat seine Verbannung aussprechen konnte. Daher sei heute zu Protokoll gegeben, dass Caron Cathfad, genannt Phelim, immer gut, Sohn von Katubatuos, ehrenhaft auf dem Weg der Moira als Großdruide des Rats von Sai-Mina gestorben ist. Die Verbannung ist aufgehoben, und der Vermerk werde aus der Chronik gestrichen.«

Shehan, der, als Ernan Erzdruide geworden war, das Amt des Archivars übernommen hatte, gehorchte sofort. Der Archivar war der einzige Druide, dem das Schreiben erlaubt war, und die Chronik des Rats das einzige von den Druiden akzeptierte Buch. Weil die Geschichte des Ordens weder geheim bleiben noch gelernt werden sollte. Im Gegensatz zur Lehre der Druiden, die als mündliche mit der Geschichte leben sollte, sollte sie eingefroren bleiben ... Und seit Jahrhunderten türmten sich die Chroniken in dem Arbeitszimmer, das den Archivaren vorbehalten war, das einzige Papier in einem riesigen Palast.

Kein Widerspruch regte sich gegen Ernans Anordnung. Phelim war von allen Brüdern geliebt worden, und seine Auseinandersetzung mit Ailin war für viele von ihnen nur noch eine unangenehme Erinnerung, die sie allzu gern auslöschten. Außerdem war die Verbannung eines Druiden dem Ruf des Ordens nicht gerade zuträglich ...

Sein Andenken ist also gerettet ... Und unser Ruf ebenfalls. Aber sein Leben? Hätten wir ihm nicht helfen müssen, anstatt ihn zu verbannen? Ernan sagte mir neulich, Ailin habe so entschieden, um ihm zu helfen. Um ihn zu befreien. Eine schöne Befreiung, der Tod!

»Sein Körper ist in dem Grab geblieben, das in Borcelia für ihn ausgehoben worden ist, aber die Trauerzeremonie für unseren Bruder Phelim wird morgen hier stattfinden. Lorcan wird gemäß seinem Wunsch in seiner Nachfolge zum Großdruiden ernannt werden. Aber bis dahin haben wir viel zu tun und zahlreiche Entscheidungen zu treffen. Tiernan, könntet Ihr dem Rat erzählen, was Ihr entdeckt habt?«

Der Großdruide nickte.

»Unsere drei Magistel haben uns erlaubt, Phelims Spur über die ganze Insel zu verfolgen. Er und seine Weggefährten sind tatsächlich bis in den Süden Gaelias, in den Wald der Sylphen, gereist.«

Seine Gefährten? Dann war also nicht nur Galiad bei ihm? Hatte er Alea gefunden?

»Wer waren seine Gefährten?«, erkundigte sich der Erzdruide, als hätte er Finghins Gedanken gehört.

»Galiad, sein Magistel, sowie das Mädchen und der Zwerg, außerdem eine weitere Person, deren Identität wir nicht feststellen konnten. Eine Frau.«

Eine Frau? Wer mag sich ihnen da angeschlossen haben? Hätten Phelim und Galiad zusammen mit Alea eine Frau in ihrer Gesellschaft akzeptiert? Wenn dem so ist, kann das nur eine Kriegerin sein oder eine Bardin. Oder eine Person, die Alea nahe steht. Aus ihrer Familie vielleicht. Aber es heißt ja, sie sei Waise …

»Und Erwan, Finghins junger Magistel? Auch er war aus Sai-Mina geflohen …«, fragte Henon vorwurfsvoll.

Warum dieser Ton in Henons Stimme? Sein Blick ist voller Hass. Voll Sorge. Als fürchte er, die Situation könnte uns entgleiten …

»Wir haben ihn nicht bei ihnen gesehen.«

»Was wollten sie in Borcelia?«, fragte der Erzdruide.

Er spricht schnell. Durch seinen Tonfall will er Henon und den anderen zu verstehen geben, dass er allein die Fragen stellen will. Ernan ist ein echter Erzdruide geworden.

»Wir wissen es nicht, aber wir haben in einiger Entfernung von Phelims Körper Spuren eines heftigen Kampfs gefunden, die Leichen von vier Herilim und …«

»Glaubt Ihr, dass die Herilim Phelim getötet haben?«

Er hat ihm das Wort abgeschnitten, als er noch etwas hinzufügen wollte. Sie haben noch etwas dort gefunden. Ernan will nicht, dass das bekannt wird. Schon wieder Geheimnisse …

»Das können wir nicht sagen. Aber … Wir sind ein wenig überrascht, dass Phelim gestorben ist und wir keine Spur von Galiad oder dem Mädchen gefunden haben … Es bleibt unklar, was wirklich geschehen ist. Auf welcher Seite das Mädchen stand …«

Auf welcher Seite? Er unterstellt tatsächlich, dass sie auf der Seite der Herilim gestanden sein könnte! Was für ein Blödsinn! Ich wage zu hoffen, dass er nicht ein Wort davon glaubt. Aber warum führt er die Diskussion auf dieses Gebiet? Will er das Bild von Alea beschädigen?

Der Erzdruide stellte keine weitere Frage mehr. Er schwieg einen Augenblick, als wollte er jedem in der Versammlung Zeit lassen, die Fakten zu verarbeiten. Phelim war tot. Schon das war nur schwer zu verdauen.

Ernan sagt nichts mehr. Er hat auf Tiernans Unterstellung nicht reagiert. Sie müssen sich vorher abgesprochen haben. Das ist ganz klar. Ernan hat ihm gewiss erklärt, was er sagen sollte... Und Tiernan hätte vorhin beinahe etwas ausgeplaudert, das Ernan verbergen wollte. Etwas, das sie dort gefunden haben. Ernan hat sehr schnell reagiert. Aber auf Tiernans Unterstellung hat er nichts gesagt. Als hätte er das selbst vorbereitet. Dabei weiß ich, dass er über Alea nicht schlecht denkt. Will er vielleicht nach der gleichen Methode wie Ailin vorgehen? Den Rat gegen das Mädchen aufbringen, damit es sich frei entfalten kann? Ich bin mir nicht sicher. Und Phelims Tod ist ja der Beweis für das Scheitern dieser Strategie.

Die Stille in der Ratskammer wurde bedrückend. Als Finghin den Kopf drehte, bemerkte er eine Träne in Kiarans Augen. Er war der Einzige, der Phelim beweinte.

»Vier Herilim im Wald von Borcelia...«, fuhr Ernan schließlich mit finsterer Stimme fort. »Das ist kein gutes Zeichen! Und das kann nur eines bedeuten: Maolmòrdha.«

Ohne Zweifel. In diesem Punkt sagt er die Wahrheit. Aber wo ist der Zusammenhang zwischen Maolmòrdha und dem Mädchen? Es gibt sicher einen Zusammenhang. Und darauf will er hinaus.

»Ernan, wir können die Augen nicht mehr verschließen«, sagte Kiaran langsam, und als er sprach, konnte jeder die Tränen sehen, die geflossen waren.

Kiaran atmete tief ein, dann fuhr er langsam und mit tragischer Stimme fort: »Alea ist der Samildanach.«

Nachdem er das gesagt hatte, brach sofort ein Sturm der Entrüstung los. Kiaran war jetzt in seinem Element.

»Alle Zeichen sind da!«, rief er. »Um uns herum! Wie lange braucht diese Versammlung denn noch, um der Wahrheit endlich ins Gesicht zu sehen? Wie lange, um zu reagieren?«

Wieder einmal überrascht Kiaran mich! Ich hätte das gern an seiner Stelle gesagt. Wie Recht er hat! Ernan weiß selbst, dass die Kleine der Samildanach ist. Er hat es mir gesagt. Und doch wird nicht darüber diskutiert. Alle weigern sich, es zuzugeben.

»Genug!«, rief jetzt auch Shenan. »Kiaran, Ihr versinkt in den Sümpfen, die Phelim das Leben gekostet haben!«

Nein. Für Phelims Tod sind wir verantwortlich, mit unserer Feigheit. Er hatte die Wahrheit erkannt. Wir müssen Alea begleiten. Ungeachtet der Konsequenzen.

Das Stimmengewirr wurde immer lauter. Bald sprachen alle Brüder gleichzeitig, und niemand konnte sich mehr verständlich machen. Ernan schlug mit seinem Eichenstock heftig auf den Boden und forderte sie auf zu schweigen.

»Wenn wir in dieser Kammer keine Disziplin halten können, unterbreche ich die Sitzung auf der Stelle! Wir sind hier, um zu sprechen, und jeder kann seine Meinung äußern. Ihr benehmt Euch noch schlechter als der jüngste unserer Lehrlinge!«, rief er empört.

Endlich schwiegen die Brüder, und diejenigen, die aufgestanden waren, kehrten auf ihre Plätze zurück. Ernan verfügte vielleicht nicht über Ailins schroffe Autorität, vermochte sich aber gleichwohl durchzusetzen.

»Wie Kiaran glaube auch ich«, fuhr er fort, »dass das junge Mädchen der Samildanach ist.«

Endlich! Vielleicht sollte auch ich es sagen. Diese Diskussion muss endlich ganz offen geführt werden.

Der Sturm der Entrüstung brach erneut los.

»Ruhe!«, knurrte der Erzdruide. »Ich glaube, dass sie der Samildanach ist, und wir alle müssen das zur Kenntnis nehmen, denn wenn sie tatsächlich der Samildanach ist, werden wir sie beherrschen müssen oder untergehen!«

Sie beherrschen? Helfen müssen wir ihr, und er weiß es. Warum spricht er so? Vielleicht will er die Brüder, die sich diesem Plan am stärksten widersetzen, ganz allmählich an den Punkt führen, an dem sie keine andere Wahl mehr haben, als sich dem Willen der Moira zu unterwerfen.

»Wir können sie nicht als Samildanach anerkennen, ohne dass wir sie dem Man'ith von Gabha unterzogen haben!«, entgegnete Shehan.

Schon wieder… Und wenn Alea käme und sich dem Man'ith unterzöge, was machen wir dann?

»Der Samildanach kann kein Mädchen sein«, erklärte Kalan, »und vor allem kein so junges!«

»Alea hat Ilvains Ring!«, erwiderte Ernan. »Sie hat Ilvain in der Heide gefunden. An dem Tag, an dem die Tuathann den Sid verlassen haben. Sie ist Waise. Maolmòrdha hat die Herilim hinter ihr her geschickt. Es ist ihr gelungen, auf eine Weise aus Sai-Mina zu fliehen, die niemand hier zuzugeben wagt. Seit sie gekommen ist,

ist die Ordnung auf ganz Gaelia erschüttert. Was für Beweise braucht Ihr noch?«

Erneut wurde Gemurmel im Saal laut.

»Ich habe sie in der Welt von Djar gesehen«, sagte Kiaran leise.

Es wurde still um ihn herum.

»Wie bitte?«

»Ich habe sie mehrmals in der Welt von Djar gesehen!«

»In der Welt von Djar?«, spottete Shehan. »Und wie seid Ihr dorthin gelangt, mein lieber Bruder, wo doch niemand weiß, wo sich der Man'ith von Djar befindet?«

»Ich brauche den Man'ith nicht, um die leere Welt zu betreten, Shehan, und sie ebenfalls nicht. Ebenso wenig wie viele andere Personen. Manche, die das wissen, und andere, die dorthin gehen, ohne sich dessen bewusst zu sein. Wie zum Beispiel unser Bruder Finghin. Ganz zu schweigen von den Seelen der Toten. Die Ausdehnung von Djar geht weit über das hinaus, was Ihr Euch vorstellen könnt…«

Unser Bruder Finghin! Ich? In die Welt von Djar? Wovon redet er? Ich bin niemals in der Welt von Djar gewesen! Sollte er jetzt vollkommen verrückt geworden sein? Ich frage mich, ob Kiarans Platz wirklich hier ist. Er ist so ganz anders. Manchmal sagt er Dinge, die absolut richtig sind, und dann wieder Dinge, die vollkommen verrückt sind. Und nie hat man das Gefühl, mit ihm zu kommunizieren. Als würde er uns gar nicht hören. Er ist zugleich verrückt und genial. Aber er muss unglücklich hier sein. Nein, sein Platz ist nicht unter uns. Er sollte frei sein, weit weg, isoliert. Es sei denn, er wäre wesentlich für den Rat. Ein Körnchen Verrücktheit und ein Körnchen Weisheit… Jedenfalls weiß ich nicht, was er gemeint hat. Ich bin niemals in der Welt von Djar gewesen. Ich wüsste nicht einmal, wie ich es anstellen sollte, dorthin zu gelangen!

Alle waren sprachlos. Nicht einmal Ernan konnte etwas sagen. Alle blickten auf Kiaran. Sie wussten, dass er nicht lügen konnte. Ein Großdruide log nicht. Und vor allem nicht Kiaran. Und dennoch, wie konnte er die Wahrheit sagen? Kein Druide hatte jemals die Welt von Djar ohne die Hilfe des Man'ith betreten, zumindest nicht den Archiven zufolge. Er musste verrückt geworden sein.

Nachdem der Erzdruide lange geschwiegen hatte, entschloss er sich endlich zu sprechen.

»Kiaran, wir werden später darüber diskutieren. Wenn es Euch tatsächlich gelingt, die Welt von Djar ohne Hilfe des Man'ith zu besuchen, dann müsst Ihr es unsere Brüder lehren. Das könnte eine entscheidende Waffe für uns sein. Aber kommen wir auf das Mädchen zurück. Ob sie nun der Samildanach ist oder nicht, das ändert nichts. Sie ist auf jeden Fall für zu viele Vorkommnisse verantwortlich, die sich unserem Verständnis entziehen, weswegen wir sie unter Kontrolle bekommen müssen. Ich will alles über dieses Mädchen wissen, wer sie ist, wer ihre Eltern sind, wo sie aufgewachsen ist, was sie gemacht hat, und vor allem, vor allem will ich, dass sie hierhergebracht wird, wo wir sie kontrollieren können.«

»Wenn sie so gefährlich ist, sollten wir sie vielleicht ganz einfach eliminieren«, warf Henon ein. »Warum noch mehr Risiken eingehen?«

Henon wird immer aggressiver. Sein Hass auf Alea ist mir schon mehrfach aufgefallen. Ich verstehe das nicht.

»Das werden wir sehen, wenn sie bei uns ist. Dann

werden wir sie verhören und ihre Fähigkeiten studieren können, wenn sie wirklich welche hat, und wenn wir sie töten müssen, dann wird es eben so sein.«

Das geht mir jetzt zu weit. Ich kann nicht länger schweigen.

»Wie?«, rief Finghin. »Sie töten? Mit welchem Recht?«

»Mit dem Recht, diese Insel vor den Unruhen zu schützen, die auf ihr gären«, erwiderte Shehan.

»Ein Mädchen töten, um diese Insel zu schützen?«, entgegnete Finghin. »Plötzlich gesteht Ihr ihr eine größere Bedeutung zu, als es vorhin noch den Anschein hatte! Wenn dieses Mädchen Euch solche Angst macht, dass Ihr sie töten wollt, dann muss sie ja wohl der Samildanach sein!«

»Schweigt!«, schnitt Ernan ihm das Wort ab. »Für den Augenblick geht es nicht darum, sie zu töten, sondern sie hierher zu bekommen.«

Er hindert mich daran zu reden. Vermutlich hat er etwas anderes im Kopf. Vielleicht sagt er sich, dass er, wenn er die Brüder, die in ihr einen Feind sehen, nicht zu sehr vor den Kopf stößt, größere Chancen hat, sie herzubringen, und dass er dann seine Macht benutzen kann, um den Rat zu einer neuen Haltung zu überreden. Zu einer… konstruktiveren Haltung. Aber wie kann ich dessen sicher sein? Und wenn er, unter dem Druck seiner Rolle als Erzdruide, plötzlich entschieden hätte, dass man sich ihrer tatsächlich entledigen muss?

»Wenn sie der Samildanach ist«, beharrte Finghin, »dann ist ihr Platz nicht hier, sondern in der Welt! Wenn sie der Samildanach ist, dann warten auf sie tausend Aufgaben auf der Insel!«

»Wenn sie der Samildanach ist«, erwiderte Shenan, »dann wird es bald keine Insel mehr geben.«

»Und warum?«

»Kennt Ihr denn nicht die drei Prophezeiungen, junger Mann?«

»Nein, aber ich kenne die Höflichkeit und den Respekt, und ich bitte Euch, mein Bruder, mich nicht wie einen Lehrling zu behandeln.«

»Beruhigt Euch!«, sagte Ernan besänftigend. »Nicht die Prophezeiungen oder der Samildanach sind im Augenblick der Punkt, sondern es geht um ein Mädchen, das ich noch vor Monatsende innerhalb dieser Mauern sehen will. Ich will über dieses Thema kein Wort mehr hören, solange sie nicht hier ist. Kein einziges Wort, von wem auch immer. Und wir werden nächste Woche wieder zusammenkommen, um über Maolmòrdha zu sprechen. Die Sitzung ist beendet, kehrt zu Euren Pflichten zurück.«

Das wird so nicht laufen. Ernan sagte mir neulich, dass ein Wolf manchmal sein Rudel verlassen muss. Was hier gesagt worden ist, kann ich nicht gutheißen. Dazu habe ich nicht das Recht. Ich habe der Moira einen Eid geschworen, nicht dem Rat. Ihr bin ich verpflichtet. Und wenn sie Alea bestimmt hat, dann muss ich zu Alea.

3

Der Weg der Wölfin

Finghin musste unwillkürlich an Phelim und Erwan denken. Nach ihnen war er der Dritte, der Sai-Mina verlassen hatte, ohne den Rat um seine Zustimmung gebeten zu haben. Vermutlich hatte der Orden noch nie eine so unruhige Zeit wie jetzt durchgemacht. Zwar hatten in der Vergangenheit Samael und Maolmòrdha den Rat verlassen, aber das war nicht mit seiner Entscheidung zu vergleichen. Zumindest hoffte er es. Finghin wollte den Rat nicht für immer verlassen. Ganz im Gegenteil. Er erinnerte sich noch an Ernans Worte: »*Ailin sagte, dass du ein guter Erzdruide werden würdest.*« Worte, die man nicht so leicht vergessen konnte. Denn trotz allem hoffte Finghin, eines Tages selbst Erzdruide zu werden. Aber dennoch hatte er heute Sai-Mina verlassen, ohne seinen Brüdern etwas zu sagen. Er hatte lediglich Ernan eine sehr kurze Nachricht hinterlassen: »*Ich bin fortgegangen, um zu tun, was ich tun muss…*«

Jeder weitere Schritt in Richtung Süden ließ ihn tiefer in einem Meer aus Zweifel und Unbehagen versinken. Es wollte ihm einfach nicht gelingen, sich seiner Entscheidung sicher zu sein, aber er hoffte, dass er richtig gehandelt hatte. Er hoffte es ganz einfach.

Finghin stellte sich vor, dass Phelim das Gleiche empfunden haben musste, als er fortgegangen war. Die gleiche Beklommenheit, die gleichen Bedenken. Möge die Moira machen, dass ihn nicht das gleiche Schicksal ereilte! Wie viel Tote musste es noch geben in den Reihen des Rats, damit dieser endlich begreifen würde, dass Alea wichtiger als alles andere war? Der junge Großdruide fragte sich, wie er dessen sicher sein konnte. Er erinnerte sich nicht mehr genau, wann er beschlossen hatte, an Alea zu glauben. An die Rolle zu glauben, die sie zu übernehmen hatte. Schlimmer noch, er war sich nicht einmal sicher, ob er überhaupt wusste, worin diese Rolle eigentlich bestand. Das Mädchen war vermutlich für alle ein Geheimnis.

Das Einzige, dessen er sich heute sicher war, war, dass Phelim bereit gewesen war, für sie zu sterben, und dass Erwan vermutlich den gleichen Schwur getan hatte. Phelim, der Gerechteste unter den Großdruiden, und Erwan, sein bester Freund. Einen anderen Beweis brauchte er nicht.

Als er, während es allmählich Abend wurde, in Sichtweite eines kleinen Dorfes kam, fragte sich Finghin, ob er dort eine Unterkunft für die Nacht finden würde. War es nicht gefährlich, in einem Dorf so nah bei Sai-Mina zu schlafen? Hatte Ernan Männer losgeschickt, die nach ihm suchen sollten? Irgendetwas sagte ihm nein. Seit er unterwegs war, musste er immer wieder an die merkwürdige Unterhaltung denken, die er am Abend von Lugnasad mit dem Erzdruiden gehabt hatte. Er erinnerte sich, wie sehr es ihn überrascht hatte, dass Ernan ihm sozusagen nahezulegen schien zu fliehen, fortzugehen. Damals hatte er sich gesagt, dass der alte Mann ihm lediglich zu verstehen geben wollte, dass er es, wenn er Lust dazu verspüre, selbstverständlich tun könne. Aber heute, nach all dem, was während der Ratssitzung gesagt worden war, fragte Finghin sich, ob Ernan ihm nicht einfach nur habe sagen wollen, dass er sich seinerseits auf die Suche nach Alea machen solle. Das alles war so verworren. So mysteriös. Man musste die Worte des Erzdruiden ständig übersetzen, deuten ... Aber irgendetwas sagte ihm, dass Ernan ihm keine Männer hinterherschicken würde, und er beschloss, seiner Intuition zu trauen.

Er ging also auf das kleine Dorf zu, ohne seinen weißen Mantel und seinen Eichenstock zu verbergen. Die Luft war mild und die Natur voller Musik. Ein paar bunte Schmetterlinge tanzten von Blüte zu Blüte zum fernen Zirpen der Grillen. Die Ebene war hell und heiter, und Finghin ließ sich wiegen und vergaß die Fragen, die ihn seit seinem Fortgang quälten. Er hatte Sai-Mina seit seiner Mission mit Ernan bei den Tuathann nicht mehr verlassen und ließ sich von einem fast kindlichen Glücksgefühl durchströmen. Wie schön seine Insel in der Harmonie dieses Sommerabends doch war! Wie sehr hatte sie ihm gefehlt! Alles war so ruhig, so still. Es war, als wüssten die Bäume und ihre Bewohner nichts von den Umwälzungen, die die Welt um sie herum erschütterten. Ein kleiner friedlicher Flecken im Grün der Ebenen von Galatia.

Es war bereits Abend, als Finghin in den kleinen Weiler kam. Es waren nur ein paar Häuser um einen großen Brunnen, und etwas weiter entfernt zwei oder drei Bauernhöfe inmitten von Feldern. Es gab nur einen Gasthof, in den gewiss nicht viele Reisende kamen. Dennoch bemerkte Finghin neben dem Gebäude einen bunten Wohnwagen. Er vermutete, dass eine Truppe Wanderschauspieler in diesem Dorf Zuflucht gefunden hatte, und freute sich auf eine Begegnung mit denen, die die Kinder der Moira genannt wurden.

Er ging schneller, und als er endlich in die Gaststube trat, sah er dort nur ein knappes Dutzend Personen. Den Wirt, eine Kellnerin, ein paar Gäste, die an ihrer Kleidung und ihren Blicken als Dorfbewohner erkennbar waren, sowie zwei Fahrensleute, ein junger Mann und eine junge Frau, die noch beim Abendessen waren. Alle hoben ihren Blick zu dem Druiden. Obwohl Sai-Mina nicht weit entfernt war, konnte Finghin erkennen, dass seine Brüder nicht oft in dieses Dorf kamen. Er versuchte allen zuzulächeln und durch sein Verhalten nicht aufzufallen und setzte sich dann an den Tisch, der dem der beiden Schauspieler am nächsten stand.

Die Kellnerin ging auf ihn zu, aber der Wirt hielt sie auf und bat sie, ihm den Neuankömmling zu überlassen. Vermutlich wollte er einen so hohen Gast selber empfangen… Die Kellnerin kehrte enttäuscht in die Küche zurück.

»Guten Tag, Druide, und willkommen. Die Moira meint es heute Abend gut mit mir! Nach zweien ihrer Kinder führt sie nun Euch zu mir! Was darf ich Euch bringen?«

Finghin lächelte höflich. Ihm wurde bewusst, dass er zum ersten Mal ein Gasthaus in seinem Druidengewand betrat. Er hatte diesen Blick, diese Mischung aus Angst und Bewunderung, noch nie gesehen…

»Nur eine Suppe, bitte.«

»Und Ihr wollt vorher nichts trinken?«, fragte der Wirt überrascht.

»Nein, danke. Nur eine Suppe«, beharrte Finghin.

Er sah dem Mann nach, der in Richtung Küche verschwand, und wandte sich dann wieder den beiden Wanderschauspielern zu. Sie schienen ein wenig jünger als er zu sein. Irgendetwas in ihren Gesichtern sagte ihm, dass sie zweifellos Geschwister waren. Die gleichen feinen Gesichtszüge, die gleichen Augen. Er war ein großer junger Mann mit kurzem rotem Kraushaar, schlank und elegant, und seine hochgezogenen Augenbrauen verliehen seinem Gesicht einen entschlossenen Ausdruck, der durch sein Lächeln allerdings wieder etwas gemildert wurde. Und sie …

Sie war die schönste junge Frau, die Finghin seit langem gesehen hatte. Sie hatte langes, gerades blondes Haar. Älter als Alea, hatte sie sich dennoch ihr unschuldiges Lächeln bewahrt. Aus ihren Augen blitzte Leidenschaft, und ihre Hände drückten Anmut aus. Ihr Körper war der einer Frau, kurvenreich und hochgewachsen.

Beide trugen die buntscheckige Kleidung der Schauspieler. Fransen unten an den Ärmeln, Pluderhose, und unter ihrer bunten Jacke ein weißes Hemd mit hohem Kragen.

Die junge Frau musste bemerkt haben, dass der Druide sie ansah, und sprach ihn lächelnd an: »Willst du dich zu uns setzen?«, lud sie ihn ein, »wir sind noch beim Essen …«

Die Fahrensleute standen in dem Ruf, nicht schüchtern, sondern eher gesellig zu sein. Und diese hier machten da keine Ausnahme. Die Schauspielerin hatte Finghin behandelt, als wäre er einer von ihnen.

Der Druide nickte. Er war ein wenig verwirrt, hütete sich aber, es zu zeigen. Im Grunde schätzte er die Spontaneität der Wanderschauspieler und wollte herausfinden, was den Kindern der Moira einen so ehrenvollen Namen eingetragen hatte …

Ich kann die Einladung nicht abschlagen. Aber dieses Mädchen ist so schön. Ich habe Angst, mich in ihren großen Augen zu verlieren... Das ist lächerlich, ich bin jetzt ein Druide, ich bin in der Lage, meine Gefühle unter Kontrolle zu halten...

»Mit Vergnügen«, erwiderte er und stand auf, um an ihren Tisch zu gehen.

»Ich bin Kaitlin, und das ist mein Bruder Mel.«

»Die Moira möge Euch beschützen! Mein Name ist Finghin.«

Der junge Schauspieler reichte dem Druiden die Hand.

»Guten Abend, Finghin. Was machst du hier? Ich glaubte, Sai-Mina bereite sich auf den Kampf vor...«

»Sagt man das?«, fragte Finghin.

Dieser junge Mann ist ein Schalk, das verrät sein Blick. Und seine Stimme. Wenn er spricht, könnte man glauben, er amüsiert sich.

Der Schauspieler warf ihm ein komplizenhaftes Lächeln zu.

»Angesichts all dessen, was im Land so vor sich geht, hoffe ich, dass es der Wahrheit entspricht!«, rief er.

Finghin lächelte.

Er weiß wahrscheinlich, dass ein Druide niemals über das spricht, was innerhalb der Mauern von Sai-Mina vor sich geht, aber er will mich sicher auf die Probe stellen.

»Was im Land vor sich geht, geht alle an. Euch ebenso wie die Bewohner der Insel oder meine Brüder in Sai-Mina...«

Der junge Schauspieler verzog spöttisch das Gesicht. »Du bist eigentlich zu jung, Finghin, um bereits wie ein alter Druide zu reden!«

Und du bist viel zu jung, um einen Mann aus Sai-Mina zu verspotten! Aber das ist eine Unterhaltung, die mir gefällt …

Finghin stützte sich mit dem Ellbogen auf den Tisch und legte sein Kinn auf seine Hand.

»Hast du denn schon so viele Druiden kennen gelernt?«, fragte er.

»Mein Onkel, der Bruder unserer Mutter, ist Großdruide im Rat, und er redet, wie du es gerade getan hast … Er gibt niemals die Antwort, die man erwartet, und schafft es immer, nichts preiszugeben und gleichzeitig den Eindruck zu vermitteln, doch allerhand verraten zu haben. Das amüsiert uns immer sehr, Kaitlin und mich, aber ich sehe, dass ihr die Rhetorik schon sehr jung lernt …«

»Wer ist euer Onkel?«, fragte Finghin neugierig.

»Aydan Emar, aber ich glaube, ihr nennt ihn Kiaran.«

Kiaran! Sie sind Kiarans Neffe und Nichte! Das wird ja immer interessanter …

Finghin musste unwillkürlich lächeln.

»Wenn Kiaran euer Gewährsmann ist, dann verstehe ich, dass die Sprache der Druiden euch rätselhaft vorkommt!«

Der junge Schauspieler nickte. »Ihr seid also nicht alle wie mein Onkel … Umso besser!«

»Kiaran ist ein Druide, vor dem ich enormen Respekt habe. Um die Wahrheit zu sagen, ich frage mich, ob er nicht derjenige ist, den ich am meisten bewundere«, gestand Finghin mit ernster Miene, »und ich sage das nicht, weil er euer Onkel ist! Aber ich dachte immer, die Wanderschauspieler seien eine große Familie und die gesamte Familie eines Wanderschauspielers bestehe aus Fahrensleuten … Wie konnte Kiaran Druide werden?«

Mel sah seine Schwester an. Sie atmete tief durch und ergriff das Wort.

Sie muss die Familiengeschichte besser als ihr Bruder kennen. Bei der Moira, sie ist wirklich schön! Und in ihren Augen leuchtet die gleiche Intelligenz…

»Er war Wanderschauspieler, bevor er nach Sai-Mina ging. Er war Wanderschauspieler, aber nicht wirklich glücklich bei uns. Um die Wahrheit zu sagen, jeder sah, dass er etwas Besonderes, etwas sehr Besonderes war und dass er Menschen brauchte, die ihm helfen konnten. Die ihn verstehen konnten… Wir waren dazu nicht imstande. Als er uns mitteilte, dass er nach Sai-Mina gehen würde, hat ihn niemand davon abgehalten. Sein Platz ist dort, nicht wahr?«

»Es ist seltsam, gerade gestern habe ich mich das auch gefragt. Kiaran ist sehr… sonderbar. Ich hoffe, meine Offenheit schockiert euch nicht. Er hat durchaus eine tiefe Beziehung zur Moira und zu unserem Orden, tiefer vermutlich sogar als unsere, aber auf eine vollkommen andere Weise. Zugleich instinktiv und stark. Man hat das Gefühl, dass er immer wieder von plötzlichen Offenbarungen überfallen wird und sich ständig Fragen stellt… Aber ich langweile euch bestimmt…«

»Ganz und gar nicht«, protestierte Mel, »endlich sprichst du mit dem Herzen!«

Das stimmt. Auf jeden Fall offen. Und das tut gut. Diese Wanderschauspieler haben etwas an sich, das Vertrauen einflößt. Sie wirken so frei…

»Jedenfalls«, fuhr Finghin fort, »ist das schon ein komischer Zufall, nicht wahr?«

»In der Tat«, erwiderte Kaitlin lächelnd. »Aber wir haben unseren Onkel schon lange nicht mehr gesehen. Du kennst ihn jetzt wahrscheinlich besser als wir.«

Der Wirt kam mit einer großen Schale voll Suppe, die er mit einer Verbeugung vor dem Druiden auf den Tisch stellte. Er sah die beiden Schauspieler an, nahm die Teller, die sie leer gegessen hatten, und kehrte in die Küche zurück.

»Trotzdem wissen wir noch immer nicht, was du hier machst«, fuhr Mel schalkhaft fort.

Soll ich ihnen die Wahrheit sagen? Muss ein Druide sie nicht immer sagen? Ich sollte sie vielleicht umgehen, antworten, ohne zu antworten. Aber ich habe keine Lust dazu. Ich habe das Gefühl, dass ich ihnen die Wahrheit schuldig bin. Vielleicht werden sie dann erkennen, dass ich sie respektiere. Aber habe ich das nötig? Habe ich die Maßstäbe verloren? Ich bin allein, zum ersten Mal seit sehr langer Zeit. Sai-Mina liegt hinter mir, und ich bin nicht in einer Mission für den Rat unterwegs. Ich muss lernen, mir selbst zu vertrauen. Ja. Meinem Instinkt zu folgen. Die Wahrheit kann nicht schädlich sein. Oder dieses Leben ist es nicht wert, gelebt zu werden …

»Ich suche ein junges Mädchen mit Namen Alea. Habt ihr von ihr gehört?«

Die Schauspieler sahen sich schweigend an. So viel Offenheit hatten sie wohl nicht erwartet.

»Suchst du sie, um sie zum Rat zurückzubringen?«, fragte Kaitlin.

»Nein. Ich suche sie, um ihr zu helfen. Und um meinen besten Freund wiederzufinden, der, wie ich glaube, bei ihr ist. Aber das ist eine lange Geschichte!«

»Haben die Druiden beste Freunde?«, fragte Kaitlin überrascht.

Finghin lächelte erneut. »Natürlich! Und ich bin ein solcher Idiot, dass ich ihn zu meinem Magistel gemacht habe …«

»Und was macht er bei diesem Mädchen, wenn er dein Magistel ist?«

Der junge Druide antwortete nicht sofort.

Ich habe wahrscheinlich schon zu viel gesagt. Doch jetzt hat es keinen Sinn mehr, einen Rückzieher zu machen. Aber ich muss wissen, wer sie wirklich sind, wie sie im Herzen fühlen, damit ich meine Offenheit nicht bereuen muss. Wenn sie gut sind, wie ich glaube, dann habe ich richtig gehandelt.

»Was meint du?«, fragte Finghin schließlich.

»Ist er in sie verliebt?«, fragte Kaitlin lächelnd.

Finghin nickte.

»Verliebt in den Samildanach?«, rief der Schauspieler lachend. »Der Arme! Da wird er eine Menge Konkurrenz bekommen!«

Sie wissen also, dass Alea der Samildanach ist. Sie kennen sie. Wie viele mögen es auf Gaelia sein, die das wissen oder glauben? Der Rat ist sich sicher nicht bewusst, was für Ausmaße die Sache bereits angenommen hat!

»Ich weiß nicht, ob er Konkurrenz hat, aber Alea hat so viele Feinde, dass sie bis zum Hals in Schwierigkeiten steckt! Was wisst ihr über sie?«

»Was Leute wie wir eben wissen«, erwiderte Mel.

»Jetzt antwortest du auch schon wie ein alter Druide!«, spottete Finghin.

»Die Sylphen haben Aleas Kommen mitgeteilt«, erklärte der junge Schauspieler. »Sie haben es den Wanderschauspielern, die nach Borcelia kamen, gesagt, und seitdem hat das Gerücht in unserer Gemeinschaft die Runde gemacht. Sie sagten, sie sei Kailiana. Wir wissen nicht genau, ob das eine gute oder schlechte Nachricht ist…«

»Wir auch nicht«, gestand Finghin. »Offen gesagt weiß es niemand.«

»Ist der Rat mit deiner Entscheidung einverstanden?«, fragte Kaitlin.

Sie stellen alle beide die richtigen Fragen. Ich hoffe, sie sind keine Spione. Aber nein, das ist unmöglich. Vielleicht kann ich mit Hilfe des Saiman mehr über sie erfahren. Vielleicht könnte ich versuchen, ihre Gedanken zu hören. Das ist eine Übung, die ich noch nie gemacht habe, aber ich kann es ja mal versuchen. Ich muss mich nur konzentrieren, damit der Saiman meine Sinne öffnet. Sie schärft. Sie zwingt, über ihre Möglichkeiten hinauszugehen. Ich muss ihre Gedanken hören. Sie spüren. Sie sehen.

»Finghin?«, rief Kaitlin. »Hast du meine Frage gehört?«

»Ich … Nein. Nein, der Rat weiß nicht einmal, dass ich hier bin. Aber ich bin Großdruide, wie euer Onkel, ich brauche ihre Zustimmung nicht wirklich, wisst ihr, meine Aufgabe ist es, der Moira zu dienen …«

Die beiden Schauspieler schwiegen. Während Finghin versuchte, mit Hilfe des Saiman ihre Gedanken zu hören, schienen sie ebenfalls zu versuchen, ihn zu verstehen, zu analysieren, einzuschätzen.

Finghin gab seine Versuche mit dem Saiman schnell wieder auf. Er war noch nicht bereit, seine Macht auf diese Weise zu benutzen, in aller Öffentlichkeit und letzten Endes zu überaus indiskreten Zwecken. Er konnte nur hoffen, dass die beiden Wanderschauspieler ihr Herz auf dem rechten Fleck hatten.

Da alle schwiegen, begann er die Suppe zu essen, die der Wirt ihm gebracht hatte. Es war eine ganz gewöhnliche Suppe, aber Finghin achtete nicht wirklich darauf.

Er versuchte zu verstehen, was die beiden ihm gesagt hatten. Er fragte sich, wohin es sie geführt hatte. Was konnte er ihnen jetzt sagen? Wie konnte diese Unterhaltung zu Ende gehen? Übrigens hatte er überhaupt keine Lust, dass sie zu Ende ging. Mel war ein angenehmer Gesprächspartner und Kaitlin ebenso. Finghin hätte sie gern eingeladen, ihn zu begleiten. Es würde eine lange Reise werden, und sie würde ihm noch länger vorkommen, weil er allein war und nicht wirklich wusste, wo er suchen sollte. Zwei Reisegefährten würden ihm die Zeit verkürzen, und er hatte so viel zu lernen über das Leben der Wanderschauspieler …

Aber er konnte sie nicht mitnehmen. Er wusste nicht, was ihm unterwegs alles widerfahren würde. Und außerdem hatten sie bestimmt Besseres zu tun.

Als er aufgegessen hatte, stand er auf und verabschiedete sich von den beiden Schauspielern.

»Es hat mich wirklich gefreut, mich mit euch zu unterhalten. Danke.«

Die beiden Wanderschauspieler lächelten. Sie sahen sich an, und in ihren Augen lag eine Frage, die Finghin nicht zu deuten vermochte. Er nahm seinen Eichenstock, ging zum Wirt und ließ sich von ihm ein Zimmer für die Nacht geben.

Sie hatten die Kette des Gor-Draka-Gebirges gerade hinter sich gelassen und würden bald den Boden von Harcort betreten. Im Westen erstreckte sich das glitzernde Meer so weit das Auge reichte. Der Himmel war wolkenlos und verlieh dem Meer eine wunderschöne Farbe. Die Gegend war menschenleer. Vermutlich verspürten nur wenige Menschen Lust, nach Harcort zu reisen, und nur wenige verließen die Grafschaft. Die Straße wurde so wenig benutzt, dass sie verschwunden war, nur ein kleiner Weg war in der trockenen Erde übrig geblieben und schlängelte sich zwischen den grünen und roten Buckeln des Torfmoors hindurch.

Mjolln ritt auf seinem Pony Alragan an der Spitze, und Alea und Faith unterhielten sich hinter ihm.

»Schau, da hinten liegt Mons-Tumba! Das Wetter ist so schön, dass man es von hier aus sehen kann!«

Alea brachte ihr Pferd zum Stehen und drehte den Kopf, um zu erkennen, worauf die Bardin zeigte.

»Auf der anderen Seite des Wassers. Siehst du den Felsen da?«

»Ja! Jetzt sehe ich es!«, rief Alea und richtete Phelims Eichenstock auf den Horizont.

»Das ist Mons-Tumba! Wir sind noch sehr weit entfernt, aber wir können es sehen ...«

»Und warum fahren wir nicht übers Meer dorthin?«, schlug das Mädchen vor. »Wir müssen von hier aus immer nur geradeaus fahren!«

»Das Mündungsgebiet ist zu gefährlich, Alea, kein Seemann würde sich da hineinwagen. Es gibt zu viele Felsen, manche ganz knapp unter der Wasseroberfläche, die den Rumpf der Schiffe aufreißen ... Aber wenn wir südlich von Ria sind, werden wir in der Tat übers Meer fahren können, wenn Mjolln nichts dagegen hat ...«

Der Zwerg antwortete nicht. Vielleicht hatte er auch nicht zugehört.

»Er hat mir von eurem kleinen Ausflug gestern Abend erzählt«, fuhr Faith fort. »Er hat mir erzählt, dass ... uns eine Wölfin folgt! Stimmt das?«

Alea lächelte. »Sie heißt Imala.«

»Ich verstehe.«

»Sie folgt uns tatsächlich, aber hab keine Angst, sie ist

freundlich. In Wirklichkeit folgt sie mir, weil ich sie dazu aufgefordert habe.«

»Du kannst mit ihr sprechen?«

Alea begnügte sich mit einem Nicken.

»Mir ist es niemals gelungen, mich einer Wölfin zu nähern«, sagte Faith. »Du hast ein außergewöhnliches Glück, weißt du! In der Regel verstecken die Wölfe sich.«

»Ich weiß. Aber Imala ist keine Wölfin wie die anderen …«

»Und du bist kein Mädchen wie die anderen«, erwiderte die Bardin, »ihr wart also dafür geschaffen, euch zu begegnen, nicht wahr?«

»Wahrscheinlich. Aber ich glaube, da ist noch etwas anderes.«

»Bestimmt. Ich würde deine Wölfin gerne sehen, wenn du einverstanden bist.«

»Wir werden sie sicher heute Abend sehen. Aber diesmal muss ich ihr sagen, dass sie fortgehen soll.«

Die Bardin war überrascht. »Fortgehen?«

»Ich will, dass sie sich auf die Suche nach Erwan und Galiad macht«, erklärte das junge Mädchen.

»Weißt du, wo sie sind?«

»Nicht wirklich. Aber ich glaube, die Wölfin weiß es. Unbewusst.«

»Ich verstehe kein Wort von dem, was du mir da erzählst«, gestand Faith.

»Es ist schwierig zu erklären. Weißt du, was die Welt von Djar ist?«, fragte Alea leise, damit Mjolln die Frage nicht hören konnte.

»Ja. Ich kann nicht sagen, dass ich sie kenne, aber ich weiß, was es ist. Ich habe davon gehört, ich kenne einige Legenden über sie …«

»Ich besuche sie jeden Abend, Faith.«

Die Bardin drehte ihren Kopf zu dem Mädchen. Beinahe hätte sie gelacht. Ein nervöses Lachen. Jeden Tag erzählte Alea ihr eine neue unwahrscheinliche Geschichte, und dennoch wusste sie, dass das alles wahr war. Sie fragte sich, wie weit sie noch gehen würde. Und vor allem fragte sie sich, wie Alea ertragen konnte, was die Moira ihr auferlegte.

»Was weißt du genau über die Welt von Djar?«, fuhr Alea trotz der Verwirrung, die sie in den Augen ihrer Freundin erkennen konnte, fort.

»Die Legenden erzählen, dass die Welt aus mehreren Welten besteht. Es gibt die Welt des Sid, wo die Zeit nicht existiert, die Welt der Toten, in der die Seelen der Verstorbenen herumirren, und die Welt von Djar. Manchen Legenden zufolge soll sie die Welt der Träume sein. Diejenige, in der sich unsere Träume abspielen. Und die Moira, heißt es, soll über diese Welt keinen Einfluss haben.«

»Das heißt?«, fragte Alea.

»Das weiß ich nicht genau. Du müsstest es besser wissen als ich, wenn du sie jeden Abend besuchst … Es bedeutet wohl, dass es in der Welt von Djar kein Schicksal gibt, oder? Dass nichts vorhergeplant ist? Alles Zufall ist? Ich weiß es nicht … Es wäre eher an dir, es mir zu sagen.«

»Phelim hätte es mir bestimmt erklären können. Ich weiß wirklich nicht, was sie ist, ich bin imstande, mich dorthin zu begeben, ich weiß, was ich dort machen kann, aber ich bin nicht sicher, ob ich verstehe, was sie ist«, gestand das Mädchen.

Ihre Pferde wurden langsamer, und sie blieben immer mehr hinter Mjolln zurück. Aber das störte Alea nicht. Sie wollte, dass das Gespräch zwischen ihr und Faith blieb, weil sie wusste, dass es dem Zwerg Angst machen würde. Er war schon beunruhigt genug, und sie machte sich deswegen Vorwürfe.

»Ich glaube nicht, dass sie wirklich die Welt der Träume ist«, sagte sie schließlich. »Dann würde ich dort sehr viel mehr Leuten begegnen. Nein, sie ist eher die Welt des Geistes. Oder vielleicht des Willens. In der Welt von Djar bewegt man sich durch das Denken fort, man handelt durch das Denken. Durch den Wunsch.«

Sie schwieg einen Augenblick. Faith hörte ihr aufmerksam zu.

»Dort habe ich den Herilim-Ritter besiegt«, fügte sie hinzu. »Und dort habe ich Galiad und Erwan verloren. Aber gestern habe ich sie gesehen. Die Wölfin hat mich zu ihnen gebracht …«

»Ist sie auch in der Welt von Djar?«, fragte die Bardin überrascht.

»Ja, deswegen spreche ich ja mit dir darüber. Verstehst du, da ist noch etwas anderes in all dem. Ich wünschte, Phelim wäre hier, um mir verstehen zu helfen!«

»Ich bin nicht sicher, ob er es könnte …«

»Du hast Recht. Ich weiß nicht, ob ich es dir sagen soll, aber ich habe auch Phelim gesehen.«

Diesmal hielt Faith ihr Pferd an. »Wie bitte?«

»Er ist für einen kurzen Augenblick zu mir in die Welt von Djar gekommen. Er ist aus der Welt der Toten gekommen. Alle Welten stehen miteinander in Verbindung. Es gibt irgendwo ein Tor. Und dort sind Galiad und Erwan. Hast du jemals von diesem Tor gehört?«

»Nein …«, murmelte Faith verblüfft.

»Ein Tor, das alle Welten miteinander verbindet. Den Sid, Gaelia, Djar, die Welt der Toten …«

»Wenn es ein Tor gibt, das in den Sid führt, dann sind

die Tuathann mit Sicherheit durch dieses Tor gekommen… Das gibt uns zumindest einen Hinweis!«

»Das ist absolut richtig… Wir müssen es finden. Aber erst einmal werde ich die Wölfin losschicken. Irgendetwas sagt mir, dass sie es ohne mich finden wird. Wir haben keine Zeit zu verlieren. Das Wichtigste ist, dass wir nach Mons-Tumba kommen.«

Faith nickte, aber sie hörte schon nicht mehr zu. Für heute hatte sie genug Enthüllungen vernommen. Was das Mädchen ihr erzählte, war manchmal noch unglaublicher als die meisten Geschichten, die sie selbst erzählt hatte, als sie noch ihren Beruf der Bardin ausgeübt hatte. Die Sylphen hatten wohl doch Recht. Die Legenden mussten Antworten enthalten. Aber welche?

»Was ist das für ein Gebäude?«, rief Mjolln plötzlich und zeigte auf einen Hügel im Norden.

Faith und Alea ritten zu ihm und brachten ihre Pferde neben seinem zum Stehen.

Vor sich sahen sie ein niedriges lang gestrecktes Gebäude, eine Fassade mit einigen wenigen kleinen Fenstern aus weißen glatten Steinen unter einem Schieferdach, und oben auf dem Dach ein hohes Kreuz.

»Das ist ein Kloster«, sagte Faith mit zitternder Stimme.

»Das heißt?«, fragte Alea.

»Das ist das Domizil einer Kongregation christlicher Mönche«, erklärte die Bardin. »Wir sind jetzt in Harcort. In dieser Region gibt es zahlreiche Kirchen und Klöster. Genau gesagt befinden wir uns im Süden von Harcort. Hier gibt es keine Gasthöfe, die Reisenden verbringen die Nacht bei den Mönchen.«

»Stehen sie im Dienst des Grafen und von Thomas Aeditus?«, erkundigte sich Alea.

»Mehr oder weniger. Aber sie leben so isoliert, dass die meisten unabhängig bleiben und sich nicht so sehr um die politischen Angelegenheiten von Harcort kümmern...«

»Meinst du, wir können gefahrlos bei ihnen übernachten?«

»Ich bin nicht sicher. Aber bei meiner letzten Reise hier, letztes Jahr, sind die Mönche sehr diskret gewesen. Sie haben mich aufgenommen, und wenn der Komfort ihrer Zimmer im Vergleich zu einem galatischen Gasthof auch ziemlich dürftig ist, haben sie mich zumindest nicht belästigt, und in einem der Klöster bin ich sogar gebeten worden, Harfe zu spielen...«

»Aber die Christen verabscheuen doch die Druiden und die Barden!«, rief Mjolln überrascht.

Faith zuckte die Achseln. »Den Mönchen scheint das ziemlich egal zu sein. Ich habe eine Menge böser Überraschungen in Harcort erlebt, die Soldaten der Flamme, die Priester und sogar ein paar ganz normale Gläubige haben sich ziemlich aggressiv mir gegenüber verhalten, aber mit den Mönchen habe ich nie Probleme gehabt... Aber damals war ich nur eine einfache Bardin. Heute liegen die Dinge vielleicht ein bisschen anders. Die Spannungen zwischen Harcort und Galatia waren noch nie so stark, und wir wissen nicht, ob die Leute hier von dir gehört haben«, sagte sie zu Alea.

Das Mädchen seufzte. Das war genau die Frage, die sie sich stellte.

»Wenn sie wissen, dass du der Samildanach bist, werden sie dir einen noch schlechteren Empfang als einem Druiden bereiten... Wir wagen uns ins Unbekannte. Vielleicht haben sie nie von dir gehört, dann werden sie uns für einfache Reisende halten, aber vielleicht wirst du ja auch in der ganzen Grafschaft gesucht wie in Galatia!«

Alea zögerte einen Augenblick. Sie betrachtete lange das Kloster in der Ferne, dann sagte sie, ohne den Blick von ihm abzuwenden: »Wir werden trotzdem in dieses Kloster gehen.«

Mjolln seufzte. »Ähm. Ich denke, es ist sinnlos, dir zu sagen, dass ich das nicht vernünftig finde, nein, sinnlos, nicht wahr?«

»Ich möchte dieses Kloster sehen. Ich möchte diese Mönche kennen lernen. Ich will sie hören, wissen, wer ihr Gott ist ...«

»Tada! Ich dachte, wir hätten es eilig, nach Mons-Tumba zu kommen?«, spottete der Zwerg.

»Vielleicht kann ich ja auch hier etwas lernen. Ich bin einfach neugierig. Und so wissen wir wenigstens, woran wir sind, ob ich gesucht werde oder nicht!«

»Das ist nicht die diskreteste Weise, es herauszufinden«, erwiderte Mjolln, »aber andererseits habe ich auch nichts dagegen, eine Nacht in einem guten Bett zu verbringen!«

»Heute Abend gehen wir noch nicht hin«, erwiderte Alea. »Wir werden morgen gehen. Für heute haben wir genug Zeit im Sattel verbracht ...«

»Ähm. Umso besser! Dann also ein gutes Abendessen, ich werde euch ein gutes Abendessen machen!«

Der König Eoghan Mor von Galatia erhob sich. Mit schweißtriefender Stirn öffnete er das große Fenster seiner Suite im Palast von Providenz. Kein Lüftchen regte sich in der Nacht, um die Hitze des Tages zu vertreiben. Eoghan erinnerte sich nicht, jemals einen so heißen Sommer wie diesen erlebt zu haben.

In den weitläufigen Gärten des Schlosses brannten Fackeln. Mehrmals in der Nacht kamen Diener, um sie auszuwechseln, damit es im Park niemals dunkel wurde.

Der Erhabene König hörte seine Frau in dem großen Bett hinter sich seufzen. Er drehte sich um und sah, dass sie sich aufgerichtet hatte, um sich ans Kopfende des Bettes zu lehnen. Sie war wunderschön. Eine kleine verborgene Schönheit aus Galatia. Sie war nicht von vornehmer Geburt, und er war bis nach Bisania hinein verspottet worden, als er angekündigt hatte, er werde die Tochter eines Schmieds heiraten, aber als er dem Adel von Sarrland, Bisania und seines eigenen Hofs seine künftige Frau vorgestellt hatte, hatte niemand mehr gewagt, schlecht über sie zu sprechen, so groß waren ihre Schönheit und Entschlossenheit, so sehr war ihr Blick erfüllt von Vornehmheit, und so kühn waren ihre Äußerungen. Als ihr Vater gestorben war, hatte sie ihr kleines Dorf verlassen, an der Schwelle zur Pubertät, und war von ihrer Tante in Providenz aufgenommen worden; dann hatte sie bei einem Druiden studiert, um Bardin zu werden. Aber Eoghan war ihr begegnet, bevor sie das grüne Gewand anziehen konnte, und obwohl sie initiiert worden war, hatte sie ihre Kunst nur in den Salons für die Gäste des Königs und den König selbst ausgeübt.

»Wie ist die Nacht?«, fragte sie und lächelte dem König zu.

»Wie Ihr, meine Bezaubernde. Seltsam und schön!«

Amina stand ebenfalls auf. Sie war nackt, ging aber ohne die geringste Scham durch den Raum. Und sie hatte auch keinen Grund, sich zu schämen. Ihr Körper war perfekt. Schmale Hüften, lange Beine, ein Bauch, glatt wie die Haut eines Neugeborenen, hinreißende

Brüste, gleichsam gezeichnet von der inspirierten Hand der größten bisanischen Meister. Und ihr Gesicht, so jung und zugleich so selbstsicher.

»Wie heiß es ist!«, stöhnte sie.

»Soll ich ein kaltes Bad bereiten lassen?«, erkundigte sich der König.

»Wartet. Ich möchte einen Augenblick mit Euch den Himmel betrachten.«

»Die Diener könnten Euch vom Park aus sehen«, wandte der König ein.

»Na und? Sollen sie mich doch sehen, wie ich bin, ihre Königin hat nichts zu verbergen. Stört Euch das?«

»Ich habe Angst, dass sie sich in Euch verlieben, wenn sie Euch so sehen...«

»Sind sie es denn nicht bereits?«, scherzte sie.

Amina trat hinter ihren Mann und umschlang ihn, indem sie ihre Arme über die muskulösen Schultern des Königs legte. Sie stellte sich auf die Zehenspitzen, drückte einen zarten Kuss auf Eoghans Hals und ließ ihr Kinn dann auf den Nacken ihres Mannes zurücksinken.

»Kein Druide ist zum Lugnasad gekommen«, flüsterte sie.

»Sie haben im Augenblick so viele Dinge zu regeln... Sie hatten mich vorher davon informiert.«

»Ob Bauer oder Druide, man versäumt das Fest des Königs nicht. Wenn sie schon nicht kommen konnten, hätten sie wenigstens einen Vertreter schicken können!«

Eoghan drehte sich langsam um, um sich vor seine Frau zu stellen. Er nahm ihr sanftes Gesicht in seine breiten Hände.

»Ich verstehe nicht, warum Euch das so schockiert hat, meine Liebe...«

Amina ließ ihre Hände langsam, gleichsam liebkosend, über die Arme des Königs gleiten.

»Ich kenne die Druiden gut. Der Rat, sagen sie, ist dazu da, der Welt zu helfen, den Weg der Moira zu gehen ... Aber die Wahrheit ist, dass sie nur an einem interessiert sind: der Macht. Und immer, wenn sie auf die eine oder andere Weise zeigen können, dass Ihr ihnen unterlegen seid, tun sie es, als wollten sie die Bewohner von Gaelia daran erinnern, dass sie die wahren Könige des Landes sind ... Ihr dürft das nicht dulden, Eoghan. Ihr seid der Erhabene König von Gaelia, und Eure Untertanen müssen Euch als solchen anerkennen. Nichts steht höher als Ihr auf dem Weg der Moira, Ihr seid der oberste Herr des Landes.«

»Ich brauche die Druiden mehr als jeden anderen«, entgegnete der König. »Ohne sie wäre ich mit Sicherheit der Willkür Harcorts oder jetzt der Tuathann ausgeliefert. Meine gesamte Armee kann es nicht mit ihnen aufnehmen. Ich müsste mich ihrer Macht beugen.«

»Ihr sprecht von Schlagkraft, aber ich spreche von politischer Macht.«

»Heutzutage ergibt sich Letztere aus Ersterer.«

»Nicht, wenn man der Erhabene König von Gaelia ist. Eure Stellung verleiht Euch eine Stärke, die Eure Armee nicht hat. Ihr solltet sie stärker nutzen, mein Liebling.«

Eoghan lächelte. Die Moira hatte ihm nicht nur die schönste Frau der Insel geschenkt, sondern auch eine kluge Politikerin. Er umarmte sie lange und legte sich dann wieder auf ihr großes Bett aus rotem Kirschbaumholz.

»Was soll ich Eurer Meinung nach tun?«, fragte er und reckte sich.

»Ihr hättet die Anwesenheit eines der Großdruiden

verlangen und ihm eine Rolle in der Zeremonie übertragen sollen. Eine ehrenvolle Rolle, gewiss, aber eine Rolle, die Euren Untertanen deutlich gezeigt hätte, dass Ihr über dem Rat steht. Aber was geschehen ist, ist geschehen... Dennoch lassen es die Druiden heute weiterhin an dem nötigen Respekt Euch gegenüber fehlen...«

Der König stützte sich auf die Ellbogen und runzelte die Stirn. »Wie das?«

Amina erkannte, dass sie erreicht hatte, was sie wollte. Sie ging langsam zum Bett und setzte sich neben den Mann, den sie geheiratet hatte.

»Die Man'ith der Tuathann. Wisst Ihr, dass die Druiden von den Tuathann als Gegenleistung für das Friedensabkommen, das zu unterzeichnen sie Euch gezwungen haben, die Man'ith der Tuathann verlangt haben?«

Eoghan presste die Lippen zusammen.

»Sie haben Euch gezwungen, den Invasoren Braunland abzutreten, und als Gegenleistung für diesen Besitz, der ihnen nicht gehörte, werden sie die vier wertvollsten Gegenstände der Insel zurückbekommen.«

Wütend richtete der Erhabene König sich auf. »Wie könnt Ihr das wissen, wo ich es selbst nicht weiß?«, rief er.

»Weil ich Bardin bin, mein König. Und weil ich Zeit habe, mir anzuhören, was in Eurem Land erzählt wird. Deswegen habt Ihr mich ja geheiratet.«

Eoghan erhob sich unter dem zufriedenen Blick seiner Gattin und ging, um sich anzukleiden.

»Ich werde unverzüglich meine Ratgeber zusammenrufen! Ich will mehr darüber wissen! Auf gar keinen Fall lasse ich mich auf diese Weise von den Druiden manipulieren!«

Der Erhabene König gab seiner Frau einen letzten Kuss und verließ eilig den Raum. Amina lächelte. Das war erst der Anfang.

Alea seufzte. Die Knie gegen ihre Brust gedrückt, die Arme um ihre Beine geschlungen, saß sie weit entfernt vom Lager allein in der Nacht. Sie wusste, dass die Ruhepause vorbei war. In ihrer rechten Hand schaukelte sie langsam Phelims Stock. Seit sie den Wald von Borcelia verlassen hatte, hatte ihr Leben zu einem fast normalen Rhythmus zurückgefunden. Sie hatte sich damit begnügt zu reisen, mit ihren beiden Gefährten zu reden und neue Kraft zu schöpfen. Die Herilim waren ihr nicht mehr auf den Fersen, die Druiden hatten vermutlich ihre Spur verloren, der Wind der Panik, der sie zum Lebensbaum geweht hatte, hatte zu blasen aufgehört, und sie hatte ein paar erholsame Tage auf dem Rücken ihrer Stute verbracht.

Aber als sie heute Abend das Kloster gesehen hatte, hatte sie begriffen, dass dies der letzte ruhige Abend sein würde. Morgen würde ihr gefährliches Leben wieder anfangen. Sie war der Samildanach. Daran konnte sie nichts ändern. Vor ihr erstreckte sich so weit das Auge reichte das Gebiet von Harcort, wo sich, das wusste sie, ein großer Teil ihres Schicksals entscheiden würde. Hier hatte sie nur Feinde. Der Weg war mit Hindernissen gespickt, und manche konnten tödlich sein. Wie immer, wenn sie die Komplikationen, die sie auf ihrem Weg erwarteten, auf sich zukommen sah, fragte sie sich, ob es richtig von ihr gewesen war, Faith und Mjolln da mit hineingezogen zu haben. Mit welchem Recht trieb sie sie in diese unvermeidlichen Kämpfe?

Die Sterne bildeten einen Paillettenfächer über den

niedrigen Hügeln von Harcort. Im Westen hörte man das Meer und das Blasen eines leichten Windes, der das Gras oben auf den Hängen erzittern ließ. Ein paar verirrte Möwen liefen dort herum. Es war eine wolkenlose Nacht, und der Himmel über Alea war weit. Endlos weit.

Gaelia ist eine so kleine Insel in diesem großen Universum, dachte sie. *Was ist ein Samildanach schon angesichts der Ewigkeit? Es hat tausende Geschichten vor mir gegeben, und es wird andere nach mir geben. Was ich im Lebensbaum gesehen habe, das Ende der Sylphen, das Ende der Druiden nach meinem Tod, das alles ist nichts. Es ist vermutlich nur ein Symbol oder eine Geschichte. Ich weiß, dass es nichts ist. Ich muss nur verstehen.*

Plötzlich hörte sie ein paar Schritte entfernt ein Geräusch, das sie sofort erkannte. Die Wölfin. Alea lächelte. In ihre Gedanken versunken, hatte sie ihr nächtliches Rendezvous fast vergessen. Und Imala hatte sich Zeit gelassen.

Das Mädchen sah sofort, dass sich etwas verändert hatte. Imala hatte nicht mehr denselben Blick. Nicht einmal mehr denselben Gang.

Was ist los?

Die Wölfin näherte sich langsam, aber ohne Angst diesmal. Ihre gelben Augen glänzten, und ihr Fell wirkte grau. Sie blieb ein paar Schritte vor Alea stehen und richtete sich auf ihren Vorderbeinen auf.

Du bist ja richtig stolz heute!

Die Wölfin machte zwei Schritte zurück, ohne das Mädchen aus den Augen zu lassen. Alea stand langsam auf. Imala wich noch mehr zurück.

Soll ich dir folgen? Willst du mir etwas zeigen?

Das Tier machte kehrt und trabte nach Süden. Alea

zögerte einen Augenblick, dann beschloss sie, ihr zu folgen. Sie musste ebenfalls laufen, um die Wölfin nicht aus den Augen zu verlieren. Es war Nacht, und sie musste zugleich auf die Fallen achten, die die Natur für den unvorsichtigen Wanderer so abseits vom Weg bereithielt. Sie liefen ziemlich lange durch die Hügel, und bald sah Alea die anmutige Gestalt der Wölfin nicht mehr. Sie lief langsamer, um zu Atem zu kommen, und suchte den Horizont links und rechts ab, um das Tier wiederzufinden. Nichts.

Alea blieb stehen. Sie war jetzt weit vom Lager entfernt. Von hier aus war nicht einmal mehr der lange Schatten des Klosters zu sehen. Ein Schauer lief ihr den Rücken hinunter. Vermutlich der nächtliche Wind. Langsam setzte sie sich wieder in Bewegung. Sie befand sich am Fuß eines kleinen Hügels und sagte sich, dass sie, wenn sie dort hinaufginge, eine größere Chance hätte, Imala zu sehen. Das würde sie zwar noch mehr nach Süden führen, aber wenigstens wäre sie nicht umsonst so gelaufen.

Sie lief schneller, und als sie oben auf dem Hügel war, sah sie sofort, was Imala ihr hatte zeigen wollen. Weiter unten in dem kleinen Tal spielte die weiße Wölfin mit einem großen grauen Wolf. Manchmal sah es so aus, als würden sie kämpfen, aber es war nur ein Spiel. Alea war ganz sicher.

Sie hockte sich hin und sah den beiden Tieren zu, die neben einem kleinen Bach im Kreis liefen.

Du hast also einen anderen Wolf getroffen! Auch du willst mir deine Freunde zeigen!

Plötzlich hörte Imala auf, mit dem grauen Wolf zu spielen, und lief den Hügel hinauf, geradewegs auf Alea zu. Das Mädchen fragte sich einen Augenblick, ob es nicht aufstehen sollte, so schnell kam die Wölfin auf es zu, aber es versuchte seine Angst zu bezähmen und blieb hocken. Ein paar Meter vor Alea verlangsamte die Wölfin ihren Lauf und legte die letzten Meter im Schritt zurück. Mit einer Selbstsicherheit, die Alea an ihr nicht kannte, kam sie ganz nah an das Mädchen heran. Sie hielt ihr die Hand hin, und Imala begann ihr zärtlich die Finger zu lecken. Alea bewegte sich langsam vorwärts, wobei sie dicht am Boden blieb, und als sie nah genug war, führte sie ihren rechten Arm über den Rücken der Wölfin, um ihr den Bauch zu streicheln. Ihr Herz klopfte. Noch nie war sie der Wölfin so nah gewesen. Aber Imala ließ sie gewähren. Sie wedelte mit dem Schwanz, mit hängender Zunge, und warf von Zeit zu Zeit Blicke voller Stolz auf ihren Gefährten, der die Szene unruhig am Fuß des Hügels beobachtete.

Sehr gut, Imala! Ich freue mich für dich! Komm, meine Schwester, komm! Er ist sehr schön, dein Gefährte. Und du könntest ihm beibringen, keine Angst vor mir zu haben.

Schließlich setzte sich die Wölfin vor Alea hin. Ihr wedelnder Schwanz fegte das Gras des Hügels. Mit erhobener Schnauze saß sie würdevoll da, und ihre Augen glühten. Sie war glücklich, das konnte man an jeder ihrer Bewegungen erkennen. Alea streichelte sie noch immer.

Es ist gut, dass du nicht mehr allein bist, Imala. Es ist gut, denn ich möchte dich um etwas bitten. Wir müssen uns trennen, meine Wölfin, du musst unbedingt etwas für mich tun. Ich hoffe, du wirst es begreifen. Ich weiß nicht, ob du mich wirklich verstehst.

Während sie die Wölfin mit einer Hand streichelte, suchte sie mit der anderen in ihrem Rucksack die blaue

Stoffbinde, die Galiad gehörte und die sie behalten hatte. Sie führte die Binde an die Schnauze der Wölfin.

Hier. Riech an dieser Binde. Sie gehört Galiad. Ich will, dass du ihn findest. Du hast ihn neulich Nacht gesehen, du hast mich zu ihm geführt. Du weißt, wer er ist. Du erkennst seinen Geruch, nicht wahr? Imala, ich will, dass du Galiad und seinen Sohn Erwan findest. Ich will, dass du sie findest und nach Nordwesten führst, nach Mons-Tumba, dort, wo das Meer ins Land hineinströmt. Es ist wichtig, dass du das für mich tust, meine Schwester, verstehst du?

Imala begann leise zu jaulen. Sie hatte nur einmal an dem Stoff gerochen, aber Alea war sicher, dass sie die Botschaft verstanden hatte. Die Wölfin trat von einem Fuß auf den andern. Das Mädchen zog das Tier an sich und umarmte es mit beiden Händen.

Danke, meine Wölfin, und viel Glück! Aber bevor du gehst, erlaubst du, dass ich den Stoff um deinen Hals binde? Hab keine Angst, Imala, ich will nur, dass Galiad weiß, dass ich dich geschickt habe.

Als Alea die Binde näherte, um sie der Wölfin um den Hals zu binden, wich diese zurück und knurrte leise. Das Mädchen hatte damit gerechnet und senkte die Arme einen Augenblick. Langsam näherte sie sich erneut der Wölfin, aber jetzt wich sie erst recht zurück. Alea versuchte sie mit sanften Worten zu beruhigen, aber Imala wollte nichts hören und entfernte sich immer mehr.

Alea musste aufgeben, und als sie sah, dass die Wölfin ziemlich weit entfernt war, erhob sie sich. Sie sah Imala unverwandt an und lächelte ihr zu.

Geh!, dachte sie, und das Tier lief ins Tal zu dem großen grauen Wolf hinunter.

Alea ballte die Fäuste. Sie hoffte, dass die Wölfin begriffen hatte, und vor allem, dass sie, sollte sie begriffen haben, imstande sein würde, zu tun, was sie von ihr verlangte. Sie hoffte, dass ihr Versuch, ihr die Binde um den Hals zu binden, sie nicht zu sehr erschreckt hatte. Imala wollte den Stoff nicht tragen. Als wollte sie Alea damit deutlich machen, dass sie ihr nicht gehörte. Dass sie keinem Vertikalen gehörte und dass sie sich niemals vollständig zähmen lassen würde. So sind die Wölfe, und Alea sagte sich, dass es vielleicht besser so war.

Samael wurde nur noch von fünfzehn Soldaten eskortiert. Der Kampf mit den Tuathann hatte den meisten Männern des Begleittrupps das Leben gekostet, und der Bischof ahnte, dass der Hauptmann ihm seitdem grollte, aber der Offizier konnte sich nicht im Entferntesten vorstellen, was Samael dabei gewonnen hatte.

Das Schwert von Nuadu hatte seine Scheide nicht verlassen, seit es Samael gelungen war, es den Tuathann zu entwenden. Er bewahrte es sorgsam in seiner Truhe auf und hatte sich noch nicht die Freiheit genommen, es näher zu betrachten. Als hätte er davor Angst. Die Druiden hatten so sehr nach diesem legendären Artefakt gesucht, dass der Ankläger nicht glauben konnte, dass es sich jetzt in seinem Besitz befand und dass er ganz zufällig darauf gestoßen war. Das verblüffte ihn und amüsierte ihn zugleich. Wenn die Moira wirklich existierte, dachte er, hätte sie erlaubt, dass es ihm so leicht in die Hände fallen würde?

Die Eskorte kam jetzt in Sichtweite des Waldes von Tenian, und auch wenn Mericort nicht mehr sehr weit entfernt war, schwebte die Bedrohung eines Angriffs der Tuathann noch immer über ihnen. Zwei oder drei Tage würden sie noch nach Süden unterwegs sein, bevor sie die Hauptstadt von Braunland erreichten, wo Samael den Grafen treffen würde, um ihm die Unterstützung Harcorts anzubieten. Der Bischof wollte keine Zeit mehr verlieren. Trotz der Erschöpfung der Pferde und der Männer befahl er erst spät in der Nacht eine Ruhepause und verlangte, dass man frühmorgens wieder aufbrach. Dennoch beklagten sich die Soldaten der Flamme nicht. Sie wurden härter als alle anderen Armeen der Insel gedrillt und waren an einen Rhythmus gewöhnt, der vielleicht noch anstrengender war als dieser hier. Aber die Pferde wurden jeden Tag ein wenig langsamer. Sie brauchten immer mehr Pflege, und manche begannen zu lahmen.

An diesem Abend wartete Samael, bis es tiefe Nacht war, bevor er endlich befahl, das Lager zu errichten. Das Regiment hielt ein paar Meilen entfernt von einer kleinen Gruppe von Bauernhöfen, und man richtete sich rasch für die Nacht ein. Ein Quadrat aus Erde für das Feuer, eine Ecke mit Heu für die Pferde, ein Zelt für den Bischof, ein paar Tische, Stämme als Bänke und Wachposten.

Samael rief den Hauptmann zu sich.

»Eminenz?«, fragte der Offizier und verbeugte sich.

»Ich will, dass Ihr mit zweien Eurer Männer zu diesen Bauernhöfen geht. Nehmt die vier erschöpftesten Pferde mit und seht, ob Ihr sie nicht von einem Hufschmied behandeln lassen könnt oder, besser noch, ob Ihr nicht vier andere Pferde auftreiben könnt. Ich will, dass Ihr persönlich mit Euren Männern geht, denn ich will auch, dass Ihr versucht, Informationen über die Lage zu bekommen. Was die Tuathann vorhaben, und welche Pläne Graf Meriander Mor hat.«

»Ist es nicht ein bisschen spät, um zu hoffen, dass in einem so kleinen Dorf noch jemand wach ist?«, fragte der Krieger überrascht.

»Dann weckt sie und sagt ihnen, dass Ihr im Auftrag des Grafen unterwegs seid. Ihr seid Offizier, diese Bauern werden Euch als solchen respektieren!«

»Gut, Eminenz!«

Der Hauptmann drehte sich auf dem Absatz um und führte den Befehl unverzüglich aus, indem er zwei Männer und die vier erschöpftesten Pferde der Einheit mit sich nahm.

Als er viel später zurückkam, hatten die Soldaten gegessen, und die meisten schliefen bereits. Nur vier waren noch wach und wachten über das Lager. Der Bischof las in seinem Zelt beim Licht einer Kerze.

Samael war nicht müde. Am Ende dieser langen Tage brauchte er nur den Saiman in seinen Adern zu wecken, und die Müdigkeit verschwand sofort. Es war zu einer Droge für ihn geworden. Jeden Abend las er noch lange, nachdem die letzten Soldaten eingeschlafen waren, und legte sich erst nach der zweiten oder dritten Runde der Wachposten schlafen. Die Männer von Harcort ließ er glauben, dass er diese Stunden mit Beten verbrachte, aber in Wahrheit las er im Schutz seines Zeltes alle Bücher, die sein früheres Leben als Druide ihm vorenthalten hatte. Diese Quellen des Wissens, diese verborgenen Wunder, diese Reisen, diese Geschichten, diese Gedanken versetzten ihn in einen wahren Rausch …

Der Hauptmann machte sich bemerkbar, als er ins Zelt trat: »Eminenz!«

Samael schloss das Buch der Alten Sprache, in dem er gerade las, band den dünnen Riemen zu, der es verschloss, und stand auf, um den Soldaten zu empfangen.

»Kommt herein, Hauptmann, und setzt Euch, da, vor meinen kleinen Tisch.«

Jeden Abend richteten die Soldaten das Zelt des Bischofs sehr sorgfältig ein. Sie wussten genau, was der Kirchenfürst erwartete: einen kleinen Tisch, zwei Kerzenleuchter, seine mit rotem Samt überzogene Truhe voller Bücher, die ihm auch als Bank diente, zwei kleine Holzstühle, eine Kupferwanne, in der er sich waschen konnte, und ein Bett, das sie ihm mit Stroh, Jutestoff, Laken und Decken herrichteten. Das war der einzige Luxus, den der Bischof sich erlauben konnte, wenn er auf Reisen war, aber es musste alles fertig sein, wenn er das Zelt betrat, jedes Ding an seinem Platz und jeden Abend in der gleichen Anordnung.

»Ich habe unsere vier Pferde gegen vier andere eintauschen können«, sagte der Hauptmann, während er sich setzte.

Seine Stimme klang ernst, und seine Stirn war gerunzelt, woran Samael erkannte, dass irgendetwas nicht in Ordnung war.

»Gute Pferde?«, erkundigte sich Samael, den die Geschwindigkeit ihrer Reise mehr als alles andere beunruhigte.

»Sie haben ein sehr gutes Wesen, und ihr Gesundheitszustand ist erheblich besser als der, in dem wir die unseren zurückgelassen haben. Sie haben natürlich nicht die ununterbrochene militärische Ausbildung durch die Ausbilder von Harcort erhalten, aber ich denke, dass sie uns gute Dienste leisten werden.«

»Gut. Und habt Ihr Informationen erhalten können, die für uns von Interesse sind?«, fragte der Bischof, der ahnte, dass diese Neuigkeiten der Grund für den Ernst seines Gesprächspartners waren.

»Ja, Eminenz. Ich glaube, dass sie Euren Plänen nicht gerade förderlich sind.«

Samael wurde ungeduldig. »Ja, und?«

»Meriander Mor ist nicht mehr in Mericort. Er ist mit dem Großteil seiner Armee losmarschiert, um die Tuathann anzugreifen. Die Barbaren haben sich im gesamten Norden Braunlands niedergelassen, wie der Erhabene König es ihnen erlaubt hat, und Meriander hofft, sie ohne jede Hilfe von seinem Boden vertreiben zu können. Im Augenblick marschiert er auf Filiden.«

Samael schlug mit der Faust auf den Tisch. »So ein Dummkopf! Allein hat er keine Chance. Seine Armee ist lächerlich angesichts der Tuathann! Wir müssen ihn aufhalten!«

Der Hauptmann schwieg. Natürlich hatte er das Gleiche gedacht. Er konnte Bischof Natalis in keiner Weise beruhigen.

»Wir können uns nicht erlauben, Meriander Mor zu verlieren«, fuhr Samael fort, aber er sprach jetzt zu sich selbst. »Und seine Armee wäre ebenfalls sehr nützlich für uns. Wir müssen das verhindern.«

Der Bischof erhob sich, trat hinter seine Truhe und öffnete sie. Er steckte seine Hände hinein und holte das Schwert von Nuadu heraus, das sorgfältig in ein langes braunes Tuch gewickelt war.

»Hauptmann, ich werde noch heute Abend allein aufbrechen. Eure Männer halten mich nur auf, und ich brauche keinen Schutz.«

»Emi… Eminenz«, stotterte der verblüffte Offizier, »das meint Ihr nicht ernst?«

Samael befestigte das Schwert an seinem Gürtel, ohne es auszuwickeln, und füllte einen großen Rucksack mit Lebensmitteln und Kleidung.

»Im Gegenteil, ich meine es sehr ernst. Ich muss Meriander Mor so schnell wie möglich aufhalten, ich darf keine Minute verlieren. Allein kann mir nichts passieren, Gott beschützt mich. Macht Euer bestes Pferd fertig. Morgen werdet Ihr nach Harcort zurückkehren und Thomas Aeditus und Graf Al'Roeg von der Lage unterrichten. Ich übernehme es, Mor zur Vernunft zu bringen und zu überzeugen, nach Harcort zu kommen, damit wir ihn zu unserem Verbündeten machen können.«

Der Hauptmann wusste nicht, was er sagen sollte. Protestieren konnte er nicht, obwohl er wusste, dass Thomas Aeditus ihm bei seiner Rückkehr in die Grafschaft Harcort gewiss schwere Vorwürfe machen würde, dass er Bischof Natalis nicht weiter eskortiert hatte. Aber dieser war fest entschlossen, und der Soldat konnte sich nicht widersetzen. Außerdem sagte er sich jetzt, nachdem er gesehen hatte, wie Natalis sich im Kampfgetümmel zu verhalten imstande war, dass dieser verrückte Alte durchaus in der Lage war, sein Ziel zu erreichen.

Der Offizier nickte in aller Bescheidenheit und verließ das Zelt ohne ein weiteres Wort. Er wartete den Morgen ab, um seinen Männern die Neuigkeit mitzuteilen.

Samael war bereits weit entfernt.

»Wer seid Ihr?«

»Kiaran. Jedenfalls bin ich das Bild von Kiaran in der Welt von Djar.«

Das ist nicht das Gesicht, das ich kenne. Aber es ist seine Stimme. Und sein Geist, ich erkenne seinen Geist… Und seine Augen. Aber warum dieses Bild?

»Ich erkenne Euch nicht, Druide. Und doch habe ich

Euch in Sai-Mina gesehen. Hier seid Ihr jünger, und diese Kleidung… Das ist nicht die Kleidung eines Druiden!«

»So war ich, als ich kaum älter als du war, Alea…«

»Ihr wart Wanderschauspieler?«

Er nickt. Und er lächelt mir zu. Es scheint ihn nicht zu überraschen, mich zu sehen.

»Was macht Ihr hier?«

»Ich bin jeden Abend hier, Alea, wie du. Und ich beobachte dich seit langem.«

Er hat mich beobachtet. Djar ist dermaßen seltsam. Ich habe immer das Gefühl, dass mich jemand beobachtet. All diese Gedanken, die umherwandern, all diese möglichen Schicksale, die sich kreuzen.

»Seit langem?«

»Von Anfang an. Seit du nach Sai-Mina gekommen bist. Ich habe dein Bild gesehen, undeutlich am Anfang. Du konntest es nicht kontrollieren, nicht wahr? An dem Tag war die Wölfin da…«

Er kennt Imala.

»… und es gab auch das Bild von Erwan Al'Daman, dem jungen Magistel, Sohn von Galiad. Und du hast Gefühle für ihn…«

Man könnte glauben, er macht sich über mich lustig, dabei weiß ich, dass das nicht seine Absicht ist. Er ist der merkwürdigste von allen Großdruiden, das war mir schon in Sai-Mina aufgefallen. Spioniert er mir im Auftrag des Rats nach?

»Aber da war auch die Präsenz von Maolmòrdha, erinnerst du dich?«

»Er beobachtet mich auch, nicht wahr?«

»Natürlich. Aber nicht im Augenblick. Ich weiß nicht, was er macht… Das ist nicht unbedingt beruhigend.«

Das stimmt. Ich spüre seine Anwesenheit nicht mehr.

Aber ich weiß, dass er auf meinem Weg ist. Maolmòrdha. Ganz am Ende meines Wegs…

»Beobachtet Ihr mich im Auftrag des Rats?«

»Ich beobachte dich seit langem, und der Rat hat gerade erst erfahren, dass ich die Welt von Djar betreten kann. Ich habe ihnen gesagt, dass ich dich dort gesehen habe, aber mehr werden sie nicht erfahren.«

Und wenn er lügt?

»Ich denke wie Phelim, weißt du, Alea. Ich denke, dass du der Samildanach bist. Ich weiß es. Und wie er möchte ich dich vor dem Rat beschützen.«

»Aber Ihr gehört dem Rat an!«

»Das bedeutet aber nicht, dass ich immer mit seinen Entscheidungen einverstanden bin. Ich bin ein Kind der Moira…«

Ich bin nicht sicher, ob ich verstehe, was er meint. Das ist die Bezeichnung, die man den Wanderschauspielern gibt. Aber welche Bedeutung hat sie wirklich?

»Phelim ist tot. Er war der Einzige, der mich beschützen wollte, aber er ist tot.«

»Ich weiß. Die drei Druiden, die dich suchten, sind zum Rat zurückgekommen. Sie haben es uns erzählt. Aber Phelim war nicht der Einzige. Ich denke wie er – und der junge Finghin ebenfalls. Er hat uns gestern verlassen.«

»Finghin? Er ist von Sai-Mina fortgegangen?«

»Ja. Er sucht dich.«

»Er wird mich finden. Ich brauche ihn. Ich muss lernen.«

»Du bist diejenige, die uns unterweisen muss. Du bist der Samildanach, Alea.«

»Wie kommst du hierher, wenn die anderen Druiden es nicht können?«

»Sie könnten es vermutlich, wenn sie weniger Zeit damit verbringen würden zu intrigieren und mehr im Sinne des Saiman arbeiteten. Aber ich bin nicht der Einzige. Auch die beiden Abtrünnigen kommen hierher. Maolmòrdha und Samael. Du musst vor Samael auf der Hut sein. Er ist nicht weit entfernt von dir. Ich weiß nicht, wohin du unterwegs bist, auch nicht, was du tun willst, aber Samael ist ganz in deiner Nähe.«

»Noch einer, der mich überwacht?«

»Nein. Ich glaube nicht, dass er dich an diesem Ort gesehen hat.«

»Woher wisst Ihr das alles, Kiaran?«

»Ich komme oft her. Ich sehe alles. Ich höre alles. Meine Brüder glauben, ich sei nicht bei der Sache, aber ich bin da. Die Wahrheit von hier verrät die Lügen von anderswo.«

»Wie kann ich Euch vertrauen?«

»Du wirst mir niemals vertrauen können. Du wirst niemals irgendjemandem vertrauen können, Alea.«

»Werde ich Euch wiedersehen?«

»Immer, wenn du hierherkommst, wenn du willst.«

Ich glaube, das würde mir gefallen, ja. Kiaran kann mir sicher einiges beibringen. Aber ich muss aufpassen, dass ich ihm nicht zu viel sage. Ich darf ihn nicht gegen meinen Willen informieren.

»Einverstanden. Ich werde mich jeden Abend mit Euch treffen, Kiaran, aber Ihr müsst mir versprechen, dass Ihr mich nicht unbemerkt beobachtet, wenn ich hier bin und nicht komme, um Euch zu sehen.«

»Dir versprechen?«

Es ist wahr. Welchen Wert hätte sein Versprechen, da er mir gerade gesagt hat, dass ich niemandem vertrauen darf? Ich muss ihm Angst machen.

»Wenn ich Euren Blick noch einmal bemerke, Kiaran, werde ich hier mit Euch das machen, was ich mit dem Fürsten der Herilim gemacht habe.«

Er antwortet nicht. Ich bin sicher, dass er mich verstanden hat.

»Ich muss jetzt gehen, um etwas zu sehen, Kiaran. Ich freue mich, dass Ihr Euch bemerkbar gemacht habt. Phelim fehlt mir. Und ich muss mit einem Druiden sprechen. Finghin wird sicher nicht ausreichen.«

»Ich werde auch nicht ausreichen, Alea, aber ich werde dich alles lehren, was ich weiß.«

»Danke.«

Ich drehe mich um. Ich gehe. Er folgt mir nicht.

Weit weg von hier, ich muss mich weit weg von hier denken.

Ich muss Erwan finden.

Das Tor von Djar. Ich kann dorthin gelangen. Es ist da.

Ich mache mich auf den Weg zu ihm.

Es ist dort hinten. Dieses Licht, ich erkenne es. Ich bin dort. Wie ein blauer Brunnen. Und ganz unten Erwan.

Wird er meine Botschaft hören? Wird er verstehen? Er kann nicht hier heraufkommen. Er wird mich nicht richtig hören. Aber ich muss es ihm sagen. Ich muss mich ihm verständlich machen. Erwan… Erwan…

Hör mir zu…

Die beiden Wölfe wanderten in einem engen Tal nach Norden. Ein kleiner Wildbach floss neben ihnen in einem Bett aus grauen flachen Steinen. Rechts war der Hang des Hügels kahl. Kein einziger Baum mehr, nur ein paar niedrige schwarze Sträucher dicht am Boden. Die

Erde war braun und steinig, und auf halber Höhe teilte ein altes Steinmäuerchen den kupferfarbenen Abhang in zwei Hälften. Links hatte der Sommer einen Wald aus Koniferen verschont. Die untersten, die ihre Blätter verloren hatten, verdüsterten das Tal, während sich oben der Horizont über einer Reihe grüner Wipfel abzeichnete. Vorne, nach Norden hin, bildeten die beiden Hänge im Vordergrund eine große Kerbe, hinter der man in der Ferne weitere Hügel und den blauen Augusthimmel erkennen konnte.

Imala sprang über die verstreuten Stämme auf dem Boden, die ein früheres Hochwasser des Wildbachs vermutlich hierher gespült hatte. Es war eine Mischung aus weißem, morschem Holz und getrocknetem Schlamm, in dem man die frischen Spuren einer Kuhherde sehen konnte.

Das Tal schlängelte sich zwischen den Vorsprüngen der beiden Hügel hindurch und setzte sich nach Norden fort, wo die Vegetation dichter wurde. Die Wölfin machte von Zeit zu Zeit Halt, um an dem kleinen Wildbach zu trinken. Der brausende Fluss übertönte alle Geräusche ringsum. Nur das Echo der Steine, die unter den Füßen der beiden Wölfe wegrutschten, und das Flügelschlagen der Raubvögel, die auf der Suche nach einer Beute über sie hinwegflogen, waren zu vernehmen.

Imala hatte mit dem grauen Wolf noch nicht gejagt. Aber sie wusste, dass sie mit ihm ein größeres Beutetier angreifen konnte. Er hielt sich dicht hinter ihr, bereit loszustürzen. Er musste ebenfalls Hunger haben. Aber Imala wollte nicht von ihrem Weg abweichen. Sie lief nach Norden, dorthin, wohin ihre Sinne sie riefen, und in dieser Richtung würde sie etwas zum Fressen finden müssen.

Das Tal wurde immer enger, je länger sie im strahlenden Sonnenlicht unterwegs waren. Das Gor-Draka-Gebirge kam immer näher und füllte jetzt den ganzen Horizont aus. Die beiden Wölfe liefen gegen den Strom in dem kleinen Wildbach, der ihre erschöpften Beine bei jedem Schritt erfrischte. Auf dem felsigen Boden zu gehen war viel anstrengender als das lange Laufen über die weiten Grasflächen der Ebenen im Süden, und die Hitze machte es ihnen auch nicht gerade leichter. Mit hängender Zunge krümmten die beiden Tiere ihren Rücken unter der Mittagssonne.

Plötzlich bemerkte Imala eine Bewegung im Westen. Ein Schatten hinter den Tannen. Sie blieb stehen, streckte die Vorderbeine durch und richtete die Ohren auf. Der graue Wolf hinter ihr tat es ihr gleich. Wind fegte durch das Tal. Imalas weißes Fell richtete sich auf. Der Wind summte in ihren Ohren. Die Wipfel der Bäume schwankten einen Augenblick, dann verschwand der Wind nach Süden. Nichts bewegte sich mehr, nur noch die Reflexe der Sonne auf der Oberfläche des Wildbachs. Sogar die Vögel hatten zu singen aufgehört. Als hätten sie im Blick der Wölfin gesehen, dass sie auf der Lauer war. Bereit loszustürzen.

Erneut eine Bewegung in der Dunkelheit der Stämme, die sich auf dem Hang des Hügels erhoben. Imala ging ein paar Schritte vorwärts, verließ das kühle Wasser des Wildbachs und legte sich flach auf die heißen Steine des Ufers. Sie hatte ihre Beute ausgemacht. Eine Hirschkuh, versteckt in der Dunkelheit des Waldes. Sie musste noch jung sein, ihr Fell war fahlrot am Rücken und am Bauch weiß-rötlich. Mit erhobenem Kopf lauerte sie auf jedes noch so leise Geräusch auf der anderen Seite der Bäume. Vermutlich hatte sie etwas gehört, aber sie hatte die beiden Raubtiere, die sie jetzt beobachteten, noch nicht gesehen.

Der große graue Wolf begann nach Norden zu traben. Die Jagd würde jeden Augenblick beginnen. Er bereitete sich darauf vor, der Hirschkuh, die mit Sicherheit fliehen würde, wenn sie Imala näher kommen sähe, den Weg abzuschneiden. Seine Schultern hoben und senkten sich in raschem Rhythmus, während er lautlos immer höher den Hang hinauflief, wobei er von Zeit zu Zeit einen Blick zurückwarf, zu der weißen Wölfin oder nach Westen, wo die Hirschkuh aufgetaucht war.

Auch Imala setzte sich in Bewegung. Indem sie leicht nach Südwesten kroch, hoffte sie die Hirschkuh von hinten zu überraschen. Aber die Ricke hatte ein feines Gehör. Als sie das Geräusch der beiden Kiesel hörte, die unter dem gleichwohl flinken Schritt der Wölfin gegeneinanderschlugen, drehte sich die Hirschkuh um und bemerkte sogleich Imala, obwohl sie mit ihrem weißen Fell auf den grauen Steinen nur schwer zu erkennen war. Aber die Hirschkuh verlor keinen Augenblick. Sobald sie Imala sah, die sich erhob, rannte sie sofort in den Wald hinein. Weiter oben sah der große Wolf, wie sie, verfolgt von Imala, verschwand, woraufhin auch er in den hohen Tannenwald hineinlief.

Die Hirschkuh, die in ihrer vertrauten Umgebung war, war gewandter und schneller. Die Wölfe schnitten ihr den Weg ab, um sie wieder ins Tal hinunterzudrängen. Aber wenn sie den Wald verließe, wäre sie verloren. Um der Falle zu entgehen, in die sie zu geraten drohte, änderte die Hirschkuh abrupt die Richtung, indem sie auf dem mit trockenen Tannennadeln übersäten Boden einen Haken schlug.

Der Hang wurde immer steiler, je tiefer sie in den

Wald eindrangen, und bald folgten die beiden Wölfe Seite an Seite der Spur der Ricke. Die Hirschkuh entkam ihnen. Außer Atem, verlangsamte Imala ihren Lauf. Sie mussten geduldig sein. Ihre Beute würde dieses Tempo nicht sehr lange durchhalten. Der Wolf galoppierte noch ein paar Meter, dann ging auch er im Schritt weiter.

Imala blieb einen Augenblick stehen, um Witterung aufzunehmen. Die Hirschkuh war verschwunden, aber nicht sehr weit entfernt. Ihre Gegenwart war noch spürbar. In Richtung Norden. Die weiße Wölfin setzte sich wieder in Bewegung und lief am Hang entlang, ohne die Baumlinie, hinter der ihre Beute verschwunden war, aus den Augen zu lassen. Der große graue Wolf lief wieder den Hang hinauf. Sie setzten ihren Weg fort, bis sie sich aus den Augen verloren, was sie aber nicht hinderte weiterzulaufen.

Imala nahm noch immer deutlich den Geruch der verängstigten Hirschkuh wahr. Sie fiel in den Trab und scherte immer mehr zur Seite aus, um die Bahn des Tieres zu schneiden, das nicht weit sein konnte. Dann wechselte sie in den Galopp und durchquerte mit gesenktem Kopf, den Bauch dicht am Boden, ein großes Stück des Waldes, bevor sie erneut in den Trab verfiel. Der Hang war hier steiler, und die Tannen standen dichter. Es wurde immer dunkler um sie herum, nur wenige Sonnenstrahlen drangen noch durch die ausladenden Zweige der Tannen und zeichneten helle Streifen in die Dunkelheit des Waldes.

Imala wechselte in den Schritt. Der Geruch der Hirschkuh war ganz nah. Er überdeckte jetzt den starken Duft der Koniferen. Die Wölfin legte sich flach auf den Boden und starrte auf die Baumreihen. Plötzlich sah sie die Hirschkuh zwischen den Bäumen in einem Lichtstrahl.

Sie lief nicht mehr und suchte überall nach den Spuren ihrer Verfolger.

Als die Ricke Imala den Rücken zudrehte, stürzte sie los. Diesmal konnte sie den Überraschungsmoment ausnutzen, und wie ein Pfeil schnellte sie zwischen den Bäumen hindurch. Die Hirschkuh zuckte zusammen und galoppierte in panischer Angst in die falsche Richtung, nach Süden, ins Tal hinunter, wodurch sie sich, ohne es zu wissen, dem grauen Wolf näherte, der weiter unten wartete. Imala machte einen Bogen und lief so schnell sie konnte, was sie in kurzer Zeit bis auf ein paar Schritte an ihre Beute heranbrachte.

Das arme Tier hörte den Atem der Wölfin hinter sich und wurde immer panischer. Wieder und wieder stolperte sie und wagte jetzt nicht mehr, die Richtung zu ändern, so nah war ihre Verfolgerin.

Imala sah, dass der graue Wolf wie ein Stein in gerader Linie den Hang hinunterraste. Noch schneller als die Hirschkuh, hatte er sie im Nu erreicht.

Aus großer Entfernung sprang der graue Wolf der Hirschkuh an die Kehle, und diese fiel auf die linke Seite. Von der Geschwindigkeit fortgerissen, rollten der Wolf und seine Beute in einer Wolke von Blättern und Staub den Hang hinab. Als diese Lawine zum Stillstand gekommen war, versuchte die Hirschkuh verzweifelt, sich aus den Fangzähnen des Wolfs zu befreien, aber schon stürzte sich Imala auf sie und tötete das Tier mit einem einzigen Biss ihres breiten Kiefers.

Der graue Wolf hielt die Hirschkuh noch ein paar Augenblicke am Boden fest und schüttelte nervös den Kopf, um ihr den Hals zu brechen; aber das Tier war bereits tot, und sein Blut floss auf die schwarze Erde des Tannenwalds.

Seit Sylphengedenken hatte es keine schaurigere Versammlung auf der Insel gegeben. Alle Wächter waren in der großen versteckten Zelle des Palasts von Shankha versammelt, zusammen mit den Stammesführern der Gorgunen, den bekehrten Kriegern und allen erklärten Feinden der Druiden, Verbannte, Deserteure … Kein Anhänger fehlte. Alle waren dem Ruf des Meisters gefolgt. Gemeinsam würden sie sich gegen die Druiden erheben und den Unseann, die Rückeroberung, vollziehen.

Es war ein unterirdischer Saal, so lang und so dunkel, dass man das Ende nicht sehen konnte. Ein paar Fackeln an der Wand, die in Holzfüßen steckten, erhellten den ockerfarbenen Stein der Wände in einem Tanz goldenen Lichts. Ein fernes Grollen war zu vernehmen, das aus der Tiefe der Erde zu kommen schien, aber sonst störte kein Geräusch diese düstere Versammlung, mit Ausnahme des Knisterns der Flammen, das vom Widerhall des Raums verstärkt wurde.

Maolmòrdha stand mit glühenden Augen, das Gesicht durchzogen von blutgeschwollenen Adern, vor einem Altar aus schwarzem Stein. Seine abgestorbene, brandige Haut trat in den Gelenken seiner Rüstung aus schwarzem Metall zutage. Neben ihm stand Ultan, der einst sein Magistel gewesen war. Er war ein großer schweigsamer Krieger, der sich viele Jahre in heftiger Eifersucht auf Ayn'Sulthor verzehrt hatte, dem der Meister größere Aufmerksamkeit zu schenken schien; aber jetzt, da der Fürst der Herilim tot war, hatte Ultan seinen Platz an der Seite Maolmòrdhas wiedererlangt, und diesmal war er fest entschlossen, seine Tüchtigkeit zu beweisen. Die Jahre der Enttäuschung hatten ihn hart gemacht, und er war zu allem bereit, um zu beweisen, dass er sein Amt verdiente.

Almar Cahin war am Abend zuvor eingetroffen. Er war zum ersten Mal in Shankha und versuchte mehr schlecht als recht seine Angst zu verbergen. Hier war er nicht mehr der feiste Metzger von Saratea. Hier war er ein Wächter. Er war derjenige, der Alea verraten hatte. Und er träumte davon, dass ihm dies eines Tages erlauben würde, in der vom Meister errichteten neuen Ordnung aufzusteigen. Dass er eines Tages neben ihm sitzen, sein Ratgeber sein würde. Einfach nur angehört würde. Ja, hier würde er eine wichtige Person werden. Er würde sein unbedeutendes Leben vergessen können, das ihm in seinem kleinen Dorf in der Grafschaft Sarrland beschieden gewesen war. Eine wichtige Person werden. Koste es, was es wolle.

Eine beklemmende Stille herrschte in der Zelle. Almar rührte sich nicht. Er wagte kaum die Augen zu bewegen. Zu atmen. Er lauschte. Er tat es den anderen Wächtern um sich herum gleich.

Der Meister stand seit geraumer Weile reglos da und versammelte in sich Saiman und Arhiman, eine abscheuliche Verschmelzung, die aus ihm die unmenschliche Kreatur gemacht hatte, zu der er geworden war. Den Blick gesenkt, die Hände vor seiner Brust gekreuzt, schien er in einer tiefen Trance versunken zu sein. Aber wie Almar starrten alle Mitglieder der Versammlung auf den Altar. Niemand konnte seinen Blick von dem ausgemergelten Leichnam abwenden, der darauf lag und dessen widerlicher Gestank die Luft erfüllte. Die letzten Hautfetzen, die noch an seinem halb verwesten Skelett hingen, hatten die graue Farbe des Schlamms. Die beiden Augenhöhlen waren leer. Im Schädel klaffte eine tiefe Kerbe. Hinter den gebrochenen Rippen konnte man die verwesten Reste zersetzter Organe erahnen.

Mit einem Mal begann die Temperatur im Raum zu sinken. Maolmòrdhas Gesicht hob sich langsam. Seine Augen waren zwei rote Fackeln und seine Hände Feuersgluten. In einer feierlichen Bewegung streckte er seine Arme über den Altar. Der Lichthof an seinen Fingerspitzen wurde immer größer. Ein Murmeln ging durch die Versammlung, aber es wurde schnell übertönt von dem dumpfen Grollen, das vom Altar aufstieg. Der Boden begann zu beben. Das Licht der Fackeln zu flackern. Von der Decke und den Wänden fielen Steinbrocken zu Boden und wirbelten Staub auf. Die Vibrationen des Bodens wurden immer stärker und folgten immer dichter aufeinander. Maolmòrdhas Gesicht verzerrte sich zu einer grauenhaften Fratze, und dann drang ein ohrenbetäubender Schrei aus seiner Kehle.

Als der Lärm und die Erdstöße beinahe unerträglich wurden, gab es eine heftige Explosion. Rauch und Staub breiteten sich im ganzen Raum aus. Das Grollen hörte auf. Auch der Boden bebte nicht mehr.

Im Licht der wenigen Fackeln, die die Explosion nicht ausgeblasen hatte, sah Almar Maolmòrdha langsam wieder auftauchen.

Der Metzger rieb sich die Augen und stellte sich auf die Fußspitzen, um zu sehen, was passiert war. Der Leichnam lag nicht mehr auf dem Altar. Dieser war in zwei Hälften zerbrochen. Der Stein war in der Mitte gespalten worden, als habe der Blitz eingeschlagen. Und das Skelett war verschwunden. Almar hörte Getuschel um sich herum. Irgendetwas ging da vor sich. Etwas, das er nicht sehen konnte. Er versuchte sich noch mehr in die Höhe zu recken, aber er war zu klein. Er wagte nicht, sich einen Weg durch die Menge zu bahnen, und seine Neugier ärgerte ihn.

Doch schließlich begriff er, was das Gemurmel der Wächter und Gorgunen um ihn herum ausgelöst hatte. Verblüfft sah er, wie das Skelett sich inmitten des Staubs erhob. Natürlich hatte er gleich zu Beginn der Zeremonie verstanden, dass Maolmòrdha versuchte, diesen Leichnam wieder zum Leben zu erwecken, aber mit eigenen Augen zu sehen, dass er dastand, den Kopf drehte und den Mund öffnete, war doch etwas anderes!

Ultan erschien hinter dem Skelett und legte einen schweren schwarzen Umhang um seine Schultern. Der lebende Tote ließ ihn gewähren. Seine Haltung hatte etwas Würdevolles. Als handle es sich um einen König, den der Magistel einkleidete.

Das Skelett drehte sich um. Es führte seine Hände hinter den Nacken und zog die schwarze Kapuze, die auf seinem Rücken hing, über seinen Kopf, so dass man keinen einzigen Teil seines verwesten Körpers mehr erkennen konnte. Er war nur noch eine lange Gestalt in einem dunklen Mantel. Er ging vor Maolmòrdha auf die Knie.

Der Meister blickte auf seinen neuen Schüler hinunter. Die Flammen an seinen Fingerspitzen waren erloschen, aber in seinem Blick leuchtete ein neues Feuer.

Die Mitglieder der Versammlung knieten ebenfalls nieder. Maolmòrdha ging zu der dunklen Gestalt, die vor ihm kniete, und legte seine blutigen Hände auf seine Schultern.

»Du bist Dermod Cahl, und ich bin dein Meister.«

»Herr, ich bin Euer Diener«, erwiderte der lebende Tote mit kehliger Stimme.

Almar erschauerte. Seine Hände zitterten. Er erinnerte sich an den Tag, an dem Sulthor zu ihm gekommen war, um ihn zu verhören. Es war die gleiche Angst. Das gleiche Entsetzen, dasjenige, das in den Eingeweiden wühlte, das einen frieren ließ und das ihn zugleich erregte.

»Ich vertraue dir die zwölf Armeen der Gorgunen an, Cahl, damit du sie zum Sieg führst.«

Maolmòrdha nahm die Kette, die um seinen Hals hing. An ihrem Ende hing ein goldenes Medaillon mit seltsamen Motiven in feinster Gravur. Das war das Siegel von Aldis, des Man'iths, der seinem Besitzer die Kontrolle über die Gorgunen gab. Maolmòrdha beugte seinen Kopf nach vorn, nahm langsam die Kette ab und legte sie Dermod Cahl um den Hals. Die Augen des lebenden Toten schienen in einem neuen Feuer aufzuleuchten.

Maolmòrdha hob den Kopf und wandte sich an die Menge, die vor ihm kniete.

»Die Zeit des Unseann ist gekommen! Die Druiden müssen fallen, und mit ihnen der Samildanach! Meine Söhne, wir werden aus dem Schatten treten!«

Almar hörte sein Herz schlagen. Er vermochte nicht mehr zu unterscheiden, was in ihm Angst und was Freude war. Die besondere Ausstrahlung des Meisters hatte ihn vollständig durchdrungen. Sein Geist verwirrte sich, er war berauscht vom Wunsch zu siegen. Der Unseann pochte bereits in seinen Adern.

»Gorgunen, das ist Dermod Cahl, euer Herr!«, rief Maolmòrdha und streckte seine Arme zu den Stammesführern aus. »Mit ihm sollt ihr alles niederbrennen auf eurem Weg. Zerstören, was die Druiden errichtet haben. Den Lauf der Moira umkehren! Und vor allem …«

Seine Brust blähte sich, seine Augen glühten noch mehr, und sein ganzer Körper schien inmitten der Schatten größer zu werden.

»Und vor allem will ich, dass ihr den Samildanach

ausschaltet! Dass ihr dieses Mädchen tötet, dass ihr es bei lebendigem Leib verbrennt!«

Die Gorgunen stießen einen unmenschlichen Schrei aus, einen Kriegsruf vermutlich, dessen Echo sich mehrmals an den Wänden des Palastes von Shankha brach.

»Dermod! Bring mir den Ring. Ich will, dass du dieses Mädchen eigenhändig tötest und mir den Ring bringst. Danach erst werden die Druiden an der Reihe sein … Ich weiß, du bist ungeduldig, Dermod, du brennst darauf, sie zu vernichten. Aber das Mädchen hat unbedingten Vorrang.«

»Ich werde Euch den Ring bringen, Herr.«

Maolmòrdha drehte langsam den Kopf und richtete einen furchtbaren Blick auf seine Getreuen; dann drehte er sich um und verschwand in der Dunkelheit des Raums, dicht gefolgt von Ultan und Dermod Cahl.

Die Wächter, die Gorgunen, die Verbannten, alle sahen sich stumm an. Und in ihren Augen leuchtete dasselbe Licht.

Das Licht des Unseann.

4

Die Schlacht von Akingia

»Salve, Sarkan, die Erde möge dich sowie deinen Sohn Tagor und deinen Klan Mahat'angor anerkennen. Ich bin Chankin, vom Klan Hassat'enor.«

Sarkan, der vor einem niedrigen Tisch kniete, an dem er mit allen Klanchefs in einem abgeschiedenen Raum der Kaserne von Filiden beim Abendessen war, machte seinem Besucher ein Zeichen, zu ihnen zu kommen.

»Nimm Platz, Chankin. Haishan, der Chef deines Klans, ist hier und isst mit uns. Wir haben dich erwartet.«

Der junge Tuathann-Krieger setzte sich auf die andere Seite des niedrigen Tisches. Sein nackter Oberkörper war bereits mit den Kampffarben bemalt, was Sarkan nicht entgangen war.

»Ich bringe Euch, erhabene Krieger, die schlechte Nachricht, die Ihr befürchtet. Von Süden kommt eine Armee von Menschen, angeführt von Meriander Mor.«

Sarkan und die anderen Chefs zeigten keinerlei Regung. Vermutlich hatten sie diese Nachricht erwartet. Sie wussten alle, dass das Land, das die Druiden und Galatia ihnen überlassen hatte, Braunland gehörte, und sie wussten auch, dass der Graf mit dieser Entscheidung des Erhabenen Königs nicht einverstanden war. Es war nur eine Frage der Zeit, aber der Kampf war unvermeidlich.

»Eriu wird mit Blut errichtet werden, Vettern. Wir werden unser Land nur um den Preis zahlreicher Toter bekommen. Chankin, wie viele Mann führt Meriander an?«

»Mehrere tausend. Hefrin, der Kundschafter meines Klans, sagt, es seien an die fünfzehntausend. Mein Sohn vermutet, es seien zwölftausend. Ich denke, die Wahrheit liegt in der Mitte. Die Kundschafter berichten, sie seien schwer bewaffnet und marschierten auf Filiden.«

Sarkan nickte langsam. Natürlich rechneten sie mit diesem Angriff, aber sie hatten ihn nicht so schnell erwartet. Nur ein paar Tage waren vergangen, seit ein Bote aus Galatia ihm Eoghans Siegel gebracht hatte. Meriander hatte keine Zeit verloren. Dieser Graf hing an seinem Land. Aber er würde begreifen müssen, dass dieses Land einst den Tuathann gehört hatte und dass diese sich nur zurückholten, was die Menschen ihnen schuldig waren.

»Dieser Graf handelt schneller, als ich gedacht habe«, gestand Sarkan den anderen Klanchefs. »Entweder hängt er sehr an seinem Land, oder er ist mit dem Erhabenen König so zerstritten, dass er sich weigert, diesen Affront zu ignorieren.«

»Eoghan ist sein Bruder«, warf ein Klanchef ein.

»Ich weiß«, erwiderte Sarkan, »aber hier lernen sogar Brüder, sich zu hassen. Doch was auch immer der Grund für sein schnelles Handeln sein mag, er zwingt uns, unverzüglich zu reagieren. Wir können nicht warten, bis diese Armee von Menschen vor Filiden steht. Wir müssen sie vorher stoppen.«

»Wir sollten Kundschafter nach Norden schicken«, schlug ein anderer Chef vor. »Ich möchte sicher sein, dass Meriander uns allein angreift. Vielleicht ist es ja nur ein Ablenkungsmanöver, um uns von Norden her im Rücken anzugreifen. Vielleicht steht Harcort schon vor unseren Toren.«

»Ein Ablenkungsmanöver mit fünfzehntausend Mann?«, entgegnete Sarkan. »Nein, Meriander wirft alles, was er hat, in die Schlacht. Er handelt aus blanker Wut, davon bin ich überzeugt. Wie du, Vetter, denke ich, dass Harcort die Absicht hat, sich mit Braunland zu verbünden, aber ich denke nicht, dass sie bereits die Zeit gehabt haben, es zu tun, und noch weniger, einen Überraschungsangriff von diesem Ausmaß vorzubereiten.«

»Ich hoffe, dass du dich nicht irrst. Wenn wir nach Süden gehen, um Meriander aufzuhalten, wird Filiden viel verwundbarer sein. Und wir lassen unsere Kinder hier.«

Sarkan nickte seufzend. »Das Risiko ist in der Tat groß. Vielleicht sollten wir zwei ganze Klans in Filiden lassen, damit sie die Stadt verteidigen.«

»Werden wir genug sein, um Erianders Armee aufzuhalten?«

Sarkan biss sich auf die Lippe. Er verfügte nicht über genügend Hinweise, um eine solide Strategie auszuarbeiten. Die Zeit fehlte.

»Ich kenne die Tapferkeit dieser Armee von Braunland nicht, aber wenn Merianders Soldaten wie die sind, die wir hier und im ganzen Norden der Grafschaft besiegt haben, dann reichen fünf Klans, um fünfzehntausend dieser Männer aufzuhalten.«

»Es wird große Verluste geben.«

»Wir bauen den Tempel der Tuathann, wir errichten Eriu, Vetter. Hier sterben unsere Brüder. Das ist der Preis, den wir bezahlen müssen, aber das macht auch den Wert dieser Welt aus.«

Die Klanchefs stimmten einer nach dem anderen zu.

Sie waren Krieger, und die Schlacht machte ihnen keine Angst.

»Welche Klans sollen in Filiden bleiben?«, fragte einer von ihnen. »Deiner?«

»Nein«, erwiderte Sarkan, »die Mahat'angor werden kämpfen wie ich. Meine Brüder sind schließlich die besten Krieger von allen, oder?«

»Die Erde erkennt sie als solche an«, bestätigte ein Klanchef, und die anderen nickten.

»Wir werden die Frauen entscheiden lassen«, erklärte Sarkan. »Sie werden sich heute Abend beraten und uns morgen sagen, wer bei ihnen bleiben soll.«

»Das ist gerecht.«

»Alle sollen sich also bereithalten. Diejenigen, die bleiben, wie diejenigen, die ausrücken. Auf diese Weise werden alle die Aufregung der Kampfvorbereitung kennen lernen.«

»Das ist gerecht«, wiederholten die Klanchefs.

Sarkan erhob sich, streckte die Arme nach seinen Gästen aus und forderte sie auf, es ihm gleichzutun.

»Kehrt zu euren Klans zurück, Vettern, und erklärt den Kriegern, dass wir morgen aufbrechen, um Meriander vor dem Wald von Tenian zu stoppen. Möge die Erde uns verschonen.«

Die sechs Männer grüßten sich und zogen sich stumm zurück.

Sarkan sah ihnen nach, dann drehte er sich zu der Tür um, die sich in der Wand hinter ihm befand.

»Tagor, du warst hinter dieser Tür, du hast unsere Unterhaltung mit angehört, nicht wahr?«

Die Tür öffnete sich langsam, und Sarkans Sohn trat herein. Der junge Mann trug nicht die Kleidung des Stammes. Er war wie ein Bewohner von Braunland gekleidet. Nur sein Haarkamm erinnerte daran, dass er ein Tuathann war. Und auch seine Augen, das eine blau, das andere schwarz, mussten Aufmerksamkeit erregen.

»Ja, Vater, ich habe alles gehört. Die Klanchefs haben doch keine Geheimnisse vor den Ihren, oder?«

»Du hättest hereinkommen sollen, mein Sohn, du hättest dich nicht zu verstecken brauchen ...«

»Ich wollte den jungen Hassat'enor nicht in Verlegenheit bringen. Ich wusste, dass ihr mich alle gehört hattet. Deswegen habe ich gelauscht.«

Sarkan seufzte. Sein Sohn benahm sich bereits nicht mehr wie ein Tuathann. Dabei war er ein gefürchteter Krieger. Eine wichtige Voraussetzung in Sarkans Klan.

»Diese Schlacht ist unvermeidbar, mein Sohn. Es geht nicht mehr darum zu erobern, sondern darum, Filiden zu verteidigen.«

»Ich weiß. Filiden gegen die zu verteidigen, denen wir es weggenommen haben ...«

»So wie sie selbst es unseren Vorfahren weggenommen haben ... Wir haben bereits darüber gesprochen, Tagor. Wird diese Unterhaltung denn nie ein Ende haben?«

»Sobald Euer Krieg vorüber sein wird, Vater.«

»Möchtest du etwa, dass wir zulassen, wie Meriander unsere Frauen und Kinder vertreibt? Möchtest du, dass wir erneut gehen müssen, um woanders Zuflucht zu suchen?«

»Nein, ich hätte mir gewünscht, dass wir hier ohne Krieg unseren Platz finden. Wir haben mit dem Kampf angefangen, und jetzt hört es nicht mehr auf.«

»Nein, Tagor, der Kampf hat vor mehr als vierhundert Jahren angefangen, gegen unsere Vorfahren.«

Der junge Mann nickte, aber sein Blick drückte noch immer aus, dass er anderer Meinung war.

»Wirst du dich uns anschließen, mein Sohn?«

»Natürlich, Sarkan.«

Er hatte seinen Vater mit seinem Namen angeredet, um deutlich zu machen, dass er jetzt mit dem Klanchef sprach.

»Ich werde morgen mit Euch gehen, und ich werde bis zum Tod kämpfen, wenn es sein muss. Ich bin in erster Linie ein Mahat'angor, ich werde meine Pflicht erfüllen, und ich hoffe, dass das alles glücklich ausgehen wird, denn ich will nicht, dass eines Tages meine Kinder ihrerseits meinen Tod rächen müssen. Niemand sollte mit seinem Leben bezahlen müssen, um seine Vorfahren zu rächen.«

Ohne ein weiteres Wort verließ er mit energischen Schritten den Raum. Es war das erste Mal, dass er in diesen langen Diskussionen mit seinem Vater das letzte Wort hatte, und Sarkan war wütend.

Aber ihm blieb keine Zeit, seinem Sohn seinen Zorn zu zeigen, denn ein Mann aus seinem Klan klopfte fast im selben Augenblick an die Tür.

Es war Djiha, ein Krieger, den Sarkan sehr schätzte. Er versuchte seine Wut zu verbergen.

»Was willst du, Djiha?«

Der Tuathann grüßte und trat ein.

»Wir haben soeben eine Botschaft vom Klan Haden'antor erhalten.«

Sarkan runzelte die Stirn. Er erwartete keine Botschaft von ihnen.

»Sie sind südlich von Gor-Draka von einer Einheit Soldaten der Flamme angegriffen worden.«

»Eine einfache Einheit?«, fragte Sarkan erstaunt.

»Ja, und einer der vier Man'ith ist geraubt worden… Das Schwert von Nuadu.«

Sarkan stieß einen Wutschrei aus. Er konnte es nicht glauben. Die Man'ith waren für die Druiden bestimmt. Ein ganzer Klan war mit ihrem Schutz beauftragt worden. Das war eine Katastrophe. Und es bedeutete möglicherweise, dass Harcort nach Süden vorrückte. Hatte der Klanchef, der diese Überlegung angestellt hatte, am Ende doch Recht? Wie sollte er den Druiden diesen Verlust erklären?

Es war die erste Niederlage der Tuathann, seit sie den Sid verlassen hatten. Und es war eine Niederlage, mit der Sarkan überhaupt nicht gerechnet hatte und die möglicherweise ausschlaggebend war.

Denn derjenige, der das Schwert von Nuadu in seinem Besitz hatte, verfügte über eine Macht, die selbst Sarkan sich nicht vorzustellen vermochte.

Faith klopfte an die Tür des Klosters.

Hinter ihr waren Mjolln und Alea noch immer von der schlichten und zugleich eleganten Bauweise des langen Gebäudes in Bann geschlagen. Bevor sie sich am Eingang einfanden, waren sie einmal rundherum gegangen und hatten die in Nischen unter dem Dach eingefügten Statuen, die Skulpturen im Stein und die zahlreichen Blumen, die die Mauern säumten, bewundert. Es war noch früh, und das blendend helle Tageslicht ließ die Farben kräftig leuchten.

Als sich die Tür öffnete, zuckte Alea zusammen und stellte sich dicht neben Faith, die Hände zu Fäusten geballt. Sie hoffte, dass man sie hier nicht suchte, dass ihr Name noch nicht gleichbedeutend war mit Gefahr, dass noch keine Belohnung auf ihren Kopf ausgesetzt worden war.

Ein alter Mann erschien in der Tür. Er war kahlköpfig,

klein, fett und hatte einen mehrere Tage alten grauen Bart, der kaum sein Doppelkinn verbarg. Mit seinem tränenfeuchten Blick und seinen Ringen unter den Augen wirkte er eher abweisend. Er schwitzte in seiner Soutane aus dicker Wolle, und seine Hände und sein Kopf wurden von hässlichen Zuckungen geschüttelt. Seine Haut war weiß und welk, und er roch nach Schweiß, Feuchtigkeit und billigem Wein.

»Wir suchen eine Unterkunft für die Nacht«, erklärte Faith, da der Mönch stumm blieb. »Wir sind zu dritt, und unsere Pferde müssen neu beschlagen werden.«

Der Mönch seufzte. Er starrte sie lange an, sein Gesicht zitterte leicht, und er warf dem Zwerg einen wenig freundlichen Blick zu; dann drehte er sich um und machte ihnen wortlos ein Zeichen, ihm zu folgen. Alea blickte achselzuckend Faith an, dann beschlossen die drei Gefährten, ihm zu folgen. Mjolln murmelte irgendetwas in seinen Bart. Sie hatten alle drei ein wenig mehr Herzlichkeit erwartet, aber ein Kloster war eben kein Gasthof...

Sie gingen durch einen langen Gang, der das Gebäude wohl in seiner ganzen Breite durchzog. Die weiß gekalkten Wände waren unregelmäßig, stellenweise schief und alle sechs oder sieben Schritte mit einem Holzkruzifix in Schulterhöhe geschmückt. Sie kamen links und rechts an zahlreichen Eichentüren vorbei und gelangten schließlich ans Ende des Gangs, wo der Mönch sie erwartete, die Hände in den weiten Ärmeln seiner Soutane.

»Hier ist ein Zimmer, in dem Ihr ruhig schlafen könnt«, sagte er und deutete auf die letzte Tür des Gangs. »Wir essen nach dem letzten Gebet des Tages zu Abend, wenn Ihr Euch uns anschließen wollt. Der Speisesaal ist die fünfte Tür links dort hinten. Und wenn Ihr an den Gebeten teilnehmen wollt, die Kapelle ist von außen zugänglich, auf dieser Seite des Klosters.«

»Danke«, sagte Faith und kreuzte die Hände hinter dem Rücken.

Der Mönch nickte. Er sah den Zwerg an und runzelte erneut die Stirn, dann entfernte er sich in die andere Richtung, zum Eingang des Klosters. Nach ein paar Schritten drehte er sich um und hob eine Hand, den Zeigefinger erhoben.

»Ach ja, einige unserer Brüder haben das Schweigegelübde abgelegt, ich bitte Euch, es zu respektieren.« Er verzog des Gesicht zu einer merkwürdigen Grimasse, senkte die Hand und fuhr fort: »Und willkommen.«

Damit entfernte er sich endgültig.

Alea prustete los, so diskret wie möglich.

»Was für ein komischer Kerl!«, sagte sie zu ihren beiden Freunden, als der Mönch am Ende des Gangs verschwunden war.

»Zwerge scheint dieser Dickwanst nicht zu mögen!«, beklagte sich Mjolln leicht verärgert.

Faith öffnete die Tür zu ihrem Zimmer, und sie traten in einen kleinen weißen Raum. Vier Betten standen darin, einfach, gewiss, aber immerhin besser als ihre Decken auf dem harten Boden. Ein Fenster öffnete sich auf die bunte Landschaft der Hochebene von Harcort. Ein Tisch und vier Stühle in der Mitte des Zimmers teilten den Raum in zwei Hälften.

Jeder legte seine Sachen auf eines der Betten, und Mjolln streckte sich mit einem tiefen zufriedenen Seufzer aus, die Hände hinter dem Kopf gekreuzt.

»Ein richtiges Bett! Ähm! Ist doch gar nicht so kompliziert!«

Alea schenkte ihm ein breites Lächeln. Auch sie freute sich, wieder ein wenig Komfort genießen zu können. Aber nicht deswegen war sie gekommen. Und sie war ungeduldig...

Die Bücher. Sie wusste, dass es hier Bücher geben würde. Die Klöster waren voll von Büchern. Sie wurden von den Mönchen selbst hergestellt. Das hatte sie schon mehrfach gehört. Und wenn es Bücher gab, dann gab es vielleicht auch Antworten auf die Fragen, die sie sich stellte.

»Ich werde einen kleinen Rundgang machen«, erklärte sie und ging zur Tür.

Mjolln stützte sich auf die Ellbogen. Die Bardin wandte ihr den Kopf zu und hörte auf, ihre Sachen auszupacken.

»Soll ich dich nicht begleiten?«, fragte der Zwerg besorgt.

»Nein, nein, nicht nötig«, erwiderte Alea und verließ eilig das Zimmer.

Das Mädchen ging lautlos den Gang entlang. Sie hatte ihre Gewohnheiten einer kleinen Diebin nicht verloren, und auch wenn sie nicht hier war, um etwas zu stehlen, zog sie es doch vor, sich leise zu verhalten und zu beobachten.

Sie versuchte mehrere Türen, bevor sie eine offen fand. Sie steckte den Kopf hinein und sah, dass das Zimmer dem ihren in allem glich und unbewohnt war. Sie schloss die Tür wieder, setzte ihren Weg durch den langen weißen Gang fort und kam zu einer breiteren Tür. Sie zählte. Es war die fünfte. Der Speisesaal. Sie öffnete die Tür einen Spalt und inspizierte den großen Raum, aber da waren nur Tische und Bänke, nichts, was sie wirklich interessierte. Sie ging weiter.

Die nächste Tür war zweiflügelig. Alea zögerte, vergewisserte sich, dass niemand im Gang war, und legte langsam die Hand auf den großen kupfernen Türgriff. Die Tür war nicht verschlossen.

Sie schob die schwere Eichentür auf und lächelte, als sie den Raum dahinter sah. Es war ein großer dunkler Saal, an dessen Wänden Regale voller Bücher standen. Sie hatte sich nicht geirrt. Mehrere Mönche beugten sich über Holzpulte und schrieben mit größter Sorgfalt die Seiten der Bücher ab, die aufgeschlagen vor ihnen lagen. Nur das Kratzen der Federn über das Papier und das Klirren der kleinen Glasgefäße mit schwarzer Tinte, in das die Mönche ihre langen Federn tauchten, waren zu vernehmen. Das Licht drang schräg durch sehr hoch liegende Fenster herein. Staubkörnchen tanzten in den Sonnenstrahlen. Alles in diesem Raum war aus Holz. Die Pulte, die Bücherregale, die Decke, der Fußboden, die Sessel der Mönche… Nur das Leder der Einbände, grün, rot oder kastanienbraun, bildete einen Kontrast zu den dunklen Farben der Möbel.

Alea trat lautlos ein, zog die Tür hinter sich zu und ging etwas nach rechts, um sich an eine hohe Kommode zu lehnen und in aller Ruhe das außerordentliche Bild, das sich ihr bot, zu betrachten. Die Mönche waren so konzentriert bei der Arbeit, dass sie sie nicht hatten hereinkommen hören. Von der Stelle aus, an der sie sich befand, konnte sie ganz genau die Buchstaben erkennen, die sich an der Spitze ihrer Federn formten, und obwohl sie sie nicht lesen konnte, sah sie, dass manche Mönche lange Reihen kleiner Buchstaben bildeten, während andere komplizierte Zierbuchstaben mit mehreren Farben zeichneten.

Lange stand sie so im Schatten und beobachtete die anmutigen Bewegungen der Federn an der Spitze ihrer

Finger, die behutsame Bewegung ihrer Hände, die die Seiten umblätterten, das ständige Hin und Her zwischen Papier und Tintenfass… Sie bewunderte ihre Geduld, beneidete sie um ihr Wissen und hätte gern die Geschichten gehört, die in jedem dieser Bücher geschrieben standen.

Plötzlich läutete eine Glocke direkt über ihr. Sie schreckte zusammen und stieß ein Buch herunter, das auf der Kommode hinter ihr lag. Die Mönche blickten zu ihr auf. Alea biss die Zähne zusammen. Ihr Herz schlug wie rasend. Sie ähnelten alle dem Mönch, der sie empfangen hatte, mehr oder weniger jung, mehr oder weniger dick… Wenn sie so liebenswürdig wie er waren, sagte sie sich, dann riskierte sie, ausgeschimpft zu werden. Sie versuchte sich ganz natürlich zu verhalten, bückte sich, um das Buch aufzuheben, und legte es auf seinen Platz zurück. Die Mönche sahen sie noch immer an, aber keiner schien wirklich überrascht. Alea entspannte sich etwas. Vielleicht waren sie gewöhnt, dass Reisende sie auf diese Weise beobachteten. Oder sie waren noch benommen von so viel Konzentration.

Endlich hörte das Läuten auf. Alea hob den Kopf und sah die Glocke über der Tür. Die Mönche legten ihre Federn hin und standen auf. Alea riss die Augen auf. Sie kamen auf sie zu, aber sie wagte nicht, sich zu rühren. Sie drückte sich gegen die Kommode hinter ihr und spürte, wie ihr die Röte in die Wangen stieg.

Aber die Mönche gingen an ihr vorbei, ohne sie eines Blickes zu würdigen, und verließen einer nach dem anderen den Raum. Der Letzte blieb auf der Schwelle stehen und drehte den Kopf zu Alea. Sein Blick war weniger seltsam als der des ersten Mönchs, er war jünger und sah gepflegter aus.

»Wir gehen beten, junge Dame. Nach der Messe machen wir uns erneut ans Kopieren, wenn Ihr uns dann wieder bei der Arbeit zuschauen wollt …«

Alea nickte stumm. Sie fühlte sich noch immer sehr unbehaglich.

»Das Buch, das Ihr zu Boden geworfen habt, hätte dort eigentlich nicht liegen dürfen. Es ist nicht Eure Schuld. Einer der Brüder hat es nicht weggeräumt. Ich werde es nachher an seinen Platz zurückstellen, es sei denn, Ihr wollt es lesen. Es ist ein bemerkenswertes Buch über die Geographie von Brittia …«

»Ich … ich kann nicht lesen«, stammelte Alea.

Der Mönch schien überrascht.

»Ach. Verzeihung.«

Er stand einen Augenblick da und blickte Alea in die Augen, dann lächelte er und verließ den Raum.

Im ersten Morgengrauen dankte Finghin dem Wirt und ging zu seinem Pferd, das im Stall auf ihn wartete. Er sattelte es, band seinen Sack auf der Kruppe fest und schwang sich aufs Pferd. Er ließ das Tier ein paar Schritte machen, dann drehte er sich im Sattel um, wobei er sich mit einer Hand hinten abstützte, um einen letzten Blick auf den Palast von Sai-Mina zu werfen, der sich jenseits der Fluten auf der sonnigen Halbinsel erhob.

Er erinnerte sich, wie er das hohe Gebäude zum ersten Mal gesehen hatte. Und heute ging er aus freien Stücken fort. Vielleicht beging er ja den größten Fehler seines Lebens. Wie würde das Urteil des Rats lauten? Würde er verbannt werden wie Phelim? War diese Alea diesen Preis wirklich wert?

Seit er fortgegangen war, hörte er nicht auf, sich immer wieder diese Fragen zu stellen. Die ganze Nacht hindurch, die er in dem Gasthof verbrachte hatte, hatte er sich damit gequält. Aber jetzt wurde es Zeit aufzubrechen. Die Zeit der Zweifel und Gewissensbisse war endgültig vorbei. Er musste weiterkommen.

Finghin empfand in diesem Augenblick eine tiefe Einsamkeit. Es war, als hätte er, seit er beschlossen hatte, Druide zu werden, zum ersten Mal ganz allein eine Entscheidung getroffen. Das verlangte ein Selbstvertrauen, das er sich noch nicht zutraute. Und doch hatte er keine andere Wahl. Wenn Erwan den Mut gefunden hatte zu gehen, wenn Galiad, wenn Phelim es vor ihm getan hatten, dann hatte er gewiss die richtige Entscheidung getroffen. Jedenfalls, versuchte er sich einzureden, war er nicht wirklich allein. Bald würde er Erwan wiedersehen.

Er wandte sich nach Süden und gab seinem Pferd die Sporen. Der Druide zwang sich, nicht mehr zurückzublicken, und versuchte weit nach vorn zu sehen, über die kleinen Holzgatter hinaus, die einen weiten Kreis um die Felder des Dorfes bildeten. Im Osten verlor sich das Blau des Meeres in unendlicher Weite. Im Westen erstreckten sich Wälder und, so weit das Auge reichte, diese kleinen, von Erdwällen begrenzten Wiesen.

Plötzlich hörte Finghin das Geräusch von Hufen hinter sich. Pferde näherten sich. Er drehte sich langsam um, ohne sein Pferd anzuhalten, und sah den grün-roten Wagen der beiden Wanderschauspieler. Kaitlin und Mel. Warum waren sie so früh schon unterwegs? Und hatten sie nicht gesagt, sie wollten nach Norden?

Neugierig geworden, zog Finghin an den Zügeln seines Pferds, um auf die beiden Schauspieler zu warten. Er sah, dass sie ihn anblickten, und begriff bald, dass sie gekommen waren, um ihm etwas zu sagen.

»Guten Tag, Mel, guten Tag, Kaitlin. So früh schon auf?«

Die Schauspieler machten sich nicht einmal die Mühe zu antworten, so eilig schienen sie es zu haben, ihm eine Frage zu stellen.

»Finghin, dein richtiger Name ist nicht zufällig William?«

Der Druide zuckte überrascht zusammen. Er sah die beiden Schauspieler nacheinander an und fragte sich, was für Überraschungen sie noch für ihn bereithalten mochten. Seit langem hatte man ihn nicht mehr so genannt …

»William Kelleren, ja, das ist mein weltlicher Name … Woher wisst ihr das? Sollte Kiaran es euch gesagt haben? Aber wann?«

Mel und seine Schwester sahen sich an. Man hätte glauben können, dass sie ihre Gedanken lesen konnten. Ein eigenartiger Schimmer glänzte in ihren Augen. Kaitlin wandte sich an den Druiden.

»Nein, Finghin, es war nicht Kiaran. Wir haben eine Botschaft für dich.«

»Eine Botschaft für mich?«, fragte Finghin überrascht. »Seit wann denn? Warum habt ihr sie mir nicht gestern schon gesagt?«

»Wir waren nicht sicher, ob sie für dich bestimmt war«, erklärte Kaitlin. »Du hast dich als Finghin vorgestellt, und die Botschaft ist an William gerichtet …«

»Und von wem kommt diese Botschaft?«, drängte Finghin, der immer neugieriger wurde.

»Sie ist uns von einem Barden anvertraut worden. Taelron. Er hat uns gebeten, eine Botschaft von höchster Wichtigkeit an dich weiterzuleiten, die von Alea kommt.«

Finghin riss die Augen auf. Trieben sie ihren Spaß mit ihm?

»Macht ihr euch über mich lustig?«

»Ganz und gar nicht, Druide. Die Schauspieler lügen nur auf der Bühne, nicht im Leben! Wenn Taelron uns gesagt hat, dass diese Botschaft von Alea kommt, dann stimmt das auch. Taelron kann nicht lügen, von allen Barden der Insel ist er gewiss derjenige, der …«

»Ich habe schon von ihm gehört. Ich weiß, dass er sehr beliebt ist. Wie lautet die Botschaft?«

»Alea bittet dich, so schnell wie möglich zu ihr nach Mons-Tumba zu kommen.«

»Ist das alles?«, fragte Finghin, der immer noch Zweifel hatte.

»Ja, das ist alles.«

»Nach Mons-Tumba? Ich soll sie dort treffen? Und Erwan? Ist er bei ihr?«

»Mehr wissen wir nicht, Finghin, alles, was Taelron uns gesagt hat, ist diese Botschaft. Du sollst nach Mons-Tumba kommen.«

Allmählich begann der Druide ihnen zu glauben. Er wunderte sich immer noch über die Art und Weise, aber in den Augen der beiden Schauspieler konnte er deutlich erkennen, dass sie nicht logen, und er wusste, dass die Botschaft, wenn sie von Taelron kam, echt war. Ein Zweifel war nicht möglich. Und doch war es dermaßen unglaublich. Und vor allem, warum? Warum war Alea in Mons-Tumba, warum bat sie ihn, zu ihr zu kommen?

Sie war der Samildanach. Sie wusste mit Sicherheit Dinge, die er nicht verstehen konnte. Und gewiss hatte sie auch Vorahnungen. Eine bestimmte Vision der Zukunft. Vielleicht wusste sie, dass er beschlossen hatte, Sai-Mina zu verlassen. Vielleicht wusste sie, dass er wie

Phelim die Absicht hatte, ihr zu helfen. Aber brauchte sie ihn wirklich?

»Und das ist noch nicht alles«, fuhr Kaitlin fort und unterbrach den Gedankengang des Druiden.

Finghin blickte zu der jungen Frau auf.

»Mel und ich haben beschlossen, dich zu begleiten.«

Der Druide runzelte die Stirn. Er erinnerte sich an seine Gedanken am Abend zuvor, als er sich in der gemütlichen Atmosphäre des Gasthofs versagt hatte, die beiden Schauspieler zu bitten, ihn zu begleiten.

»Das ist sehr großzügig von euch, aber ich kann das nicht annehmen. Ich weiß wirklich nicht, was die Moira für mich bereithält, und ich habe nicht das Recht, euch in eine so unbestimmte Zukunft mitzunehmen.«

Kaitlin lächelte.

»Was die Moira für dich bereithält? Ihr Druiden habt eine merkwürdige Art, über unsere Mutter zu sprechen… Na komm, vergiss deinen Stolz, Finghin, und nimm unser Angebot ganz einfach an. Wir haben die ganze Nacht darüber nachgedacht, und das ist nicht nur so dahingesprochen. Wir wollen dich wirklich begleiten.«

Finghin wusste nicht, was er antworten sollte. Er war sich sicher, dass er als Druide ablehnen musste, dass es nicht korrekt wäre, das Angebot anzunehmen, aber die Geschwister waren so sympathisch und, vor allem, so interessant. Außerdem konnte er Kaitlins Blick nicht vergessen. Auch wenn diese Laune schlimmer als alles andere war, wollte er sich nicht von ihr entfernen, von ihren Augen, von ihrem Lächeln.

»Machen wir einfach ein Stückchen Wegs gemeinsam«, schlug er vor, »dann werden wir schon sehen, ob es vernünftig ist.«

Mel lächelte. Finghin fragte sich, ob der Schauspieler nicht die Verwirrung ahnte, in die seine Schwester ihn gestürzt hatte. Möglicherweise sah man es ihm an.

»Wir können dein Pferd zusammen mit unseren vor unseren Wagen spannen«, schlug Mel vor, »dann kannst du mit uns auf dem Wagen fahren. Wir kommen schneller voran und können uns unterwegs unterhalten.«

Finghin nickte. Aleas Botschaft war klar. Er musste sich so schnell wie möglich nach Mons-Tumba begeben. Die Reise zu der kleinen Insel war lang. Alea war vielleicht in Gefahr, und Erwan mit ihr.

Die Zeit drängte.

»Seid Ihr die ganze Zeit hier gewesen?«

Alea fuhr zusammen. Sie hatte den Mönch nicht hinter sich hereinkommen hören. Seit die Kopisten den Raum verlassen hatten, wanderte sie zwischen den Bücherregalen umher und fuhr mit den Fingern über die Lederrücken. Nach langem Zögern hatte sie sich sogar getraut, ein dickes Buch mit wunderschönem rotem Einband, das aus der Ferne ihre Aufmerksamkeit erregt hatte, in die Hand zu nehmen. Ihr Herz hatte noch immer wie rasend geschlagen. Sie hatte sich nach allen Seiten umgeblickt, um sich zu vergewissern, dass niemand sie sah. Es war ein schweres, dickes Buch. Sie hatte es zu der Kommode neben dem Eingang getragen, mit weit aufgerissenen Augen Seite um Seite umgeblättert und jeden goldenen Zierbuchstaben, jeden durch eine dünne durchsichtige Papierschicht geschützten Stich bewundert. Sie zeigten Kampfszenen, alte Gesichter, Landschaften … Hatten die Mönche sie gezeichnet? Warum verboten die Druiden die Bücher? Das hier war so schön!

Dann hatte sie es vorsichtig wieder zugeklappt und an

die Stelle zurückgebracht, wo sie es gefunden hatte, in der Hoffnung, sich nicht zu verraten, indem sie es falsch ablegte. Sie war so konzentriert gewesen, dass sie das leise Quietschen der schweren Holztür nicht gehört hatte.

»Ich... ja, ich... Ich betrachte Eure Bücher«, stammelte sie.

Der Mönch lächelte. »Man bräuchte ein ganzes Leben, um alles zu lesen, was sich hier befindet, nicht wahr?«, sagte er und ging zu seinem Pult.

»Versucht Ihr, sie alle zu lesen?«, fragte Alea erstaunt.

»O nein, dazu habe ich keine Zeit. Ich verbringe meine Tage damit, ganze Seiten zu kopieren. Mons-Tumba schickt mir ständig Bücher, immer neue Bücher... Dabei stehen in dieser Bibliothek so viele Bücher, die ich gerne lesen würde, aber zuerst muss ich meine Arbeit beenden, und es sieht so aus, als würde ich niemals damit fertig!«

Alea war voller Bewunderung. Sie hatte sich nicht gerührt, seit der Mönch hereingekommen war, und traute sich nicht, zu ihm zu gehen, um ihm bei der Arbeit zuzuschauen.

»Wie lange braucht man, um lesen zu lernen?«

Der Mönch, der sich bereits über sein Buch gebeugt hatte, blickte zu Alea auf.

»Das ist unterschiedlich. Je nach Schüler, Lehrer und dem Willen beider... Ich habe ganz allein lesen gelernt, als ich in Eurem Alter war, das hat natürlich entsprechend gedauert.«

»Man kann ganz allein lesen lernen?«, fragte Alea erstaunt.

Der Mönch legte seine Feder auf das Pult. Alea hatte Angst, dass er die Geduld verlieren könnte. Aber er stand langsam auf und ging zum letzten Regal der Bibliothek. Das junge Mädchen folgte ihm mit den Augen, traute sich aber noch immer nicht, auch nur einen Schritt zu machen.

»Kommt her!«, rief sie der Mönch.

Sie gehorchte sofort, fast rannte sie. Der Geistliche hielt ein kleines Buch in seiner Hand, das in geprägtes grünes Leder gebunden war.

»Dieses Büchlein ist eine Sammlung von kleinen Geschichten, kurzen Erzählungen.«

»Wahre Geschichten? Oder Legenden, wie die der Barden?«

»Legenden, erfundene Geschichten, aber wunderschön. Sie sind kurz und ziemlich einfach, es ist ein ideales Buch, um lesen zu lernen, vor allem auch, weil es klein genug ist, um es auf Reisen mitzunehmen. Hier, ich schenke es Euch.«

Alea konnte es nicht fassen. In Galatia erzählte man sich so viel Schlechtes über die Leute von Harcort und vor allem über die Geistlichen, dass sie von den Mönchen nicht die geringste Sympathiebekundung erwartet hatte …

»Aber … Seid Ihr sicher?«

Der Mönch lächelte erneut. Das junge Mädchen rührte ihn, vermutlich erinnerte es ihn an seine eigene Jugend, als er selbst lesen gelernt hatte.

»Ich dachte, Mädchen hätten nicht das Recht zu lesen …«, fuhr Alea fort.

»Ach ja?«, sagte der Mönch erstaunt. »Das habt Ihr geglaubt? Wer hat Euch denn den Floh ins Ohr gesetzt? Jeder hat das Recht zu lesen. Und mehr als nur das Recht, die Pflicht!«

»Aber in Mons-Tumba …«

»Ah, ich verstehe. Ihr sprecht von der Universität. Ja, das stimmt, Mädchen dürfen nicht auf die Universität. Aber Ihr braucht die Universität nicht, um lesen zu lernen! Kommt, folgt mir, schaut mir bei der Arbeit zu, und immer, wenn ich einen neuen Buchstaben schreibe, werde ich Euch seinen Namen sagen. Das ist ein guter Anfang. Danach werdet Ihr allein weitermachen. Wenn Ihr es wirklich wollt, dann werdet Ihr es mit Gottes Hilfe auch schaffen.«

Alea nickte. Gott?, sagte sie sich. Gott, oder vielleicht die Moira…

Sie folgte dem Mönch, der sich wieder an sein Pult setzte.

»Kommen die anderen nicht zurück?«, erkundigte sich Alea, als sie die zahlreichen leeren Stühle sah.

»Nicht heute Abend. Ich bin ein bisschen im Rückstand, also komme ich außerhalb der üblichen Zeiten her… Kommt. Setzt Euch und schaut genau zu.«

Alea tat so, als würde sie sich setzen, in Wirklichkeit blieb sie jedoch auf den Zehenspitzen stehen, um besser sehen zu können, was der Mönch schrieb. Mit bemerkenswerter Gewandtheit zeichnete er mit der rechten Hand große Buchstaben und hielt bei jedem von ihnen inne, um dem jungen Mädchen die Bedeutung dieser Zeichen zu erklären. Alea war sehr schnell verloren, es waren viel zu viele, aber sie wappnete sich mit Geduld und hörte den Worten des Mönchs lange zu, so glücklich war sie. Sie hatte das Gefühl, sich für ihre Kindheit zu rächen. Ihrer Vergangenheit eine Lektion zu erteilen! Sie liebte das Gefühl, sich zu verändern, das sie immer hatte, wenn sie etwas lernte. Die Beherrschung des Saiman, mit Phelims indirekter Hilfe, der Umgang mit den Waffen, den Erwan ihr beigebracht hatte, und jetzt das

Lesen … Es war, als würde sie sich ganz allmählich selbst erschaffen. Ein überaus befriedigendes Gefühl! Alea spürte nicht, wie die Zeit verging. Die Sonne begann hinter den Hügeln draußen zu verschwinden, aber sie saß noch immer neben dem Mönch und hörte und schaute ihm aufmerksam zu.

»Seht Ihr, man kann alles erzählen, wenn man schreiben kann. Dank der Worte kann man der ganzen Welt sehr lange Geschichten schenken und die Erinnerung an das bewahren, was man erlebt hat …«

»Ihr habt bestimmt viele Bücher gelesen! Kennt Ihr viele Legenden?«, fragte Alea, und ein neuer Glanz schimmerte in ihren Augen.

»Ich habe vor allem religiöse Bücher gelesen sowie die Geographie und Geschichte von Gaelia, aber ich kenne ein paar Legenden, ja … Warum?«, fragte der Mönch überrascht und hörte zu schreiben auf.

»Kennt Ihr die Legende, die von den drei Prophezeiungen erzählt?«

Der Mönch runzelte nachdenklich die Stirn. »Das sagt mir was, ja … Wartet, ich erinnere mich … Ich frage mich, ob das nicht in der Enzyklopädie von Anali steht … In den entzifferten Passagen jedenfalls!«

Alea zuckte überrascht zusammen. Anali. Das Buch, das Ernan erwähnt hatte, als sie, versteckt auf dem Mezzanin über der Ratskammer, heimlich den Rat belauscht hatte. Er hatte diese Enzyklopädie erwähnt, als Ailin, der Erzdruide, gesagt hatte, dass der Samildanach kein Mädchen sein könne. Sie erinnerte sich ganz genau. Und sie erinnerte sich auch an Phelims Verlegenheit, als sie ihn nach diesem Buch gefragt hatte. Er hatte nicht darüber sprechen wollen. Er hatte lediglich gesagt, dass Anali ein ehemaliger Samildanach sei, dass er eine Enzyklopädie geschrieben habe, die in Teilen verschlüsselt sei, und dass der Rat sie wie alle Bücher verboten habe.

Ein Buch, geschrieben von einem Samildanach. Alea hätte zu gerne mehr erfahren. Und dieser Mönch schien es gelesen zu haben!

»Habt Ihr die Enzyklopädie von Anali gesehen?«, fragte Alea und versuchte ihre Erregung zu verbergen.

Der Mönch schien verlegen. Er sah Alea an und presste die Lippen zusammen, als bedaure er, dass er das Buch erwähnt hatte.

»Ihr habt schon davon gehört?«, entgegnete er. »Ihr könnt nicht lesen, aber Ihr wisst von der Existenz dieses Buches?«

Alea ballte die Fäuste hinter ihrem Rücken. In der rechten Hand hielt sie noch immer das kleine Buch, und sie spürte, wie ein Schweißtropfen auf das Leder an ihrer Handfläche tropfte. Erneut hatte sie zu viel gesagt. Sie spürte, dass der Mönch es mit der Angst zu tun bekam. Vielleicht ahnte er, wer sie war. Sie fragte sich, was sie tun sollte. Geschickt das Thema wechseln, damit er nicht mehr daran dachte, oder alles auf eine Karte setzen und versuchen, so viel wie möglich über das zu erfahren, was sie so brennend interessierte? Deswegen war sie schließlich da. Um die Legende der drei Prophezeiungen zu finden. Und die Antwort befand sich vielleicht vor ihr. Sie durfte sich diese Chance nicht entgehen lassen. Sie musste den Mönch dazu bringen zu sprechen, auch wenn sie damit ihre Identität preisgab.

»Ja, ich habe davon gehört. Meine Freundin, die Bardin, hat mir davon erzählt. Ich möchte diese berühmte Legende gern kennen lernen, deswegen bin ich ein bisschen neugierig, versteht Ihr? Wo befindet sich das Buch von Anali?«

»Es muss noch in der Bibliothek der Universität sein«, sagte der Mönch. »Aber warum interessiert Euch diese Legende so sehr?«

Alea konnte nicht antworten. Sie konterte sofort mit einer Gegenfrage: »Hat Anali diese Legende erfunden?«

Der Mönch klappte abrupt das Buch zu, mit dem er arbeitete. Sein Blick hatte sich verändert. Er war sichtlich verärgert.

»Es ist bald Zeit fürs Gebet. Ich muss gehen. Und ich muss die Bibliothek abschließen, Ihr müsst sie ebenfalls verlassen.«

Er stand auf, ohne noch etwas hinzuzufügen. Alea folgte ihm, wobei sie das kleine Buch fest hinter ihrem Rücken umklammerte, und kehrte ohne sich umzudrehen in das Zimmer zurück, das man ihnen zugewiesen hatte.

Sie lächelte. Auch wenn der Mönch plötzlich beschlossen hatte, nicht mehr mit ihr zu sprechen, hatte sie doch erheblich mehr erfahren, als sie gehofft hatte. Und das bestätigte die Ahnung, die ihr nicht mehr aus dem Kopf ging, seit sie die Sylphen in Borcelia gesehen hatte. Die Antworten, die sie suchte, würde sie in Mons-Tumba finden.

Der Hügel verfinsterte sich langsam, als eine wimmelnde Welle seine helle Oberfläche überflutete. Es waren tausende, Gruppen ohne Zusammenhalt, aufgelöste Regimenter, eine ungeheure Flut, die sich in einem ohrenbetäubenden Klirren von Eisen und Summen nach Norden ergoss. Es war wie ein grün-rot-schwarzer Schwarm, der über dem Horizont flatterte, ein zähflüssiger Strom, der langsam die Unebenheiten des Boden ausfüllte. Die Schilde stießen gegen die kurzen Schwerter und die kupfernen Armbänder auf der grünlichen Haut, die von hervortretenden Muskeln gespannt wurde. Die bloßen Füße versanken im schwarzen Schlamm der Anhöhen. Tausende unmenschlicher Gesichter, Tausende verrosteter Helme, leerer purpurroter Blicke, keuchender Münder, die mehr schlecht als recht vergammelte Gebisse und faulig stinkenden Atem verbargen.

Die Horde der Gorgunen folgte einem einzigen Mann, einer finsteren Gestalt auf einem hohen schwarzen Pferd. Seit dem Tag ihrer Mobilmachung hatten sie das Gesicht oder den Körper ihres Herrn nicht mehr gesehen. Maolmòrdha hatte ihn aus der Welt der Toten gerufen, in einen schweren schwarzen Umhang gehüllt und zu ihrem Anführer ernannt, und seit jenem Tag hatte niemand mehr das von Fleischfetzen bedeckte Skelett gesehen, das sich unter diesem majestätischen Mantel verbarg.

Dermod Cahl sprach nicht, er führte die Gorgunen in den Kampf, und niemand hätte gewagt, sich ihm zu nähern. Die Gorgunen waren niederträchtige Kreaturen, skrupellos und verwegen, aber obwohl ein Druide ihnen keine Angst machte, fühlten sie sich angesichts dieses lebenden Toten doch unbehaglich. Ihr neuer Herr beeindruckte sie vielleicht ebenso wie Maolmòrdha selbst. Sie wussten nicht, welcher Zauber diesen Leichnam wieder zum Leben erweckt hatte, aber jeder konnte sehen, dass dieses Wunder durch das Zusammenwirken von Arhiman und Saiman zustande gekommen war. Der Gang dieses lebenden Toten hatte etwas Übernatürliches. Als würde jede seiner Bewegungen von einer magischen Energie gelenkt. Unter diesem Umhang war nichts Menschliches mehr.

Was die Gorgunen jedoch besonders beunruhigte, war, dass sie nicht wussten, wer dieser Tote war, den Maolmòrdha wieder zum Leben erweckt hatte. War es der Leichnam von Ayn'Sulthor, dem Fürsten der Herilim und Schattenwerfer? Oder der von Aldero, dem Druiden, der innerhalb der Mauern des Palastes von Shankha besiegt worden war? Oder war es gar Ilvain Iburan, der Samildanach, dessen lebloser Körper Maolmòrdha von Sulthor gebracht worden war, der ihn mitten in der Heide gefunden hatte. Ohne jeden Zweifel handelte es sich um einen dieser drei Männer, denn seine besondere Ausstrahlung schien auf einer magischen Macht zu beruhen, über die er verfügte, etwas, das über das hinausging, was der Meister ihm gegeben hatte…

Die zwölf Gorgunen-Armeen marschierten zu Fuß den ganzen Tag und einen Teil der Nacht hinter dem schlanken, hoch aufgeschossenen Pferd von Dermod Cahl. Denn die Stunde des Unseann hatte geschlagen. Die Stunde, in der die verfluchten Söhne aus dem Schatten traten. Die Stunde, in der der Samildanach und der Rat der Druiden fallen würden.

Bald würden sie in die Nähe eines Dorfes kommen. Und dann würde ganz Gaelia Bescheid wissen. Maolmòrdha würde endlich den Lauf der Moira umkehren! Die Ära der Druiden ging zu Ende. Und dann käme die Dunkelheit.

Am Abend des dritten Tages näherten sie sich von Süden einem kleinen Dorf. Dermod Cahl hatte seine rechte Hand über seinen Kopf gehoben, um den Anführern der zwölf Stämme ein Zeichen zu geben, dass sie ihrerseits den Truppen hinter ihnen ein Zeichen geben sollten. Tausende von Gorgunen blieben unverzüglich stehen, und ihre Masse warf einen riesigen Schatten auf die Ebene, wie eine mächtige Wolke, die der Wind vergessen hatte.

Dermod Cahl stieg vom Pferd. Er ging mehrmals über der Senke, in die dieses kleine Bauerndorf sich vergraben hatte, hin und her. Dann drehte er sich um und ging zu einem der Stammesführer.

Der Gorgune konnte das Gesicht seines Herrn nicht sehen, so tief lag es im Schatten seiner schwarzen Kapuze. Aber er konnte es mühelos erahnen. Alle hier erinnerten sich an das Skelett, das sich vor ihren Augen erhoben hatte.

»Ver'narks hun te, ho gan sterk a barg!«, befahl der lebende Tote in der Sprache der Gorgunen.

Der Führer verneigte sich und kehrte dann zu seinen Männern zurück, um ihnen den Befehl des Herrn zu überbringen. Ein zufriedenes Murmeln ging durch die Kolonne der Krieger, und sie setzte sich vor den elf anderen Stämmen, die reglos dastanden, in Bewegung.

Dermod Cahl stieg wieder auf sein Pferd. Er betrachtete die Gorgunen-Armee, die an ihm vorbeizog und zu dem Hang marschierte, der zu dem Dorf führte. Dann beschleunigten sie ihren Schritt, begannen zu laufen und schrien, während sie den mit grünem Gras bedeckten Hang hinunterrannten, ihre Waffen über ihren Köpfen kreisen ließen und ihre Schilde hoben.

Die Dorfbewohner hatten kaum Zeit, sie kommen zu sehen. Die wilde und schreiende Meute überfiel das Dorf wie ein Winterregen. Die Bauern, die aus ihren Häusern kamen, um zu sehen, wo der Höllenlärm herkam, wurden sofort das Opfer einer Klinge, einer Spitze oder eines Morgensterns. Im ganzen Dorf gab es nicht einen Kämpfer, und die Gorgunen trafen auf keinerlei Widerstand. Es war kein Kampf, sondern ein Spiel. Die Ungeheuer gingen blindwütig auf die erstarrten Körper der Bauern, ihrer Frauen und ihrer Kinder los und verschonten niemanden, nicht einmal die Tiere, die ihren Besitzern in diesem gigantischen Blutbad in den Tod folgten. Die Schädel wurden von Keulenschlägen zerschmettert, die Oberkörper von den scharfen Klingen durchbohrt, die Gliedmaßen durch Axthiebe abgetrennt. Manche Gorgunen massakrierten mit bloßen Händen die Frauen. Körper wurden mit ohrenbetäubendem Getöse durch die dünnen Holzwände geschleudert, andere stürzten aus den Fenstern und zerschmetterten in Staubwolken und Blutfontänen auf den Gassen. Ganze Teile von Häusern stürzten zusammen, die Scheunen fingen Feuer. Nach und nach wurde das Dorf zerstört.

Als das Massaker beendet war, setzte Dermod Cahl sich in Bewegung und ritt ins Zentrum des Dorfes. Tausende von Gorgunen folgten ihm, schwärmten aus, raubten die wenigen Goldstücke des Dorfes, töteten die Verletzten, spuckten auf die vergewaltigten Frauen und drehten Möbel und Matratzen um, damit ihnen nichts und niemand entging. Die Gorgunen waren glücklich. Dieses erste Massaker hatte für sie den Reiz einer Rache. Eine Rache, auf die sie lange gewartet hatten und die erst begann. Und es war Dermod Cahl, der sie ihnen schenkte. Mit ihm, das wussten sie, würden sie diesmal bis zum Ende gehen. Nichts würde sie aufhalten können. Nicht einmal der Samildanach. Und schon bald würde Sai-Mina fallen. Wie eine Sandburg.

Ich bin gekommen, um Kiaran zu sehen. Ich weiß, dass er hier ist. Aber nicht er kommt da auf mich zu. Das ist nicht Kiaran. Das ist kein Druide.

Ich erinnere mich an dieses Gesicht. Diesen nackten Oberkörper. Diese Symbole in blauer Farbe. Und diese verschiedenfarbigen Augen. Die Nacht und das Meer.

Schwarz und blau. Ich erinnere mich, ich bin ihm hier bereits begegnet. Er hat zu mir gesprochen. Er hat mir gesagt, dass es hier keine Zeit gebe und dass diese Welt ihm gehöre. Etwas in dieser Art. Und er hat mir seinen Namen genannt.

»Tagor?«

»Guten Tag, Alea.«

Er kennt meinen Namen. Er kannte ihn schon, als ich ihn das erste Mal gesehen habe.

»Ich verstehe nicht. Du kennst meinen Namen, du weißt, wer ich bin?«

»Du bist Alea, ich weiß, wer du bist. Die Erde weiß, wer du bist. Und sie hat es mir zugeflüstert. Wir befinden uns im Bauch der Erde, Alea, im Sid, bei mir.«

»Nein! Nein, Tagor, wir befinden uns in der Welt von Djar. Nicht im Sid.«

Er blickt sich um. Das ist unmöglich. Er ist noch verwirrter als ich! Er weiß nicht, was er hier macht.

»Die Welt von Djar? Dann träume ich also nicht vom Sid?«

»Nein, du träumst nicht. Nicht wirklich. Du bist wie ich ein Gast von Djar… Der Sid ähnelt dieser Welt vielleicht, aber es ist nicht der Sid. Tut mir leid, Tagor. Dein Volk hat den Sid verlassen. Das ist alles, was ich von dir weiß, Tagor. Sonst weiß ich nichts von dir, aber du scheinst mich bereits zu kennen…«

»Ich bin der Sohn von Sarkan dem Jüngeren, dem Anführer der Tuathann-Stämme. Und ich bin dein Bruder.«

Was meint er? Ich habe keinen Bruder! Und ich bin kein Tuathann. Ist das ein Bild? Ein Symbol?

»Mein Bruder? Ich bin nicht Sarkans Tochter…«

»Ja, das ist richtig, Alea. Sarkan ist nicht dein Vater.

Aber wir haben dieselbe Mutter, kleine Schwester. Und du siehst ihr unglaublich ähnlich!«

Das ist eine Lüge! Er muss lügen. Er weiß nicht, was er sagt! Er ist verwirrt. Er glaubt, er sei im Sid. Er glaubt zu träumen. Er redet Unsinn. Ich darf ihm nicht zuhören.

»Was weißt du über meine Mutter?«

»Über unsere *Mutter. Sie ist mit dir verschwunden, Alea. Als du geboren wurdest. Dein Vater war kein Tuathann, kleine Schwester, also haben sie dich verstoßen. Und unsere Mutter hat den Sid verlassen müssen. Ich habe dich nicht mehr wiedergesehen.«*

Er scheint nicht zu lügen. Aber das ist unmöglich. Ich will es nicht glauben. Ich habe keine Mutter. Keinen Vater. Ich bin Waise. Niemand weiß etwas. Niemand.

»Das stimmt nicht, Tagor, ich bin die Tochter der Erde! Kailiana!«

»Ja. Tochter der Erde. Tochter des Sid. Du bist im Sid geboren. Das stimmt. Aber meine Mutter hat dich in ihrem Bauch getragen. Ich habe gesehen, wie du geboren wurdest. Und ich habe gesehen, wie du gegangen bist, gegangen für immer, in den Armen deiner Mutter.«

Ich spüre eine Träne auf meiner Wange. Man kann weinen in der Welt von Djar. Ich weine, weil ich jetzt weiß, dass er die Wahrheit sagt. Er ist mein Bruder. Ich weiß es. Ich spüre es. Mein Bruder.

»Tagor, wie hieß sie?«

»Morah.«

Wo ist sie? Ist sie noch von dieser Welt? Warum habe ich sie niemals gesehen? Warum sollte sie mich verlassen haben? Das weiß er vermutlich nicht. Werde ich mich an all das noch erinnern, wenn ich Djar verlassen werde? Als ich kam, hatte ich nichts, und jetzt habe ich einen Bruder und das Bild einer Mutter. Ist das möglich?

»Warum hast du mich nicht gesucht?«

»Ich habe es vorgezogen zu vergessen, Alea. Und als ich dich hier gesehen habe, dachte ich, es sei nur ein Traum. Aber jetzt weiß ich, dass du es bist. Ich werde dich nicht mehr verlassen. Ich werde zu dir kommen, sobald ich kann, kleine Schwester. Aber zuerst muss ich mich um meinen Vater kümmern …«

»Sarkan. Führt dein Vater dein Volk auf unser Land?«

»Er sagt, dass dieses Land uns gehört. Dass es unseren Vorfahren weggenommen wurde.«

»Und was sagst du?«

»Ich glaube, dass unsere Väter voller Hass sind, aber auch, dass sie gerecht sind. Ihr Hass ist nur das Ergebnis der Massaker, denen ihre Väter zum Opfer fielen.«

»Das wird niemals aufhören.«

»Nicht, wenn es mir nicht gelingt, sie zu stoppen, Alea. Und du musst mir helfen.«

»Warum?«

»Weil du meine Schwester bist.«

»Und wie könnte ich dir helfen?«

»Ich weiß nicht. Zunächst musst du die Meinen beschützen. Wir sind nicht mehr sehr viele, und obwohl unsere Väter gefürchtete Krieger sind, werden sie schließlich im Kampf sterben, wenn niemand sie beschützt. Du musst sie schützen.«

»Sie schützen, obwohl du behauptest, sie hätten meine Mutter verbannt? Aus dem Sid verjagt, als ich geboren wurde?«

»Dann ist dein Herz also auch voller Hass?«

Es gibt keinen Zweifel mehr. Er ist mein Bruder. Diese Worte könnte auch ich gesagt haben. Und ich weiß, was er meint. Ich verstehe seine Gefühle. Aber das alles ist eine so schwere Bürde. Ich weiß nicht, ob ich sie tragen kann. So viel Verantwortung. So viele Entdeckungen, Wahrheiten.

»Ich werde euch helfen, Bruder. Ich weiß nicht, wie, aber ich werde euch helfen. Lass uns uns oft wiedersehen.«

Er lächelt. Seine Augen sind wunderschön. Wir haben uns so viel zu sagen. Ich weiß gar nicht, wo ich beginnen soll. Das ist alles so neu. Ich habe einen Bruder. Das hätte ich niemals gedacht …

Erwan. Galiad. Finghin. Kiaran. Und jetzt Tagor. Ich möchte sie alle zusammenbringen, aber ich muss nach Mons-Tumba. Habe ich das Recht, das mit Vorrang zu behandeln? Werden sie verstehen, was mich dorthin zieht? Und wie könnten sie es, wo ich mir doch selber nicht sicher bin?

So wenig Zeit. So wenig Zeit.

»Das Schwert von Nuadu befindet sich in den Händen von Harcort!«, rief Ernan und schlug mit seinem Eichenstock auf den Boden.

Die Ratskammer war in Dunkelheit getaucht. Seit gestern regnete es ohne Pause. Einen solchen Regen mitten im Sommer hatte man noch nicht erlebt. Dicke schwarze Wolken ballten sich am Himmel und ergossen wahre Sturzbäche über die gesamte Insel.

Der Erzdruide schäumte vor Wut. Die schlechten Nachrichten hörten nicht auf. Es wurde Zeit, endlich zu handeln. Zu reagieren. Er wurde sich jetzt bewusst, dass er immer nur geflohen war. Dass er den Entscheidungen ausgewichen war, zu denen seine Stellung ihn zwang. So konnte es nicht weitergehen. Wenn er nichts unternahm, würde der Rat stürzen. Und zwar viel schneller, als er befürchtete.

Phelim war tot. Wie Aodh, Aldero und Ailin. Finghin war gegangen. Alea war unauffindbar. Die Tuathann würden jeden Augenblick von Braunland angegriffen werden. Harcort hatte soeben einen der vier bedeutendsten Man'ith von Gaelia in die Hände bekommen. Maolmòrdhas Schatten breitete sich über die Insel aus. Und Ernan waren sogar erste Gerüchte über eine Spaltung innerhalb des Rats zu Ohren gekommen. Manche Brüder schienen so wenig mit ihm einverstanden zu sein, dass sie, dem Klatsch zufolge, ins Auge fassten, Sai-Mina zu verlassen, um einen neuen Druidenorden zu gründen. Er konnte es nicht glauben, sagte sich aber, dass dieses Gerücht schließlich nicht zufällig entstanden war.

Die Krise schien sich zuzuspitzen. Das Gleichgewicht würde schon bald zerstört sein. Und die Ordnung der Welt von morgen würde mit Sicherheit nicht diejenige sein, für die der Rat seit Jahrhunderten arbeitete.

»Ich glaube, es wird Zeit für uns zu handeln. Wir müssen handeln, um unseren Zusammenhalt zu gewährleisten, und unsere Stärke beweisen, um unsere Autorität nicht zu verlieren.«

Der Erzdruide atmete tief durch. Er legte seinen langen weißen Stock auf seine Knie, richtete sich auf seinem hohen Stuhl auf und erklärte mit feierlicher Stimme: »Wir werden Harcort angreifen.«

Der Rat schwieg. Alle Augen waren auf den Erzdruiden gerichtet. Es waren ernste Zeiten, die Ereignisse überstürzten sich, jeder konnte auf seinen Schultern das Gewicht dieser Krise spüren. Und diesmal wussten alle, dass ein paar kleine politische Manipulationen nicht ausreichen würden, um die Probleme zu lösen. Diesmal würde man um einen Krieg nicht herumkommen.

Der ganze Rat konnte die drei Man'ith sehen, die die Tuathann ihnen zurückgebracht hatten und die auf einem goldenen Tablett auf einem niedrigen Tisch neben dem Erzdruiden lagen. Eindrucksvoll leuchteten sie in der undurchdringlichen Dunkelheit des Saals, die vom Schatten der Regentropfen durchquert wurden, den der Mond in den Raum warf. Zeichen unerwarteter Hoffnung für die Druiden, waren sie auch der Beweis, dass die Welt eine außergewöhnliche Krise durchmachte.

Ernan betrachtete sie einen Augenblick. Alle hier konnten wie er kaum glauben, dass sie endlich in Sai-Mina waren. So lange hatte der Rat nach ihnen gesucht!

»Unsere Feinde in Harcort werden mit dem Schwert von Nuadu nicht umgehen können«, erklärte Odhran, als er die Sorge in den Augen des Erzdruiden sah. »Nur ein Druide kann die Man'ith benutzen …«

Einige in der Versammlung nickten. Vermutlich wollten sie sich selbst beruhigen. Aber Ernan hob den Kopf, und sein Gesicht drückte tiefen Zweifel aus.

»Vielleicht haben sie ja einen Druiden bei sich«, sagte er und schloss seine Hände fest um den Stock auf seinen Knien.

»Maolmòrdha?«, fragte Odhran überrascht. »Er befindet sich im Palast von Shanka, und ich glaube nicht, dass er sich mit Harcort verbündet hat.«

»Nein«, erwiderte Kiaran, der bis jetzt geschwiegen hatte. »Samael. Samael ist bei ihnen.«

Alle drehten ihre Köpfe ihm zu. Kiaran überraschte sie immer wieder. Jeder seiner Einwürfe war eine verblüffende Enthüllung. Seit er erklärt hatte, dass er sich jeden

Abend in die Welt von Djar begebe, hielt die Hälfte seiner Brüder ihn für verrückt, und die andere Hälfte fürchtete ihn. Keiner wagte zu sprechen, keiner wollte es wirklich wissen. Und Kiaran hatte jeden Tag mehr das Gefühl, sich vom Orden zu entfernen. Ein Fremder zu werden.

»Hattet Ihr den zweiten Abtrünnigen vergessen? Samael. Dabei erinnere ich mich noch gut an sein Gesicht. Er hat da gesessen«, sagte Kiaran und deutete auf einen der beiden leeren Stühle neben dem Erzdruiden. »Und heute hat er sich mit Harcort verbündet.«

Empörtes Gemurmel ging durch den Rat. Alle hier zogen es vor zu glauben, dass Samael seit langem tot war. Seit seinem Verschwinden hatte man gehofft, dass er niemals auf die politische Bühne Gaelias zurückkehren würde. Aber Maolmòrdha war vielleicht nicht der Einzige, der sich rächen wollte…

»Ich weiß nicht, unter welcher Identität er sich verbirgt«, fuhr Kiaran trotz des Stimmengewirrs fort. »Aber eines weiß ich mit Sicherheit, meine Brüder, dass Samael auf der Seite von Graf Al'Roeg steht. Vielleicht ist er sogar selbst der Graf!«

Ernan ergriff das Wort, wobei er ziemlich laut sprechen musste, um das Getuschel der Versammlung zu übertönen.

»Wenn das stimmt, dann ist das nur die Bestätigung dafür, dass wir Harcort so schnell wie möglich angreifen müssen.«

Ernan konnte die Unruhe spüren, die den Rat ergriff.

»Wir verfügen über drei der vier Man'ith«, fuhr er fort. »Wir sind elf Großdruiden und mehrere Dutzend Druiden. Wir brauchen die Armee von Harcort nicht zu fürchten, selbst wenn sie von Samael und dem Man'ith von Nuadu verstärkt wird. Wir können jetzt nicht mehr zurück. Die Stunde des Kampfs hat geschlagen. Wir müssen die Armeen von Galatia, Sarrland, Bisania und die Tuathann vereinen, und wir werden Harcort vernichten.«

»Und Maolmòrdha?«, warf Tiernan ein. »Was machen wir mit ihm? Wenn er diesen Krieg ausnutzt, um Sai-Mina anzugreifen, das währenddessen geschwächt ist?«

Ernan nickte. »Das habe ich bereits bedacht. Wir werden nicht alle gehen. Nur sechs Mitglieder des Rats und die Hälfte der Druiden werden in den Kampf ziehen. Und das nur für die Zeit der Schlacht, keinen Tag früher und keinen Tag länger.«

Der Erzdruide erhob sich. Er gebot Schweigen.

»Meine Brüder, ich werde nicht dulden, dass auf diesen Rat irgendein Druck ausgeübt wird. Die Größe von Sai-Mina darf nicht unter den Spannungen unserer Zeit leiden. Wenn wir kämpfen müssen, um die Kontrolle über das Land, das wir lieben, zu behalten, wenn wir töten müssen, um zu gewährleisten, dass Gaelia auf dem Weg der Moira bleibt, dann muss es eben sein. Dann muss der Rat Harcort den Krieg erklären! Odhran, ich beauftrage Euch mit der reibungslosen Durchführung der Aktion. Ihr müsst die Armeen von Galatia, Sarrland und Bisania vereinen, und mit ihnen, sechs unserer Brüder und den Druiden, die am meisten Erfahrung haben, werdet ihr Harcort angreifen, bis Graf Al'Roeg Sai-Mina seine Untertänigkeit erklärt. Ihr werdet dann das Schwert von Nuadu an Euch nehmen und Bischof Aeditus vor diesen Rat bringen, damit er verurteilt wird. Die Sekte der Christen wird in Harcort verboten werden, wie sie es auf der ganzen übrigen Insel ist. Die Autorität von Sai-Mina muss gestärkt werden. So sei es.«

»Und die Tuathann?«, fragte Odhran.

»Sie sind bereits unsere Verbündeten. Ihr Geschenk der Man'ith ist der Beweis für ihre Aufrichtigkeit. Wenn sie uns helfen, Harcort zu schlagen, werden wir ihnen helfen, Braunland in Schach zu halten, und zusammen mit dem Erhabenen König offiziell ihr Territorium unter dem Namen Eriu anerkennen, wie sie es verlangt haben. Ich weiß, dass sie sich uns bald anschließen werden, wenn wir Harcort angreifen. Ihr Gesandter hat mich informiert, dass eine Schlacht gegen Braunland vorbereitet wird, sie werden sich uns also nicht schnell genug anschließen können, und wir können nicht auf sie warten. Aber sie müssten eigentlich siegen. Die Barden berichten uns, dass Meriander über mehr als zehntausend Mann verfügt, aber die Tuathann sind gefürchtete Krieger. Sie haben also eine Chance. Wenn sie verlieren sollten, würde das schlimmstenfalls die politische Landschaft vereinfachen, und das würde Braunland so sehr schwächen, dass Harcort unser einziger Feind wäre. Im Grunde ist es nur eine Frage der Zeit. Wir werden ohne die Tuathann beginnen. Shehan, ich will, dass dies alles in der Chronik des Rats festgehalten wird.«

Der Archivar nickte. Ernan atmete tief ein. Er ließ seinen Blick über die Versammlung wandern. Sie hatten alle aufmerksam zugehört, und zum ersten Mal hatte er das Gefühl, eine wirklich weitreichende Entscheidung getroffen zu haben. Heute wurde über das Schicksal seines Ordens entschieden. Er konnte nicht mehr warten. Tief in seinem Innern hoffte er, dass er nicht gerade den größten Fehler seines Lebens beging. Er wusste, dass seine Entscheidung tausende von Toten fordern würde. Aber er wusste auch, dass, wenn er nicht handelte, die Unruhen im ganzen Land möglicherweise noch schlimmer werden würden. Er konnte die Zukunft nicht vorhersagen, aber er durfte auch nicht ihr Opfer werden. Der Rat durfte sich nicht passiv verhalten. Das widersprach seinem Wesen, seiner Existenzberechtigung.

Vor allem aber hoffte Ernan insgeheim, dass Harcort aufgeben würde, bevor es zu viele Tote gäbe. Graf Al'-Roeg, dachte er, würde schließlich einsehen, dass er niemals gegen die geballte Macht der Druiden, der Armeen von Galatia, Sarrland und Bisania und der Tuathann gewinnen konnte. Das Gesetz des Stärkeren würde siegen. Es musste einfach so sein.

Langsam setzte sich der Erzdruide wieder. Nur das Kratzen von Shehans Feder über die Seiten der Chronik des Rats war zu vernehmen, als Kiaran plötzlich das Wort ergriff.

»Es ist also Krieg?«

Alle schwiegen, und Ernan warf ihm einen wütenden Blick zu.

»Zum ersten Mal seit langem«, rief der Erzdruide, »wird der Rat wirklich zu etwas nutze sein auf dieser Insel! Die Rolle erfüllen, für die er geschaffen ist. Die Ordnung wiederherzustellen. Wenn dafür ein Krieg notwendig ist, dann bin ich im Namen des Rats bereit, die Verantwortung dafür zu übernehmen. Sai-Mina hat Euch nicht nur gelehrt zu verhandeln und zu taktieren, sondern auch zu kämpfen. Und das hat seinen Grund. Wenn unter Euch jemand ist, der den Kampf ablehnt, dann soll er es jetzt sagen.«

Niemand wagte zu antworten.

»Und Alea?«, ergriff Kiaran wieder das Wort. »Wir müssten uns um sie kümmern.«

»Alea werde ich übernehmen. Odhran hat genug mit Harcort zu tun, und ich werde mich um das Mädchen kümmern. Ich werde sie herbringen. Und wenn unsere Macht durch die Kapitulation von Braunland und Harcort erneut gefestigt sein wird, dann werden wir uns in aller Ruhe um sie kümmern können. Und wir werden das Schwert von Nuadu haben. Ihr wisst, wie wichtig es ist.«

Ein Schauer ging durch den Rat.

»Es ist eine der wenigen Waffen, die den Samildanach töten können«, fuhr Kiaran an Stelle des Erzdruiden fort.

Und in seiner Stimme schwang tiefe Verzweiflung mit.

Galiad Al'Daman, der Drachentöter, stürzte zu seiner Waffe. Er war gerade erst neben seinem Sohn eingeschlafen, und der Regen prasselte noch immer wütend auf sie herab. Aber das Geräusch, das er gehört hatte, war nicht das des Regens, der auf die Felsen schlug. Es war etwas anderes.

Triefnass, zog er lautlos das Schwert aus seiner Scheide. Banthral. Die Legende erzählte, dass er es aus dem Schwanz des letzten Drachen gezogen hatte, nachdem er ihn getötet hatte. Man erzählte auch, dass der Drache selbst es geschmiedet hatte. Jetzt, da Phelim tot war, war es alles, was Galiad von seiner Vergangenheit als Magistel noch blieb. Alles, was ihn zu einem Krieger machte. Er wusste nicht, warum, aber es gab seinem Leben fast so etwas wie einen Sinn. Seinetwegen durfte er seinen Beruf nicht aufgeben. Seinetwegen würde er Magistel bleiben. Der Magistel eines Geists.

Er nahm die Waffe in beide Hände und hob sie hoch, hielt sie dicht vor sein Gesicht. Die Regentropfen, die über die Klinge liefen, funkelten vor seinen Augen. Er ging langsam vorwärts und versuchte um den Ort herumzugehen, von dem das Geräusch gekommen war. Der untere Teil des Hangs war übersät mit Felsen. Manche waren größer als er. Ein Mann konnte sich dort sehr gut verstecken. Mehrere sogar. Er musste auf der Hut sein. Er bedauerte, dass er Erwan nicht geweckt hatte. Sein Sohn war ein tapferer Kämpfer, aber er war noch erschöpft, und er hatte sich nicht getraut, seinen Schlaf zu stören.

Der Magistel ging seitwärts durch den Schlamm, den der Regen aufspritzen ließ, und öffnete die Augen ganz weit, um zu versuchen, in der Dunkelheit auch die kleinste Bewegung zu erkennen. Wieder hörte er ein Geräusch. Diesmal weiter östlich. Er ging schneller durch den hartnäckigen Regen. Nach vorne gebeugt und in den Knien eingeknickt, war er bereit loszustürzen. Hinter einem Amarantbusch bewegte sich etwas. Ein flüchtiger Schatten. Galiad nahm Anlauf und sprang über den Felsen, der ihn von dem Strauch trennte. Er landete auf seinen Füßen und wich instinktiv ein paar Schritte zurück.

Plötzlich sah er sie. Vier gelbe Augen, die in der Nacht durch die Regentropfen hindurch leuchteten. Er spannte seine triefnassen Muskeln an und streckte sein Schwert nach vorn. Es waren zwei Wölfe.

Galiad atmete tief ein. Er musste vorsichtig sein. Die Wölfe waren Raubtiere, schnelle Angreifer, die sich jederzeit auf ihn stürzen konnten. Aber er würde ihnen keine Gelegenheit dazu geben. Der Magistel hatte nicht jahrelang allen Gefahren getrotzt, um jetzt durch die Fangzähne eines Wolfs zu sterben. Er bereitete sich auf den Angriff vor.

Die Wölfe rührten sich nicht. Mit gefletschten Zähnen starrten sie ihn an. Galiad hob sein Schwert über seine rechte Schulter. Dann wartete er einen Augenblick. Reglos. Der Angriff musste plötzlich kommen. Das war die einzige Möglichkeit, diese Tiere zu überraschen. Und er würde beide zugleich angreifen müssen. Die Wölfe würden nicht lange fackeln. Sie waren zu zweit und würden das zu nutzen wissen.

Plötzlich hörte er ein Knacken hinter sich.

»Warte!«

Es war Erwan, der sich mit ausgestreckten Händen näherte.

»Warte, greif sie nicht an!«

Galiad runzelte die Stirn und wich einen Schritt zurück, ohne allerdings sein Schwert zu senken. Er ließ die Tiere nicht aus den Augen, während er schrie, um den prasselnden Regen zu übertönen: »Was redest du da?«

»Greif sie nicht an, ich glaube, dass … Ich glaube, dass die beiden Wölfe uns nichts tun wollen.«

»Was ist denn das für eine Geschichte?«, erwiderte Galiad und drehte diesmal den Kopf, um seinen Sohn anzusehen.

Erwan kam weiter auf ihn zu. Er ging an seinem Vater vorbei und näherte sich den Wölfen. Einer von ihnen, groß und grau, begann knurrend zurückzuweichen. Aber der andere, dessen Fell weiß war, rührte sich nicht. Die Haare seines Fells klebten durch den Regen an seinem schlanken Körper.

»Du bist verrückt, Erwan! Er wird sich auf dich stürzen. Geh weg da!«

»Warte! Ich sage doch, dass … Ich habe diese Wölfe gesehen. Ich habe … ich habe Alea im Traum gesehen. Sie hat mich darauf vorbereitet.«

Galiad ging zu seinem Sohn.

»Wenn es ein Traum war, Erwan, das reicht nicht, um uns vor diesen Tieren zu schützen… Komm schon, sei vorsichtig!«

»Sie hat mich darauf vorbereitet, dass diese beiden Wölfe herkommen würden. Ich habe sie in diesem Traum gesehen. Alea schickt sie, da bin ich ganz sicher. Ich habe von dieser Wölfin geträumt.«

Der junge Mann ging vor der weißen Wölfin langsam in die Knie und sank in dem tiefen Schlamm ein. Obwohl er sicher war, das Tier wiederzuerkennen, war er trotzdem auf der Hut. Vielleicht war es ja doch nur ein Traum gewesen. Und dennoch…

Die Wölfin begann leise zu jaulen. Vorsichtig näherte sie ihre Schnauze der Hand, die der junge Mann ihr entgegenstreckte. Der andere Wolf war nicht weit entfernt. Aber er machte keinen aggressiven Eindruck. Erwan näherte seine weit geöffnete Hand noch mehr. Die Wölfin wich etwas zurück, dann kam sie erneut näher. Langsam legte Erwan seine flache Hand auf den Schädel des Tieres. Den Oberkörper zurückgebogen, begann er ihn sanft zu streicheln.

Die Wölfin ließ sich auf die Seite fallen und rollte sich dann auf den Rücken, die Beine dem Sommerregen entgegengestreckt. Erwan nahm die Einladung an und streichelte ihr den Bauch. Die Wölfin drehte sich hin und her, während sie auf dem Rücken lag. Der junge Mann gab ihr ein paar leichte freundschaftliche Klapse auf die Seite, dann erhob er sich langsam.

Galiad war sprachlos. Er hatte niemals gesehen, dass ein Wolf sich so streicheln ließ. Zuerst hatte er geglaubt, sein Sohn habe den Verstand verloren, aber jetzt musste er zugeben, dass die Wölfin nicht aggressiv war.

»Geben wir ihnen die Reste der Kaninchen, die wir

heute Abend gegessen haben«, schlug Erwan vor. »Wir müssen ihnen unsere Freundschaft zeigen.«

»Und danach?«, erwiderte Galiad. »Wenn diese Wölfin einfach nur gezähmt wäre? Wie können wir sicher sein, dass Alea sie geschickt hat?«

»Ich weiß es nicht. Wir werden schon sehen. Begnügen wir uns für den Augenblick damit, sie freundlich zu behandeln. Ich glaube, der andere Wolf muss erst noch Zutrauen fassen. Er ist schüchterner als sie!«

Galiad zuckte die Achseln. Die Idee, diese beiden Raubtiere in seiner Nähe zu haben, gefiel ihm nicht besonders, aber wenn sein Sohn die Wahrheit sagte, bestand vielleicht Hoffnung, Alea wiederzufinden.

Samael erreichte das Schlachtfeld zu spät. Als er die Panik sah, die die Einwohner des kleinen Dorfs Akingia ergriffen hatte, begriff er, dass er den Kampf nicht mehr verhindern konnte. Unbemerkt stieg er in ein Taubenhaus im Osten des Dorfs, auf einem kleinen abgeschiedenen Hügel. Von dort konnte er die ganze Szene überblicken. Wenn er auch Meriander nicht rechtzeitig hatte aufhalten können, so hoffte er doch, dass dieser im Kampf gegen die Tuathann siegen würde. Im Grunde zählte für ihn im Augenblick nur eins, er wollte sich auch noch die anderen Man'ith holen …

Die Ebene von Akingia lag zwischen zwei Armen des Waldes von Tenian, im Norden von Braunland. Es handelte sich um eine ausgedehnte Grasfläche, im Osten und Westen flankiert von Roteichenwäldern. Auf jeder Seite dieses breiten Erdstreifens befanden sich die beiden feindlichen Lager. Samael versuchte die Anzahl der Männer in den beiden feindlichen Armeen zu schätzen. Mehr als eine nur sehr grobe Schätzung war ihm gewiss nicht möglich, aber das genügte ihm. Nur Galiad Al'-Daman, Phelims Magistel, war dafür berühmt, dass ihm ein einziger Blick genügte, um die genaue Anzahl seiner Feinde angeben zu können. Selbst der Saiman konnte Samael diese Fähigkeit nicht verleihen … Aber das war nicht weiter wichtig. Eine ungefähre Schätzung genügte, um die jeweiligen Chancen beider Lager zu überschlagen.

Im Norden zählte er ungefähr viertausend Tuathann, zu Fuß und in nur zwei Linien. Diese Barbaren waren Meister der Kriegskunst. Samael hatte es bereits feststellen können, als er das Schwert von Nuadu geraubt hatte. Sie verhielten sich und waren gekleidet wie Wilde, beherrschten die Kriegskunst aber besser als die vornehmsten Soldaten der Insel. Sie waren in Stämmen organisiert, an den Farben ihrer Kriegsbemalung konnte man fünf unterscheiden, und in jedem von ihnen gab es jeweils die gleiche Anzahl von Bogenschützen und Schwertkämpfern. Die Klanchefs befanden sich an der Spitze ihrer Truppe. Drei Stämme bildeten die erste Linie, zwei die zweite. Und der Hauptklan, der größte, derjenige der Mahat'angor, bildete das Zentrum der ersten Linie. Er würde zuerst kämpfen, hinter seinem Anführer, Sarkan dem Jüngeren, dessen Ruf als Krieger sich bereits über die ganze Insel verbreitet hatte.

Sarkan stand ein paar Meter vor der ersten Linie. In jeder Hand hielt er ein breites Schwert, und reglos suchte er den Horizont ab, als wollte er ganz allein die Heerscharen seiner Feinde noch vor der Schlacht herausfordern. Samael musste unwillkürlich lächeln. Diese absurde Verwegenheit amüsierte ihn. Welcher Wahnsinn brachte die Männer dazu, dass sie den Krieg liebten und jede Angst vor dem Tod verloren?

Im Süden, schätzte Samael, standen mindestens dreizehntausend Braunländer. Eine eindrucksvolle Armee, die vor allem aus Reitern bestand, die über vier Linien verteilt waren. Vier lang gezogene Bataillone teilten sich die erste Linie, drei bildeten die zweite und dritte, und die hinterste Linie bestand aus einem einzigen Bataillon Infanteristen, der Nachhut. Auf den Blechen, die ihre Schuppenpanzer bedeckten, und auf den Fahnen war auf rotem Grund eine seltsame Kreatur mit Löwenkopf, dem Körper einer Ziege und dem Schwanz eines Drachen zu erkennen. Die Chimära. Das Wappen von Meriander Mor dem Schönen, Graf von Braunland. Im Gegensatz zu Sarkan hielt Meriander sich im Hintergrund. Umgeben von Männern, die wohl seine Leibgarde waren, inspizierte er das Schlachtfeld, während Läufer seine Befehle den vier Hauptmännern der ersten Linien überbrachten. Meriander war kein Krieger, aber ein ausgezeichneter Stratege, dem, wie Samael dachte, ein Sieg zuzutrauen wäre.

Die Männer von Braunland waren jedenfalls bei weitem in der Überzahl, aber Samael sah, dass die Landschaft den Tuathann dennoch eine Chance bot.

Zunächst einmal würden die beiden Wälder auf jeder Seite des Schlachtfelds den Braunländern nicht die Möglichkeit geben, ihre Feinde von der Seite anzugreifen, sie einzukreisen und zu überrollen. Die Tuathann waren gewiss zahlenmäßig unterlegen, aber doch zahlreich genug, um die ganze Breite des Terrains zu füllen, während die Braunländer nicht ausschwärmen konnten, um ihre Übermacht auszunutzen. Sie würden geschlossen frontal angreifen müssen, und wenn die ersten Linien kämpften, würden sie den Nachfolgenden den Weg versperren, so dass sie ihnen nicht zu Hilfe kommen konnten.

Aber das war noch nicht alles. Die Tuathann waren zu Fuß, und die Beschaffenheit des Bodens spielte für sie keine Rolle. Die Braunländer dagegen würden große Probleme haben. Es hatte zwei Tage hindurch wie aus Eimern gegossen, wie es zu dieser Jahreszeit noch niemals geregnet hatte, als hätte die Moira es so beschlossen. Das Schlachtfeld war daher ein riesiges Schlammfeld, das Schlimmste, was einer berittenen Armee passieren konnte. Die Pferde von Braunland würden im Schlamm einsinken, manche würden das Gleichgewicht verlieren. Die Reiter, die vom Pferd fielen, würden sich nicht hochrappeln können und eine leichte Beute für die Infanteristen des Sid sein.

Die Armee von Meriander Mor war also zahlenmäßig überlegen, aber die Ebene von Akingia würde sich an diesem Tag als Vorteil für die Tuathann erweisen. Es würde also ein größeres Gleichgewicht der Kräfte herrschen, als es zunächst den Anschein gehabt hatte, schätzte Samael. Es sei denn, er würde eingreifen, aber das war zu gefährlich. Alles, was er tun konnte, war, die Entwicklung der Kämpfe zu überwachen und nur einzugreifen, wenn das Leben von Meriander selbst in Gefahr sein sollte. Er konnte sich nicht erlauben, den Grafen von Braunland zu verlieren. Er brauchte ihn. Seine politische Macht.

Die Tuathann hatten die Vorteile des Geländes gewiss ebenso erkannt wie Samael. Sie mussten die Braunländer folglich zu einem frontalen Kampf zwingen, sie in diesen Schlammkorridor hineinlocken, bevor diese erkennen würden, dass die beiden Wälder sie einschlossen und daran hinderten, ihre zahlenmäßige Überlegenheit zu ihrem Vorteil zu nutzen.

Mehr als eine Stunde verharrte Samael vor diesem bewegungslosen Bild und stellte sich die Angst vor, die auf den Männern beider Lager lasten musste. Dann kehrte Sarkan plötzlich an die Spitze seines Klans zurück. Die Tuathann setzten sich in Bewegung. Endlich würde der Kampf beginnen.

Die Krieger des Sid rückten auf dem Schlachtfeld vor, in der Hoffnung, die Braunländer ebenfalls zum Angriff zu veranlassen. Mit nacktem Oberkörper, die Muskeln mit den Kriegsfarben bemalt, das Haar zu einem Kamm frisiert, marschierten die Tuathann-Infanteristen neben den Bataillonen der Bogenschützen, die eine spitz zulaufende Formation gewählt hatten, um einen möglichst breiten Schusswinkel für eine maximale Anzahl von Pfeilen zu haben. Nach ein paar Schritten im tiefen Schlamm blieben die Tuathann mitten auf dem Gelände stehen, und jeder rammte eine lange Lanze so in den Boden, dass sie schräg nach vorne zeigte, wodurch sie eine Wand von Spitzen bildeten, durch die die Pferde nicht hindurchkonnten. Die Tuathann-Infanteristen rückten noch ein paar Schritte vor, dann blieben sie auf Sarkans Schrei hin stehen.

Sie warteten ein paar Augenblicke, aber die Braunländer machten noch immer keine Anstalten anzugreifen. Vielleicht hatte Meriander ebenfalls den Vorteil erkannt, den das Gelände den Tuathann bot, und suchte nach einer Möglichkeit, die Situation umzukehren.

Sarkan befahl den Bogenschützen, die Lanzen wieder aus dem Boden zu ziehen und weiter auf den Feind vorzurücken. Die Tuathann richteten sich auf und begannen zu laufen, wobei sie Worte schrien, die Samael nicht verstehen konnte, aber er erkannte dennoch das Wort Eriu. Die Tuathann kämpften für ihr Land.

Als sie nur noch etwa dreihundert Meter von den feindlichen Linien entfernt waren, blieben die Tuathann erneut stehen. Unter den verblüfften Blicken der Braunländer rammten sie ihre Lanzen vor sich in den Boden. Ein Läufer rannte den Hügel hinab, auf dem Meriander stand. Vermutlich überbrachte er den Hauptmännern an der Front einen Befehl. Aber die ersten Pfeile der Tuathann kamen lange vor ihm an.

Ein schrill pfeifender Hagel prasselte auf die erste Linie der Braunländer nieder. Zweitausend Bogenschützen gab es im Lager der Tuathann, und jeder schoss fünf bis sechs Pfeile in der Minute ab, so dass Merianders Reiter innerhalb kürzester Zeit von einem Regen von mehr als zehntausend Pfeilen überfallen wurden. Als die Braunländer sahen, wie die Ihren zu Hunderten fielen, griffen sie in ihrer Panik an, ohne den Befehl des Grafen abzuwarten. Sarkan war es endlich gelungen, sie in den Kampf zu locken. Die erste Linie der Braunländer stürmte auf das schlammige Gelände, dicht gefolgt von der zweiten und dritten. Sarkan wartete noch, bevor er seine Männer in den Angriff schickte. Er wollte sicher sein, dass die Braunländer an den Seiten, dort, wo der Wald weniger dicht war, ausschwärmen konnten. Er wartete bis zum letzten Augenblick. Und als die Horde der feindlichen Pferde nur noch ein paar Meter entfernt war, ließ er endlich seinen Kriegsschrei ertönen, und alle Tuathann-Krieger stürmten zusammen mit ihm zum Angriff auf die Braunländer.

Die erste Welle der Reiter war überaus heftig. Die Pferde kamen mit großer Geschwindigkeit heran und überrollten in ihrem Schwung die ersten Infanteristen des Sid. Merianders Männer durchbrachen mühelos die erste Reihe der Tuathann und bahnten sich ihren Weg mit weit ausholenden Axt-, Lanzen- oder Schwerthieben. Je stärker die Pferde jedoch durch den Kampf behindert wurden und begannen, auf der Stelle zu treten und sich eng zusammenzudrängen, desto mehr verwandelte sich das Gelände allmählich in eine gigantische schlammige Schale, in der die Tiere nur noch mühsam vorankamen. Bald hatten sie die Lanzen erreicht, die die Bogenschützen in den Boden gerammt hatten, und manche wurden aufgespießt und konnten sich nicht mehr befreien.

Die Schützen der ersten Tuathann-Linie waren nach ihrer tödlichen Salve zurückgewichen. Sie gingen erneut in Position und schickten einen neuen Schwarm von Pfeilen los. Da die Braunländer größtenteils zu Pferd waren und die Tuathann am Boden, war es für sie ein Leichtes, dafür zu sorgen, dass sie den Feind auch trafen; sie mussten lediglich nach oben zielen. Merianders Reiter waren leichte Ziele und wurden erneut niedergestreckt von dieser tödlichen Welle.

Als die zweite Linie von Reitern sah, dass die Vorhut stark dezimiert wurde, griff sie ebenfalls an, aber es kam, wie Samael es vorausgesehen hatte. Ihr Schwung wurde gebremst vom Chaos, das in der ersten Linie herrschte. Die Braunländer waren so eng zusammengepfercht, dass sie nicht mehr über die nötige Bewegungsfreiheit verfügten, um ihre Waffen zu benutzen. Die leblosen Körper türmten sich auf dem Boden, die Pferde stolperten, verrückt vor Angst, die Lanzenmauern zerbrachen in Schulterhöhe … Der Kampf entwickelte sich so, dass Merianders Männer kaum noch kämpfen, sondern nur noch sterben konnten. Die Tuathann dagegen hatten ausreichend Platz, um mit dem Messer zu arbeiten; sie schoben ihre scharfen Klingen in den Schlitz der Helme und die Gelenkfugen der Rüstungen, zerstachen hier die Augen und durchbohrten dort die Herzen. Mit ihren nackten Oberkörpern waren sie leichter und beweglicher, und der Schlamm machte ihnen nichts aus. Sie flogen von Opfer zu Opfer und verwandelten Meriianders Armee in einen Leichenteppich.

Nach etwa einer Dreiviertelstunde hörten die Bogenschützen der Tuathann auf zu schießen, legten ihre Bögen auf den Boden, griffen zu ihren Schwertern oder Kriegsäxten und mischten sich in die zweite Linie der Tuathann, die jetzt angriff.

Jetzt begann das Massaker erst richtig. Das Blut ergoss sich in den Schlamm. Abgeschlagene Köpfe und abgetrennte Gliedmaßen mischten sich mit den verwundeten Männern und Pferden, die am Boden lagen. Die furchtbaren Schmerzensschreie der Sterbenden übertönten kaum das schmatzende Geräusch der Klingen, die sich in dic Eingeweide bohrten, das klebrige Gluckern der auslaufenden Därme, deren Inhalt sich über den Boden ergoss, das Knacken der brechenden Knochen… Es gab nur noch die Geräusche, Gerüche und Farben des Massakers.

Trotz der Entfernung konnte Samael mühelos den Ausdruck auf den Gesichtern lesen. Die Tuathann waren besessen von dem rasenden Wunsch zu siegen, ein mörderischer Wahnsinn, der in ihren Augen glühte, bewegte ihre Arme wie die von blinden Marionetten und machte ihre Körper hart, während die Braunländer, von der Angst überwältigt, jedes Vertrauen zu verlieren begannen.

Die Schlacht dauerte vier lange Stunden. Stunden blutigen Wahnsinns, in denen das Grauen einen solchen Grad erreichte, dass selbst die Tuathann allmählich von Ekel gepackt wurden. Es gab so viel Blut, so viele zerfetzte Körper, dass manche sich angesichts dieses unerträglichen Anblicks übergeben mussten. Während der Großteil der Tuathann schließlich zu kämpfen aufhörte, vielleicht, weil sie der Meinung waren, dass es auf beiden Seiten genug Tote gegeben hatte, rückte der Mahat'angor-Klan hinter Sarkan immer weiter vor. Sarkans Körper war blutverschmiert, seine Kriegsfarben waren kaum mehr zu sehen, aber er war dennoch unschwer zu erkennen. Kein anderer Krieger schlug noch immer mit solcher Kraft zu. Kein anderer schrie noch immer den Namen Eriu, während er den Braunländern, die am Boden lagen, den Todesstoß versetzte. Die Mahat'angor waren die am besten trainierten Krieger des ganzen Tuathann-Volkes und auch die gewalttätigsten. Sie hatten in der Gemeinschaft keine andere Funktion als die, Krieg zu führen, und sie würden erst aufhören, wenn alle Braunländer entweder tot oder geflohen wären. Das war ihre einzige Logik. Und so ging das Blutbad weiter. Ganze Reihen von Reitern wurden dezimiert und von den Reihen hinter ihnen ersetzt, wodurch die Zahl der Soldaten Merianders immer geringer wurde. Die Unerbittlichkeit der Mahat'angor war so groß, dass sie bald so viele Feinde getötet hatten, dass jetzt sie in der Überzahl waren.

Und nun begann die Auflösung.

Die Braunländer warfen ihre Waffen von sich. Manche entledigten sich ihrer Rüstungen, um in den Wald zu fliehen. Andere krochen unter die Leichen ihrer Brüder, in der Hoffnung, der Aufmerksamkeit der hysterischen Krieger des Sid zu entgehen. Sogar die Hauptmänner begannen umzukehren und überließen ihre Pferde und ihre Männer den tödlichen Hieben der feindlichen Äxte. Die Überlebenden flohen. Die Verwundeten warteten stöhnend, dass man ihnen den Todesstoß versetzte.

Als die Sonne am Horizont zu sinken begann, begriff Samael, während er das Gemetzel vor seinen Augen betrachtete, dass die Schlacht endgültig verloren war.

5

Im Zentrum des Schattens

Alea wurde durch Faiths gellende Schreie aus dem Schlaf gerissen. Das Zimmer des Klosters war noch in Dunkelheit getaucht, aber an den Wänden zeichnete sich der Schatten großer Gestalten ab, der von den flackernden Flammen von vier Fackeln darauf geworfen wurde. Ihr blieb kaum die Zeit, sich in ihrem kleinen Bett aufzurichten; zwei Soldaten in schweren Rüstungen und mit Helmen, die ihre Gesichter vollständig verbargen, stürzten sich auf sie und packten sie an Handgelenken und Knöcheln, damit sie sich nicht bewegen konnte.

Der Raum war von schrecklichem Lärm erfüllt, das Geräusch zertrümmerter Stühle, Schreie von Mjolln und Faith, und das alles in einem unverständlichen Durcheinander, das Aleas Augen, noch schlaftrunken, nur undeutlich wahrgenommen hatten, bevor sie gezwungen wurde, sich umzudrehen, damit man ihr die Hände auf dem Rücken fesseln konnte. Verfluchte Mönche!, dachte sie. Sie hatten die Soldaten der Flamme verständigt. Alea hatte gerade noch das Wappen von Graf Al'Roeg auf ihrer Kleidung erkennen können. Eine rote Flamme auf weißem Grund. Sie biss die Zähne zusammen, um trotz des Schmerzes in ihrem Rücken nicht zu schreien. Man hatte ein Knie auf ihr Becken gedrückt, um sie auf dem Bett festzuhalten.

Sie machte sich die größten Vorwürfe. Sie hatte sich dem Mönch in der Bibliothek gegenüber zu sehr vorgewagt, und ihre Freunde würden jetzt dafür bezahlen müssen. Sie hätte misstrauischer sein müssen, als sie gesehen hatte, dass der Mönch plötzlich seine Haltung änderte. Er hatte sie erkannt, das stand außer Zweifel. Sie hätte auf Mjolln hören sollen, der nicht hatte herkommen wollen … Und doch hatte sie hier etwas sehr Wichtiges erfahren. Die Antworten standen in der Enzyklopädie von Anali, und diese befand sich in Mons-Tumba.

Alea hatte furchtbare Gewissensbisse. Aber sie war nicht in Panik. Unter anderen Umständen hätte sie vermutlich viel mehr Angst gehabt, aber an diesem Tag hatte sie etwas anderes im Kopf, und das verhinderte, dass sie in Panik geriet. Ihr Bruder, Tagor. Sie erinnerte sich an jeden Satz. Jedes Wort. Sie hatte einen Bruder. Sie war ihm in der Welt von Djar begegnet, und das gab ihr neue Kraft. Eine Hoffnung, die ihr niemand mehr nehmen konnte. Nicht einmal die Soldaten der Flamme …

Der Krieger hinter ihr schnürte die Fesseln viel zu straff, so dass sie in ihre Handgelenke einschnitten. Er zog noch mehr an, und diesmal stieß Alea einen Schmerzensschrei aus. Sofort bekam sie einen heftigen Schlag auf den Kopf und verlor das Bewusstsein. Die Geräusche und Lichter erloschen für sie. Sie trat in eine dunkle Leere, die noch leerer als die Welt von Djar war …

Als sie aufwachte, saß sie hinten auf einem langen Karren, die Hände hinter dem Rücken gefesselt, und das Erste, was sie sah, waren Mjollns und Faiths Blicke. Ebenfalls gefesselt, sahen sie sie besorgt an.

»Wo sind wir?«, fragte Alea und verzog das Gesicht.

Der Schmerz in ihrem Hinterkopf begann sich bereits zu melden.

»Ich denke, wir sind auf dem Weg nach Ria«, erwiderte Faith. »Geht es dir gut?«

»Bin ich lange ohnmächtig gewesen?«, fragte Alea erstaunt, als sie die Furcht in der Stimme der Bardin wahrnahm.

»Ein paar Stunden immerhin!«, erwiderte Mjolln. »Du hast mir ganz schön Angst gemacht, meine Kleine!«

Alea versuchte den Zwerg mit einem Lächeln zu beruhigen. Sie blickte sich um. Das Tuch über ihnen zitterte im Wind und durch den Galopp der Pferde. Neben ihnen lagen Holzkisten und Zelte, die sich bei jedem Schlagloch bewegten. Das Fuhrwerk war gewiss nicht für den Transport von Gefangenen bestimmt, und Alea hätte nur den Saiman zu benutzen brauchen, um mit ihren Gefährten zu fliehen, aber zunächst wollte sie erst einmal die Lage durchdenken.

Die Soldaten waren nicht gekommen, um sie zu töten. Für den Augenblick hatten sie sie lediglich gefangen genommen. Anschließend hatten sie keine Sekunde verloren und sich unverzüglich auf den Weg nach Ria gemacht. Die Soldaten der Flamme mussten stolz auf ihre Beute sein und brannten darauf, die drei Gefangenen Graf Feren Al'Roeg und Bischof Aeditus zu übergeben. Alea ging davon aus, dass sie, solange der Graf sie nicht gesehen und vor allem gehört hatte, nicht in Gefahr waren.

»Was sollen wir tun?«, flüsterte Mjolln.

»Warten wir, bis wir in Ria sind... Das wird uns Mons-Tumba näher bringen, und ich bin ziemlich neugierig auf Al'Roeg und Aeditus.«

Der Zwerg runzelte die Stirn. »Bist du verrückt?«

Alea lächelte. »Das weißt du doch! Vollkommen verrückt! Deswegen folgst du mir doch, oder?«

Der Zwerg war sprachlos. Alea hatte immer das letzte Wort, und er wusste, dass es sinnlos war zu diskutieren. Er drehte den Kopf, um in Faiths Blick ein wenig Trost zu suchen, aber die Bardin schienen Aleas Worte nicht zu schockieren. Sie musste inzwischen dagegen immun sein!

»Haben sie unsere Sachen mitgenommen?«, fragte Alea, als sie sah, dass man ihr Phelims Brosche weggenommen hatte.

»Alles ist in dieser Kiste«, erwiderte Faith und deutete mit dem Kinn auf eine Holztruhe hinten auf dem Wagen. »Sie haben alles mitgenommen, vermutlich, um es dem Grafen zu geben. Sogar dein Stock ist dabei ...«

»Und das kleine Buch, das der Mönch mir geschenkt hat?«

»Ich glaube, ja ...«

»Abscheulicher Mönch!«, rief Mjolln. »Was für ein Empfang! Uns den Soldaten auszuliefern! Schöne Christenmanieren!«

»Sie haben auch unsere Pferde mitgenommen«, fuhr die Bardin fort. »Sie haben nichts zurückgelassen.«

»Umso besser«, erwiderte Alea. »Dann brauchen wir sie nicht zu suchen ...«

Anschließend schwieg sie und schloss die Augen. Mjolln grummelte in seinen Bart, und Faith lehnte ihren Kopf gegen den Holzpfosten, der das Tuch über ihnen spannte.

Alea ließ die Welt um sich herum verschwinden. Sie belebte die Flamme in der Mitte ihrer Stirn. Der Saiman war da, ewiges Licht. Sie ließ ihn ihren Körper erwärmen, sich in ihr ausbreiten längs ihrer Arme, ihres Rückens, ihrer Beine. Eine angenehme Empfindung. Sie wartete, bis der Saiman ganz von ihrem Körper Besitz ergriffen hatte. Sich bis in ihre Fingerspitzen ausgebreitet hatte und langsam zirkulierte, wie das Wasser eines Flusses. Dann atmete sie tief ein und hauchte die warme Energie aus. Sie sah den blauen Lichthof, der sie umhüllte und den, wie sie wusste, niemand anderer sehen konnte. Sie erinnerte sich, wie überrascht Phelim gewesen war, als sie ihm gesagt hatte, dass sie den Saiman sehen könne. Die Energie des Druiden hatte eine rote Farbe gehabt, und sie hatte angenommen, dass der Saiman seine Farbe verändere, je nachdem, ob er von einem Mann oder von einer Frau erzeugt würde. Es sei denn, der vom Samildanach produzierte Saiman wäre blau, während derjenige aller anderen rot wäre... Im Augenblick wusste sie es nicht, aber etwas sagte ihr, dass sie es eines Tages schon verstehen würde. Sie fragte sich sogar, ob sie nicht, wenn sie daran arbeitete, imstande wäre, ebenfalls eine rote Energie zu erzeugen...

Für den Augenblick aber richtete sie ihre Aufmerksamkeit auf das, was sie zu tun hatte. Sie konzentrierte die Energie vor ihrem Körper und ließ sie die Form einer Klinge annehmen. Dann bewegte sie diese unsichtbare Klinge hinter ihren Rücken und durchtrennte, durch die Kraft des Geistes, mit einem Schlag die Schnüre, die ihre Hände fesselten. Die Bewegung des Saiman war sehr präzise. Sie konnte ihn mittlerweile perfekt kontrollieren. Und doch wusste sie, dass sie noch ganz am Anfang ihrer Lehrzeit stand. Sie führte die blaue Energie wieder vor ihren Körper und wiederholte die Operation dann erfolgreich an den Fesseln ihrer Knöchel und dann an denen, die die Handgelenke von Faith und Mjolln banden. Im Nu waren sie alle drei befreit.

Faith und Mjolln blickten fasziniert zu dem jungen Mädchen auf. Sie wussten ganz genau, dass sie das gewesen war. Dennoch waren sie unwillkürlich überrascht. Sie sagten kein Wort. Mjolln hob die Arme und betrachtete ungläubig seine Handgelenke.

Hinten auf dem Wagen öffnete sich die Truhe, die ihre Sachen enthielt, mit einem kurzen, heftigen Schlag. Der Deckel fiel von ganz allein auf den Boden. Alea stand langsam auf und holte sich heraus, was ihr gehörte. Die Kleider der Sylphen, Phelims Brosche, den Eichenstock und ihr Schwert. Daraufhin setzte sie sich wortlos wieder an ihren Platz.

Mjolln zögerte, dann stand auch er auf und holte sich seinen Dudelsack und Kadhel, das prächtige kleine Schwert, das Phelim ihm geschenkt hatte. Er sah Alea an, fand sein Lächeln wieder, während er die Klinge streichelte.

»Fliehen wir nicht?«, fragte er.

»Nein«, erwiderte Alea lächelnd. »Man will uns in Ria sehen? Schön, wir werden uns dorthin begeben, aber bestimmt nicht mit gefesselten Händen! Der Graf muss wissen, dass ich ein hoher Besuch bin und ausschließlich aus freien Stücken zu ihm komme.«

Faith lächelte ebenfalls. Sie brannte darauf zu erleben, wie die Soldaten reagieren würden, wenn sie entdeckten, dass ihre Gefangenen nicht mehr gefesselt waren.

»Wie sieht euer Leben aus?«, fragte Finghin die Schauspieler, während sie gegen Mittag nach Westen unterwegs waren.

Den Pferden machte der Schlamm zu schaffen, der nach den beiden Regentagen noch nicht getrocknet war.

Die Räder des Holzwagens sanken in der Straße ein, wodurch das Fahrzeug noch schwerer wurde.

»In der Regel«, erwiderte Mel, »reisen wir als ganze Familien. Und das Wort Familie hat eine weite Bedeutung bei uns... Kaitlin und ich sind allein, weil wir beschlossen haben, unsere Kunst zu überprüfen und eine neue Schule zu gründen.«

»Es gibt Schulen?«, fragte der Druide überrascht.

»Na ja, wie man eben so sagt. Sagen wir, nicht jeder versteht unter Theater das Gleiche. Manche bleiben einem Repertoire vorgegebener Texte verpflichtet, andere schwören auf die Improvisation...«

»Und ihr?«

»Wir suchen nach neuen Texten. Modernere Sachen, die den Menschen von Gaelia mehr zu sagen haben. Und wir glauben vor allem an die Unterhaltung. Manche Wanderschauspieler übertreiben für unseren Geschmack gar zu sehr ihren Wunsch zu unterrichten. Sie halten sich vermutlich für Druiden! Kaitlin und ich wollen die Leute lieber amüsieren, sie unterhalten... Ich glaube, das ist nötig, vor allem in diesen Zeiten...«

»Bestimmt. Und die Moira bei all dem?«

»Die Moira? Nun, sie ist unser Weg. Die Straße, der wir folgen. Wir leben auf den Straßen, wir sind die Kinder der Straße... Die Kinder der Moira...«

Finghin nickte. »Das ist eine arg vereinfachte Sicht der Dinge, oder?«

Der Schauspieler lächelte. »Vereinfacht? Warum soll immer alles kompliziert sein? Ein Kind der Moira zu sein ist eine Einstellung. Sich nicht an ein Stück Land, ein Haus binden, sich nur vom Wind, von der Sonne, von der Richtung der Wege leiten lassen, das ist eine Lebensart, die dir einfach vorkommen mag, die aber dennoch sehr bereichernd ist. In unserer Gemeinschaft hat es niemals Krieg gegeben. Weil niemand für ein Stück Land kämpfen will. Keiner von uns wäre so vermessen, irgendeinen Besitz für sich zu beanspruchen. Unserer Ansicht nach gehört die Erde nicht den Menschen …«

»Also reist ihr und spielt Theater für diejenigen, die nicht eurer Gemeinschaft angehören? Warum?«

»Wir hoffen, dass wir ihnen ein wenig von unserem Leben schenken können. Wir hoffen, dass wir ihnen begreiflich machen können, was wir tun. Aber wir wollen niemanden zwingen. Wir sind nicht da, um zu rekrutieren oder zu überzeugen. Nur, um ein Beispiel zu geben …«

»Und welchen Fortschritt bringt ihr? Welche Antwort im Fall einer Krise? Wenn die ganze Bevölkerung von Gaelia eure Haltung übernähme und die Insel von Barbaren aus dem Norden überfallen würde? Wie würden wir uns verteidigen können?«

»Was verteidigen?«, entgegnete Mel.

»Unsere Leben!«

»Aber niemand will unser Leben! Wir stören niemanden. Wenn Barbaren die Insel überfallen, würden sie vielleicht die ersten Wanderschauspieler töten, denen sie begegnen, aber dann würden sie schnell begreifen, dass es sinnlos ist. Bei uns ist nichts zu holen, und wir sind vollkommen harmlos.«

»Ich bin nicht sicher, ob es so einfach ist. In Kriegen geht es manchmal um ganz andere Dinge …«

»Das ist deine Meinung, Druide, und ich respektiere sie. Und doch haben wir alle Kriege überlebt, die die Insel erlebt hat, und wir mussten niemals kämpfen oder uns verteidigen. Nimm nur mal das Beispiel des Kriegs, der gerade im Anzug ist. Oder sollte ich sagen, *die* Kriege? Denn es gibt mehrere Konflikte gleichzeitig, nicht wahr? Nun, wir sind in keinen von ihnen verwickelt!«

»Und wenn ihr in eine Schlacht gerietet, würdet ihr nicht eingreifen, um die Opfer zu retten?«

»Die Opfer welchen Lagers? Es gibt in beiden Lagern Opfer. Wir können nicht unmittelbar in den Krieg eingreifen, nein, du hast Recht, alles, was wir tun können, ist, traurig zu sein und zu hoffen, dass unsere Neutralität ein Vorbild sein wird, dass unsere Friedfertigkeit die Menschen zum Nachdenken bringt…«

»Euer Vorbild scheint aber nicht so besonders zu greifen!«

»Für uns funktioniert es… Sag mir, Finghin, bist du bereits mit der Moira in Kontakt getreten?«

Der Druide runzelte die Stirn. »In Kontakt getreten? Was meinst du damit?«

»Welche Erfahrung hast du mit der Existenz der Moira?«

»Ich spüre ihre Präsenz in allen Dingen. Ich weiß, dass sie der Weg der Gerechtigkeit ist.«

»Und woher weißt du das? Woher weißt du, was auf dem Weg der Moira ist und was nicht? Spricht sie zu dir? Erklärt sie dir, was gut ist und was nicht?«

»Natürlich nicht! Die Moira ist keine Person, Mel, das weißt du ganz genau. Sie ist eine Kraft, eine Idee, der man folgen, die man anwenden muss. Die Freiheit, sagen die Triaden, ist ein Ort, an dem jede Opposition ausgeglichen wird. Die Moira ist der Weg des Gleichgewichts. Der Weg, auf dem alle entgegengesetzten Kräfte sich aufheben, um die Stabilität der Welt zu gewährleisten. Heute ist die Welt im Begriff, dieses Gleichgewicht zu verlieren. Gaelia steht im Begriff, den Weg der Moira zu verlassen… Der Rat wird bestimmt reagieren.«

»Ja, ich kenne diese Triaden. Der genaue Text lautet:

›*Es gibt drei Grundeinheiten, und jede kann es nur einmal geben: ein Schicksal, eine Wahrheit, einen Punkt der Freiheit, das heißt einen Punkt, an dem jede Wahrheit ausgeglichen werden wird.*‹ Ist das richtig?«

»In der Tat«, erwiderte Finghin nicht ohne Verwunderung.

»Das bedeutet also, dass dieser Punkt der Freiheit, dieses Gleichgewicht, einmalig ist. Dass er absolut ist, nicht wahr?«

»Völlig richtig …«

»Glaubst du, dass zwei verschiedene Druiden genau dieselbe Vorstellung von diesem Gleichgewichtspunkt haben?«, ließ Mel nicht locker. »Gibt es niemals Unterschiede in eurer Wahrnehmung der Moira?«

»Gewiss«, räumte Finghin ein.

»Nun, wenn es möglich ist, dass ein einziger Druide sich irrt, dann bedeutet das doch rein theoretisch, dass es auch möglich ist, dass alle Druiden sich irren, nicht wahr? Und wenn alle Druiden sich hinsichtlich der Bedeutung der Moira irren, dann wäre eure Auffassung von dem, was gerecht ist, doch vollkommen falsch. Eure politischen Entscheidungen, Finghin, werden nicht von der Moira diktiert. Sie sind das Ergebnis eurer Deutung einer Vorstellung, die ihr euch von ihr macht. Und sie können daher schlecht und falsch sein.«

»Theoretisch ja, aber nicht in der Praxis. Genau das ist ja der Sinn des Rats, Mel, dass wir dadurch, dass wir die unterschiedlichen Meinungen der dreizehn größten Druiden von Sai-Mina gemeinsam diskutieren und so der Wahrheit so nah wie möglich kommen. Wenn es Irrtümer gibt, werden sie durch den Meinungsaustausch im Rat ausgeglichen.«

»Glaubst du wirklich, was du sagst? Finghin, blick

mir in die Augen und sage mir, dass du noch nie eine Entscheidung, die von der Mehrheit eures Rats getroffen wurde, als ungerecht empfunden hast.«

Der Druide zögerte. Er blickte Mel tief in die Augen. Es war dem Schauspieler gelungen, ihn zu verwirren. Und die letzte Frage hatte ihn vollends verunsichert. Unwillkürlich musste er an die Entscheidungen denken, die der Rat hinsichtlich Aleas und Phelims getroffen hatte. Wie ungerecht hatte er sie gefunden! Und doch ... Und doch hatte er sieben Jahre damit verbracht, bei den Druiden zu studieren, sieben Jahre, sich einzureden, dass sie im Dienst der Moira und folglich einer gewissen Form von Gerechtigkeit oder jedenfalls von Gleichgewicht standen.

Aber heute war er sich tatsächlich nicht mehr sicher hinsichtlich der Art dieses Gleichgewichts. War es absolut, oder änderte es sich je nach den Wünschen des Druidenordens? Dienten sie wirklich der Moira oder der Überheblichkeit von dreizehn selbstbezogenen Weisen? Dreizehn Weisen, die übrigens nur noch elf waren ... Hatten Maolmòrdha und Samael nicht schon seit langem jede Chance vertan, ein völliges Gleichgewicht zu erreichen?

»Ich weiß es nicht, Mel. Ich weiß es nicht. Aber das möchte ich dem Rat vermitteln.«

»Eine edle Absicht, Finghin, und ich bin sicher, dass du der Druide bist, dem das am ehesten gelingen könnte. Ich hoffe, dass du es schaffen wirst. Denn solange die Bevölkerung von ganz Gaelia die Bedeutung der Moira nicht begriffen hat, braucht es einen Führer, und dafür ist der Rat, so gefährlich er auch sein mag, durchaus brauchbar.«

»Ihr seid heute aber ganz schön ernst«, mischte sich

Kaitlin ein, die bisher nicht am Gespräch teilgenommen hatte.

Finghin schenkte ihr ein verlegenes Lächeln.

»Komm, Mel, erzähl uns doch lieber, wovon dieses Stück handelt, das du für uns schreiben wirst!«, fuhr die junge Frau fort, ohne die Zügel loszulassen.

»Du schreibst?«, fragte Finghin überrascht und drehte den Kopf zu dem Wanderschauspieler.

»Nein, meine Schwester hat im Futur gesprochen, ich weiß nicht, ob du das bemerkt hast... Sie macht sich ein bisschen über mich lustig, weil ich ihr schon seit Jahren erzähle, dass ich ein Stück schreiben will, aber ich muss gestehen, dass ich noch nicht die Zeit dazu gefunden habe...«

»Oder vielleicht den Mut«, verbesserte Kaitlin ironisch.

»Und wovon wird dieses Stück handeln?«, fragte der Druide.

Mel wandte den Kopf ab und runzelte die Stirn, während er nach vorne blickte.

»Ich glaube nicht, dass ich dir das sofort erzählen kann, mein Freund, ich habe das Gefühl, dass man uns aufgelauert hat...«

Finghin blickte auf und sah ebenfalls die Gruppe von Männern, die aus den Büschen beiderseits des Weges kam.

»Versteckt euch im Wagen! Ich werde mich um sie kümmern!«, rief Finghin und nahm Kaitlin die Zügel aus der Hand.

»Ich sagte, dass wir nicht an den Kriegen teilnehmen, Finghin, nicht, dass wir uns nicht verteidigen können...«

Vor ihnen versperrten ihnen jetzt zehn Männer den Weg. Als die Pferde sahen, dass sie nicht an ihnen vorbeikommen würden, begannen sie langsamer zu werden. Die Unbekannten griffen einer nach dem anderen zu ihren Waffen, Schwerter, Dolche, Keulen und kurze Bögen. Sie sagten kein einziges Wort, und ihre Augen waren hasserfüllt.

Sobald Odhran innerhalb der Mauern von Providenz war, begriff er, dass irgendetwas in der Stadt sich verändert hatte. Es war nicht nur die Angst vor dem Krieg, die in den Blicken der Bewohner der Hauptstadt zu lesen war, sondern etwas anderes, das der Druide noch nicht einzuordnen vermochte. Etwas zwischen den Bürgern. In der Stimmung der Händler. Im eiligen Schritt der Militärpatrouillen. Sogar die Luft hatte eine neue Schwere.

Amina. Es hatte sicherlich mit der Königin zu tun. Sie war das einzig Neue in Providenz, und Odhran war fast sicher, dass das Auftauchen dieser merkwürdigen Unbekannten für die bedrückende Atmosphäre verantwortlich war, die in der Stadt herrschte. Aber was hatte sie getan? War sie eine so schlechte Königin? Hatte sie den König auf eine Weise verändert, die die Einwohner nicht ertrugen? Odhran war sehr neugierig auf sie.

Er war gewiss der Ruhigste unter den Großdruiden. Niemals hatte man erlebt, dass er sich aufregte oder die Geduld verlor. Vermutlich hatte Ernan ihn deswegen ausgewählt, sich um den Krieg zu kümmern, der unmittelbar bevorstand. Odhran hielt sich viel außerhalb von Sai-Mina auf. Er war es gewohnt zu reisen. Naturverbunden, liebte er es, Nächte und ganze Wochen fern der Städte und Menschen zu verbringen. Er sprach die Sprache der Sylphen, verstand es, den Kobolden zuzuhören, die Bäume zu erkennen und das Wetter vorherzusagen. Seine Weisheit war ein Vorbild für den Rat, und doch würde er niemals Erzdruide sein. Dafür liebte er seine Freiheit zu sehr…

Er hatte den König nicht von seiner Ankunft in Providenz informiert, wie das Protokoll es verlangte, und daher erwartete ihn niemand am Stadttor. Ein paar Passanten warfen ihm allerdings erstaunte Blicke zu. Obwohl sich immer wieder Druiden in der Stadt aufhielten, war man es nicht gewohnt, dass ein Mitglied des Rats sich ohne Eskorte durch die Straßen bewegte.

Ohne sich aufzuhalten, setzte er seinen Weg bis zu Eoghans Palast fort. Die Zeit drängte, und er setzte auch auf den Überraschungseffekt. Er hoffte den Hof den Königs zu erreichen, bevor einer seiner Untertanen ihn von seiner Ankunft verständigen konnte.

Der Großdruide hätte einen Lehrling schicken können, aber er legte Wert darauf, selbst zu kommen. Er wusste, dass Eoghans Zustimmung zu den Plänen von Sai-Mina von ausschlaggebender Bedeutung war. Der Rat konnte auf die Unterstützung des Königs nicht verzichten. Und um diesen innerhalb der Frist, die der Rat sich gesetzt hatte, zum Handeln zu überreden, war die Überzeugungskraft des Druiden nicht zu unterschätzen.

Schon bald war die gezackte Silhouette des Palasts über den roten Dächern der Hauptstadt zu erkennen. Er hatte nicht die Anmut von Sai-Mina, war aber dennoch ein hinreißendes Bauwerk. Den Ruf des Königspalasts begründeten vor allem seine Gärten, die sich winters wie sommers in einem prächtigen Zustand präsentierten.

Er erreichte den Eingang des Palastes, den Eoghans Soldaten, deren Kleidung mit der Diamantenkrone bestickt war, von vier Schilderhäuschen aus Holz und einem kleinen, etwas zurückgesetzten Steingebäude aus bewachten. Odhran hielt sein Pferd vor dem Hauptgitter an und wartete, dass einer von ihnen es öffnete.

Als die Wachen Odhran kommen sahen, warfen sie sich verwunderte Blicke zu. Ihnen war für diesen Tag kein Besuch angekündigt worden, vor allem nicht der eines so hohen Würdenträgers. Einer von ihnen, wohl der Höchstrangige, entschloss sich endlich zu öffnen.

»Großdruide? Sollen wir dem König Eure Ankunft melden? Es muss ein Fehler vorliegen, man wird vergessen haben, mich zu informieren …«

»Nein«, erwiderte Odhran, den die Verlegenheit des Soldaten amüsierte, »ich habe meine Ankunft nicht ankündigen können. Ich bin wegen einer Angelegenheit von höchster Wichtigkeit hier und möchte unverzüglich den König sprechen.«

Sie haben sich auch geändert. Die Soldaten. Irgendetwas geht tatsächlich hier vor. Ich werde ein Auge auf diese Amina haben müssen.

»Wir werden Euch in den kleinen Salon begleiten, Meister, während wir dem König Eure Ankunft melden.«

Der Großdruide nickte und ließ sich von zwei anderen Soldaten durch die Gärten führen. Es war ein phantastischer Spaziergang durch Parks und Baumschulen, vorbei an einer solchen Vielfalt von Blumen, dass manche von ihnen, wie Odhran vermutete, aus Übersee kommen mussten. Eine Unzahl von Vögeln flogen in diesem Sommergarten herum. Das Wasser der Springbrunnen erfrischte die Luft. Es tat gut nach einer so langen Reise.

Als er an der gewaltigen Eingangstreppe des Palastes angekommen war, führte man sein Pferd in den Stall, und Odhran folgte dem Haushofmeister, der angelaufen gekommen war, um ihn in Empfang zu nehmen.

»Meister! Was für eine Freude, ein Mitglied des Rats im Palast zu empfangen!«

Er lügt. Was er empfindet, ist mit Sicherheit keine Freude, sondern vermutlich viel eher eine große Verlegenheit. Ausgezeichnet. Ich hoffe, dass ich den König ebenfalls in Verlegenheit bringe. Er wird keine Zeit gehabt haben, seine Antworten vorzubereiten. Er wird mir nichts abschlagen können.

»Der Erhabene König wird Euch in Kürze empfangen«, fuhr der Haushofmeister fort und öffnete die Tür zu dem kleinen Salon, damit der Druide sich setzen und warten konnte.

Odhran zögerte. Er durfte nichts dem Zufall überlassen. Und er musste verhindern, dass die Königin an diesem Gespräch teilnahm. Vielleicht machte er sich ja unnötige Sorgen, aber sein Instinkt sagte ihm, dass sie Schwierigkeiten machen könnte. Natürlich wollte er sie kennen lernen, aber nicht gerade dann, wenn er versuchen musste, den König zu überzeugen.

»Nein«, erwiderte Odhran. »Ich werde doch lieber draußen warten. Die Gärten sind schöner denn je. Sagt dem König, er soll mich dort treffen ...«

»Gut, Großdruide«, erwiderte der Haushofmeister perplex. »Bitte.«

Odhran lächelte, drehte sich um und kehrte in den Park des Palastes zurück, in der Hoffnung, dass ihm das einen weiteren Vorteil verschaffen würde. Außerdem gefiel dieser Park ihm wirklich, und der Gedanke, noch ein paar Augenblicke dort zu verweilen und die Pflanzen und die Vogelwelt zu bewundern, behagte ihm sehr. Eine willkommene kleine Entspannung in dieser so ernsten Zeit.

Er verbrachte also ein paar friedliche Augenblicke in den Alleen des Parks zwischen den rosa Begonien, den strahlenden Hibisken, den duftenden Malven und den Reihen blühenden Sauerampfers, dessen kleine violette und weiße Samenkapseln jeden Augenblick aufbrechen würden... In den Lüften sangen Kohlmeisen, die mit kleinen nervösen Bewegungen herumflatterten, und etwas weiter entfernt saßen ein paar blaue Elstern auf den Zweigen eines Johannisbrotbaums. Odhran atmete die wohlriechende Luft der Gärten ein und schreckte zusammen, als er plötzlich das Geräusch von Schritten auf dem Kies hinter sich hörte.

Der Haushofmeister näherte sich; er wirkte noch verlegener als vorhin.

»Der König und die Königin erwarten Euch auf der Terrasse, Meister.«

Odhran runzelte die Stirn. »Habt Ihr dem König nicht gesagt, dass ich ihn hier erwarte?«

»Doch, Meister, aber die Königin hat Getränke auf der Terrasse servieren lassen, und der König möchte Euch dort empfangen.«

»Ich möchte mit dem König allein sprechen.«

Der Haushofmeister biss sich auf die Lippe.

»Das, Großdruide, wird nicht möglich sein...«

Es ist also genau, wie ich fürchtete. Die Königin macht Schwierigkeiten.

»Also gut, ich folge Euch.«

Dadurch, dass ich nachgebe, bringe ich mich erneut in eine Position der Schwäche. Doch die Zeit drängt. Ich werde es gleich zu Beginn des Gesprächs wieder wettmachen.

Die Terrasse war sonnenüberflutet. Mehrere Diener wuselten um den großen, weiß gedeckten Tisch herum, an dem die Königin und der König einen Tee aus den Gebieten im Süden tranken.

»Odhran, ich heiße Euch in Providenz willkommen!«, empfing ihn der König und erhob sich. »Ich bin untröstlich. Wenn ich gewusst hätte, dass Ihr kommt, hätte ich Euch einen sehr viel würdigeren Empfang bereitet ...«

Jetzt. Ich muss ihn an meinen Rang erinnern. Ihm zeigen, dass ein Druide sich an diesem Ort verhält, wie es ihm beliebt.

»Ich hätte Euch informiert, wenn ich es für notwendig erachtet hätte. Die Wichtigkeit der Angelegenheit, über die ich mit Euch sprechen möchte, verlangt die größte Diskretion. Und die größte Vertraulichkeit. Guten Tag, Hoheit.«

Der Großdruide verneigte sich vor der Königin, aber sehr viel weniger, als die *decenza* von Bisania es in einer solchen Situation verlangt hätte.

»Guten Tag, Druide«, erwiderte Amina.

Odhran sah sie zum ersten Mal. Sie war schön. Groß und schlank. Sie war noch sehr jung, und doch hatte ihr Blick bereits die Härte des Blicks einer Königin, und einer nicht alltäglichen Königin zudem.

Der König hat mich Odhran genannt, um eine Vertrautheit in Anspruch zu nehmen, die es zwischen uns nicht gibt, und sie nennt mich Druide, womit sie bewusst meinen tatsächlichen Rang ignoriert. Ich werde sie an ihren erinnern ...

»Meine Glückwünsche zu dieser prächtigen Hochzeit, von der man sogar in Sai-Mina gesprochen hat! Was für eine Freude, eine Vates auf dem Thron von Galatia zu sehen ...«

Odhran wusste, dass Amina von den Druiden unterrichtet worden war, als sie als junges Mädchen in die Hauptstadt gekommen war. Und er wusste, dass sie mit bemerkenswerter Leichtigkeit Vates geworden war.

Aber sie würde niemals Druidin sein. Keine Frau wurde jemals Druide. Daher hatte sie, nahm er an, den tiefsten Respekt vor den Mitgliedern des Rats.

Odhran nahm an dem langen weißen Tisch Platz, direkt dem König gegenüber. Ein Diener servierte ihm eine Tasse sehr heißen Tees.

»Auf dem Thron von Gaelia, wollt Ihr sagen …«, verbesserte ihn die junge Frau lächelnd.

»Ich bin untröstlich, dass Ihr ihn in so unruhigen Zeiten besteigt«, fuhr der Großdruide fort und tat so, als habe er die Bemerkung nicht gehört.

»Im Gegenteil!«, erwiderte die Königin, immer noch lächelnd. »Es gibt nichts Aufregenderes!«

Na schön. Sie hat ihren eigenen Kopf und vermutlich auf alles eine Antwort. Ich werde nicht gegen sie kämpfen, ich habe Besseres zu tun. Vielleicht könnte ich ihren Hochmut im Gegenteil benutzen, um sie zu zwingen, unserer Sache zu dienen. Sie muss ich überzeugen. Aber ohne dass sie es merkt. Sie ist so hochmütig, dass ich sie glauben lassen muss, dass sie die Entscheidung trifft, diesen Krieg zu beginnen.

»Dann wird es Euch gewiss entzücken zu erfahren, dass Harcort beschlossen hat, uns anzugreifen.«

Der König nickte. Er wollte gerade antworten, als Amina erneut das Wort ergriff.

»Ich erfahre gar nichts. Ihr glaubt vielleicht, dass wir hier nicht informiert sind? Dass wir Däumchen drehen, während Sai-Mina über die Sicherheit der Insel wacht?«

Ihr Ton wird schärfer. Ich könnte sie auf ihren Platz verweisen. Aber dazu ist es noch zu früh. Erst einmal will ich ihr auf den Zahn fühlen.

»Bereitet Ihr Euch auf einen Gegenschlag vor?«

»Odhran«, erwiderte die Königin spitz, »ich kenne die

Rhetorik der Druiden sehr viel besser, als Ihr zu glauben scheint. Ihr werdet mich nicht dahin bringen, wo Ihr mich haben wollt. Es ist sinnlos, meinem Stolz zu schmeicheln, mein lieber Druide, meine Entscheidung ist bereits getroffen.«

»Ich bin gekommen, um die Entscheidung des Königs zu hören.«

»Der König und ich haben nicht auf Euch gewartet, um eine gemeinsame Entscheidung zu treffen ...«

»Na, na«, mischte sich Eoghan ein, dem der immer aggressivere Ton der Unterhaltung sichtlich zu missfallen schien. »Ihr seid gekommen, um zu sprechen. Sprechen wir also. Uns bewegen die gleichen Sorgen. Gaelias Wohl steht über allem.«

Amina trank einen Schluck Tee. Sie wartete, bis ihr Gatte geendet hatte, und fuhr dann in demselben Ton fort, als habe er sie nicht unterbrochen: »Was Euch in Sai-Mina interessiert, ist der vierte Man'ith, den Harcort Euch geraubt hat, nicht wahr?«

Diesmal geht sie zu weit. Und woher mag sie das wissen?

»Wir interessierten uns schon für die Sicherheit dieser Insel, lange bevor Ihr geboren wurdet, mein Kind, und dass wir Eoghan, Euren Gatten, gekrönt haben, geschah, um sicherzustellen, dass die Bürger von Gaelia sich in guten Händen befinden.«

So, das müsste sie auf ihren Platz verweisen und Eoghan zwingen, sie zum Schweigen zu bringen.

»Wenn Ihr solchen Wert darauf legtet, die Kontrolle über die Insel zu behalten, hättet Ihr sie selbst regieren sollen. Heute gibt es einen Erhabenen König in Gaelia, und er braucht die Druiden nicht, um zu regieren.«

Diesmal verlor Odhran die Geduld. Er schlug mit der

Faust auf den Tisch und ließ die Tassen und Bestecke klirren.

»Er braucht sie mehr als eine junge, unverschämte, machthungrige Person! Ich bitte Euch, jetzt zu schweigen und den König sprechen zu lassen, oder ich werde mich gezwungen sehen, zum Rat zurückzukehren und ihm zu empfehlen, seine Meinung hinsichtlich unserer zukünftigen Beziehungen zu überdenken.«

Eoghan verstand die Botschaft. Trotz seiner Liebe zu Amina verabschiedete er sie, ohne zu zögern. Er wusste, dass er den größten Fehler seines Lebens begehen würde, wenn er sich den Druiden so direkt widersetzte, und diesen Fehler wollte er selbst seiner Frau zuliebe nicht begehen ...

»Meine Königin, wollt Ihr mich mit unserem Gast allein lassen. Er hat eine lange Reise gemacht, um unter vier Augen mit mir zu sprechen, und ich habe nicht das Recht, ihm dieses Privileg zu verweigern. Ich kenne Eure Meinung zu diesem Thema und werde sie nicht vergessen, das verspreche ich Euch.«

Amina schäumte vor Wut. Sie erhob sich abrupt, warf dem Druiden einen wütenden Blick zu und ging mit energischen Schritten zum Palast.

»Ihr werdet Eurer jungen Gattin sehr rasch die Beziehungen erklären müssen, die uns verbinden, Eoghan, wenn Ihr nicht wollt, dass sie sie durch ihre Unwissenheit zerstört.«

»Amina hat Angst, dass ich mich ausnutzen lasse, sie will mich nur schützen. An sich ist das ja durchaus zu begrüßen. Selbst wenn sie manchmal über das Ziel hinausschießt.«

»Manche Fehler sind lehrreich, andere sind fatal, mein König. Seid auf der Hut.«

»Ich werde mit ihr reden.«

»Und habt auch ein Auge auf Eure Untertanen. Ich habe bei meiner Ankunft bemerkt, dass sie einen sehr bedrückten Eindruck machen.«

»Das liegt bestimmt an der drohenden Kriegsgefahr...«

»Nein, es liegt an Eurer Frau.«

Eoghan wirkte schockiert. Was immer seine Frau auch sagen mochte, der Druide war allzu streng und übertrieb maßlos. Vielleicht hatte Amina ja Recht, wenn sie ihn bat, Sai-Mina mehr zu misstrauen, als er es bis jetzt getan hatte.

»Kommen wir zu den Fakten, Großdruide.«

»Der Krieg. Wir dürfen keinen Augenblick mehr warten. Wir müssen Harcort jetzt den Krieg erklären.«

»Warum überlassen wir es nicht ihnen, ihn uns zu erklären? Das würde uns in einem guten Licht erscheinen lassen...«

»Darum geht es bei diesem Krieg nicht, Eoghan. Diesmal wird Blut fließen müssen.«

»Meine Armee ist noch nicht bereit.«

»Sie wird niemals bereit sein. Aber mit unserer Hilfe und der der Tuathann müsstet Ihr siegen können. Und Ihr könnt auch mit Bisania und Sarrland rechnen.«

»Das sind große Worte. Sie werden auch nichts ändern.«

»Die Söldner von Bisania haben sich schon mehrfach bewährt.«

»Das war vor mehr als dreihundert Jahren.«

Odhran seufzte. »Werdet Ihr diesen Krieg führen, oder werden wir diese Insel ohne die Hilfe ihres Königs verteidigen müssen?«

Eoghan legte die Hände auf den Tisch, dann erhob er

sich und wandte dem Druiden den Rücken zu. Er betrachtete den Palast und suchte mit den Augen das Gesicht seiner Frau hinter den hohen Fenstern des Erdgeschosses. Sie war sicher da und beobachtete sie.

»Ihr würdet es ohne meine Hilfe tun?«, fragte der König ironisch.

Ich hätte nicht gedacht, dass er sich dazu versteigen würde, so etwas zu sagen. Diese Amina hat ihn wirklich verändert. Wir werden hart durchgreifen müssen. Wir können uns nicht erlauben, unsere Macht über den Erhabenen König zu verlieren. Das muss unbedingt im Rat diskutiert werden.

»Wir würden es tun. Aber sollte es wirklich so weit kommen, müssten wir auch die Anerkennung Eures Königreichs ablehnen.«

Der König drehte sich um und blickte dem Großdruiden tief in die Augen. »Meine Frau hat Recht, Odhran, Ihr regiert dieses Land an meiner Stelle.«

»Ihr zwingt uns durch Eure Passivität dazu. Harcort wird Euch vernichten, wenn wir nichts unternehmen.«

»Was habe ich schon zu verlieren? Ich habe ja nichts! Mein Königreich hat Euch schon immer gehört. Dieser Thron ist nur eine Ablenkung, eine Illusion, das wisst Ihr ganz genau.«

»Eoghan, wenn Euer Platz Euch nicht mehr zusagt, dann können wir ihn einem anderen geben, der imstande sein wird, seinem Land zu dienen.«

Der König lächelte traurig. Die Druiden machten ihm keine Angst mehr. Seine Frau hatte ihm die Augen geöffnet. Er hatte gelernt, ihre Lügen zu erkennen. Aber er wusste auch, dass er ohne sie nichts war und dass es sinnlos war, sich zu widersetzen. Odhran hatte Recht. Sie konnten ihn jederzeit ersetzen. So groß war ihre Macht.

»Odhran, meine Armee gehört Euch«, sagte er resigniert, als habe die Unterhaltung ihn erschöpft. »Ich werde morgen meine Generäle und die der beiden anderen Grafschaften zusammenrufen. Schickt mir Eure Magistel. Wir müssen eine Strategie ausarbeiten.«

»Wir müssen diesen Krieg so schnell wie möglich erklären. Jeder Tag, der vergeht, lässt Harcorts Vertrauen größer werden.«

»Ich werde ihn gleich morgen erklären. Sobald ich mit meinen Generälen gesprochen habe.«

Odhran nickte. Er hatte bekommen, was er wollte. Es war schwieriger gewesen, als er befürchtet hatte, aber nur das Ergebnis zählte. Harcort musste fallen. Und Sai-Mina hatte eine neue Feindin. Die Königin.

Samael ritt im Galopp auf die südliche Seite von Akingia. Die Schlacht auf der schlammigen Ebene war fast vorüber, und Meriander war vor einer Gruppe von Tuathann geflohen, die ihn suchte.

Um ihren Sieg zu symbolisieren, töteten die Tuathann der Legende zufolge den Anführer ihrer Feinde und rissen ihm das Herz heraus. In ihren Augen war das ein nobler und wichtiger Akt, und Sarkans Anwesenheit in der rasenden Horde, die auf ihn zustürmte, überzeugte Meriander, dass es Zeit war, sich aus dem Staub zu machen, wenn er überleben wollte. Er hatte einen letzten irren Blick auf das Schlachtfeld, das blutige Gemetzel und die Leichenberge geworfen und war mit Tränen in den Augen geflohen, wie ein Kind, das sich schämte.

Als die Tuathann sahen, dass er ihnen zu entkommen drohte, hatten sie sich die reiterlosen Pferde geholt, die sich aus dem Grauen der Schlacht an den Waldrand geflüchtet hatten, und sich in den Sattel geschwungen.

Samael sah von weiter oben, dass die Tuathann Meriander immer näher kamen. Dieser war allein, die Männer seiner Leibwache, die nicht tot waren, hatten ihn im Stich gelassen. Er war allein, und seine Angst war so groß, dass sein Pferd sie spüren musste und nicht so schnell lief, wie es nötig gewesen wäre, um den Barbaren zu entkommen. Die Männer des Sid würden den Grafen von Braunland bald eingeholt haben. Und dann würde er sterben.

Der ehemalige Druide trieb sein Pferd an. Er versammelte seine Energie in seinen Fingerspitzen und übertrug sie auf sein Pferd, damit es die Kraft fand, noch schneller zu galoppieren. Er musste Meriander einholen. Er durfte ihn nicht verlieren.

Bald hatte Samael den Grafen erreicht. Als dieser ihn sah, fragte er sich, welchem Lager dieser Neuankömmling wohl angehören mochte. Panische Angst lag in seinem Blick, sein Gesicht triefte vor Schweiß, und er begann zu schreien, als könnte das seinen Tod hinauszögern.

»Beruhigt Euch!«, rief Samael ihm zu und brachte sein Pferd neben das des Flüchtlings. »Haltet an, ich bin Bischof Natalis!«

Der Graf riss die Augen auf. Vermutlich glaubte er, er habe einen Albtraum.

»Sie sind direkt hinter uns!«, rief er außer Atem.

»Ich werde mich um sie kümmern, aber haltet an!«

Meriander Mor war nicht zur Vernunft zu bringen. Die Panik war stärker als alles andere.

Samael benutzte den Saiman: »Jetzt! Haltet an!«

Der Graf zuckte zusammen. Die Angst beherrschte ihn noch immer, aber er konnte sich nicht widersetzen. Ohne wirklich zu begreifen, was mit ihm geschah, zog er gleichzeitig mit Samael an den Zügeln seines Pferdes.

Die beiden Tiere blieben stehen. Die Tuathann waren nicht mehr weit entfernt. In gestrecktem Galopp stürmten sie auf sie zu.

Samael verlor keine Sekunde. Er ließ sein Pferd eine Drehung machen und brachte es zwischen den Grafen und die Tuathann.

»Habt keine Angst, Meriander.«

Der Graf zitterte. Die Barbaren stürmten geradewegs auf sie zu. Der Bischof, sagte er sich, würde sie niemals aufhalten können. Sie würden hier sterben. In der Schande. Niedergemetzelt von diesen Schlachtern. Und Braunland würde dem Eroberer in die Hände fallen. Weil der König ihn im Stich gelassen hatte. Weil die Druiden ihn im Stich gelassen hatten. Weil das ganze Land ihn im Stich gelassen hatte.

Langsam zog Samael das Schwert von Nuadu aus seinem Waffengürtel. Vorsichtig wickelte er es aus dem ockerfarbenen Stoff, der den Man'ith noch umhüllte. Die silberne Klinge kam zum Vorschein und erglänzte unter dem glühenden Blick des abtrünnigen Druiden.

Es war ein breites und dickes Schwert. Die Klinge, dessen Basis von zwei bronzenen Schlangenköpfen umschlossen wurde, war von Nuadu selbst aus einem Stahl geschmiedet worden, dessen Zusammensetzung geheim war. Kein Schmied kannte die Formel, und sie war ein gefährliches Rätsel, denn dieses Schwert durchschlug selbst Metall. Das Stichblatt, der Griff und die Kreuzblätter bestanden aus einem einzigen Block gravierten Golds, in das Diamanten eingelegt waren.

Samael hob das Schwert von Nuadu über seinen Kopf, ließ es einen Augenblick, gen Himmel gerichtet, erglänzen und galoppierte dann geradewegs auf die fünf Tuathann los, die auf sie zukamen.

Das Pferd des ehemaligen Druiden griff mit gesenktem Kopf an. Vorwärtsgetrieben vom Saiman, hatte es mehr Kraft als eine Herde Stiere. Seine Hufe schienen den Boden nicht zu berühren. Samael erhob sich in den Steigbügeln. Die Geschwindigkeit erregte ihn. Das Schwert von Nuadu begann aufzuflammen am Ende seines Arms. Berauscht von der Hitze, begann er aus Leibeskräften zu brüllen. Und selbst sein Schrei schien zum Kampf bereit.

Die Tuathann wurden nicht langsamer. Sie wussten nicht, wer dieser neue Gegner war, aber sie wollten es auch nicht wissen. Sie waren da, um zu töten. Sie hatten vor nichts Angst. Der Sid war mit ihnen. Ebenso wie Sarkan, der größte Krieger der Mahat'angor, der Anführer der Klans.

Als Samael von seinen Gegnern nur noch ein paar Schritte entfernt war, streckte er seinen Arm nach hinten. Sein Gesicht war von einem wahnsinnigen Lächeln verzerrt.

Er wollte die Stärke des Nuadu sehen. Die Kraft der Legende. Er wartete bis zum letzten Augenblick, und als sein Pferd die Linie der fünf gegnerischen Tiere durchbrechen wollte, bewegte er seinen Arm in einem weiten Bogen nach vorn, wobei er die ganze Kraft seiner Muskeln und des Saiman in diesen Schlag legte. Er spürte ein furchtbares Reißen in seiner Schulter, als wöge das Schwert plötzlich das Tausendfache seines Gewichts. Aber was er sah, war noch verblüffender.

Eine heftige blaue Flamme schoss aus dem Schwert von Nuadu und verlängerte die Klinge um mehrere Meter. Der riesige Bogen mähte die Tuathann und ihre Pferde nacheinander nieder. Es war wie fünf aufeinander folgende Explosionen, aber die Klinge vibrierte nicht ein einziges Mal. Anmutig und kraftvoll vollendete sie ihre Bewegung mit einem ohrenbetäubenden Pfeifen.

Sein Pferd, das jetzt hinter dem Feind war, galoppierte noch ein paar Meter weiter. Samaels Schrei verstummte, und das Schwert von Nuadu nahm wieder die weiße Farbe seines gehärteten Stahls an.

Der ehemalige Druide zog an den Zügeln. Sein Pferd blieb stehen. Er drehte sich nicht sofort um. Er wusste, was hinter ihm war. Er hatte keinerlei Zweifel. Langsam kam er wieder zu Atem, und ein Lächeln in den Mundwinkeln, wickelte er das Schwert wieder in das große braune Tuch und befestigte es an seinem Gürtel, ohne seinen Blick vom Horizont von Galatia abzuwenden.

Als er endlich wendete, um zu Meriander zurückzureiten, bot sich ihm der Anblick, den er erwartet hatte. Die fünf Tuathann und ihre Pferde lagen auf dem Boden. Die Körper der Reiter waren in zwei Hälften gespalten, und die Pferde hatten keine Köpfe mehr. Die Klinge hatte sie alle auf einmal abgetrennt.

Samael näherte sich den Leichen. Er hielt sein Pferd über ihnen an und warf einen zufriedenen Blick auf den verstümmelten Körper des Klanchefs. Sarkan der Jüngere war nicht mehr. Das war also der große Krieger des Sid? Diese Stückchen verbrannten Fleisches? Samael spuckte auf den verkohlten Leichnam.

Meriander Mor, Graf von Braunland, stieg fassungslos von seinem Pferd. Er konnte es nicht glauben. Am ganzen Körper zitternd, stützte er sich auf die Kruppe seines Pferdes. Er hatte an diesem Tag mehr Blut als in seinem ganzen Leben gesehen.

Er blickte zu Bischof Natalis auf. Und er dachte, dass der Gott der Christen sehr lebendig sein musste.

Und seine Macht grenzenlos.

Sie waren den ganzen Tag auf den holprigen Straßen Harcorts unterwegs gewesen, ohne anzuhalten, nicht einmal, um zu essen. Die Soldaten der Flamme hatten es sichtlich eilig, ihre Gefangenen nach Ria zu bringen, und wussten noch nicht, dass Alea und ihre beiden Gefährten sich von ihren Fesseln befreit hatten.

Als das Fuhrwerk bei Einbruch der Nacht endlich hielt, stieg Alea als Erste vom Wagen. Sie schlug das graue Tuch, das den hinteren Teil des Wagens bedeckte, zurück und sprang auf den Boden.

»Hauptmann!«, rief einer der Soldaten der Flamme, als er entsetzt entdeckte, dass ihre Gefangene sich befreit hatte.

Als der Offizier herankam, waren Mjolln und Faith ebenfalls zu dem Mädchen hinabgesprungen und reckten sich hinter ihr.

Der Anführer der Soldaten war ein großer und ziemlich breiter Mann mit dunkler Haut, Falten in den Augenwinkeln und dunkelbraunem Haar sowie einem langen gezwirbelten Schnurrbart.

»Wer hat sie losgebunden?«, schrie er wütend, als er seine drei Gefangenen vor dem Fuhrwerk sah.

Aber Alea antwortete an Stelle der Soldaten: »Der Saiman.«

Der Hauptmann zog sein Schwert und ging mit energischen Schritten auf die drei Gefangenen zu.

»Legt ihnen sofort wieder die Fesseln an!«, befahl er wutentbrannt.

Einer der Soldaten näherte sich, doch bevor er sie erreichen konnte, streckte Alea ihre Arme nach ihm aus und schleuderte ihn mit der Kraft des Saiman ein paar Meter nach hinten.

Ein Murmeln ging durch die Reihen der Soldaten, die

sich um sie geschart hatten. Der Hauptmann blieb sofort stehen. Er betrachtete den Mann am Boden und blickte dann wieder zu Alea.

»Fesselt sie!«, rief er und ging weiter.

Aber wieder streckte Alea ihre Arme nach ihren Angreifern aus und warf sie mit einer weiten kreisförmigen Bewegung einen nach dem anderen um, während sie noch ein ganzes Stück von ihr entfernt waren.

Die Soldaten, die sich nicht vom Fleck gerührt hatten, begannen zurückzuweichen. Alle waren gewiss tapfere Kämpfer, aber ihr Mut ging nicht so weit, es mit einem solchen Wunder aufzunehmen.

Alea schickte den Saiman in den Geist des Hauptmanns, der jetzt ebenfalls ziemlich fassungslos auf der Erde lag. Im Nu durchstreifte sie seine Gedanken und suchte sogar noch darüber hinaus. Sie konnte jetzt im Gedächtnis der Menschen lesen. Es war fast instinktiv.

»Senion!«, rief sie, als sie den Namen des Hauptmanns in seinem Geist entdeckt hatte. »Wir sind nicht Eure Gefangenen! Hundert Armeen wie diese wären nötig, vielleicht tausend, wenn man hoffen wollte, den Samildanach zu fangen!«

Der Hauptmann erhob sich sprachlos. Er wusste nicht, was er sagen sollte. In Wirklichkeit verstand er nicht, was da vor sich ging. Wie konnte sie seinen Namen kennen, selbst die Soldaten nannten ihn niemals anders als Hauptmann. Und was war das für eine Kraft, für ein Zauber?

»Wir sind hier, weil wir es so wollen, Hauptmann. Ich werde mit Euch nach Ria gehen, weil ich Aeditus sehen will. Aber Ihr seid meine Eskorte, sonst nichts!«

Der Offizier schien sich wieder zu fassen und begehrte plötzlich auf: »Wie kannst du es wagen, so mit mir zu sprechen, unverschämte Person?«

Alea runzelte die Stirn. Ihre kleine Demonstration hatte also noch nicht genügt. Sie hatte keine Lust, Zeit zu verlieren. Die Soldaten mussten ihr gehorchen, und es gefiel ihr nicht, den Saiman auf diese Weise zu benutzen…

»Senion, wenn ich sicher sein will, dass deine Männer auf mich hören, dann brauche ich dich nur auf der Stelle zu töten. Ein einziger Gedanke würde ausreichen. Ich brauche nur einen einzigen Gedanken, um dir das Leben zu nehmen. Du weißt es. Du hast es verstanden, nicht wahr? Also erspar mir das. Für den Augenblick habe ich keinen Grund, dich zu töten…«

Der Hauptmann sah seine Männer an, die ihn umringten. Er wusste, dass er, wenn er schwieg, seine ganze Autorität über sie verlieren würde. Er war ihr Anführer. Er musste sich entsprechend verhalten und seine Angst verbergen. Aber alle hier hatten mit Sicherheit ebensolche Angst wie er, vielleicht sogar noch mehr.

»Denk nicht zu viel nach, Senion, meine Geduld hat Grenzen. Entweder erklärst du dich bereit, uns nach Ria zu eskortieren, oder du stirbst, und das Ergebnis ist das Gleiche: Deine Männer werden sich nicht weigern.«

Der Soldat zitterte. Er war überzeugt, dass das Mädchen ihn, wenn er sich weigerte, tatsächlich mit einem einzigen Gedanken töten konnte. Daran bestand kein Zweifel. Aber was für eine Schmach, wenn er sich bereit erklärte. Er biss sich in die Lippe. Das Mädchen blickte ihn scharf an. Er hätte stärker auf der Hut sein sollen. Aber was hätte er schon gegen sie ausrichten können, da ihre Fähigkeiten so groß waren? Nur Aeditus konnte es mit einem solchen Gegner aufnehmen. Ja, Aeditus. Das war seine einzige Chance. Und Aeditus war in Ria. Na schön. Das Mädchen wollte dorthin, also würde er es begleiten. Und der Bischof konnte sich diese grässliche Person dann vom Hals schaffen. Eine andere Wahl hatte er nicht.

»Gut«, gab er schließlich nach.

Alea lächelte. Sie ließ sich nicht täuschen. Sie wusste, dass der Soldat hoffte, Aeditus würde sie töten, sobald sie in Ria wären. Vielleicht machte er sich sogar Hoffnung auf eine Belohnung, wenn er glaubhaft machen konnte, dass er sie mit Gewalt zu ihm gebracht hatte …

Aber so würde das nicht laufen. Alea hatte etwas anderes im Sinn.

»Schicke unverzüglich deinen schnellsten Mann voraus, damit er Aeditus und Graf Al'Roeg informiert, dass der Samildanach zu ihnen unterwegs ist.«

»Alea!«, flüsterte Faith ihr zu. »Du spielst mit dem Feuer …«

Das Mädchen wandte sich zu der Bardin um. »Ich will diese beiden Männer kennen lernen, die die Druiden erzittern lassen. Ich will sie kennen lernen und ihre Absichten erfahren. Aber wir haben nichts von ihnen zu befürchten, Faith. Nicht im Augenblick.«

Die Bardin nickte, schien aber nicht vollkommen überzeugt. Und Mjolln hatte schon vor langer Zeit beschlossen, sich nicht einzumischen.

Als der Hauptmann sah, dass Alea ihn erneut fixierte, drehte er sich um und rief einen der Kundschafter. Er befahl ihm, sich unverzüglich nach Ria auf den Weg zu machen und Aleas Botschaft zu übermitteln. Der Soldat gehorchte, vermutlich froh darüber, von hier wegzukommen.

»Hauptmann, ich möchte, dass du mit mir und meinen beiden Gefährten zu Abend isst, du hast uns sicher vieles zu erzählen.«

Ein paar Augenblicke später teilten sich Alea, Mjolln, Faith und der Hauptmann der Soldaten der Flamme tatsächlich ein sehr einfaches Mahl unter einem breiten, hohen Zelt.

»Erzähl mir vom Grafen Al'Roeg«, forderte Alea ihn auf.

Der Hauptmann fühlte sich sehr unwohl in seiner Haut. Zum einen konnte er sich nicht an die Unverfrorenheit des Mädchens gewöhnen, das ihn als seinesgleichen behandelte. Vor allem aber hielt er sie für eine gefährliche Verrückte und rechnete jeden Augenblick damit, dass sie aus einer Laune heraus oder aus Hochmut doch noch beschloss, ihn zu töten. Und auch die beiden anderen kamen ihm nicht sehr Vertrauen erweckend vor. Sie schienen seine Anwesenheit bei Tisch zu missbilligen, und er fragte sich, ob sie nicht letzten Endes noch gefährlicher waren als die junge Hysterikerin ...

»Was wollt Ihr wissen?«, erwiderte er.

»Meine Freunde und ich sind seit ein paar Wochen ein bisschen von der Welt abgeschnitten. Wir haben keine Ahnung, was in letzter Zeit alles geschehen ist. Ich bin sicher, dass du uns informieren kannst, Senion. Ist der Krieg ausgebrochen?«

Der Hauptmann zögerte. Vermutlich fragte er sich, ob er antworten sollte. Würde er sein Land verraten, wenn er das Mädchen informierte? Sollte er schweigen? Konnte er sie belügen?

Alea lächelte. Sie begann die Reaktionen des Soldaten zu verstehen. Sie erahnte seine Gedanken, seine Angst, und das amüsierte sie.

»Die Konflikte brechen auf der ganzen Insel aus«, erklärte er endlich. »Der Erhabene König ist unfähig, den Frieden in diesem Land zu gewährleisten.«

»Ich habe dich nicht um deine Meinung gefragt, Senion, sondern nur gebeten, mich über die Fakten zu unterrichten. Was sind das für Konflikte?«

Der Soldat versuchte seine Verärgerung zu verbergen. Das Mädchen ging ihm gewaltig auf die Nerven. Sie war dermaßen arrogant! Aber sie konnte es sich erlauben, das durfte er nicht vergessen.

»Graf Meriander Mor von Braunland hat die Tuathann westlich des Waldes von Tenian angegriffen.«

»Und wie ist der Kampf ausgegangen?«

»Das kann ich Euch nicht sagen. Ich weiß nicht einmal, ob er schon vorbei ist ...«

»Und unterstützt Al'Roeg Braunland?«

»Wir haben noch keine Armee in diese Schlacht geschickt, aber Braunland ist unser Verbündeter, wir werden es also auf die eine oder andere Weise unterstützen.«

»Ich verstehe. Und die anderen Konflikte?«

»Der schlimmste steht uns noch bevor, fürchte ich. König Eoghan soll uns heute den Krieg erklärt haben. Das sagen jedenfalls die Boten, denen wir am Morgen begegnet sind. Aber mehr weiß ich auch nicht.«

»Und die Druiden stehen auf seiner Seite?«

»Wie könnte es anders sein?«, erwiderte der Soldat. »Die Druiden haben nur eins im Kopf, die Christen auszuschalten, um ihre Weltsicht durchzusetzen ...«

»Ach ... Und ihr Christen praktiziert das nicht schon seit zwanzig Jahren?«, warf Faith ironisch ein. »Der Krieg von Harcort hat viele Tote gefordert, als Aeditus beschlossen hat, uns alle zu bekehren. Aber Ihr dürftet zu jung sein, mein lieber Hauptmann, um Euch daran zu erinnern ... Dennoch seid Ihr ein Soldat der Flamme, und es dürfte Euch sicher nicht unbekannt sein, dass Eure Armee eben gerade geschaffen wurde, um *Eure* Weltsicht durchzusetzen, und zwar mit Gewalt!«

»Nein«, widersprach der Hauptmann, »wir sind da, um die Christen zu schützen, für nichts anderes.«

»Habt Ihr uns entführt, um die Christen zu schützen?«, fragte Alea mit gespielter Naivität.

»Die Entscheidung, ob Ihr eine Bedrohung darstellt oder nicht, obliegt Bischof Aeditus. Aber wir können nicht ein Mädchen frei herumlaufen lassen, das vom König gesucht wird und das die Druiden ausgebildet haben …«

»Die Druiden haben mich ausgebildet?«, rief Alea. »Erzählt man das hier?«

Der Hauptmann antwortete nicht. Er hatte Angst, die Unterhaltung könnte eine Wendung nehmen, die für ihn verhängnisvoll sein könnte.

»Ich, die ich mich für schlecht unterrichtet hielt, erkenne, dass manche deiner Informationen vollkommen falsch sind, Senion. Nicht nur haben die Druiden mich nicht ausgebildet, sie suchen mich obendrein auch noch, denk dir nur! Ich bin der Feind des ganzen Landes, wenn man der Meute glaubt, die mir auf den Fersen ist!«

»Vermutlich verdient Ihr es«, konnte der Hauptmann sich nicht verkneifen zu bemerken.

»Jedenfalls verdiene ich in der Tat, dass man mich im ganzen Königreich fürchtet, denn ich bin fest entschlossen, die Dinge zu ändern, Hauptmann. Nach mir wird Gaelia nicht mehr wie vorher sein.«

Sogar Faith und Mjolln rissen die Augen auf. Aleas hochmütige Entschlossenheit war selbst für ihre Freunde beinahe ungehörig.

»Und an welche Veränderungen habt Ihr gedacht?«,

erkundigte sich der Soldat mit einem Hauch Ironie in der Stimme.

»Wenn du keinen dummen Fehler machst, wirst du vielleicht lang genug leben, um sie zu erleben«, war alles, was das Mädchen antwortete. »Na komm, du hast mir noch nicht alles gesagt. Was kannst du mir noch erzählen?«

»Ich habe ein furchtbares Gerücht gehört, aber es ist unbestätigt. Und ich hoffe, dass es nicht der Wahrheit entspricht ...«

»Ich höre ...«

»Es heißt, dass eine Armee von Gorgunen, die größte Gorgunen-Armee, die die Insel je gesehen hat, im Begriff ist, in den Süden des Landes zu marschieren und auf ihrem Weg alles zu zerstören.«

Alea runzelte die Stirn. Das hatte sie nicht erwartet. Und sie würde sehr schnell herausfinden müssen, ob es nur ein Gerücht war oder die Wahrheit. In dem Versuch zu erkennen, was die Bardin dachte, drehte sie sich zu Faith um. Diese zuckte die Achseln.

Alea seufzte und blieb bis zum Ende der Mahlzeit stumm. Der Soldat konnte ihr nichts mehr erzählen. Und sie musste all die neuen Informationen in ihre Planungen einbeziehen. In ihre Sicht der Zukunft.

»Wie fühlst du dich, mein Sohn?«

Galiad kniete neben Erwan. Er hatte das Lager aufgeräumt, seine Sachen und die seines Sohnes gepackt und gewartet, dass dieser aufwachte, während die beiden Wölfe weiter unten im Kreis liefen, als seien sie ungeduldig.

Erwan reckte sich, geblendet von der Sonne, die zwischen zwei Gipfeln der Bergkette strahlte.

»Viel besser. Und es regnet nicht mehr!«

»Nein, wir sollten das ausnutzen und aufbrechen.«

»Alea.«

Galiad nickte.

»Wenn sie uns die Wölfe geschickt hat, dann braucht sie uns bestimmt ganz dringend. Wir dürfen keine Zeit verlieren.«

Erwan stand auf. Natürlich wollte er das Mädchen so schnell wie möglich wiedersehen. Er hatte den ganzen Abend an nichts anderes gedacht. Und trotzdem hatte er in dieser Nacht tief und fest geschlafen. Zum ersten Mal seit mehreren Tagen. Als habe sein Körper begriffen, dass er vor der Reise zu Kräften kommen, sich ein letztes Mal ausruhen müsse.

Während sein Sohn seine Lederrüstung anzog, ging Galiad ein paar Schritte nach oben. Er blickte sich um. Er wollte sich an die Landschaft erinnern.

»Wir werden hierher zurückkommen müssen. Dieser Ort hat irgendetwas Besonderes, nicht wahr? Dieses Symbol dort, auf dem senkrechten Felsen … Es muss da einen Zusammenhang mit Alea geben. Wir werden mit ihr darüber sprechen müssen.«

Erwan antwortete nicht. Er dachte an das Mädchen. Was würde es sagen, wenn es ihn wiedersähe? Alea hatte ihm gesagt, dass sie ihn liebe. Daran erinnerte er sich. Oder war es ein Traum gewesen? Aber würde das etwas ändern? Denn er liebte sie. Seit dem ersten Tag. Doch die Liebe schien nicht für sie geschaffen zu sein. Das Leben würde ihnen keine Zeit dazu lassen. Dessen war er sich jetzt sicher. Ihre Zukunft würde aus Kämpfen, Fluchten und Traurigkeit bestehen. Eine andere Alternative sah er nicht. Und doch wollte er sie wiedersehen. Er wollte es mehr als alles andere.

»Glaubst du, dass sie noch im Süden ist?«, fragte der junge Mann, während er seine letzten Sachen einsammelte.

»Nein. Sie ist vermutlich weitergereist und hat sich in aller Eile zu anderen Orten auf den Weg gemacht, sonst hätte sie uns nicht die Wölfe geschickt … Aber wir werden es bald wissen. Ich habe das Gefühl, die beiden Wölfe brennen darauf, uns den Weg zu zeigen.«

»Ich kann einfach nicht glauben, dass Wölfe uns führen werden!«, gestand Erwan und blieb neben seinem Vater stehen, um Imala und ihren Gefährten weiter unten zu betrachten.

»Alea hat sicher noch weitere Überraschungen für uns bereit! Sie vermochte sogar Phelim in Erstaunen zu versetzen …«

Sie machten sich in der Morgensonne auf den Weg, angetrieben von der Ungeduld und der Freude, wieder unterwegs zu sein. Sie spürten, dass sie wieder lebten. Und vor allem hatten sie endlich ein klares Ziel vor Augen. Etwas, das sie vorwärtstrieb und sie Phelims Tod vergessen ließ.

Als sie in die Nähe der Wiese kamen, auf der die beiden Wölfe spielten, sahen sie, dass diese sofort nach Westen aufbrachen und durch das Gras trabten, das immer höher wurde, je mehr sie sich vom Hang des Berges entfernten. Die beiden Männer beschleunigten ihre Schritte.

Die Wölfe liefen viel schneller als sie, aber Galiad war einer der besten Fährtensucher von Sai-Mina gewesen und konnte ihrer Fährte mühelos folgen.

»Harcort. Wir sind auf dem Weg nach Harcort«, erkannte der Magistel, als er sah, dass die Wölfe nach Nordwesten abbogen.

»Was will sie denn dort?«, wunderte sich Erwan.

Die Sonne stieg langsam am Himmel empor. Es war eine starke Sonne, von keiner Wolke gemildert. Das würde ihnen das Gehen nicht gerade erleichtern.

»Ich habe keine Ahnung«, erwiderte Galiad.

»Vielleicht denkt sie, das sei der letzte Ort, wo der Rat sie sucht … Es sei denn, sie ist freiwillig dorthin gegangen.«

»Wir werden ja sehen«, sagte der Magistel in einem Ton, der zu verstehen gab, dass er es vorzog, nicht zu reden.

Galiad wollte die Spur der Wölfe nicht verlieren. Zum Glück war der Boden nach den beiden Regentagen noch ein wenig feucht, und man konnte die Abdrücke ihrer Schritte stellenweise gut erkennen. Ein Irrtum war nicht möglich. Es war der gleiche Abdruck wie der von Hunden, mit einem kleinen Unterschied: Die Pfoten des Wolfs sind schmaler und länger, und seine Hinterbeine bewegen sich auf derselben Achse wie seine Vorderbeine, so dass die beiden Spuren vollkommen parallel sind. Galiad konnte sich nicht irren, solange der Boden feucht blieb. Aber die Sonne drohte den Boden schnell zu trocknen. Dann würde er sich am Geruch und an anderen Spuren, die sie auf ihrem Weg zurückließen, wie Haare, die an niedrigen Pflanzen hängen blieben, oder unter ihren Pfoten zertretenen Grashalmen, orientieren müssen.

Von Zeit zu Zeit blieben die Wölfe stehen und schienen auf die beiden Männer zu warten. Die weiße Wölfin stieg auf eine Anhöhe, einen Felsen, und wartete mit erhobenem Kopf. Doch sobald Galiad und Erwan auftauchten, lief sie unverzüglich weiter nach Westen. Und man konnte sehen, wie sie etwas weiter entfernt um den großen grauen Wolf herumtollte. Mit weit aufgerissenem Maul stürzte sie sich auf ihn, und es sah aus, als würden sie miteinander kämpften, aber sie bissen sich nicht wirklich, es handelte sich nur um Spiel. Es schien, als freuten sie sich unbändig über die Rückkehr des Sommers.

Sie marschierten, bis der Tag sich neigte. Eine ganze Weile glaubte Galiad, er habe die Spur der Wölfe verloren, oder er wusste möglicherweise nicht mehr, welcher Spur er folgen sollte, denn sie kamen in das Revier eines Rudels. Der Magistel wunderte sich, dass die Wölfe nicht einen Umweg gemacht hatten, um dieses Gebiet zu meiden. Er wusste, dass einzelgängerische Wölfe in anderen Rudeln selten willkommen waren. Aber vielleicht handelte es sich ja um ihr eigenes Rudel, oder diese beiden Wölfe hatten einfach vor nichts Angst.

»Mein Vater ist tot, Alea.«

Ich habe versagt. Ich sollte ihnen helfen. Ich habe nichts tun können. Ich werde hochmütig, und wenn man mich dann wirklich braucht, versage ich. Wie konnte ich den Vater meines Bruders sterben lassen? Und was soll ich ihm sagen? Wie soll ich ihn trösten? Ich kann es nicht.

Warum nur muss ich den Menschen, die ich liebe, Unglück bringen? Amina hatte ebenfalls ihren Vater verloren. War ich damals auch schon schuld daran? Und jetzt Tagor…

»Mein Bruder, ich weiß nicht, was ich sagen soll… Es tut mir so…«

»Ach was, Alea! Du hast schon so viel für uns getan!«

»Ich? Was hab ich denn getan?«

Er wirkt überrascht.

»Der Regen, Alea, der Regen hat uns erlaubt zu siegen. Denn auch wenn mein Vater tot ist, so haben wir doch unseren Feind besiegt. Jedenfalls haben wir ihn in die Flucht geschlagen.«

Der Regen. Ich habe es regnen lassen. Ja. Ist das möglich? Sollte es mir gelungen sein, es regnen zu lassen? Ich habe es nicht einmal bewusst versucht. Ich habe es einfach nur gehofft. Und wie konnte ich ahnen, dass es ihnen helfen würde? Es ist, als hätte nicht ich die Entscheidung getroffen. Als hätte ein anderer mich benutzt. Die Moira? Nein. Sie braucht mich nicht. Ich muss aufhören, alles immer mit ihr in Verbindung zu bringen. Nein. Es ist etwas viel Tieferes. Gleichsam meinem Gedächtnis eingeschrieben. Ja. Es sind die Samildanach. Ich bin nicht der Samildanach, ich bin alle Samildanach. Sie leiten mich. Ihr Gedächtnis. Das hat Ilvain mir weitergegeben. Keine Kraft. Ein Gedächtnis.

Wieso habe ich das nicht schon früher begriffen? Und für die Sylphen gilt das ebenfalls. Ihre Kraft ist ihr Gedächtnis. Der Lebensbaum. Er stirbt niemals. Er vergisst niemals.

Ich habe keine Kraft. Ich habe das Gedächtnis der Leben all derer, die mir vorausgegangen sind.

»Möge die Erde deinen Vater würdig empfangen!«

Selbst diese Worte kommen nicht von mir. Woher sollte ich sie kennen? Wie mein Name. Kailiana. Tochter der Erde. Ich habe ihn nicht allein erfahren. Ich habe ihn nicht erraten. Er war in meinem Gedächtnis.

Ich weiß es nicht. Ich weiß nichts mehr. Alles geht durcheinander.

»Und was wird dein Volk jetzt machen?«

»Ich weiß es nicht. Sie haben ein Abkommen mit den

Druiden getroffen. Sie werden sich ihnen sicherlich anschließen. Und Harcort angreifen.«

»Das darfst du nicht zulassen.«

»Ich habe darauf keinen Einfluss…«

»Dein Vater ist tot, du kannst der Anführer der Klans werden!«

»Ich bin zu jung. Die Mahat'angor werden einen anderen Führer wählen.«

»Du musst dich durchsetzen, mein Bruder. Hab Vertrauen zu dir selbst. Wenn du dich deinem Vater widersetzt hättest, wäre er heute vielleicht noch am Leben.«

»Was du sagst, ist hart, Alea.«

»Hart, aber richtig. Du kannst nicht dein Leben damit verbringen, über die Taten deiner Vorfahren zu jammern, Tagor. Unser Leben gehört uns. Wir können etwas tun.«

»Wo nimmst du nur all diese Kraft her, meine Schwester? Ich wäre gerne wie du…«

»Da bist du aber der Einzige!«

Er lacht. Ja. Man kann lachen in der Welt von Djar. Ich erinnere mich.

»Was soll ich deiner Meinung nach tun, Alea?«

»Nimm den Platz des Führers ein. Du bist gerecht, er steht dir zu. Du musst den Krieg gegen Harcort vermeiden. Wir müssen diesen Krieg verhindern, nicht wahr?«

»Es hat genug Tote gegeben, ja. Ich will nicht die Konflikte der Vergangenheit erben.«

»Ich befinde mich in der gleichen Lage wie du. Wir müssen Gaelia gemeinsam verändern.«

»Wir haben so viele Feinde.«

»Unsere schlimmsten Feinde werden wir vernichten. Die anderen werden wir den Frieden lehren.«

Finghin hatte gehofft, als Erster sprechen zu können, aber ein Pfeil schwirrte durch die Luft, noch bevor er den Schützen sehen konnte, und bohrte sich in einen kleinen hölzernen Bogen des Wohnwagens direkt neben ihm.

Die Pferde waren vollständig zum Stehen gekommen und begannen sogar zurückzuweichen. Kaitlin und Mel hatten sich nicht gerührt. Finghin hatte sogar gesehen, dass sie nicht einmal zusammengezuckt waren, als der Pfeil sich neben ihnen ins Holz gebohrt hatte.

»Gebt uns alles, was in diesem Wohnwagen von Wert ist, und wenn uns das reicht, lassen wir euch am Leben.«

Finghin bemerkte jetzt die Narben auf der Stirn des Mannes, der gesprochen hatte. Ein Verbannter, der seine Tätowierung hatte entfernen lassen, indem er sich vermutlich die Haut hatte herunterreißen lassen. Dennoch war er noch immer als Verbannter zu erkennen, das Mal war zu deutlich, aber gewiss hatte er alles darangesetzt, sich des Symbols auf seiner Stirn zu entledigen, um sich zu seiner Rebellion zu bekennen.

»Verbannter, ich bin Großdruide im Rat von Sai-Mina. Ihr wisst genau, dass euer Angriff verrückt ist. Ihr habt keine Chance. Lasst uns vorbei, und ich werde mich bemühen, die ganze Sache zu vergessen …«

»Die Druiden machen uns keine Angst mehr!«, rief ein anderer Verbannter. »Du wirst sterben, wie die anderen! Der Unseann hat begonnen!«

Sofort stürzten die zehn Männer auf den Wohnwagen zu und stießen unverständliche Schreie aus.

Wenn ich den Saiman benutze, werde ich sie einen nach dem anderen töten. Sie werden keine Chance haben. Das kann ich nicht machen. Ich will es nicht. Ich werde wie jeder andere Mann auch kämpfen. Ich muss mein Schwert benutzen. Wie Erwan es mir beigebracht hat.

Finghin griff nach seiner Waffe und sprang vom Wagen, dicht gefolgt von Mel und Kaitlin, die nur über lange Stöcke verfügten, um sich zu verteidigen. Als der Druide jedoch sah, wie sie in Position gingen, begriff er, dass sie diese Waffen vermutlich besser zu handhaben wussten als er sein Schwert. Und das beruhigte ihn.

Finghin ging ebenfalls in Position. Er ging ein paar Schritte nach rechts, um seinen beiden Gefährten Platz zu machen und den Weg auf dieser Seite zu versperren. Er musste um jeden Preis verhindern, dass einer der Verbannten von hinten angreifen konnte.

Ich habe keine Chance! Sie sind dreimal so viel wie wir. Ich bin verrückt, dass ich auf diese Weise kämpfen will!

Ein neuer Pfeil pfiff direkt neben ihm. Er flog so nah an ihm vorbei, dass er glaubte, er habe ihn gestreift. Er machte einen Satz zur Seite und entschloss sich zum Angriff, so wütend war er. Er hob sein Schwert über seine Schulter und stürzte sich in den Kampf.

Zwei Verbannte waren hinten geblieben und versuchten Pfeile abzuschießen. Aber jetzt, da der Kampf näher kam, riskierten sie, ihre Gefährten zu treffen, und waren gezwungen, damit aufzuhören. Drei andere, mit Schwertern bewaffnet, kämpften mit Finghin, drei mit Mel und zwei mit Kaitlin. Vermutlich dachten sie, dass die junge Frau eine leichtere Gegnerin sei… Sie täuschten sich gewaltig.

Die Schauspielerin war erstaunlich beweglich und schnell. Sie führte ihre Schläge mit großer Leichtigkeit, und jeder tat weh. Der Stock beschrieb weite Kreisbögen um sie herum, wurde plötzlich schneller, schlug seitlich, von oben, oder traf die Rippen ihrer Gegner. Sie bewegte sich mit Anmut zwischen den beiden Verbannten und schaffte sie sich vom Hals, während es Finghin und Mel noch nicht gelungen war, auch nur einen ihrer Gegner niederzuzwingen. Mit einem letzten Schlag ihres Stocks betäubte sie die beiden Männer, die sie zu Boden gestreckt hatte, und wollte gerade ihrem Bruder zu Hilfe eilen, als sie einen stechenden Schmerz in der Hüfte spürte. Sie blickte nach unten und entdeckte entsetzt den Pfeil, der sich in ihre Seite gebohrt hatte. Sie versuchte einen Schritt nach hinten zu machen, aber ihr Bein war gelähmt, und sie stürzte zu Boden. Der Pfeil zerbrach im Fall, und die Spitze bohrte sich noch etwas tiefer in ihr Fleisch. Die Wanderschauspielerin schrie auf vor Schmerz und verlor das Bewusstsein.

Finghin erblickte Kaitlin, die auf dem Boden lag. Er vermochte nicht zu erkennen, ob sie verletzt war oder ob es schlimmer war. Die blanke Wut packte ihn, und seine Schläge wurden immer heftiger. Er legte seine ganze Kraft in jeden Angriff, erinnerte sich an die Gänge und Ausfälle, die Erwan ihn gelehrt hatte, vergrößerte den Radius seiner Schwerthiebe immer mehr und traf das Stichblatt seiner Gegner immer härter, so dass es ihm ganz allein gelang, alle drei zurückzudrängen. Er konnte die Flamme des Saiman spüren, die darauf brannte aufzulodern. Die Wut hatte ihn angestachelt. Aber er weigerte sich, ihn zu benutzen. Er wollte mit seinen Händen gegen diese Verbannten kämpfen.

Er schlug noch härter zu, hob das Schwert so hoch wie möglich und ließ es wie eine Axt auf seine drei Angreifer niedersausen. Plötzlich traf seine Klinge einen von ihnen an der Kehle. Der Schlag war so heftig, dass er ihm den Kopf abschlug. Der enthauptete Körper stürzte zwischen Finghin und den beiden anderen Verbannten zu Boden. Blutfontänen schossen stoßweise aus den durchtrennten Arterien. Die beiden Straßenräuber wichen zurück und warfen irre Blicke auf ihren Komplizen. Nebenan hatte auch Mel einen seiner Angreifer niedergestreckt. Kaitlin lag immer noch reglos am Boden.

Finghin ließ den beiden Männern keine Gelegenheit zum Rückzug. Während er das Schwert heftig hin und her schwenkte, stürzte er sich auf sie. Die Waffe traf einen zweiten Verbannten am Bauch. Er krümmte sich und fiel auf die Knie, wobei er versuchte, das Blut zurückzuhalten, das aus seinem Bauch rann.

Der dritte Verbannte konnte ausweichen und erwiderte den Angriff mit einem Keulenhieb. Mit gestreckten Armen geführt, fehlte es dem Schlag an Kraft, aber er traf Finghin dennoch an der Schulter. Der Druide fiel hintüber. In einer Staubwolke rollte er über den Weg. Seine Schulter war vermutlich gebrochen. Er berührte sie mit der Hand, um es zu überprüfen, und schrie auf vor Schmerz. Aber der Verbannte kam auf ihn zu, die Keule über seinen Kopf erhoben. Finghin sprang auf und hob mit einer Hand das Schwert vor seinen Körper. Sein linker Arm hing schlaff herunter. Er wich dem Angriff des Verbannten aus, trat zur Seite und drehte sich so um sich selbst, dass der Schwung ihn hinter seinen Gegner brachte.

Blitzschnell schleuderte Finghin sein Schwert mit aller Kraft gegen den Rücken des Verbannten. Es war ein gewagtes Manöver, denn wenn er nicht traf, wäre er wehrlos. Aber Finghin hatte nicht gezögert.

Das Schwert bohrte sich zwischen die Schulterblätter des Straßenräubers, der starb, ohne das Gesicht des Mannes, der ihn getötet hatte, noch einmal zu sehen.

Finghin drehte sich keuchend um. Mel hatte einen zweiten Verbannten getötet und kämpfte mit den Fäusten gegen den dritten. Die beiden Bogenschützen waren längst geflohen.

Als der Druide zu Mel ging, um ihm zu helfen, machte er eine allzu abrupte Bewegung, die ihm Schmerzen in der Schulter verursachte. Er schrie auf vor Wut, was den letzten Verbannten wohl überraschte, denn er drehte seinen Kopf zu Finghin und sah dadurch Mels kräftigen Kinnhaken nicht kommen. Der Schlag traf ihn voll am Kiefer. Benommen stürzte er in den Sand.

Finghin lief zu Kaitlin. Er ließ sich neben ihr auf die Knie fallen und nahm ihre Hand. Sie lebte noch. Aber Blut rann aus ihrer Hüfte.

Ich hätte den Saiman benutzen sollen. Es war dumm von mir! Ich hätte das leicht verhindern können. Ein zweites Mal darf ich diesen Fehler nicht machen. Ich muss die Verletzung sofort behandeln.

Er legte den Arm der Wanderschauspielerin wieder auf den Sand und hielt seine Hände über die Wunde. Er ließ den Saiman in seinem Geist anwachsen und dann wie eine heiße Quelle in seine Adern fließen. Die Energie erreichte seine Fingerspitzen. Er erzeugte die Hitze, die die Blutung stoppte. Er erinnerte sich an die genaue Form, die der Saiman annehmen musste. Aengus hatte es ihm beigebracht. Das Blut hörte auf zu fließen. Dann sandte er den Saiman in die Wunde, um das Fleisch auseinanderzuspreizen und zugleich zusammenzuhalten, damit es nicht riss. Mit der rechten Hand zog er vorsichtig an der abgebrochenen Pfeilspitze. Langsam kam sie aus der Wunde heraus. Ein erneuter Blutschwall ergoss sich über die Wunde, den Finghin aber sofort stoppte. Er warf den Pfeil hinter sich. Dann ließ er die Wunde sich schließen und erzeugte die Form des Saiman, die Wunden verätzte. Drei Ringe hintereinander.

Finghin beugte sich zurück, um die Wunde zu inspizieren. Schweißtropfen rannen über seine Stirn. Er hatte den Schmerz in seiner Schulter vergessen. Aber jetzt, da er wusste, dass Kaitlin gerettet war, machte sein Arm sich wieder bemerkbar.

»Kümmere dich um deine Schulter!«, meinte Mel, während er sich ebenfalls neben seine Schwester kniete. »Ich pass auf sie auf.«

Mit schmerzverzerrtem Gesicht legte Finghin eine Hand auf seine Verletzung. Sich selbst zu heilen war noch schwieriger. Der Schmerz war so stark, dass er zitterte, und er konnte nicht genau sehen, was er machte.

Plötzlich stand er auf und zog an seiner Schulter, wobei er einen so lauten Schrei ausstieß, dass Kaitlin aus ihrer Bewusstlosigkeit erwachte. Es war ihm gelungen, seine Schulter wieder einzurenken, allerdings um den Preis eines noch stechenderen Schmerzes. Der Druide ließ sich zu Boden fallen, um durchzuatmen. Ein nervöses Lachen schüttelte ihn.

Kaitlin richtete sich verwirrt auf. Sie blickte sich um. Die beiden Verbannten, die sie betäubt hatte, lagen noch auf der Erde. Ein dritter, derjenige, den Mel mit einem Faustschlag niedergestreckt hatte, begann aufzuwachen. Fünf weitere waren tot. Sie begriff, dass die beiden Bogenschützen geflohen waren. Der Kampf war vorbei. Sie legte eine Hand auf ihre Hüfte, stützte sich auf ihren Bruder neben ihr und blickte dann zu dem Druiden auf.

»Du hast deine Macht während des Kampfes nicht benutzt«, sagte sie.

»Nein, das war dumm von mir… Ich wollte es… Ich mache mir deswegen Vorwürfe!«

Kaitlin erhob sich zusammen mit ihrem Bruder. Ihre Hüfte schmerzte, aber sie stellte fest, dass sie gehen konnte.

»Nein! Nein, im Gegenteil!«, sagte sie. »Das war sehr mutig von dir. Sehr ... anständig. Es war die Geste eines echten Kindes der Moira, verstehst du?«

Finghin nickte.

»Ich glaube. Ich wollte, dass wir alle die gleichen Chancen haben ...«

»Du bist viel weiter auf dem Weg der Moira als alle Druiden, die ich kennen gelernt habe, Finghin«, sagte sie und küsste ihn zärtlich auf die Wange. »Danke, dass du mich verarztet hast«, fügte sie lächelnd hinzu.

Finghin wusste, dass er errötete. Er konnte es in dem amüsierten Blick der Schauspielerin erkennen.

»Wir ... wir müssen diese Verbannten verhören«, sagte er. »Ich frage mich, was sie gemeint haben ...«

»Der Unseann?«, fragte Mel.

Der Druide nickte. Dieses Wort, das wusste er, bedeutete Dunkelheit ...

6

Verrat

»Warum hat euer Führer vom Unseann gesprochen?«

Der Verbannte weigerte sich zu antworten. Die Hände auf dem Rücken gefesselt, betrachtete er ungläubig die Leichen um sich herum. Das Blut, das sich auf den Sand des Weges ergoss.

Ich muss ihn freiwillig zum Sprechen bringen. Er ist stolz. Das kann ich mir zunutze machen.

»Ich brauche meine Kräfte nicht, um euch zu vernichten«, fuhr Finghin fort. »Ihr habt euch lächerlich gemacht. Dabei hatte ich euch gewarnt.«

Der Verbannte seufzte. Finghin hatte den wunden Punkt getroffen, aber das reichte noch nicht.

Ich muss noch weiter gehen.

»Der Unseann. Ihr sprecht vom Unseann, und ihr könnt noch nicht einmal einen einzigen Druiden besiegen!«

Ich hoffe, dass Mel und Kaitlin verstehen, was ich tue…

»Man sollte Worte nicht leichtfertig benutzen, wenn man nicht imstande ist dahinterzustehen«, fuhr Finghin fort und blickte dem Mann geradewegs in die Augen.

»Wollt Ihr mich zum Sprechen bringen?«, sagte der Verbannte leise.

Er ist weniger dumm, als ich dachte.

»Warum? Willst du jemanden schützen? Hast du Angst, dass ich dein großes Geheimnis entdecke?«, fragte Finghin ironisch.

»Amüsiert Euch das? Dabei würdet Ihr zu gerne wissen …«

»Was ich wissen möchte«, unterbrach Finghin ihn, »ist, wie es kommt, dass Männer wie ihr euch derartig reinlegen lasst! Wer hat euch nur eingeredet, dass ihr am Unseann teilnehmt?«

Der Verbannte lächelte hämisch. »Hört auf, mich für dumm zu verkaufen, Druide! Glaubt Ihr tatsächlich, Ihr könnt mich so sehr demütigen, dass ich spreche? Glaubt Ihr, die Verbannten sind alle Idioten?«

Er hat Recht. Ich habe ihn unterschätzt. Ich könnte ihn mit Gewalt oder mit Drohungen zum Sprechen bringen. Aber ich hoffe, dass ich nicht so weit gehen muss. Ich muss es unbedingt wissen. Ich bin sicher, dass sich hinter all dem eine überaus wichtige Information verbirgt.

»Glaubt Ihr, dass der Unseann wirklich begonnen hat?«, fragte Finghin ruhig.

»Ich glaube es nicht, ich weiß es.«

»Warum weigert Ihr Euch dann, darüber zu sprechen? Wenn er begonnen hat, ist er kein Geheimnis mehr! So etwas bleibt doch nicht verborgen, oder?«

»Das werdet Ihr schon früh genug erfahren. Die Rückeroberung hat begonnen.«

Er lügt nicht. Aber ich verstehe nicht, was ein Verbannter damit zu tun hat. Der Unseann.

Dieses Wort kam von den Herilim. Ursprünglich bezeichnete es den Kampf, den der Arhiman gegen den Saiman führte. Der Unseann war der Krieg gegen die

Druiden. Sai-Mina hatte die Kontrolle über die Insel übernommen. Die Krieger des Unseann wollten sie ihm wieder wegnehmen. Aber er hat niemals stattgefunden. Und doch ist die Drohung durch die Jahrhunderte lebendig geblieben und hat heute den Untergang der Herilim überlebt.

Maolmòrdha. Nur er kann hinter all dem stecken. Der Abtrünnige wird also aus dem Schatten treten. Natürlich. Alles geschieht gleichzeitig.

»Eure Rückeroberung ist im Begriff zu scheitern ... Ich bin noch immer am Leben, dabei bin ich ein Druide ...«

»Die Druiden werden nicht als Erste verschwinden.«

Alea. Sie suchen Alea.

»Ihr werdet den Samildanach niemals fangen können.«

So. Er ist überrascht. Er merkt, dass ich zwischen den Zeilen lesen kann. Er merkt, dass ich es erraten habe. Oder er glaubt vielleicht, dass ich es schon wusste. Jetzt muss ich ihn neugierig machen. Ihn glauben lassen, dass ich noch mehr weiß. Ihn beeindrucken.

»So schwierig kann sie nicht zu fangen sein ... Al'Roeg ist es immerhin gelungen!«

Al'Roeg? Alea ist von Harcort gefangen genommen worden? In diesem Fall muss sie in Ria sein ... Es sei denn, sie ist bereits nicht mehr dort ...

»Wenn sie in Ria ist, dann, weil sie es selbst so will. Al'Roeg wird sie nicht lange festhalten können ...«

»Lange genug, wie es scheint, jedenfalls brauchen wir sie nicht mehr zu fangen ...«

So. Jetzt hat er es bestätigt. Sie ist in Ria. Ich weiß jetzt, wo ich hin muss. Aber ich weiß noch immer nicht, wie die Verbannten für den Unseann eingespannt werden konnten. Ist das so wichtig? Was zählt, ist, dass Maol-

mòrdha eindeutig zum Angriff übergegangen ist. Es geht alles viel zu schnell. Weiß Alea überhaupt Bescheid? Ich muss sie informieren! Und Erwan, ist er bei ihr in Ria?

Finghin drehte sich um. In Mels und Kaitlins Blicken sah er, dass sie begriffen hatten.

»Was machen wir mit ihnen? Wir sollten sie vielleicht mitnehmen und der nächsten Patrouille übergeben, der wir begegnen«, schlug Mel vor.

»Nein«, erwiderte Finghin und stieg wieder vorne auf den Wagen.

Er warf den Verbannten einen letzten Blick zu. Zwei waren noch immer bewusstlos, und der dritte hatte die Hände auf dem Rücken gefesselt.

»Nein«, fuhr er fort, »lassen wir sie hier. Sie haben schon genug bezahlt. Was könnte man einem Verbannten noch antun?«

Mel nickte und ging, um seine Fesseln zu lösen. Dann half er seiner Schwester, auf den Wagen zu steigen, und setzte sich neben sie. Sofort ließ die Wanderschauspielerin die Pferde losgaloppieren.

Der Verbannte sah erschöpft dem Wagen nach, der sich auf dem Sandweg entfernte. Dann betrachtete er die leblosen Körper um sich herum. Ein anderer Mann hätte gewiss Tränen vergossen. Ein anderer Mann hätte vermutlich auch vor Wut und Demütigung gebrüllt. Aber er empfand nichts. Man hatte ihn seit langem ans Leiden gewöhnt.

Oder vielmehr, man hatte ihn seit langem gezwungen, gar nicht mehr zu leiden.

Aeditus folgte dem Diener des Grafen durch die Gänge des Palastes von Ria. Er hatte den ganzen Vormittag darauf gewartet, dass Al'Roeg sich entschließen würde, ihn zu sich zu rufen, und war erleichtert, als er ihn endlich holen ließ. Das Gerücht einer möglichen Kriegserklärung von Seiten Galatias war niemals so laut gewesen, und es wurde gewiss Zeit, etwas zu unternehmen. Außerdem waren sie noch immer ohne Nachricht von Bischof Natalis.

Aeditus fragte sich, ob es richtig gewesen war, diesen ungewöhnlichen Bischof einfach so gehen zu lassen. Er wusste, dass Natalis irgendetwas verbarg, und anstatt ihn am Handeln zu hindern, hatte er entschieden, ihn gewähren zu lassen, um seine Motive besser zu verstehen. Aber als der Hauptmann, der Natalis nach Mericort eskortieren sollte, ohne den Bischof zurückgekommen war und erklärt hatte, dass dieser allein hatte weiterreisen wollen, hatte Aeditus sich gesagt, dass er vielleicht einen verhängnisvollen Fehler begangen hatte. Entweder war Natalis verrückt, oder er bereitete irgendetwas vor …

In den Gängen von Ria ging es lauter als gewöhnlich zu. Man konnte glauben, der Krieg habe bereits begonnen. Wie sehr fehlte ihm der Bischofspalast von Mons-Tumba!

Der Mons war eine Welt für sich. Abgeschieden, still, ganz dem Studium gewidmet. Verschont von den Verrücktheiten der neuen Welt. Angenehm in den gedämpften Geräuschen seiner engen Gassen und den sanften Farben der Steinmauern, der Soutanen und der Studententalare. Es war seine Stadt. Diejenige, die er modernisiert hatte, damit ihr Ruf wieder bis in alle Winkel von Gaelia erstrahlte. Mons-Tumba war nicht mehr das kulturelle Zentrum einer vergreisten Gesellschaft, dank des Christentums war es wieder zum intellektuellen Zentrum der Insel geworden. Das war der größte Stolz des Bischofs. Das, woran die Menschen sich erinnern sollten, wenn er diese Welt einmal verlassen hatte … Mons-Tumba.

Aber wenn die Konflikte sich weiterhin auf diese Weise verschärften, würde gewiss noch eine Menge Zeit vergehen, bis er die wohltuende Ruhe seines kleinen Arbeitszimmers im Bischofspalast wiederfinden sollte. Doch die Welt musste sich weiterentwickeln. Mehr als die Hälfte von Gaelia wurde noch immer von den Druiden und ihrer archaischen Religion kontrolliert! Der Schatten des Kreuzes Christi musste größer werden und auf die ganze Insel fallen. Das war das Versprechen, das er sich gegeben hatte, die Mission, die man ihm übertragen hatte, als er das große Brittia verlassen hatte. Und er hatte Rache zu nehmen an den Galatiern, die ihn zum Sklaven gemacht hatten, als er gerade sechzehn gewesen war.

Der Diener blieb vor der großen Eichentür stehen, die das Arbeitszimmer des Grafen verschloss. Er bedeutete dem Bischof, einen Augenblick zu warten, und meldete ihn an. Ein anderer Diener öffnete die Tür von der anderen Seite und bat Aeditus herein.

Der Graf saß allein an seinem Schreibtisch, zurückgelehnt in seinem Sessel, die Ellbogen auf den mit grünem Samt bezogenen Armlehnen und die Hände vor seinem Mund gefaltet. Er wirkte nachdenklich und besorgt.

Aeditus ging in seinem Bischofsgewand zum Schreibtisch.

»Ihr habt nach mir verlangt?«

»Setzt Euch, Eminenz«, erwiderte der Graf ernst.

Feren Al'Roeg war ein etwas beleibter Mann. Er war fast kahl, hatte ein rundes Gesicht, kleine dunkle Augen und einen strengen Mund. Er stand in dem Ruf, gerecht und geradeaus zu sein, aber auch streitsüchtig und aggressiv. Als er zum Christentum übergetreten war, hatte er Bischof Aeditus seinen lebenslangen Schutz gewährt und ihn zu seinem wichtigsten Berater gemacht. Der Glaube des Grafen war aufrichtig, und er vertraute dem Bischof in allen religiösen und politischen Dingen, ohne allerdings an Autorität über sein Volk eingebüßt zu haben. Im Gegenteil, diese war sogar stärker geworden, weil sie sich auf absolut solide Grundlagen stützte. Das Christentum war für ihn etwas so Einleuchtendes und Selbstverständliches geworden, dass er verlangt hatte, dass ganz Harcort zum Christentum übertreten sollte, und keinerlei Zweifel, keinerlei Vorbehalt duldete. Er erwartete von Aeditus, dass er ihn in seinem Glauben leitete, und Aeditus erwartete vom Grafen, dass er die Grundlagen für eine unzerstörbare Kirche legte. Die beiden Männer hatten große Hochachtung füreinander.

»Was wisst Ihr über den Samildanach?«

Aeditus wirkte überrascht. Er hatte sich auf eine Unterredung über den Krieg mit Galatia vorbereitet und nicht einen Augenblick daran gedacht, der Graf könnte ihn wegen etwas ganz anderem zu sich rufen.

»Den Samildanach ganz allgemein oder das Mädchen, das jetzt behauptet, der Samildanach zu sein?«

»Beides …«

Der Bischof atmete tief durch und überlegte einen Augenblick. Er versuchte sich an alles zu erinnern, was er zu diesem Thema gelesen hatte. Aber auch an das, was er glaubte.

»Der Samildanach ist nach den alten Glaubensüberlieferungen von Gaelia eine Art allmächtiger Druide. Ein Mann, der fähig ist, den Saiman definitiv zu beherrschen. Die Druiden, heißt es, können ihn immer nur vorübergehend, für Augenblicke beherrschen. Die Man'ith sollen beispielsweise von den Samildanach geschaffen worden sein…«

»Ich habe schon einmal einen Man'ith gesehen, Aeditus. Es gibt sie tatsächlich. Wie erklärt Ihr das?«

»Ich glaube ganz einfach, dass sie einfache Deutungen der Macht Gottes sind. Im Gegensatz zu den Druiden leben die Samildanach allein, fern von Sai-Mina, und bekommen keinerlei Unterweisung. Sie sind sehr viel weniger verdorben als die Druiden. Vielleicht haben sie ein gerechtes und aufrichtiges Herz. Sie werden von den Druiden Samildanach genannt. Ich glaube, dass sie in Wirklichkeit Männer sind, die Gott auserwählt hat. In Brittia würde man sie Heilige nennen… Ihr wisst, wie sehr ich überzeugt bin, dass das, was die Druiden Moira nennen, in Wirklichkeit eine noch etwas verschwommene Wahrnehmung unseres Gottes ist. Sie haben sich um ihre spirituellen Ahnungen herum eine ziemlich rudimentäre Religion konstruiert, die in den Volks- und Bauernlegenden wurzelt. Es ist eine Religion des Ungefähr. Ohne Texte. Wenn sie die Bibel gehabt hätten, wenn Christus ihnen erschienen wäre, hätten sie gewiss besser den wahren Sinn der Gottheit verstanden. Deswegen werden wir sie auch leicht bekehren können. Man braucht ihnen nur begreiflich zu machen, dass ihre Ahnungen richtig waren und dass ihnen nur das Wissen fehlt. Die Moira existiert, sie heißt Gott.«

»Das weiß ich, darüber haben wir bereits gesprochen… Aber das Mädchen? Glaubt Ihr, dass sie eine Heilige ist?«

Aeditus zuckte die Achseln. »Alles, was ich von ihr weiß, ist, was die Diener von Ria sich hinter vorgehaltener Hand erzählen… Nichts Konkretes. Ihr wisst, ich spreche nicht gern über ein Thema, das ich nicht wirklich studiert habe …«

»Das trifft sich gut, sie wird morgen hier sein.«

Dem Bischof verschlug es den Atem.

»Wie bitte?«

»Hauptmann Senion wird sie herbringen. Er hat sie in einem Kloster im Süden von Harcort gefangen genommen. Ein Bote hat es mir heute Morgen gemeldet. Ich habe nicht so recht verstanden, wie sich die Sache verhält. Ich habe das Gefühl, dass sie nicht wirklich eine Gefangene ist. Dass es ihr gelungen ist, sich zu befreien, dass sie sich Senion widersetzt, dass sie aber trotzdem herkommen will …«

»Das ist ziemlich ungewöhnlich!«

»Das scheint für alles, was dieses Mädchen betrifft, zu gelten …«

»Vielleicht ist sie tatsächlich von Gott auserwählt.«

»Genau das habe ich mir auch gesagt«, erwiderte der Graf. »Ich frage mich, ob wir sie nicht benutzen könnten, um den christlichen Glauben zu verbreiten. Ganz Gaelia glaubt an sie. Sie ist noch keine fünfzehn, glaube ich, und sie ist bereits im ganzen Land eine Legende. Wenn sie bereit ist herzukommen, bedeutet das vielleicht, dass sie unserer Religion nicht feindselig gegenübersteht.«

»Wir müssen dennoch auf der Hut sein, Graf. Den Gerüchten zufolge hat sie sich selbst zum Samildanach erklärt.«

»Wahrscheinlich, weil sie es nicht besser weiß, weil sie die Stimme Christi noch nicht gehört hat. Aber es heißt auch, dass sie lesen lernen will. Das soll der Mönch behauptet haben, der Senion die Anwesenheit der Kleinen im Kloster angezeigt hat …«

Der Graf nickte.

»Ich will, dass wir sie gemeinsam empfangen«, erklärte Al'Roeg. »Allein. Wir müssen wissen, was sie glaubt, was sie weiß und was sie will.«

»Man müsste ihr das Gefühl geben, dass sie willkommen ist. Wenn wir sie eines Tages auf unserer Seite haben wollen, darf sie keine schlechte Erinnerung an Harcort haben. Ich hoffe, die Soldaten der Flamme sind nicht zu unsanft mit ihr umgegangen …«

»Es scheint eher, dass sie ihnen das Leben sauer macht!«, erwiderte der Graf lächelnd.

In diesem Augenblick klopfte es an der Tür des Arbeitszimmers.

»Herein!«, rief der Graf.

Der Diener, der Aeditus angemeldet hatte, erschien in der Tür.

»Herr Graf, Bischof Natalis ist eben im Palast angekommen und bittet, empfangen zu werden.«

»Natalis?«, fragte Al'Roeg überrascht. »Hattet Ihr mir nicht gesagt, er sei in Braunland, um mit Meriander Mor zu verhandeln? Sollte er schon zurück sein?«

»Ich erfahre es gleichzeitig mit Euch, Graf«, gestand Aeditus, der ebenso überrascht war.

»Ist er allein?«, fragte der Graf den Diener.

»Nein, Herr Graf, er ist mit Graf Meriander Mor von Braunland gekommen.«

Der Bischof und der Graf blickten sich überrascht an.

»Schon? Gut. Wenn die Sache so dringend ist, dann kann ich sie sofort empfangen …«

Der Diener nickte.

»Ich werde sie zu Euch führen, sobald sie bereit sind, Herr Graf«, sagte er, bevor er die Tür wieder schloss.

Eoghan stand vor dem geöffneten Fenster seines Privatzimmers, ein Glas Alkohol in der rechten Hand. Es war ein kleiner Raum in der obersten Etage des Palastes von Providenz, am Ende einer Geheimtreppe. Niemand kam hier herauf, nur wenige kannten den Zugang zu diesem Zimmer unter dem Dach, aber alle wussten, dass der König sich von Zeit zu Zeit in diesen geheimnisvollen Alkoven zurückzog. Man konnte ihn manchmal am Fenster sehen, wenn man einen indiskreten Blick zum Dach des Palastes riskierte.

Von dort aus konnte er den Park in seiner ganzen Ausdehnung überblicken. Manchmal ging er hinunter und gab dem Chefgärtner Anweisungen, weil er etwas gesehen hatte, das ihm nicht gefiel und das man von unten nicht erkennen konnte.

An diesem Abend war Eoghan Mor von Galatia, Erhabener König von Gaelia, nicht gekommen, um die Gärten zu inspizieren. Er war gekommen, um nachzudenken, um ein wenig von dieser Ruhe zu finden, die dem Nachdenken so förderlich war. Er musste etwas Abstand gewinnen. Mehrere Kräfte, mehrere Ängste, mehrere Begehrlichkeiten zerrten an ihm.

Auf der einen Seite waren da die Druiden. Die Meister von Sai-Mina hatten ihn aufgefordert, eine schwerwiegende Entscheidung zu treffen. Der Krieg gegen Harcort würde das Land mit Feuer und Schwert verheeren. Es war das zweite Mal, dass es Krieg zwischen Harcort und dem Rest der Insel geben würde. Niemand hatte den Krieg vergessen, der vor zwanzig Jahren zu einer zwiespältigen Einigung, zu einem untauglichen Frieden geführt hatte, der nur aufgrund der zehntausenden von Toten von beiden Seiten akzeptiert worden war. Wie viele würden diesmal sterben müssen?

Auf der anderen Seite gab es Amina. Sie war die größte Freude seines Lebens. Sie hatte es verstanden, seinem Leben wieder so etwas wie einen Sinn zu geben. Mit ihr war das Regieren keine Maskerade mehr. Er hatte das Gefühl, endlich ein wirklicher König zu sein, weil sie ihn als solchen liebte und in ihm den Wunsch weckte, seine Macht zu nutzen. Und doch hatte er nicht auf sie gehört, als sie von ihm verlangt hatte, sich den Druiden zu widersetzen. Und er konnte sich einfach nicht darüber klar werden, ob er richtig oder falsch gehandelt hatte. Hatte Amina übertrieben, weil sie die Männer im weißen Mantel zutiefst hasste? Oder hätte er auf sie hören und nicht hinter Sai-Mina in diesen Krieg ziehen sollen? Eins war sicher, die Druiden manipulierten ihn seit Beginn seiner Regentschaft. Er hatte sich all diese Jahre etwas vorgemacht und sich eingeredet, dass er tatsächlich die Macht hatte, obwohl er bereits wusste, dass die wirklichen Herrscher über die Insel nicht in Providenz saßen, sondern in Sai-Mina. Und darin hatte Amina Recht. Aber rechtfertigte das seinen Widerstand gegen die Druiden? Bedeutete die Kontrolle, die sie über ihn ausübten, auch, dass ihre politischen Entscheidungen schlecht waren? Ja, die Druiden missbrauchten ihre Macht, aber war der Krieg gegen Harcort nicht absolut notwendig? Wie konnte er das wissen?

Jedenfalls konnte er jetzt nicht mehr zurück. Er hatte dem Großdruiden Odhran versprochen, dass Galatia diesen Krieg erklären würde. Er konnte keinen Rückzieher mehr machen. Und vielleicht hatte er gerade deswegen solche Schwierigkeiten, hinter dieser Entscheidung zu stehen, weil er zum ersten Mal seit Beginn seiner Regentschaft das Gefühl hatte, wirklich eine Wahl getroffen zu haben. Eine Wahl zwischen den Ratschlägen seiner Frau und denen der Druiden. War die Traurigkeit, die er jetzt empfand, also der Preis der Willensfreiheit?

Eoghan fragte sich, ob er nicht die Unwissenheit vorziehen sollte. Ob es nicht besser war, nicht zu wissen, wie sehr die Druiden ihn manipulierten. Die unangebrachten Interessen der einen wie der anderen nicht zu verstehen. Er ertappte sich dabei, dass er Graf Alvaro von Bisania beneidete, der sich keine Fragen stellte. Er folgte dem König blind, ganz gleich, wie er sich entschied, und verbrachte den Rest seiner Zeit damit, ein ausschweifendes Leben zu führen. Eoghan lächelte. Nein. So weit war es mit ihm noch nicht gekommen!

Schließlich hatte er alles, wovon er geträumt hatte: Amina. Sie war das einzige Stückchen Freiheit, das er sich in dem großen Gefängnis seines Lebens gönnen konnte. Und gewiss würde sie ihm ein Kind schenken. Ein Kind, das er sehr viel mehr lehren konnte, als sein Vater ihm weitergegeben hatte. Einen Sohn, der ebenso sehr imstande sein würde, den Druiden die Stirn zu bieten wie ihnen zuzuhören. Aber für ihn war es zu spät. Zu spät, die Macht von Sai-Mina zurückzuweisen …

Der König seufzte tief und erhob das Glas. Der Widerschein des Mondes tanzte auf der Oberfläche des goldenen Alkohols. Die Nacht war schön, und er wollte diesen Augenblick einfach nur genießen und vergessen, was ihn in den nächsten Tagen erwartete.

Er führte das Glas an den Mund und trank es in einem Zug aus. Als er die Wärme in seiner Speiseröhre und dann in seinem Magen spürte, schloss er die Augen. Es war ein wohliges Gefühl.

Der Erhabene König drehte sich um, um das Glas auf den Marmortisch zu stellen. Aber plötzlich sah er nur noch verschwommen. Er schüttelte den Kopf, um diesen merkwürdigen Eindruck zu vertreiben. War er bereits betrunken? Nach einem einzigen Glas? Er machte noch einen Schritt, und diesmal hätte er fast das Gleichgewicht verloren. Er spürte einen furchtbaren Schmerz in seinem Kopf. Wie eine Nadel, die man ihm durch die Augen gestoßen hatte.

Das Glas fiel ihm aus der Hand und zerschellte auf dem Holzfußboden. Der König schwankte, machte ein paar Schritte rückwärts und schlug heftig gegen das Fenster, das in tausend Stücke zerbrach. Die Glasstückchen fielen auf ihn und zerschnitten die Haut seines Gesichts und seiner Hände. Aber aus seiner Kehle stieg ein anderer Schmerz empor. Und bald konnte er nicht mehr atmen. Er schlug um sich, um sich etwas Luft zu verschaffen.

Dann schnürte seine Kehle sich vollständig zu. Seine Augen öffneten sich in einem Ausdruck des Entsetzens. Seine blutigen Hände verkrampften sich auf den Holzbrettern des Bodens.

Das Letzte, was er sah, war Aminas Gesicht in der geöffneten Tür. So starb er in der Stille der Nacht.

»Seid willkommen in meinem Palast, Meriander, wir haben uns ja seit Jahren nicht gesehen!«

Graf Al'Roeg sprach nicht ohne einen gewissen Stolz. Er befand sich in der Position des Stärkeren und war fest entschlossen, das auszunutzen. Als er konvertiert war, hatte kein anderer Graf sich ihm angeschlossen, man hatte ihn für verrückt gehalten, und er hatte sich ganz allein mit den Druiden auseinandersetzen müssen. Aber jetzt lagen die Dinge anders …

»Danke, dass Ihr mich empfangt, Vetter. Ich hätte

Euch gern unter anderen Umständen wiedergesehen. Ihr empfangt heute einen Grafen ohne Heimat.«

»Na, na, was redet Ihr da?«

Samael, der wieder sein Bischofsgewand trug, antwortete für Meriander.

»Die Tuathann haben sich mit den Druiden verbündet, um Braunland zu annektieren, Graf. Ich habe die Schlacht mit angesehen, in die Graf Mor gegen diese Barbaren ziehen musste, um sein Land zu verteidigen… Braunland ist im Begriff, in die Hand von Sai-Mina zu fallen, dessen bewaffneter Arm die Tuathann sind.«

»Ich habe all meine Männer in dieser Schlacht verloren«, fuhr der Graf von Braunland demütig fort. »Wir waren ihnen nicht gewachsen. Aber ich kann mich damit nicht abfinden. Ich komme, um Euch um Eure Hilfe bei der Rückeroberung meines Territoriums zu bitten, lieber Vetter.«

»Gewiss, gewiss, Meriander«, erwiderte Al'Roeg, der endlich eine Möglichkeit sah, sich für lange Zeit der Treue Braunlands zu versichern. »Der Krieg mit Galatia steht sowieso unmittelbar bevor, und wenn wir unsere Interessen verteidigen, dann retten wir zugleich die Euren.«

»Ich glaube, Graf«, warf Samael ein, »dass vor allem die Druiden und die Tuathann Eure Interessen bedrohen. Eoghan ist nur eine Marionette…«

»Eine Marionette, gewiss«, erwiderte Al'Roeg, »aber dennoch an der Spitze einer furchtbaren Armee. Das dürfen wir nicht vergessen, Natalis…«

»Ich habe mir sagen lassen, dass seine Gattin gegen diesen Krieg ist«, beharrte Samael. »Der König wird sich nicht gerade mit Feuereifer in die Schlacht stürzen. Unsere wahren Feinde sind die Druiden und ihre neuen

Verbündeten. Wenn es uns gelingen sollte, Galatia begreiflich zu machen, dass wir es nicht auf sie abgesehen haben, sondern auf Sai-Mina und die Barbaren, die uns überfallen, würde das vielleicht die Position der Königin stärken, die diesen Krieg nicht will …«

Al'Roeg kratzte sich nachdenklich am Kinn. Er hatte Bischof Natalis noch nie so engagiert erlebt. Er wandte sich an Aeditus.

»Was denkt Ihr, Eminenz?«

»Ich würde gern die Motive der Königin verstehen. Warum ist sie gegen den Krieg? Wir könnten das in der Tat ausnutzen …«

»Sie hasst die Druiden«, erwiderte Samael, ohne zu warten, dass man ihm das Wort erteilte.

Es war gewiss riskant, in Gegenwart des Grafen von Harcort so überstürzt zu sprechen, ohne dazu aufgefordert zu sein. Aber Samael wollte überzeugen und seine Argumente schnell genug vorbringen, damit niemand die Zeit hatte, Bedenken zu äußern. Er dachte nur an eines: die Man'ith. Er hatte erlebt, wozu das Schwert von Nuadu fähig war. Er war jetzt sicher, dass derjenige, der alle vier Gegenstände in seinem Besitz hatte, das gesamte Land unterwerfen konnte. Einen anderen Beweggrund hatte er nicht.

»Amina Salia, die Gattin des Königs, ist Vates«, fuhr er fort und sah seine drei Gesprächspartner einen nach dem anderen an. »Sie ist als Waise nach Providenz gekommen, und man hat sie gezwungen, sich von den Druiden unterweisen zu lassen. Sie war eine hervorragende Schülerin, und als sie begriffen hatte, dass sie niemals Druidin werden könnte, obwohl ihr Wissen zehnmal größer als das vieler Lehrlinge war, und das nur, weil sie eine Frau war, hat sie einen durch nichts zu erschütternden Hass auf die Kaste der Druiden entwickelt.«

»Sie wollte Druidin werden?«, fragte Graf Al'Roeg überrascht.

»Erzdruidin sogar, wer weiß? Jedenfalls verabscheut sie Sai-Mina, und dadurch können wir an sie herankommen.«

»Das ist sehr interessant«, räumte Al'Roeg ein und stand von seinem Schreibtisch auf.

»Aus diesem Grund müssen wir um jeden Preis den Krieg mit Galatia vermeiden, die Druiden und die Tuathann aber niederzwingen«, fuhr Samael fort, während er dem Grafen zusah, wie er zum Fenster ging. »Wenn es uns gelänge, den Ruf von Sai-Mina bei den Menschen von Galatia zu beschädigen, hätten wir leichtes Spiel. Wer weiß, eines Tages könnte Eoghan persönlich uns helfen, das Christentum auf dieser Insel durchzusetzen …«

»Ich bezweifle, dass er so weit gehen wird, Natalis«, erwiderte Al'Roeg amüsiert, »aber ich glaube, dass wir uns auf jeden Fall seiner Neutralität versichern können, wenn seine Frau die Druiden so sehr hasst.«

»Das weiß ich mit hundertprozentiger Sicherheit«, bestätigte Samael.

»Hasst sie sie ebenso sehr wie Ihr?«, fragte Aeditus.

Die Gehässigkeit des Bischofs entging Samael nicht. Er wusste, dass Aeditus ihm misstraute. Selbst der Graf musste Zweifel hinsichtlich seiner wahren Beweggründe haben. Aber das war nicht wichtig. Sie wollten den Einfluss ihrer Religion auf der Insel vergrößern, er wollte sich an den Druiden rächen und die drei Man'ith in die Hände bekommen, die die Tuathann ihnen geschenkt hatten. Ihre Begehrlichkeiten schlossen sich nicht aus. Und nur das zählte.

»Wir können unsere Religion verbreiten, ohne uns ihrer zu entledigen«, sagte er nur.

Al'Roeg nickte. Vermutlich waren ihm die verborgenen Beweggründe von Bischof Natalis egal. Wenigstens für den Moment.

»Es heißt, die Tuathann seien gefürchtete Krieger«, sagte der Graf von Harcort, um zu zeigen, dass sie sich in diesem Punkt einig waren.

»Die grausamsten, denen ich jemals begegnet bin«, bestätigte Meriander, dem die Erinnerung an die Schlacht von Tenian nicht aus dem Kopf ging.

»Sie sind zugleich wild und organisiert«, fügte Samael hinzu. »Ihre Art zu kämpfen ist eine wahre Kunst. Und man hat den Eindruck, dass keiner von ihnen den Tod fürchtet, was die größte Stärke des Kriegers ist …«

»Können wir mit ihnen fertig werden?«, erkundigte sich Al'Roeg.

»Wenn ihre Zahl der unserer Soldaten entspräche, würde es uns vermutlich nicht gelingen«, räumte Samael ein. »Aber sie sind nicht sehr zahlreich. Sie haben im Laufe ihrer Invasion große Verluste erlitten, viele sind auch in der Schlacht gegen Meriander gefallen, und vor allem haben sie ihren Führer verloren. Im Augenblick sind sie ganz besonders geschwächt, und gerade deswegen dürfen wir nicht länger warten …«

»Denkt Ihr das auch?«, fragte Al'Roeg den Grafen von Braunland.

»Ja, das glaube ich. Ich jedenfalls lebe nur noch für eines: sie zu schlagen. Ich habe viele Männer im Wald von Tenian zurückgelassen, aber ich habe meinen Mut nicht verloren. Ganz im Gegenteil. Ich bin entschlossener denn je. Wenn Ihr einverstanden seid, würde ich in Braunland gern alle Männer sammeln, die mit mir dieses Land verteidigen wollen, und wir werden uns Euch anschließen, um diese unerträgliche Invasion zu beenden. Was die Druiden betrifft, so will ich, dass sie für jeden Mann meiner Armee bezahlen, für dessen Tod sie verantwortlich sind…«

»Wie viele Männer glaubt Ihr unter Eurem Banner sammeln zu können?«

»Echte Soldaten? Drei- oder viertausend, vielleicht mehr, wenn ich genug Zeit habe… Aber es werden sich auch tausende von Braunländern anschließen, Bauern, Handwerker, Kaufleute, die bereit sind, für ihr Land zu kämpfen.«

»Nein«, erwiderte Al'Roeg. »Ich hoffe, dass es nicht so weit kommen wird. Findet diese dreitausend Soldaten, das ist nicht viel, aber es wird unseren Truppen auf jeden Fall helfen.«

»Die Wut wird unsere Kräfte verdoppeln«, erklärte Mor.

»Der Glaube an Christus wird die unseren verzehnfachen, Vetter.«

»Helft mir, mein Land zurückzuerobern, und ich werde nur noch auf Euren Gott schwören«, versprach Meriander und verneigte sich vor dem Grafen von Harcort.

»Mit unserer Armee und Euren Männern wird es uns ein Leichtes sein, den Tuathann Braunland wieder wegzunehmen, dessen bin ich sicher. Was mich mehr beunruhigt, ist Sai-Mina. Es gibt zehn Großdruiden und bestimmt hundert Druiden… Sie werden furchtbare Gegner sein.«

»Wir können versuchen, auch in Sai-Mina Unruhe zu stiften«, schlug Samael vor.

»Und wie?«, fragte Al'Roeg überrascht.

»Seit dem Auftauchen dieses Mädchens, Alea, spricht

man davon, dass der Rat Probleme hat … Es scheint sogar, dass einer der Großdruiden verbannt worden ist. Sai-Mina steckt in einer Krise, die wir zu unserem Vorteil nutzen könnten …«

»Natalis, Ihr scheint ja sehr gut über all das Bescheid zu wissen. Ich denke, Ihr könntet uns in dieser Angelegenheit eine große Hilfe sein. Ihr seid kein Krieger, und meine Generäle sind überaus kompetent, ich werde Euch also nicht bitten, Euch an der Ausarbeitung der Strategie zu beteiligen, aber Kriege werden nicht nur auf dem Schlachtfeld gewonnen. Wenn Aeditus keine Einwände hat, würde ich Euch gern für die gesamte Dauer der Feindseligkeiten mit den geheimdienstlichen Angelegenheiten betrauen. Ich werde Euch alle Mittel geben. Spione, Krieger, Mörder, alles, was Ihr braucht, um zum Sieg beizutragen. Ich kümmere mich darum, die Tuathann und die Druiden frontal anzugreifen. Euch überlasse ich es, sie im Rücken anzugehen. Dort, wo sie es nicht erwarten.«

Samael musste unwillkürlich lächeln. »Das wäre ein wirkliches Vergnügen, Graf.«

»Daran zweifle ich nicht, Natalis, daran zweifle ich nicht. Was Euch betrifft, Meriander, Ihr habt sechs Tage, um Eure Armee aufzustellen. Sechs Tage, nicht einen mehr. In sechs Tagen greifen wir an. Und jetzt lasst mich allein, ich muss mich mit meinen Generälen beraten. Ich wisst, was Ihr zu tun habt.«

Die drei Männer nickten und zogen sich schweigend und befriedigt zurück. Jeder hatte einen anderen Grund, diesen Krieg zu wollen, aber alle trieb das gleiche Gefühl an: Rache.

Der Wohnwagen zog ohne Unterbrechung von morgens bis abends über die Straßen von Galatia. Die Pferde schienen niemals müde zu werden. Kaitlin, Mel und Finghin wechselten sich ab, um nicht aus dem Rhythmus zu kommen. Zwei Tage fuhren sie am Purpurfluss entlang und dann weiter südlich von Chlullyyn, jenseits des Gor-Draka-Gebirges. Gegen Westen begann die Ebene, und die Dörfer wurden immer seltener.

Sie schliefen und aßen im Wohnwagen, was sie zu einer Nähe zwang, die sie einander jeden Tag ein wenig vertrauter werden ließ. Finghin vergaß fast, dass er Großdruide war. Er hatte das Gefühl, ebenfalls ein Wanderschauspieler zu werden. Um keine Aufmerksamkeit zu erregen, zog er, als sie sich der Grafschaft Harcort näherten, sogar das weiße Gewand seiner Kaste aus, räumte seinen Eichenstock weg und kleidete sich wie ein Schauspieler. Wäre da nicht sein kahler Schädel gewesen, den er unter einer gelben Kapuze verbarg, hätte nichts mehr auf seine Zugehörigkeit zum Rat hingewiesen. Er hatte sogar die Verhaltensweisen der Wanderschauspieler und ihre Art zu sprechen übernommen.

Diese Verwandlung amüsierte Mel und Kaitlin, die ihn »den fahrenden Druiden« nannten und ihm kleine Rollen in ihren Lieblingsstücken beibrachten. Finghin überließ sich gerne diesen Spielen, die die Reise angenehmer machten, diskutierte aber dennoch weiterhin regelmäßig mit den Schauspielern über ernstere Themen. Er liebte es, sich an Mels Gewissheiten zu reiben, der seinerseits immer wieder die seinen ins Wanken brachte. Der Wanderschauspieler zwang ihn, die sieben Studienjahre in Frage zu stellen, die er in Sai-Mina verbracht hatte, und sie unter einem neuen Blickwinkel zu betrachten, und auch wenn der Widerspruchsgeist des

Schauspielers ihm manchmal allzu sehr auf die Nerven ging, musste Finghin doch zugeben, dass ihm das half, die Dinge, die Moira, das Leben zu verstehen.

Als sie am Abend des fünften Tages nur noch ein paar Stunden von Ria entfernt waren, hatten die drei Freunde eine unerwartete Begegnung.

Die Sonne war bereits seit langem hinter den Bergen verschwunden, aber die Nacht war klar und schimmerte blau. Ein paar schüchterne Böen ließen von Zeit zu Zeit die Flammen des Feuers flackern, das sie gemacht hatten. Das pyramidenförmige Geäst der Tannen war im Süden zu erkennen, hohe schwarze Formen, die die Hänge von Gor-Draka hinaufkletterten. Die Luft war erfüllt vom Duft ihrer Nadeln.

Der Schein der Flammen spiegelte sich auf den bunten Farben des Wohnwagens, tanzende gelbe Bögen auf dem Rot der Tür, dem Blau der Wände, dem Grün der Fenster und den großen Speichen der Räder.

Sie saßen am Feuer und aßen schweigend das Geflügel, das sie über dem Feuer gegrillt hatten. Mel hatte ihnen soeben den Monolog aus *Die Prüfung* des Barden O'Hanlon rezitiert. Es war ein bewegendes Stück, voller Sehnsucht, in dem die Helden den verschwundenen Stunden ihrer schönsten Freundschaften nachweinten. Der Text war so berührend, dass alle drei seitdem kein Wort gesagt hatten. Gewiss erinnerte sich jeder von ihnen an ganz ähnlichen Kummer. Und da hörten sie plötzlich einen Ausruf neben dem Wohnwagen.

»Das darf doch nicht wahr sein!«

Sie fuhren alle drei zusammen und sprangen auf. Finghin war fassungslos. Er hatte das Gefühl gehabt, die Stimme zu erkennen, und dieses Gesicht konnte er nicht vergessen! Galiad! Der Vater von Erwan!

»Finghin!«, rief der Magistel, der es ebenfalls nicht fassen konnte.

Sofort tauchte eine zweite Gestalt hinter ihm auf. Finghin ballte die Hände zu Fäusten. War es möglich?

»Erwan! Galiad!«

Der Druide stürzte zu ihnen und umarmte sie kräftig. Die beiden Schauspieler sahen sich ratlos an, passive Zuschauer dieses sichtlich außergewöhnlichen Wiedersehens.

»Ich bin ja so glücklich, euch wiederzusehen!«, rief der Druide und zog Erwan am Arm. »Das sind Kaitlin und Mel!«

»Erfreut, Eure Bekanntschaft zu machen«, sagte Kaitlin und reichte Erwan die Hand.

Sie stellten sich einander vor und setzten sich dann gemeinsam ums Feuer. Finghin hatte sich noch immer nicht von seiner Überraschung erholt.

»Wir waren nicht sicher, ob du es bist«, erklärte Erwan ein wenig spöttisch. »Ich bin es nicht gewohnt, dich so verkleidet zu sehen!«

»Er gibt doch einen perfekten Wanderschauspieler ab, nicht wahr?«, erwiderte Mel lächelnd.

»Aber wie ist es möglich, dass wir uns am selben Ort befinden?«, sagte der Druide, immer noch verblüfft.

»Vielleicht sind wir in die gleiche Richtung unterwegs«, meinte Galiad, ohne sich allzu weit vorwagen zu wollen.

»Du kannst ganz offen sprechen, Mel und Kaitlin sind meine Freunde, und sie haben beschlossen, mich zu begleiten. Ich habe den Rat verlassen, um euch zu finden, euch und Alea …«

»Ihr habt den Rat verlassen?«, fragte Galiad überrascht. »Das erinnert mich an etwas …«

»Ich habe von Phelims Tod erfahren«, sagte Finghin daraufhin betrübt. »Die Nachricht hat mich natürlich erschüttert, aber für euch muss es noch schlimmer sein.«

Galiad nickte. Dann versuchte er zu lächeln und fügte hinzu: »Ich habe gehört, Ihr habt Euren Magistel gewählt …«

»Und ich bin sehr froh, ihn wiederzusehen, das kann ich Euch sagen! Erwan, du hast mir so sehr gefehlt! Was für eine Freude, euch beide zu sehen!«

Der Druide seufzte zufrieden. Alle lächelten.

»Galiad«, fuhr er fort, »ich weiß nicht, was Ihr für Zukunftspläne habt, und ich bin nicht sicher, ob mein Vorschlag dem Rat gefallen wird, aber darauf kommt es eigentlich auch nicht mehr an: Wenn Ihr einverstanden seid, denke ich, dass ein zweiter Magistel an meiner Seite nicht zu viel wäre …«

Al'Daman lächelte. Er nahm die Hand des jungen Druiden.

»Danke, Euer Angebot rührt mich sehr, und es wäre eine unendliche Ehre, aber ich habe andere Pläne … Es gibt eine andere Person, die einen Magistel noch nötiger hat als Ihr, wenn Ihr mir diesen Stolz verzeiht.«

»Alea?«, fragte der junge Druide.

Galiad nickte.

»Die Samildanach haben nicht oft einen Magistel gehabt, aber ich glaube, sie braucht einen, und ich denke, Phelim hätte das auch gewollt.«

»Ganz sicher«, sagte Finghin. »Ihr geht also nach Ria?«

»Nein«, erwiderte Galiad überrascht. »Eigentlich wissen wir gar nicht so genau, wo wir hingehen, obwohl wir glauben, dass wir nach Mons-Tumba unterwegs sind …«

»Was meint Ihr damit?«

Galiad sah seinen Sohn an und bedeutete ihm, es zu erklären, als sei er selbst dazu nicht in der Lage.

»Alea hat… eine Wölfin geschickt, die uns führen soll.«

»Eine Wölfin?«, fragte Finghin überrascht.

»Ja. Eine weiße Wölfin… Du wirst es mir niemals glauben, aber ich habe Träume, in denen Alea mit mir spricht…«

Finghin runzelte die Stirn. War das möglich? Er erinnerte sich an Kiarans Worte. *Es sind viele, die sich jede Nacht in die Welt von Djar begeben. Manche wissen es, und andere sind sich dessen nicht bewusst.*

»So unglaublich scheint es mir gar nicht, Erwan…«

»In einem dieser Träume hat sie mir mitgeteilt, dass eine Wölfin kommen werde, um mich zu ihr zu führen. Und die Wölfin ist gekommen. Wir folgen ihr seitdem. Sie scheint uns wirklich zu führen. Es ist… es ist ziemlich unglaublich!«

»Und Galiad, Ihr sagt, dass sie nach Mons-Tumba unterwegs ist?«

»Ich bin fast sicher… Wir haben einen Umweg hierher gemacht, als ich auf Eure Spur gestoßen bin, aber unser Weg führt uns südlicher als Ria, dessen bin ich sicher…«

»Dabei befindet sie sich in Ria«, versicherte der junge Druide. »Sie ist von Männern aus Harcort gefangen genommen worden, von Soldaten der Flamme.«

»Gefangen genommen?«

»Es scheint so… Vielleicht hatte sie die Absicht, nach Mons-Tumba zu gehen, bevor sie gefangen genommen wurde. Das würde erklären, dass die Wölfin euch dorthin führen will, wenn sie wirklich imstande ist, Aleas Wunsch zu verstehen.«

Finghin schwieg und überlegte einen Augenblick. Seine Gefährten schwiegen ebenfalls, da sie sahen, dass er irgendetwas suchte.

»Es ist seltsam«, fuhr er fort. »Als ich in Sai-Mina war, habe ich Asdem, den Bäcker, gefragt, was er über Alea weiß... Er hat mir von zahlreichen Gerüchten erzählt, die über eure Freundin im Umlauf sind, und eines davon kam mir damals merkwürdig vor: Er sagte, die Leute glaubten, sie könne mit den Tieren sprechen!«

»Gerüchte beruhen oft auf der Wirklichkeit«, warf Kaitlin ein. »Noch im schlimmsten Klatsch steckt immer ein Körnchen Wahrheit ...«

Erwan sah seinen Vater an. »Was sollen wir tun? Ich denke, wir sollten mit Finghin nach Ria gehen, aber die Wölfin? Wenn wir ihr nicht mehr folgen, was wird sie tun?«

»Ich habe keine Ahnung«, erwiderte der Magistel. »Wir müssten mit ihr sprechen können, wie Alea, aber dazu sind wir nicht in der Lage.«

»Sie wird es von allein verstehen«, warf Mel ein. »Wölfe sind sehr intelligente Tiere. Macht euch keine Sorgen um sie. Vielleicht wird sie ja euch folgen!«

Erwan nickte. »Was zählt«, sagte er, »ist, dass wir Alea, Mjolln und Faith wiederfinden. Ich hoffe nur, dass wir nicht zu spät kommen!«

»Mit dem Wohnwagen sind wir ziemlich schnell«, erklärte Kaitlin. »Wir können morgen Vormittag in Ria sein.«

»Wenn wir Alea morgen befreien sollen«, sagte Galiad und stand auf, »dann sollten wir unverzüglich schlafen gehen. Wir werden alle unsere Kräfte brauchen.«

»Ich bin wirklich froh, euch zu sehen«, wiederholte Finghin und nahm Galiads Hand. »Danke!«

»Ihr braucht mir nicht zu danken! Die Moira hat uns zusammengeführt. Und ich habe Euch noch gar nicht zu Eurer Aufnahme in den Rat gratuliert! Phelim hatte mir gesagt, dass Ihr ein außergewöhnlicher Druide werden würdet. Er hatte Recht. Soviel ich weiß, ist noch nie ein Druide so jung in den Rat aufgenommen worden… Ich bin stolz, dass mein Sohn in Euren Diensten steht, Finghin.«

»Wir werden Phelims Tod rächen, Magistel, das verspreche ich Euch.«

Kaitlin erhob sich, um zwei neue Plätze im Wohnwagen vorzubereiten, und dann gingen sie schlafen.

Finghin lag noch lange wach, die Augen weit offen. Er lächelte der Dunkelheit zu.

Er hatte seinen Magistel wiedergefunden. Er fühlte sich wieder als Druide.

Alea hatte ihre beiden Gefährten gebeten, in den Zimmern, die man für sie vorbereitet hatte, auf sie zu warten. Sie wollte allein mit Graf Al'Roeg sprechen.

Sie betrat den riesigen zentralen Raum des Schlosses. Die Bilder von Sai-Mina kamen ihr wieder in den Sinn. Es war die gleiche Größe, ein Luxus, den sie niemals gewohnt gewesen war. Die Ausstattung war hier vielleicht schlichter, weniger raffiniert, aber die grauen Wände, die schlichten Möbel und die großen Teppiche strahlten eine gewisse Vornehmheit aus.

Al'Roeg saß an seinem Schreibtisch in der entgegengesetzten Ecke des Raums, und zu seiner Rechten stand ein Mann, der eine blasslila Albe und eine Mitra trug. Alea begriff sofort, dass es sich um Bischof Aeditus handeln musste.

»Tretet ein, junge Dame!«, lud Al'Roeg sie ein und erhob sich; seine Stimme hallte durch den ganzen Raum. »Bitte, tretet ein.«

Alea hatte nicht mit einem solchen Empfang gerechnet. Die Diener waren herbeigeeilt, um sie willkommen zu heißen und durch das Schloss zu führen. Ihre Zimmer waren bereits vorbereitet, Fruchtkörbe und Getränke standen dort für sie bereit, und man hatte ihnen ein schönes heißes Bad bereitet. Das Mädchen erriet hinter jeder Aufmerksamkeit der Diener die Absichten des Grafen. Er wollte sie also nicht ausschalten, sondern in seine Dienste nehmen. Gewiss hoffte er, sie könnte ihm im Kampf gegen die Druiden helfen. Eine andere Erklärung gab es nicht.

»Danke«, sagte sie und setzte sich auf den Stuhl, den der Graf ihr zurechtrückte.

Al'Roeg nahm wieder auf der anderen Seite seines Schreibtischs Platz. Der Bischof schwieg immer noch, er hatte sich damit begnügt, höflich den Kopf zu neigen, und stand noch immer zur Rechten des Grafen.

»Es wird viel über Euch gesprochen, Alea ... Ich kenne nicht einmal Euren Familiennamen ...«

»Ich auch nicht«, erwiderte das Mädchen lächelnd.

Der Graf schien verlegen. »Nun, dann werde ich Euch Alea nennen ...«

»Ich ziehe es vor, dass Ihr mich Kailiana nennt.«

Al'Roeg runzelte die Stirn. Dieses Mädchen begann ihm bereits zu missfallen. Ihre Hochnäsigkeit, ihre Arroganz ...

»Wie Ihr wollt«, meinte er. »Ich sagte, es wird hier viel über Euch gesprochen. Aber niemand weiß genau, wer Ihr seid oder was Ihr wollt ...«

»Ich bin Kailiana, die Tochter der Erde. In meinen Adern fließt das Blut von Galatia und das des Sid.«

Der Bischof machte eine leichte Bewegung, die seine Überraschung verriet.

»Und was ich will«, fuhr Alea lächelnd fort, »ist, dass diese Erde, deren Tochter ich bin, den Frieden wiederfindet, der ihr versprochen war, bevor Leute wie Ihr sie verraten haben. Das ist im Grunde ziemlich einfach.«

Al'Roeg biss sich auf die Lippe. Nein, einfach würde es nicht sein. Aber er wusste, dass das Mädchen wichtig war. So unverschämt sie auch war, es war besser, sie im eigenen Lager zu haben als im gegnerischen.

»Ich kann Eure Gedanken hören, Al'Roeg«, sagte Alea schroff. »Aber ich werde mich weder Eurem Lager noch dem Eurer Feinde anschließen.«

Der Graf war sprachlos.

»Ich kann auch die Euren lesen«, fuhr das Mädchen an den Bischof gewandt fort.

»Dann wisst Ihr, dass ich ein aufrichtiger Mann bin«, erwiderte Aeditus, der sichtlich damit gerechnet hatte.

»Ich weiß vor allem, dass Ihr mich für ein etwas verrücktes Kind haltet, ein Spielzeug Eures Gottes … Aber ich bin niemandes Spielzeug, Aeditus, weder das der Druiden, noch das Eures Gottes, und auch nicht das der Moira. Ich bin die Tochter der Erde, und einzig und allein in dieser Eigenschaft bitte ich Euch, auf jede Aktion gegen die Tuathann, die Druiden oder Galatia zu verzichten.«

»Einzig und allein in dieser Eigenschaft?«, unterbrach Al'Roeg sie ungeduldig. »Ihr behauptet also nicht, dass Ihr der Samildanach seid?«

»Die Druiden nennen mich so … Wisst Ihr, was dieses Wort bedeutet?«

Der Graf zuckte die Achseln.

»*Derjenige, der alle Fähigkeiten hat.* Die genaue

Übersetzung wäre *Polytechniker*. Ich bin ein stolzes Kind, aber ich gebe zu, dass ich weit davon entfernt bin, *alle* Fähigkeiten zu haben. Die einzige, von der ich sicher weiß, dass ich sie habe, ist diejenige, Leuten wie Euch Angst zu machen … Und ich bin bereit, sie zu benutzen!«

»Ihr wollt mir Angst machen?«, fragte der Graf lächelnd.

»Eure Maske ist schnell gefallen, Al'Roeg. Ihr wolltet mich mit Samthandschuhen anfassen, mir Euer Wohlwollen zeigen, um mich zu ködern, nicht wahr? Aber ich brauche nur Euren Stolz zu verletzen, und schon fällt die Maske!«

»Ich trage keine Maske, junge Dame! Ich bin einfach nur ein höflicher Herrscher, und im Gegensatz zu den meisten meiner Untertanen möchte ich Euch eine Chance geben. Im Zweifel für den Angeklagten. Ich urteile nicht gern über Personen, denen ich nicht persönlich begegnet bin!«

»Und über die anderen zu urteilen macht Euch nichts aus?«

»Was für ein Spiel spielt Ihr?«, mischte sich Aeditus ins Gespräch. »Wenn Ihr gekommen seid, um uns um einen Gefallen zu bitten – denn um einen solchen handelt es sich –, glaubt Ihr nicht, dass Ihr Euch dem Grafen gegenüber höflicher verhalten solltet? Man könnte meinen, Ihr wollt nur eines, den Grafen wütend machen!«

»Ich bin es nicht gewohnt, meinen Charme spielen zu lassen, um meine Ziele zu erreichen. Ich sage, was ich denke, und ich sage die Dinge, wie sie sind. Ich erwarte von den Leuten, dass sie mir gegenüber ebenso aufrichtig sind. Ihr wolltet mir vormachen, wie sympathisch

Ihr seid, um zu versuchen, mich milde zu stimmen, aber das ist ein schwerer Fehler.«

»Ihr wollt, dass ich aufrichtig bin, junge Dame?«, sagte der Graf, der längst die Geduld verloren hatte. »Ich habe Besseres zu tun, als meine Zeit in Wortgefechten mit Euch zu verlieren! Hier habt Ihr meine Aufrichtigkeit! Ihr seid nichts als eine selbstgefällige Person, und es war ein Fehler von mir, Euch anhören zu wollen ... Ich habe einen Krieg vorzubereiten, und wenn Ihr mir nicht mehr zu sagen habt als Eure Selbstgefälligkeiten, dann ist unser Gespräch hiermit beendet!«

Alea lächelte. Sie hatte erreicht, was sie wollte. Sie wusste jetzt, was für ein Mensch der Graf war, und sie hatte sogar Aeditus entlarven können. Mehr brauchte sie nicht. Der Friede würde ohne sie gemacht werden, dessen war sie sich jetzt sicher.

Sie sah, wie der Graf aufstand und seine Soldaten rief.

»Führt diese Närrin in den Kerker! Und ihre beiden Freunde ebenfalls! Schließt sie ein, bis ich über ihr Schicksal entschieden habe. Im Augenblick habe ich Besseres zu tun.«

Alea reagierte nicht und ließ sich von den beiden Soldaten zur Tür eskortieren.

Ein paar Augenblicke später befand sie sich mit Mjolln und Faith in der Dunkelheit einer Zelle.

Odhran hatte Filiden mitten in der Nacht erreicht. Jetzt wartete er in dem Gebäude, das dem Mahat'angor-Klan als Hauptquartier diente. Er fragte sich, ob er die Tuathann überzeugen konnte, wie er den König überzeugt hatte. Er musste nicht lange warten. Kaum hatte er den Kräutertee ausgetrunken, den man ihm gebracht hatte, kamen alle Klanchefs in den riesigen dunklen Raum und setzten sich um den großen niedrigen Tisch herum auf den Boden.

»Ich habe von Sarkans Tod erfahren«, begann Odhran ernst, »möge die Erde ihn für immer aufnehmen!«

Die Tuathann nickten. Der Druide kannte das Protokoll.

»Unser Volk kennt den Preis des Kriegs seit langem«, sagte ein Mann rechts vom Großdruiden.

»Aus diesem Grund dürfen wir keine mehr führen«, warf der Jüngste von ihnen ein.

Odhran blickte zu demjenigen auf, der eben gesprochen hatte. Ein für einen Tuathann überraschender Satz. Die Bewohner des Sid waren Krieger, keine Pazifisten.

»Mein Vater muss der letzte Tuathann sein, der für Eriu gestorben ist.«

Er war also Sarkans Sohn! Odhran begriff, dass er auf einen Widerstand stoßen würde, mit dem er nicht gerechnet hatte.

»Ich bin gekommen, um Euch mitzuteilen, dass wir gegen Harcort in den Krieg ziehen werden. Der König wird uns ebenfalls mit seinen Truppen unterstützen. Aber dieser Krieg betrifft auch Euch, denn er wird gegen unsere gemeinsamen Feinde geführt. Wir brauchen Euch ...«

»Wir wollen keinen Krieg mehr!«, schnitt Tagor ihm wütend das Wort ab.

Der Großdruide zuckte zusammen.

»Tagor spricht für sich«, warf ein anderer Klanchef ein. »Wir haben die Angelegenheit noch nicht diskutiert. Wir haben nicht einmal Zeit gehabt, einen neuen Stammesführer zu wählen.«

»Ich werde meinem Vater nachfolgen, wie die Tradition es verlangt«, erwiderte Tagor.

»Du bist zu jung, und du sagst ja selbst, dass du den Krieg nicht willst«, erwiderte der Tuathann. »Der Anführer der Klans muss ein Krieger sein.«

»Das war so, aber das muss nicht so bleiben! Unser Volk muss sich ändern…«

»Der Krieg steht vor der Tür, ob Ihr es wollt oder nicht«, erklärte Odhran und sah Sarkans Sohn an. »Der Rat will wie Ihr den Frieden, aber um ihn zu bekommen, müssen wir zuerst diejenigen ausschalten, die ihn bedrohen. Harcort.«

»So sei es. Der Krieg wird erst beendet sein, wenn Eriu seine vollständige Ausdehnung erreicht haben wird«, fuhr Haishan, der Klanchef zur Rechten des Druiden, fort. »Wir werden Harcort gemeinsam mit Euch angreifen, wenn Ihr uns im Augenblick der Teilung einen Teil dieses Territoriums abtretet. Der Norden Braunlands reicht uns nicht.«

»Das scheint mir nur gerecht«, erwiderte Odhran.

»Haishan kann nicht für alle Klans entscheiden!«, protestierte Tagor. »Dieses Vorrecht gebührt dem Anführer der Stämme. Mein Vater ist tot, es ist also an mir, an seine Stelle zu treten, zumindest vorübergehend…«

»Niemand wird einen Führer haben wollen, der es ablehnt zu kämpfen«, erwiderte Haishan.

»Die Frauen werden ihn haben wollen. Und die Männer meines Alters, die des Kämpfens müde sind. Die Alten vielleicht auch.«

»Wenn Ihr uns nicht helft«, warf Odhran ein, »riskieren wir, diese Schlacht zu verlieren, und dann wird Harcort gegen Euch marschieren, und wir werden nicht mehr da sein, um Euch zu helfen.«

»Dieses Risiko will ich gern eingehen. Ich glaube, dass wir uns mit den fünf Grafschaften der Insel einigen können, ohne Krieg führen zu müssen. Alle haben gesehen, dass wir tapfere Krieger sind. Wir sind noch immer in der Position des Stärkeren. Wir können das benutzen, um einen Friedensvertrag und eine neue Gebietsverteilung zu erreichen.«

»Das würde uns nicht reichen!«, protestierte ein anderer Klanchef.

»Ich glaube«, sagte Odhran, »dass wir zu keinem Ergebnis kommen können, solange Ihr nicht Euren neuen Führer ernannt habt.«

Der Druide hatte das Wort »ernannt« besonders betont. Er wusste, dass Tagor keine Chance haben würde, wenn der Führer durch eine Wahl bestimmt werden sollte. Wenn Tagor wirklich der Anführer der Stämme werden wollte, gab es nur eins: Er musste auf die Erbfolge pochen ...

»Die Krise ist ernst«, fuhr der Druide fort, »die Konflikte nehmen zu. Ihr müsst so schnell wie möglich einen Führer wählen, der Euch aus diesen Schwierigkeiten herausführen kann.«

»Unsere Trauer um Sarkan ist noch nicht vorbei«, erklärte Haishan. »Er war ein großer Anführer.«

»Trotzdem müssen wir unseren Führer wählen«, erwiderte ein anderer Tuathann.

»Ich werde seine Ernennung anfechten«, rief Tagor und schlug mit der Faust auf den Tisch. »Ich bin der Sohn von Sarkan dem Jüngeren, ich erhebe Anspruch auf meinen Platz, und wenn er mir nicht zuerkannt wird, werde ich die Klans verlassen, und alle, die es möchten, können mit mir gehen.«

»Die Einheit des Sid darf nicht zerstört werden!«, rief Haishan empört. »Wir müssen unsere Entscheidungen gemeinsam treffen.«

»Ich lehne einen neuen Krieg ab, und wenn das eure Entscheidung ist, dann werde ich gehen müssen.«

Ein langes Schweigen trat ein. Die Tuathann waren es nicht gewohnt, dass es in ihren eigenen Reihen Streit gab. Aber alle Klanchefs hier waren sich einig: Sarkan hatte es gesagt, *Eriu wird mit Blut errichtet werden, wir werden unser Land nur um den Preis zahlreicher Toter bekommen...* Und doch wussten sie, dass Tagor nicht der Einzige war, der das Ende des Kriegs wollte. Es musste um jeden Preis verhindert werden, dass er andere Krieger überzeugen konnte. Tagor durfte nicht der Nachfolger seines Vaters werden.

»Der Mahat'angor-Klan wird morgen in geheimer Wahl seinen neuen Führer wählen«, erklärte Haishan. »Und dieser wird der Anführer der Klans werden.«

Die anderen nickten. Tagor, der begriff, dass er diesen Kampf nicht gewinnen konnte, erhob sich und verließ wortlos den Raum.

Am nächsten Tag wurde Malden an die Spitze des Mahat'angor-Klans gewählt und damit zum Anführer aller Stämme. Er bestätigte dem Druiden, dass die Tuathann am Kampf gegen Harcort teilnehmen würden.

Am Abend teilte Tagor mit, dass er die Klans verlassen werde, und lud all jene, die wollten, dass der Krieg aufhöre, ein, sich ihm in den Bergen von Gor-Draka anzuschließen. Lediglich fünfzehn Tuathann standen auf, um ihm zu folgen, aber für Tagor war das nur der Anfang.

Die Welt von Djar ist dunkler als sonst. Liegt das daran, dass ich in dieser Zelle eingesperrt bin? Oder ist es wegen Ihm? Wer ist er? Man könnte glauben, er beobachtet mich seit langem. Sein Schatten erinnert mich an den von Maolmòrdha, und doch ist er es nicht.

Ich muss mich nähern. Er bedeutet mir, zu ihm zu kommen. Ich sollte Angst haben, aber ich muss es wissen. Welcher Mann kann Djar in eine solche Dunkelheit tauchen? Vielleicht sollte ich Kiaran rufen.

»Guten Tag, Alea.«

Das ist ein Druide. Ein Großdruide, und doch habe ich ihn niemals im Rat gesehen.

»Ich bin Samael.«

Der zweite Abtrünnige. Ich verstehe.

»Weißt du, dass ich in diesem Augenblick im Palast von Ria bin, wie du? Oh, du würdest mich nicht erkennen können, ich habe eine andere Identität… Und wir sind uns noch nie begegnet.«

»Was wollt Ihr?«

»Wissen, ob ich die Tür deiner Zelle öffnen soll, damit wir uns ein wenig unterhalten können…«

»Ich kann diese Tür allein öffnen, und wir können sehr gut hier miteinander sprechen.«

»Gut. Du bist misstrauisch. Du hast Recht. Kennst du meine Geschichte?«

»Nein…«

»Es ist in etwa die gleiche wie deine, oder wie die von Phelim. Ich bin vom Rat der Druiden verbannt worden…«

»Dann haben unsere Geschichten nichts miteinander zu tun. Ich bin nicht verbannt worden, ich habe niemals dem Rat angehört!«

»Du verstehst sehr gut, was ich meine, Alea! Keine Wortklauberei! Sagen wir, dass wir alle drei vom Rat verstoßen worden sind…«

»Ihr seid zahlreicher gewesen in der Geschichte von Sai-Mina, scheint mir. Da gab es auch noch Maolmòrdha, nicht wahr?«

»Er ist nicht verbannt worden, er ist aus freien Stücken gegangen, wenn ich so sagen darf. Während ich wie Phelim zugleich aus philosophischen und politischen Gründen verstoßen worden bin…«

»Was hattet Ihr getan?«

»Unter anderem leugne ich die Existenz der Moira.«

»Ich verstehe… Das kann ihnen in der Tat nicht gefallen haben!«

»Und doch, Alea, du weißt wie ich, dass die Moira nicht existiert, dass sie eine reine Erfindung der Druiden ist, nicht wahr?«

»Das würde ich nicht sagen…«

»Ah. Ich dachte, du seist schon weiter auf dem Weg der Erkenntnis. Aber ich weiß, dass du Zweifel hast…«

»Wer hat keine?«

»Ich. Ich habe keine Zweifel mehr. Die Moira ist eine Lüge, Alea. Und du bist der Beweis. Einer der Beweise. Daher die Verlegenheit des Rats. Weißt du, was die erste Vorsichtsmaßnahme des Verbrechers ist, Alea?«

»Nein…«

»Die Beweise zu vernichten! Du und ich, wir stören den Rat. Ich, weil ich weiß, dass die Moira nicht existiert, und du, weil du ein Mädchen bist und ebenso viel Macht wie diese Dummköpfe hast, wenn nicht sogar mehr!«

»Worauf wollt Ihr hinaus?«

»Ich möchte, dass die Wahrheit ans Tageslicht kommt, Alea!«

»Welche Wahrheit?«

»Die Moira ist eine reine Erfindung der Druiden! Das liegt doch auf der Hand!«

»Existierte sie nicht schon in den Legenden von Gaelia, lange bevor die Druiden auf die Insel kamen?«

»Doch … Eben! Es handelte sich um einen primitiven Glauben, den die Druiden übernommen haben, um die Bewohner von Gaelia nicht vor den Kopf zu stoßen … Sie haben ihn sich zu eigen gemacht und schwören heute nur auf ihn … Ich bin übrigens überzeugt, dass manche Druiden felsenfest daran glauben! Aber die ersten Druiden wussten sehr gut, dass es sich nur um eine Erfindung handelte, um dem Volk jede Willensfreiheit zu nehmen …«

»Und?«

»Und man muss ein für alle Mal mit diesem Schwindel Schluss machen.«

»Und wie?«

»Indem alle Druiden getötet werden und Sai-Mina zerstört wird!«

»Ihr wollt alle Druiden töten?«

»Mit deiner Hilfe, Alea, ist das kein Traum mehr. Und ich habe selbst einen Vorteil über die Druiden, von dem sie nichts wissen …«

»Samael, der Hass hat Euch den Verstand geraubt …«

»Ganz und gar nicht! Im Gegenteil, ich sehe jetzt sehr viel klarer! Und ohne die Druiden werden du und ich dieses Land regieren können, wie es uns beliebt!«

»Ich will die Druiden nicht töten und dieses Land nicht regieren, und ich will mich auch nicht mit Euch verbünden, Samael. Ihr habt den Verstand verloren. Die Schlüsse, die Ihr aus Euren religiösen Ableitungen zieht, sind falsch … Nicht mehr an die Moira zu glauben, zwingt Euch nicht, all jene zu töten, die ihre Existenz predigen!«

»Wenn sie allein die Macht haben, schon!«

»Es ist Eure Aufgabe, die Leute mit Vernunft und nicht mit Gewalt von dem zu überzeugen, was Ihr glaubt!«

Er schweigt. Als wäre er enttäuscht. Hat er wirklich geglaubt, ich würde mich ihm anschließen? Ich verstehe nicht. Wieder einmal weiß ich nicht, was für ein Bild die Leute von mir haben. Sie stellen sich mich so vor, wie sie mich haben wollen, nicht, wie ich bin. Wenn ich eines Tages eine Chance haben will, verstanden zu werden, zu etwas nütze zu sein, dann muss ich ein starkes Bild von mir vermitteln. Ich muss eine klare Botschaft verbreiten. Ich muss mich offenbaren.

»Samael, was Ihr vorhabt interessiert mich nicht. Und ich glaube, Ihr solltet gründlicher nachdenken. Irgendetwas sagt mir, dass tief in Eurem Innern ein vernünftiger Mann steckt. Ihr seid sicher nicht das Ungeheuer, zu dem der Rat Euch macht. Aber Ihr irrt Euch, Samael, und das ist schade.«

»Ich irre mich? Und du hast Recht, ist es so? Ich habe das schon irgendwo gehört! Du bist nicht besser als die Druiden! Pech für dich, ich könnte dir helfen, aus diesem Loch herauszukommen, dieses unbedeutende Leben hinter dir zu lassen, um endlich der Welt zu dienen, um endlich zu handeln, aber wenn du nicht willst, dann wirst du dich eben beugen müssen, wie alle. Auf Wiedersehen, Alea. Wenn wir uns das nächste Mal sehen, wird einer von uns beiden sterben müssen.«

»Wartet!«

Er bleibt stehen. Er dreht sich um.

»Ihr glaubt weder an die Moira, Samael, noch an den Gott der Christen… Und doch benutzt Ihr den Saiman…«

»Das schließt sich nicht aus…«

»Vielleicht, aber wie erklärt Ihr dann diese Kraft?«

»Die Selektion, Alea. Die Selektion. Ich glaube, dass es in der Welt verschiedene Arten von Pflanzen, ver-

schiedene Arten von Tieren, verschiedene Arten von Menschen gibt. Manche sind stärker als die anderen. Ich gehöre wie du zu den Übermenschen, Alea. Darin liegt nichts Göttliches... Glaubst du, dass die Moira dir deine Kraft gibt, Alea?«

»Ich weiß es nicht, Samael. Ich weiß es nicht.«

»Ich hoffe, dass du, wenn du es wissen wirst, noch Zeit haben wirst, dich mir anzuschließen...«

Er verschwindet. Ich werde ihm nicht folgen. In seiner Gegenwart fühle ich mich unwohl. Es ist eine widerliche Mischung aus Wahnsinn und Halbwahrheiten. Sollte er ein weiterer Feind sein? Im Lebensbaum habe ich gesehen, wie er sich mit Maolmòrdha gegen mich verbündete. Und doch ist er nicht wie Maolmòrdha. Dieser hier könnte gerettet werden...

Ernan war, ohne sich dessen bewusst zu sein, dabei, die Tradition des vorigen Erzdruiden, Ailin, fortzusetzen. Seit dem Beginn der Krise diskutierte er jeden Abend stundenlang mit dem Archivar. Und wie Ailin überließ sich Ernan oft einem langen Monolog. Er brauchte es, dass man ihm zuhörte, weil ihn das in seinem Denken weiterbrachte. Er brauchte es, seine Gedanken dem Archivar mitzuteilen, um sie mit der Wirklichkeit zu konfrontieren. Shehan hörte ihm geduldig zu und warf nur selten etwas ein, um den Erzdruiden nicht in seinem Schwung zu bremsen.

»Diesmal sehe ich die Zukunft wirklich nicht mehr, mein Bruder«, jammerte Ernan und betrachtete sein Konterfei in einem ovalen Spiegel seines Arbeitszimmers. »Eoghans Tod bringt all meine Pläne durcheinander. Mein ganzes Denken bricht zusammen. Hat sie ihn getötet? Hat sie ihn nur getötet, um uns eins auszuwischen? Ist es möglich, dass eine Frau uns so sehr hasst, dass sie ihren Mann tötet, um uns zu treffen, Shehan? Ich verstehe das nicht. Und was wird sie tun? Wir haben auf der ganzen Linie versagt. Seit Menschengedenken hat der Rat es immer so eingerichtet, dass ein Mann den Thron besteigt, der ihm ergeben ist. Eoghan war uns treu ergeben. Und wir haben diese Katastrophe nicht kommen sehen. Wir hätten uns dieser Heirat widersetzten sollen, Shehan. Wie konnte Ailin das nur verabsäumen?«

»Vielleicht hat er es absichtlich gemacht …«, gab Shehan zu bedenken.

»Absichtlich? Aber damit riskiert er den Untergang des Rats!«, rief der Erzdruide ungläubig.

»Weil wir zum ersten Mal allein sind, ohne Galatia? Brauchen wir den König oder die Königin wirklich? Sind sie auch heute noch die besten Verbündeten, die man sich wünschen kann?«

Ernan drehte sich um, um dem Archivar ins Gesicht zu sehen.

»Denkt Ihr an die Tuathann, Shehan? Glaubt Ihr, Ailin hoffte, die Tuathann würden den Platz von Galatia im Gleichgewicht der Kräfte einnehmen? Das ist nicht so dumm. Ihr habt vielleicht Recht. Sie sind der Moira näher als jeder andere Bewohner der Insel. Und wenn wir eine Armee brauchen, dann ist die der Tuathann möglicherweise tatsächlich besser als die von Galatia. Möglicherweise, denn sie ist jetzt ziemlich geschwächt. Und wie soll man ihnen eine Chance geben, sich auszudehnen? In Braunland sind sie die Zielscheibe von Harcort und von Meriander Mor, der ihnen sein Land nicht abtreten will. Sie werden dort niemals die Ruhe haben, die sie brauchen, um stark zu werden. Der Krieg gegen Harcort ist wirklich eine Notwendigkeit. Wir müssen uns die Christen vom Hals schaffen, und wir könnten die Tuathann in Ria ansiedeln. Aber Harcort besitzt jetzt das Schwert von Nuadu …«

»Und Amina wird die Armee von Galatia sicher daran hindern, uns die Unterstützung zu gewähren, die wir erwartet haben«, fügte Shehan hinzu.

»Natürlich. Das Gleichgewicht ist nicht mehr dasselbe. Ohne Galatia sind unsere Chancen, Harcort zu schlagen, kleiner geworden. Odhran hat mir trotzdem gute Nachrichten von den Tuathann gebracht. Sie haben einen neuen Anführer gewählt, Malden, der sich bereit erklärt hat, gemeinsam mit uns in den Kampf zu ziehen.«

»Aber ich habe auch gehört, dass Sarkans Sohn die Stämme gespalten hat …«

»Eine Minderheitsbewegung. Rund ein Dutzend Männer. Aber Ihr habt Recht. Wir müssen ein Auge darauf haben. Diese Bewegung darf nicht stärker werden. Wir müssen sie ersticken, bevor sie zu einem Problem wird. Wir können uns nicht erlauben, *auch* die Tuathann zu verlieren. Und wenn wir Galatia eines Tages wieder an uns binden wollen, müssen wir etwas gegen diese verfluchte Amina unternehmen!«

»Wir könnten ganz einfach beweisen, dass sie ihren Mann getötet hat, und sie verurteilen.«

»Das müsste möglich sein. Ich habe das Gefühl, dass das Volk von Galatia sie nicht gleichermaßen liebt wie den König. Wir müssten es in der Tat überzeugen können, dass sie schuldig ist. Aber dafür brauchen wir Zeit, und die haben wir nicht. Jedenfalls können wir in diesem Krieg nicht auf Galatia zählen.«

»Stellen wir wenigstens sicher, dass Amina in dieser Zeit nichts gegen uns unternimmt«, riet Shehan.

Der Erzdruide nickte. Der Krieg würde komplizierter werden als geplant, denn er würde an mehreren Fronten geführt werden. Alea, Tagors Rebellion, Amina, Braunland und Harcort. Ganz zu schweigen von den Gorgunen, von denen es hieß, sie würden in ganzen Armeen nach Norden marschieren.

»Ich habe es satt zu warten, Shehan! Wir müssen sofort mit aller Kraft zuschlagen. Sagt all unseren Brüdern, dass wir morgen nach Harcort aufbrechen werden!«

»So schnell? Aber wir werden niemals genug Zeit haben, uns bis dahin vorzubereiten! Das ist Wahnsinn«, protestierte der Archivar und erhob sich.

»Wir haben keine Alternative. Tut, um was ich Euch bitte.«

»Und wer soll gehen?«

»Alle Magistel, sechs Großdruiden und zwei Drittel der Druiden.«

»Und wie wählen wir die sechs Mitglieder des Rats aus, die gehen sollen?«

»Ihr und ich, wir müssen bleiben. Finghin ist verschwunden. Kiaran ist sicher nicht in der Lage zu kämpfen. Und ich möchte, dass auch Aengus hier bleibt. Es werden also Otelian, Kalan, Lorcan, Tiernan, Henon sein müssen und natürlich Odhran, der sich auf halbem Weg mit ihnen treffen und anschließend die Operationen leiten wird.«

Der Archivar nickte stumm. Mit ernster Miene verließ er den Raum.

7

Und die Dunkelheit komme

»Majestät, wir müssen so schnell wie möglich die Begräbnisfeierlichkeiten für den König organisieren und im ganzen Land Staatstrauer ausrufen …«

Die Königin saß an Eoghans Schreibtisch, von dem sie sich seit dem Morgen nicht weggerührt hatte. Unaufhörlich kamen Boten und brachten die Beileidbekundungen des Barons von Bisania, des Grafen von Sarrland und sogar aus Sai-Mina. Die Adligen kamen persönlich, um Eoghans Körper zu sehen, der noch immer auf einem großen geschmückten Bett lag.

Amina hatte gleich am Tag nach dem Tod ihres Mannes ihre Autorität gesichert, indem sie im ganzen Palast ihre Anweisungen gegeben hatte. Mit furchtbarer Kälte hatte sie Eoghans Platz eingenommen und dem ganzen Hof sowie dem gesamten Personal zu verstehen gegeben, dass sie nicht die Absicht habe, eine passive Königin zu sein.

Bely war einer der Berater des Königs gewesen, und er war der Einzige, mit dem Amina zurechtkam. Er versuchte der Königin zu helfen, die unvermeidliche Krise zu meistern, die das Drama ausgelöst hatte. Nicht, dass er auch nur einen Augenblick an die Unschuld der Königin geglaubt hätte, aber sein Machthunger war so groß, dass er ihm die Kraft verlieh, ihr zu schmeicheln und ihr seine Untertänigkeit zu beweisen. Er hoffte, dass die Königin ihm, wenn er ihr beistand, immer mehr Verantwortung im Königreich übertragen würde, und nur das interessierte ihn.

»Ich überlasse es Euch, Bely. Aber zunächst möchte ich, dass man dem Volk von Gaelia sagt, dass der König von den Druiden ermordet wurde, weil er sich weigerte, sich weiter manipulieren zu lassen. Ich will, dass Gaelia und vor allem Galatia mich in meinem Widerstand gegen Sai-Mina unterstützen.«

»Ihr wollt die Druiden angreifen?«, fragte Bely.

»Nicht ganz. In Wirklichkeit hoffe ich, ihren Orden reformieren zu können. Ich habe eine sehr genaue Vorstellung von der Zukunft, die ich dieser Insel bieten will, mein Lieber, und ich bin fest entschlossen, sie in die Tat umzusetzen. Es ist das erste Mal, dass Gaelia einen Monarchen hat, der fähig ist, den Druiden die Stirn zu bieten. Ich werde sie unterwerfen und sie zwingen, sich in Providenz anzusiedeln. Und der Monarch von Gaelia wird automatisch zum Erzdruiden ernannt werden. Das ist mein Ziel, und ich bin es gewohnt zu bekommen, was ich will …«

»Ihr wollt den Rat leiten?«, sagte Bely leise, immer überraschter.

»Ihn unterwerfen und dann leiten, in der Tat.«

»Die Druiden werden niemals zulassen …«

»Wenn sie erst einmal geschwächt sind, werden sie keine Wahl haben«, schnitt Amina ihm das Wort ab und erhob sich.

Sie ging langsam auf Bely zu, blickte ihm tief in die Augen und nahm seinen Kopf zwischen ihre Hände, als wollte sie ihn daran hindern, sich zu bewegen.

»Hört mir gut zu, Bely: Galatia wird nicht am Krieg gegen Harcort teilnehmen. Die Druiden werden sich die Zähne ausbeißen. Und dann werde ich Zwietracht im Rat säen, bis Ernans Autorität zerstört ist. Anschließend werde ich ihnen meinen Willen aufzwingen, und wenn sie endlich unterworfen sind, werde ich Gaelia erneut unter dem Banner von Galatia einen. Ich werde Harcort, Braunland und die Tuathann niederzwingen. Wenn es so weit ist. Erst einmal sollen sie untereinander kämpfen, das wird meine Aufgabe erleichtern!«

Sie ließ den Kopf des Beraters los und lächelte breit.

»Ich werde Euch dabei brauchen, und ich weiß, dass Euer Ehrgeiz groß ist, mein kleiner Bely ...«

»Euer Plan ist bereits sehr ausgereift ...«

»Ich brauche einen Mann wie Euch, um ihn umzusetzen. Vor allem vergewissert Euch, dass das gesamte Volk von Gaelia von der Schuld der Druiden am Tod des Königs überzeugt ist. Das ist vordringlich. Parallel möchte ich, dass Ihr mir helft, meine Umgebung neu zu ordnen. Ich will wissen, auf welche Adligen ich mich verlassen kann, welche hinter meinem Rücken schlecht über mich sprechen und welche mir dabei helfen können, Galatia mehr Glanz zu verleihen, als es jemals gehabt hat ...«

Bely nickte.

»Ich werde Euch zum ersten Mann an meinem Hofe machen, mein Guter, wenn Ihr mich nicht enttäuscht.«

»Wie sollen wir uns den Druiden gegenüber verhalten?«

»Verbietet ihnen den Zugang zu Galatia, solange sie meine Autorität nicht anerkannt haben. Und findet einen Mann, der imstande ist, Unruhe im Rat zu säen.«

»Und die Armee? Sie war Eoghan treu ergeben ...«

»Sagt den Soldaten, dass ich ihren Sold um die Hälfte erhöhe, das müsste reichen, um ihre Sympathie zu gewinnen. Die Soldaten denken nur an zwei Dinge: die Frauen und ihren Sold. Zu den Begräbnisfeierlichkeiten für den König ladet den Baron von Bisania und den Grafen von Sarrland ein. Und ladet auch Mor ein, meinen verkommenen Schwager, sowie diesen Phantasten Al'-Roeg, aber wenn die Druiden fragen, warum sie nicht eingeladen sind, sagt ihnen immer wieder dasselbe: nicht, solange sie sich nicht meiner Autorität gebeugt haben.«

»Gut, Majestät.«

Bely verneigte sich und verließ das Arbeitszimmer des Königs, das bereits das der Königin geworden war.

Die fünf Gefährten kamen bei Einbruch der Nacht nach Ria. Finghin war nicht mehr der Einzige, der als Schauspieler verkleidet war: Auch Galiad und Erwan trugen jetzt die Kleidung der Wanderschauspieler, und ihre Pferde trabten neben dem Wohnwagen, damit der Eindruck entstünde, es handele sich um eine große Schauspielerfamilie. Der Magistel hoffte nur, dass Mel, der sich prächtig zu amüsieren schien, ihn nicht auch noch bitten würde, in einem Stück mitzuspielen, um seine neue Identität noch glaubhafter zu machen …

Schließlich hielten sie vor einer lauten Taverne, banden ihre Pferde im Stall fest und stellten ihren Wohnwagen neben den Boxen ab. Das Wirtshaus war voller Gäste, ein Vorteil, wenn man nicht bemerkt werden wollte. Sie mussten etwas warten, bevor ein Tisch frei wurde und sie sich endlich setzen und bestellen konnten. Sie hatten alle schon lange kein richtiges Abendessen mehr gehabt, und ihren Gesichtern war das einfache

Glück über ein gutes Essen anzusehen. Sie bestellten Lamm in Pflaumensauce mit Erbsen, Champignons und weißem Reis.

Während des Essens versuchte jeder für sich, aus den Unterhaltungen des Abends die eine oder andere Information herauszuhören, die ihnen bei ihrer Suche helfen könnte. Aleas Name wurde nicht genannt, aber sie erfuhren etwas, das sie ebenso sehr überraschte: Der Erhabene König von Gaelia war tot, er war vergiftet worden.

Die Gäste der Taverne kommentierten das Drama mit einer gewissen Gleichgültigkeit, ja sogar ein wenig spöttisch. Galatia war weit weg, und die Harcortianer fühlten sich schon längst nicht mehr als Untertanen des Königs. Hier gehorchte man dem Grafen und der Kirche, das war mehr als genug. Die Wunde des Kriegs von Harcort hatte sich niemals geschlossen, und die gegenwärtige Krise weckte unangenehme Erinnerungen.

Die fünf Gefährten begannen sich in dieser Gesellschaft unwohl zu fühlen, als ein Barde den Gastraum betrat. Er war ziemlich alt, schlank, trug das grüne Gewand seiner Kaste und eine Harfe unter dem Arm. Als er die Wanderschauspieler erblickte, ging er zu ihrem Tisch. Die Barden machten sich eher rar in Harcort, sie waren nicht immer gern gesehen, und dieser sagte sich vermutlich, dass die Wanderschauspieler ihn besser aufnehmen würden als die anderen, die ringsumher aßen und tranken. Wanderschauspieler und Barden verstanden sich häufig gut, weil sie ein ziemlich ähnliches Leben führten.

»Guten Tag, liebe Kinder, ich bin Akhano, Barde«, sagte er höflich, »darf ich mich zu Euch setzen?«

»Natürlich«, erwiderte Mel und rückte auf der Bank

etwas zur Seite, um ihm Platz zu machen. »Du bist willkommen.«

Der Barde setzte sich, bestellte eine Suppe und stieß einen tiefen Seufzer der Erleichterung aus.

»Was für eine Reise! Ich bin heilfroh, endlich am Ziel zu sein! Aber ich sehe, dass auch Ihr einen langen Weg hinter Euch habt: Eure Kleider sind wie meine voller Sand.«

»In der Tat«, erwiderte Kaitlin und schlug auf ihre Ärmel.

Finghin, Erwan und Galiad trauten sich aus Angst, sich zu verraten, nicht zu sprechen. Der Barde würde gewiss sofort erkennen, dass sie keine echten Wanderschauspieler waren, wenn sie den Mund aufmachten. Sie begnügten sich also damit zu nicken oder vage zu lächeln.

»Wanderschauspieler kommen nicht oft hierher«, bemerkte der Barde, dem soeben seine Suppe serviert worden war.

»Nicht häufiger als Barden«, erwiderte Mel.

»Das stimmt. Sagen wir, dass Harcort den Leuten meiner Kaste nicht sehr freundlich gesinnt ist«, erklärte er leise. »Wir werden nicht ganz so stark gehasst wie die Druiden, aber sie wissen, dass wir zur gleichen Familie gehören ...«

»Warum kommt Ihr dann her?«

»Ich bin in dieser Stadt geboren, zu einer Zeit, in der ganz andere Verhältnisse herrschten. Man hatte noch nichts von den Christen gehört, und Harcort war eine Grafschaft wie alle anderen. Ich habe immer noch viele Freunde hier, ich besuche sie jedes Jahr. Aber es wird immer schwieriger, als Barde akzeptiert zu werden. Ich könnte mich natürlich verkleiden ...« Er machte eine

Pause und blickte zu Finghin auf. »Bei manchen klappt das sehr gut…«, fügte er lächelnd hinzu.

Der Druide runzelte die Stirn. Er war schneller erkannt worden, als er gedacht hatte.

»Ihr braucht keine Angst zu haben«, beruhigte ihn der Barde. »Ich fühle mich in diesem Land fast ebenso unwohl wie Ihr, obwohl ich hier geboren bin…«

Finghin hoffte, dass der Barde ihn nicht verraten würde. Aber da er gewiss von den Druiden unterwiesen worden war, um Barde zu werden, konnte er ihm vermutlich vertrauen.

»Funktioniert das Netz der Barden bis hierher?«, fragte Galiad, der jetzt wusste, dass es sinnlos war, seine Identität noch weiter verbergen zu wollen.

»Mehr oder weniger«, erwiderte Akhano.

Galiad warf Finghin einen Blick zu. Er fragte sich, ob er dem Barden ohne Gefahr Fragen stellen konnte. Es saßen viele Leute um sie herum, und sie durften nicht auffallen. Das Auftauchen von Akhano hatte bereits die Aufmerksamkeit einiger Gäste erregt, sie mussten also doppelt vorsichtig sein.

Finghin begriff, was Galiad von ihm erwartete. Sie mussten eine Möglichkeit finden, verschlüsselt mit dem Barden zu sprechen. Der Magistel wusste, dass ein Druide dazu in der Lage war. Vermutlich hatte er es schon bei Phelim erlebt.

Der junge Druide nickte unauffällig und wandte sich dem Barden zu.

»Es muss schwierig sein, seine Freunde in einer so großen Stadt zu finden«, sagte er.

Der Barde zog eine Augenbraue hoch. Er blickte Finghin ins Gesicht und begriff sofort, welches Spiel der Druide spielen wollte.

»Nicht, wenn man sicher weiß, wo sie sind«, erwiderte Akhano. »Ich bin hier geboren, ich kenne die Stadt wie meine Westentasche und weiß genau, wo meine Freunde sind. Wenn ich einen suche, finde ich ihn auch.«

»Da habt Ihr großes Glück«, erwiderte Finghin. »Ich dagegen habe manchmal ganz schöne Schwierigkeiten. Ich muss dazusagen, dass wir Wanderschauspieler viel reisen. Stellt Euch vor, ich habe zum Beispiel meine Schwester schon seit Jahren nicht mehr gesehen …«

»Eure Schwester, sagt Ihr?«, fragte der Barde überrascht.

»Ja, meine Schwester. Ich habe nur eine. Und ich hänge sehr, sehr an ihr.«

»Ich verstehe. Und Ihr sucht sie hier?«

»Ich bin nicht ganz sicher, ob sie hier ist, aber die Aussichten sind nicht schlecht.«

»Ich könnte mich vielleicht für Euch erkundigen …«

»Dafür wäre ich Euch sehr verbunden«, erwiderte Finghin, froh, dass der Barde die Botschaft verstanden hatte.

»Sobald ich mehr weiß, werde ich Euch Bescheid sagen, in der Zwischenzeit trinke ich erst mal ein Glas.«

Sie unterhielten sich noch lange mit dem Barden und erlebten ihn als sympathischen und ungewöhnlichen Menschen; dann beschlossen sie endlich, schlafen zu gehen. Sie baten den Wirt um zwei Zimmer und gingen hinauf. Mel und Kaitlin nahmen das eine Zimmer, Finghin, Galiad und Erwan teilten sich das andere.

»Gute Nacht!«, flüsterte Kaitlin den drei Gefährten zu, sah dabei aber Finghin an.

Sie trennten sich, um in die beiden kleinen dunklen Zimmer zu gehen, die sich ganz oben unter dem Dach befanden.

»Glaubst du, dass er deine Botschaft wirklich verstanden hat?«, fragte Erwan Finghin, als dieser am Fenster stand.

»Er hat gerade das Gasthaus verlassen, dabei habe ich gehört, dass er ein Zimmer verlangt hat. Ich denke also, dass er gegangen ist, um sich für uns zu erkundigen.«

»Ich hoffe, dass er nicht gegangen ist, um uns zu denunzieren«, meinte Galiad mit ernster Stimme.

»Er ist Barde, Galiad, er steht auf unserer Seite!«

»Ein Barde aus Harcort ...«

»Gewiss, aber trotzdem ein Barde. Wenn er auf der Seite von Harcort stünde, hätte er schon längst sein grünes Gewand ausgezogen. In dieser Kleidung hierher zu kommen, zeugt von einem Mut, der eine gewisse Treue zur Moira beweist, glaubt Ihr nicht?«

»Ich hoffe es«, erwiderte Galiad nur und streckte sich auf seinem Bett aus, die Hände hinter dem Nacken.

Finghin blickte immer noch auf die Straße. Der Mond zeichnete krumme Schatten auf sein Gesicht. Erwan betrachtete aufmerksam seinen Freund. Sie hatten sich seit einem knappen Monat nicht gesehen, aber ihm kam es vor, als sei eine Ewigkeit vergangen.

»Du hast dich verändert, Finghin«, sagte der junge Magistel lächelnd. »Du bist viel ... freier. Ich weiß nicht, wie ich es dir sagen soll ...«

Finghin sah ihn an.

»Es ist so viel passiert während eurer Abwesenheit, was mich gezwungen hat, mir Fragen zu stellen, von denen ich nie gedacht hätte, dass ich sie mir einmal würde stellen müssen. Mein Glaube an Sai-Mina ist auf eine harte Probe gestellt worden. Ich habe aus Wut, aus Enttäuschung den Rat verlassen.«

»Aus den gleichen Gründen wie Phelim?«, erkundigte sich Galiad.

»In etwa, ja, das nehme ich an. Ich begreife nicht so ganz, was Ernan wirklich will. Ich frage mich, ob er selbst es weiß. Einerseits habe ich das Gefühl, dass er mich dazu bringen wollte, Euch zu helfen, Alea zu helfen. Andererseits kommt es mir so vor, als wollte er sie sich vom Hals schaffen.«

»Glaubst du nicht, dass er einfach nur Angst hat?«, gab Galiad zu bedenken.

»Das ist kein Gefühl, das ich mir als Triebfeder für die Handlungen eines Erzdruiden vorstellen kann.«

»Ich auch nicht«, erwiderte Galiad. »Aber es ist fast normal, vor Alea Angst zu haben. Selbst Phelim war schrecklich beunruhigt.«

»Das hat ihn nicht daran gehindert, sie zu beschützen …«

»In der Tat«, räumte Galiad ein. »Und darin ähnelt Ihr ihm sehr. Ich glaube, dass Gaelia sich verändern muss. Das Gleichgewicht, das die Insel erreicht hat, ist verhängnisvoll geworden und muss verändert werden. Und diese Veränderung führt Alea herbei. Wie jeder Bruch wird diese schmerzhaft sein. Die einzige Frage ist, was für eine Welt diese Veränderung uns bringen wird. Wird es Alea gelingen, Gaelia so zu verändern, wie sie es wünscht, und wenn, was für ein Leben wird sie uns bieten? Das ist eine Frage, die dem Rat furchtbare Angst machen muss, eine schreckliche Frage für einen Orden, der diese Insel seit so vielen Jahren kontrolliert und sich nicht vorstellen kann, dass es einmal anders sein könnte.«

»Und doch sollte der Rat wissen, dass es nicht auf das Überleben des Ordens, sondern das der gesamten Insel ankommt!«, rief Finghin laut, als wollte er, dass Sai-Mina ihn hörte.

»Du hast das begriffen, wie Phelim. Ernan hat es vielleicht ebenfalls begriffen, weißt du, aber seine Stellung als Erzdruide hindert ihn wahrscheinlich daran, es zu akzeptieren. Er ist da, um den Rat aufrechtzuerhalten …«

Finghin seufzte.

»Phelim hätte wahrscheinlich gewusst, was zu tun wäre«, sagte er, und Verzweiflung schwang in seiner Stimme mit.

Erwan stand auf und ging zu dem jungen Druiden.

»Aber du kommst doch sehr gut zurecht, wie mir scheint. Es gehört schon Mut dazu, um in deinem Alter die Entscheidung zu treffen, den Rat zu verlassen!«

Finghin schenkte seinem besten Freund ein dankbares Lächeln.

»Und du? Du hattest sie wiedergefunden …«

»Ja. Aber ich konnte nichts tun. Mein Vater und ich wissen nicht genau, was passiert ist. Phelim ist gestorben, und wir sind beide in eine Art von Wachtraum geschleudert worden …«

»Die Welt von Djar«, murmelte Finghin.

»Alea hat uns dorthin mitgenommen.«

»Sie kann sie vermutlich beherrschen, wie Kiaran. Er hat uns neulich im Rat enthüllt, dass er sie jeden Abend in der Welt von Djar sehen würde.«

»Sie hat uns gesagt, wir sollten fliehen, und dann hat sie gegen den Fürsten der Herilim gekämpft. Wir haben nicht gewusst, wie der Kampf ausgegangen ist. Dann habe ich Alea in dieser sonderbaren Welt wiedergesehen, und ich habe begriffen, dass sie ihren Gegner besiegt hatte.«

»Und jetzt scheint sie sich nach Mons-Tumba begeben zu wollen, sagtet ihr. Ich frage mich, was sie dort will …«

»Worauf es im Augenblick ankommt«, warf Galiad ein, »ist, dass wir sie wiederfinden. Wenn sie wirklich von Al'Roeg gefangen genommen wurde, dann wird es verdammt schwierig sein, sie zu befreien.«

Sie schwiegen alle drei und ließen einen langen Augenblick verstreichen. Finghin legte sich ebenfalls hin, aber keiner hatte die Augen geschlossen. Es war eine dieser Nächte, in denen man spürt, dass das Leben schneller wird, und man mit klopfendem Herzen den Schlaf vertreibt.

»Und du«, sagte Erwan schließlich, »ich habe das Gefühl, dass ...«

»Dass was?«, fragte Finghin und stützte sich auf einen Ellbogen.

Erwan prustete vor Lachen.

Der Druide wurde ungeduldig. »Was?«

»Sagen wir, dass du Kaitlin ganz schön den Hof machst ...«

Finghin riss die Augen auf. »Und das sagst du mir!«, rief er entrüstet. »Du, der du Sai-Mina wegen der schönen Augen einer Dunkelhaarigen verlassen hast!«

Erwan brach in Gelächter aus, in das sein Freund bald einstimmte. Galiad seufzte.

»Es ist das erste Mal, dass ich einen Druiden und seinen Magistel so albern sehe!«, sagte er ironisch und bedeckte sein Gesicht mit einem Kopfkissen, um anzudeuten, dass er sie nicht mehr hören wollte.

In diesem Augenblick klopfte es an der Tür.

Galiad sprang auf. Er griff nach seinem Schwert und öffnete vorsichtig die Tür.

Akhano erschien.

»Ich glaube, ich weiß, wo Eure Schwester ist«, erklärte er, als er ins Zimmer trat.

Galiad trat beiseite, um ihn hereinzulassen, warf einen Blick in den Gang und schloss die Tür hinter ihm.

»Alea wird von Graf Al'Roeg gefangen gehalten«, teilte Akhano mit, »zusammen mit zwei Gefährten, einer Bardin und einem Dudelsack spielenden Zwerg.«

»Es stimmt also«, seufzte Finghin.

»Sie sind in den unterirdischen Verließen des Schlosses hier in Ria eingesperrt. Ich weiß nicht, für wie lange, aber der Graf hat im Augenblick wohl nicht die Zeit, sich um sie zu kümmern: Der Krieg gegen die Druiden und die Tuathann ist erklärt worden. Die Armee bereitet sich vor…«

Galiad sah Finghin an und dann seinen Sohn. Schließlich stellte er sich vor den Barden.

»Danke, Akhano. Danke. Glaubt Ihr, dass wir eine Chance haben, sie zu befreien?«

Der Barde riss die Augen auf. »Sie aus dem Schloss von Ria befreien?«, rief er. »Aber es handelt sich um eine Festung voller Soldaten, und nicht irgendwelche. Ich nehme an, dass Ihr den Ruf der Soldaten der Flamme kennt…«

»Trotzdem«, beharrte der Magistel, »wenn wir sie befreien wollten, wie müssten wir Eurer Meinung nach vorgehen? Ihr kennt die Stadt doch gut.«

»Ich glaube wirklich nicht, dass es möglich ist, meine Freunde. Tut mir leid… Es sei denn, die Soldaten sind so mit den Kriegsvorbereitungen beschäftigt, dass sie die Bewachung des Schlosses vernachlässigen. Heute Abend hättet Ihr vielleicht mehr Chancen als an jedem anderen Abend, aber es wird sehr gefährlich sein!«

Galiad nickte. Er sah dem Barden direkt in die Augen, aber sein Blick wirkte abwesend, als sei er bereits dabei, Pläne zu schmieden.

»Hat das Schloss mehrere Eingänge?«, fragte er.

»Natürlich, aber ich kenne sie nicht alle!«

»Na kommt, Akhano, wenn Ihr an unserer Stelle wärt, wie würdet Ihr vorgehen?«

»Ich hätte niemals den Mut, heimlich in das Schloss von Al'Roeg einzudringen!«

Galiad seufzte. Finghin und Erwan standen hinter ihm. Sie waren jetzt sicher, dass Alea hier war, gefangen ganz in der Nähe des Gasthofs, und ein unkontrollierbares Gefühl der Dringlichkeit erfüllte sie.

»Wartet«, sagte Akhano plötzlich. »Ich bin nicht imstande, Euch zu helfen, aber ich kenne jemanden, der Euch von Nutzen sein könnte…«

»Ich höre«, drängte Galiad ihn.

»Einer meiner Freunde ist Maurermeister. Er hat mehrmals die Baustellen des Schlosses geleitet und kennt es gewiss sehr gut. Das Problem ist nur, dass ich nicht sicher bin, ob er bereit sein wird, Euch zu helfen. Er hat nichts gegen Al'Roeg…«

»Ich werde ihn schon überzeugen«, sagte Finghin. »Gehen wir sofort zu ihm!«

»So spät?«, rief Akhano.

»Ihr habt selbst gesagt, dass heute Abend die beste Gelegenheit ist«, erwiderte Galiad.

Der Barde zuckte die Achseln. »Das stimmt. Aber es wird ihm bestimmt nicht gefallen. Ihr solltet wirklich überzeugend sein!«

»Ich werde Mel und Kaitlin holen«, sagte Finghin und stürzte zur Tür.

»Seid Ihr sicher?«, hielt Galiad ihn zurück.

Der Druide nickte. »Sie sind viel geschicktere Kämpfer, als Ihr vielleicht denkt…«

Die Bardin kniete vor Dermod Cahl, das Gesicht geschwollen und voller blutiger Striemen.

Das ganze Dorf brannte hinter der schwarzen Gestalt des lebenden Toten. Die Straßen wimmelten von Gorgunen. Diese grausamen Ungeheuer liefen hinter den letzten Überlebenden her, um sie zu töten, zerstörten die Häuser, die die Flammen noch stehen gelassen hatten, und verwüsteten alles auf ihrem Weg. Die Schreie der Frauen verloren sich im Lärm der Balken, die in den Feuersgluten in großen schwarzen Rauchwolken einstürzten. Das Feuer breitete sich jetzt auf die Wiesen ringsum und die Scheunen aus, in denen die Sommerernte lagerte.

»Ich bin sicher, dass du weißt, wo das Mädchen ist«, wiederholte Dermod Cahl mit seiner hohlen Stimme.

Die Bardin glaubte Rauch aus der schwarzen Kapuze ihres Henkers treten zu sehen. Ein merkwürdiger Rauch, der von nirgendwoher zu kommen schien. Man konnte weder das Gesicht noch die Augen des lebenden Toten im Schatten des dicken Stoffs sehen.

»Die Neuigkeiten verbreiten sich im Augenblick schnell in eurem kleinen Netz …«

Er hob den Arm über der jungen Frau und ließ die Rückseite seiner behandschuhten Hand auf sie niedersausen. Die Ohrfeige traf sie mitten ins Gesicht, und die Bardin fiel erneut auf den Boden, wo sie sich die Nase brach.

Das Blut auf ihren Wangen und ihren Lippen mischte sich mit den Tränen, die noch immer aus ihren Augen liefen.

Caedlyn, die junge Bardin, war am Tag zuvor in dieses kleine Dorf im Süden Galatias am Ufer des Flusses Sinain gekommen. Sie war eine wunderschöne Frau, die soeben ihre Ausbildung beendet hatte und erst seit ein paar Monaten durch das Land reiste, um ihre ersten Erzählungen und ihre ersten Lieder auszuprobieren. Doch damit drohte heute Abend für immer Schluss zu sein. Innerhalb eines einzigen Augenblicks. Weil sie sich im falschen Augenblick am falschen Ort befunden hatte. Sie fragte sich, warum die Moira sie hierher geführt hatte. Was hatte sie getan, um das zu verdienen? Und vor allem, wer war diese furchtbare, abscheuliche Kreatur, die sie so misshandelte?

»Kleine Schlampe, warum weigerst du dich zu sprechen? Hoffst du, du könntest sie beschützen? Wenn du nicht redest, wird ein anderer es an deiner Stelle tun, wenn ich dich getötet habe … Also, rede. Wo ist sie?«

Aber die Bardin konnte nicht antworten. Sie verstand nicht, warum. Welche unbewusste Kraft, welche bornierte Vernunft trieb sie dazu, Stillschweigen zu bewahren? Die uneingestandene Gewissheit, dass sie auf jeden Fall sterben würde? Wozu sollte sie ein Kind verraten, das sie nicht kannte, da er sie so oder so töten würde?

Caedlyn weinte. Sie beweinte die Stunden, die sie am Bett ihrer sterbenden Mutter verbracht hatte. Sie beweinte die Jahre, die sie in der Schule der Druiden verbracht hatte. Die Monate, die sie dem Vergnügen am Erzählen geopfert hatte. Die wunderschönen Geschichten, die neuen oder vergessenen Lieder. Das Lächeln eines Mädchens am Fenster eines Gasthofs, das heimlich ihren unglaublichen Erzählungen zuhörte. Und sie beweinte eine Zukunft, die sie nicht kennen lernen würde. Die Städte, von denen sie geträumt hatte. Die ersehnten Begegnungen. Die Schüler, die sie eines Tages gehabt hätte.

Sie weinte, und das half ihr vielleicht, nicht zu reden. Einfach nur zu warten, dass es schwarz würde. *Und dass die Dunkelheit käme.*

Dermod Cahl wartete und hörte dem erstickten Schluchzen der jungen Frau zu; dann näherte er sich ihr und beugte sich über ihren kleinen verletzten Körper. Er legte seine Hand auf die Stirn der Bardin.

»Du zwingst mich also, deine Gedanken zu lesen«, sagte er seufzend. »Ich hasse das.«

Caedlyn wehrte sich. Sie versuchte die Hand auf ihrer Stirn wegzuschieben, aber Dermod Cahl hatte übermenschliche Kräfte, und seine Finger umklammerten den Schädel der Bardin so fest, dass sie sich bald nicht mehr bewegen konnte. Ihr Kopf steckte wie in einem Schraubstock, der sich immer fester um ihn schloss. Und plötzlich spürte sie den Saiman. Eine fremde Kraft in ihrem Geist. Die Kraft der Druiden. Dessen war sie sicher. Sie hatte nicht das Recht, sie zu berühren, aber sie kannte sie. Es gab keinen Zweifel.

Ohne etwas dagegen tun zu können, spürte sie die Energie, die ihre Erinnerungen vergewaltigte, ihr Gedächtnis durchwühlte. Völlig durch sie hindurchging.

»Ria. Sie ist in Ria, nicht wahr?«, begann Dermod Cahl, den Kopf gen Himmel erhoben, als würde er die Ohren spitzen, um ein fernes Murmeln zu vernehmen. »Al'Roeg hat sie gefangen genommen. Sie ist im Schloss von Harcort.«

Er ließ die Stirn der Bardin los und stieß die Frau heftig nach hinten. Caedlyn fiel hintüber und versuchte erst gar nicht, sich zu erheben. Sie war am Ende ihrer Kräfte.

»Du siehst, es wäre einfacher gewesen, es mir gleich zu sagen, liebe Cousine.«

Dermod Cahl drehte sich um, ließ den geschundenen

Körper der Bardin auf dem Sand liegen und ging zu seinem Pferd.

Der lebende Tote stieg auf seinen Rappen und ritt im Schritt nach Norden. Die Gorgunen sahen ihn vom Dorf aus und begannen sich nach Stämmen zu sammeln. Ihr Führer brauchte nichts zu sagen. Sie begnügten sich damit, ihm überallhin zu folgen, wohin er auch ging.

Die zwölf Gorgunen-Armeen setzten sich wieder in Marsch und verließen zu Tausenden das brennende Dorf. Als sie an der Bardin vorbeizogen, stürzten mehrere Gorgunen sich auf sie, und eine Staubwolke breitete einen dunklen Schleier über die Augenblicke ihres Todes.

»Und warum sollte ich Euch helfen?«, fragte der Maurermeister, als Finghin die knappe Schilderung ihrer Abenteuer beendet hatte.

Sie waren mitten in der Nacht in das Haus des Handwerkers gekommen und befanden sich jetzt in seiner Küche. Finghin und Akhano hatten sich mit ihm an den Tisch gesetzt. Mel, Kaitlin, Erwan und Galiad warteten lautlos hinter ihnen, und auf der anderen Seite hörte die Frau des Maurers von dem kleinen Gang aus zu, der zu diesem Raum führte.

»Alea wird vom Rat, von Galatia, von Maolmòrdha und seiner Gorgunen-Armee sowie von Harcort gesucht… Alle Herrscher dieses Landes wollen sie gefangen nehmen. Aus welchem Grund, was meint Ihr? Weil dieses Mädchen die Macht hat, die Dinge zu ändern, und weil die Politiker Veränderungen hassen! Aber wollt Ihr denn nicht, dass dieses Land sich weiterentwickelt? Und wenn niemand diesem Mädchen hilft, welche Chance haben wir dann, etwas zu bewegen?«

Der Maurermeister schien nicht überzeugt. Finghin wusste, dass er nicht wirklich dagegen war, aber das Risiko, das von ihm verlangt wurde, war wohl doch zu groß.

»Ansel, wer immer dieses Kind auch ist«, sagte Akhano, »glaubst du wirklich, dass ein Mädchen seines Alters etwas in den Kerkern von Ria zu suchen hat?«

Erwan näherte sich ebenfalls.

»Ich habe die ganze Insel durchquert, um Alea zu helfen. Sie ist für mich das Wichtigste in meinen Leben. Wir verlangen von Euch nicht, sie zu befreien oder öffentlich für uns Partei zu ergreifen, sondern nur, uns ins Schloss zu führen, damit wir wenigstens eine Chance haben, ihr zu Hilfe zu kommen. Ihr könnt so weit gehen, wie Ihr wollt. Wenn Ihr unseren Weg für zu gefährlich haltet, könnt Ihr umkehren, und keiner von uns wäre Euch deswegen böse.«

Der Maurer seufzte. Er wusste, dass er ein zu großes Risiko einging, aber es war schwierig, sich all diesen so hochrangigen Männern zu widersetzen. Er drehte sich um, um in den Augen seiner Frau ein wenig Unterstützung zu finden, aber zur Überraschung aller ergriff diese mit schwacher Stimme das Wort.

»Wenn der Herr Druide ist und Sai-Mina verlassen hat, um dieses Mädchen zu retten, obwohl der Rat es sucht, dann muss es wirklich etwas Besonderes sein«, sagte sie und sah ihren Mann an. »Diese Leute scheinen es sehr zu lieben. Es muss ein außergewöhnliches Mädchen sein, Ansel. Ich glaube, du solltest ihnen helfen …«

»Aber das ist reiner Wahnsinn!«, rief der Maurer und wandte sich erneut seinen Besuchern zu. »Wisst Ihr, wie viele Soldaten sich innerhalb der Mauern des Schlosses befinden?«

»Wir haben nicht die Absicht, mit großem Getöse hereinzuplatzen und alle zu wecken. Wenn Ihr uns helft, einen unauffälligen Weg zu finden, könnten wir versuchen, sie zu befreien, ohne dass uns jemand hört, und weg zu sein, bevor Alarm geschlagen wird.«

Der Maurer stützte die Hände auf den Tisch und blickte zur Decke empor. Finghin war sich nicht sicher, ob es ein Zeichen von Verzweiflung war oder ob der Handwerker nach einer Lösung suchte. Der Druide betrachtete die in der Dunkelheit des Gangs versteckte Frau, konnte in ihren Gesichtszügen aber keinerlei Hinweis entdecken.

»Wir könnten durch die Abwässerkanäle gehen, aber zu dieser Zeit des Jahres könnten sie verstopft sein, und der Gestank wäre unerträglich. Nein. Unsere Chance ist vielleicht der verrückteste Weg, und man muss wirklich von allen guten Geistern verlassen sein, um ihn zu benutzen, aber aus genau diesem Grund ist es ja auch der einzige Weg, der nicht von den Soldaten bewacht wird.«

»Ja?«, drängte Finghin.

»Der unterirdische Geheimgang des Grafen. Er wurde von den Architekten angelegt, damit er fliehen kann, wenn die Festung belagert wird. Das Problem ist, dass er direkt in Al'Roegs Arbeitszimmer führt. Allerdings ist kaum anzunehmen, dass er sich mitten in der Nacht dort aufhält …«

»Das ist nicht so sicher«, warf Akhano ein. »In ebendiesem Augenblick ist er damit beschäftigt, den Krieg vorzubereiten. Er wird vielleicht nicht die ganze Nacht schlafen.«

»Vielleicht, aber wenn er den Krieg vorbereitet, dann sicher nicht in seinem Arbeitszimmer«, erwiderte Ansel. »Er wird sich mit all seinen Generälen beraten, und dafür ist sein Arbeitszimmer zu klein. Ich denke eher, dass sie sich im Stockwerk darüber befinden, in dem großen Archivraum. Dort finden die meisten großen Sitzungen statt, die der Graf einberuft.«

»Wie auch immer, wir müssen das Risiko eingehen. Aber wenn wir im Arbeitszimmer des Grafen sind, wie werden wir dann die Kerker finden?«

»Man muss die südliche Treppe hinuntergehen. Ich kann Euch einen Plan zeichnen. Aber Ihr werdet vielleicht seinen Soldaten begegnen. Und vor allem, die Kerker befinden sich am Ende eines Gangs, dessen Eingang mit Sicherheit streng bewacht wird. Der Jammer ist, dass der unterirdische Gang des Grafen genau an den Kerkern vorbeiführt… Aber die Mauern sind viel zu dick, man bräuchte Tage, um da durchzukommen.«

»Vielleicht nicht«, erwiderte Finghin lebhaft. »Ich könnte etwas versuchen…«

Der Maurermeister blickte zu dem Druiden auf.

»Glaubt Ihr? Eine so dicke Mauer zu zerstören?«

»Ich kann es nicht mit Sicherheit sagen, aber das würde uns ersparen, alle Räume des Schlosses durchqueren zu müssen, es wäre den Versuch wert, meint Ihr nicht?«

»In diesem Fall ist es sehr einfach. Ich könnte Euch genau zeigen, an welcher Stelle des Gangs Ihr an den Zellen vorbeikommt.«

»Ihr seid wirklich unser Retter. Wir haben keine Zeit mehr zu verlieren. Wir müssen uns sofort auf den Weg machen.«

Der Maurermeister drehte sich um und sah seine Frau an. Er fragte sich, ob er nicht einen Riesenfehler machte. In seinem ganzen Leben war er niemals ein so großes Risiko eingegangen, und jetzt war er im Begriff, Graf Al'-Roeg, den er durchaus schätzte, zu verraten. Aber seine

Frau lächelte ihm ermutigend zu. Sie schien stolz auf ihn zu sein, und das gab ihm den Mut, sich zu erheben.

»Gehen wir also. Der Eingang zu dem Gang liegt außerhalb der Stadt.«

Eine ganze Weile gingen sie nun schon durch den unterirdischen Gang von Ria, und es herrschte inzwischen vollständige Dunkelheit. Zum Glück hatte Ansel ihnen genügend Fackeln mitgegeben, so dass sie in dem langen Gang für ausreichend Helligkeit sorgen konnten.

Der Maurer und der Barde hatten sie am Eingang des Gangs verlassen. Die fünf Gefährten hatten ihnen mehrmals nicht ohne Rührung gedankt. Das Wohlwollen dieser Einwohner Harcorts gab Grund zur Hoffnung. Gaelia war noch nicht ganz verkommen.

Finghin hatte Ansels Ratschlägen lange zugehört. Er hoffte, dass er die richtige Stelle finden würde. Der Druide schickte Saiman-Wellen voraus, um die Dunkelheit des Gangs zu durchforschen, aber er war trotzdem angespannt. Im Gegensatz zu Galiad oder Erwan und vielleicht auch Kaitlin und Mel war er kein praktisch veranlagter Mensch, er war es nicht gewohnt, sich einfach so ins Abenteuer zu stürzen. Daher war er besonders unruhig, aber er bedauerte nichts. Endlich hatte er das Gefühl, der Moira zu dienen, Gaelia zu dienen. Obwohl er weit weg vom Rat war, hatte der junge Mann sich noch nie so sehr als Druide gefühlt. Als würde er wieder an die tiefen Wurzeln seiner Kaste anknüpfen. Sein Wissen in den Dienst der anderen stellen.

Die Wände des Gangs waren feucht und kalt, die Temperatur sank beständig; der Sommer war eine ferne Erinnerung. Der Erdboden wurde immer schlammiger, je weiter sie kamen. Das Geräusch ihrer Schritte hallte zwischen den langen Steinwänden. Ein leichter Luftzug ließ die Flammen ihrer Fackeln flackern.

Schweigend gingen sie im Gänsemarsch, Finghin an der Spitze, Galiad am Schluss. Keiner wagte zu sprechen. Sie waren noch weit entfernt vom Schloss, aber sie hatten bereits Angst, entdeckt zu werden.

Plötzlich hörten sie ein kurzes, heftiges Schlagen über ihnen. Kaitlin stieß einen spitzen Schrei aus. Eine Fledermaus flog über sie hinweg. Finghin seufzte erleichtert. Sie gingen weiter.

Der Druide, der durch den Schreck den Kontakt mit dem Saiman verloren hatte, fachte die Energie in seinem Geist wieder an. Er projizierte die warmen Wellen nach vorn. Es war, als streckte er die Arme in die Dunkelheit aus. Der Saiman stieß gegen die Mauern, kehrte zu ihm zurück und zeichnete in seinem Geist die Gestalt der Dinge. Er konnte durch ihn sehen. Er hörte jedes Geräusch. Das Echo ihrer Schritte. Ihre Atemzüge. Er nahm die Gerüche wahr. Die Feuchtigkeit des unterirdischen Gangs. Den Schweiß seiner Gefährten. Die Nässe der Steine. Der Saiman schärfte seine Sinne, verstärkte die Zeichen der Welt um ihn herum. Er verlor ein wenig den Kontakt zu den einfachen Dingen und verzettelte sich in den zahlreichen Details, die auf ihn einstürmten. Ein Kiesel auf dem Weg. Ein lockerer Stein. Eine Fledermaus, reglos diesmal. Das Knistern der Flammen. Und plötzlich hatte er eine merkwürdige Empfindung.

Der Druide blieb sofort stehen und richtete sich auf. Erwan prallte überrascht gegen seinen Rücken.

»Was ist los?«, erkundigte sich der junge Magistel.

»Pst!«, erwiderte Finghin und hob eine Hand.

Dort. Auf der rechten Seite. Er hatte etwas Ungewöhnliches gespürt. Keinen Stein, keine Fledermaus, nichts von all dem. Eine Wärmequelle. Wie eine tanzende Welle. Er suchte erneut. Schickte den Saiman in alle Richtungen. Die Energie drang in die Steine ein, in die Erde… Und wieder spürte er diese andere Energie. Wie ein anderer Saiman…

»Alea?«

Er schloss die Augen. Es musste ihm gelingen, seine Botschaft zu senden. Durch das Denken. Seine Worte in der Energie des Saiman zu überbringen.

»Alea?«

»Druide?«

Das war die Stimme des Mädchens. Ohne jeden Zweifel.

»Ich bin Finghin. William. Ich bin Erwans Freud! Erinnerst du dich?«

»Natürlich! Dann hast du meine Botschaft also erhalten? Aber ich bat dich, nach Mons-Tumba zu kommen…«

»Wir haben erfahren, dass du hier bist.«

»Wir?«

»Ja. Erwan und Galiad sind bei mir! Und zwei weitere Freunde, Mel und Kaitlin, Wanderschauspieler.«

»Erwan ist hier? Und Galiad auch! Ja. Ich spüre ihre Gegenwart. Danke, Finghin! Danke!«

»Sind Faith und Mjolln bei dir?«

»Ja. Im Augenblick schlafen sie.«

»Was ist los?«, fragte Erwan ungeduldig.

Der Druide schüttelte den Kopf.

»Ruhe!«, rief er. »Alea ist hier. Auf der anderen Seite!«

»Bist du sicher?«, fragte Erwan und packte den Arm seines Freundes.

»Pst!«, wiederholte Finghin und tauchte erneut in die Fluten des Saiman ein.

»Für ein Mädchen, das es nicht gelernt hat, beherrschst du den Saiman sehr gut!«

»Du könntest mir sicher noch eine Menge beibringen. Deswegen habe ich dir ja diese Botschaft geschickt. Unter anderem.«

»Für den Augenblick werden wir dich erst mal da herausholen. Erwan kann es kaum erwarten, dich zu sehen, habe ich das Gefühl!«

»Ich auch nicht.«

»Aber wie sollen wir es anstellen? Glaubst du, dass wir diese Mauer gemeinsam zerstören können?«

»Bestimmt. Aber wir dürfen keinen Lärm machen. Wir müssten versuchen, die Steine einen nach dem anderen zu lösen. Das wollte ich gerade versuchen, als ihr gekommen seid! Ich hatte entdeckt, dass sich hinter dieser Mauer ein Raum befindet. Wo seid ihr?«

»In einem langen unterirdischen Gang, der aus der Stadt herausführt...«

»Ausgezeichnet. Ich werde Mjolln und Faith wecken.«

Finghin drehte sich langsam um.

»Alea ist hier, mit Mjolln und Faith. Tretet etwas zurück, wir werden versuchen, die Mauer einzureißen.«

»Geht es ihr gut?«, fragte Erwan, während er zurücktrat.

»Ja. Na los, geht weg da.«

Der Druide stellte sich jetzt vor die Mauer und trat wieder in Kontakt mit dem Saiman. Er versuchte einen Stein zu packen. Die Energie strömte um den breiten Würfel herum. Zuerst mussten die Erdfugen angegriffen werden. Der Saiman verwandelte sich in Tausende kleiner Schaufeln, die um den Stein herumgruben. Langsam zerbröckelte die Fuge und rann wie eine kleine Fontäne die Mauer entlang. Nach und nach wurde der Stein vollständig freigelegt. Finghin versuchte ihn mit der Kraft des Saiman zu bewegen. Es gelang ihm nicht, ihn festzuhalten. Die Bewegungen mussten ganz präzise sein. Er versuchte es erneut. Er musste zugleich anheben und ziehen. Finghin fragte sich, ob es mit den Händen nicht leichter wäre, aber der Stein war mit Sicherheit viel zu schwer. Plötzlich spürte er, dass er sich bewegte. Und er begriff, was ihn bewegte. Ungewollt hatte er den Druck des Saiman auf allen Seiten erhöht. So funktionierte es besser. Eine erneute Anstrengung, und der Stein fiel plötzlich mit ohrenbetäubendem Getöse aus der Mauer.

Die vier anderen fuhren zusammen und traten noch weiter zurück.

»Das ist nicht sehr diskret!«, bemerkte Galiad.

»Tut mir leid«, entschuldigte sich der Druide. »Ich muss versuchen, den Stein festzuhalten. Aber das ist gar nicht so einfach!«

Der Druide konzentrierte sich erneut. Er hörte die Bewegung der Steine auf der anderen Seite der Mauer. Alea war schneller als er. Er entfernte einen zweiten Stein, dann einen dritten. Es gelang ihm, jedes Mal weniger Lärm zu machen, aber der Aufprall der Steine auf dem Boden hallte dennoch durch den Gang. Finghin hoffte, dass man den Lärm nicht bis ins Schloss hören konnte. Es war besser, sie beeilten sich.

Bald konnte er einen Stein sehen, der sich bewegte, ohne dass er selbst an ihm arbeitete. Der letzte, der sie von den drei Gefangenen trennte. Er verdoppelte seine Anstrengungen und entfernte einen weiteren Teil der Mauer.

Schließlich war in Taillenhöhe eine Öffnung entstanden, und hinter einer Staubwolke sahen sie die Gesichter von Mjolln, Faith und Alea auftauchen. Der Druide stieß einen Freudenschrei aus.

Erwan und Galiad stürzten zu ihm.

»Alea!«, rief Erwan.

Das Mädchen streckte die Hand durch die Mauer. Der junge Magistel drückte sie heftig zwischen seinen Handflächen.

»Ich freue mich so sehr, dich zu sehen!«, sagte Alea.

»Tada. Mein Fechtlehrer! Was für eine Überraschung! Und da ist ja Galiad! Ähm, o ja, ich freue mich auch!«

»Beeilen wir uns!«, drängte Faith, deren Lächeln ebenso breit war. »Ich glaube, ich höre Geräusche hinter unserer Tür.«

Und schon vernahmen sie die gedämpften Stimmen der Wärter auf der anderen Seite der Zelle.

»Bei der Moira!«, fluchte Mjolln. »Wir haben wohl doch zu viel Lärm gemacht!«

»Geht weg da!«, befahl Finghin, der noch ein paar Steine entfernen wollte, damit die Gefangenen hindurchschlüpfen konnten.

Erwan und Galiad traten in den Gang zurück.

»Alea, hilf ihm, wir werden versuchen, die Tür zuzuhalten!«, rief Faith. »Mjolln, kommt und helft mir!«

Sie pressten sich beide mit aller Kraft gegen die Tür. Die Wärter hatten soeben den Schlüssel ins Schloss gesteckt.

Finghin und Alea beschleunigten die Bewegungen des Saiman an der Mauer. Der Druide achtete nicht mehr auf den Lärm. Der Saiman begann ihm zu fehlen, und er verlor etwas das Gleichgewicht. Er lehnte sich an die Wand hinter ihm, um etwas Energie zurückzuerlangen, und schickte die ganze Kraft, die ihm noch blieb, gegen die letzten Steine.

Als Galiad sah, dass es nicht schnell genug ging, stürzte er zu dem jungen Druiden, um ihm mit den Händen zu helfen. Mit gestreckten Armen zog er an den Steinen und stieß Wutschreie aus, um sich Kraft zu geben. Er machte einen Satz nach hinten, um dem Stein auszuweichen, der endlich nachgegeben hatte, und konnte seinen Fuß gerade noch wegziehen.

»Kommt!«, rief er den drei Gefangenen zu. »Das Loch ist jetzt groß genug, um hindurchzuschlüpfen!«

Alea drehte sich um. Sie sah, dass Mjolln und Faith dem Druck, den die Wärter ausübten, um die Tür zu öffnen, nicht länger standhalten konnten. Sie schloss die Augen und schleuderte den Saiman auf sie zu.

»Geht weg da!«, rief sie, und als Faith und Mjolln sahen, dass sie ihnen die Hände auf merkwürdige Weise entgegenstreckte, gehorchten sie unverzüglich.

Die Tür schloss sich mit einem Schlag wieder vollständig und brach dem Wärter, dem es gelungen war, seine Hand durch den Spalt zu stecken, die Finger. Der Soldat schrie auf vor Schmerz.

»Los jetzt!«, befahl Alea, während sie die Tür geschlossen hielt.

Mjolln schob die Bardin vor sich her. Sie setzte ein Bein auf den Steinhaufen am Boden, bückte sich und schlüpfte auf die andere Seite. Galiad packte sie bei den Schultern und zog sie in seine Arme.

»Ihr habt mir gefehlt!«, flüsterte sie ihm ins Ohr, bevor sie Platz machte, um Mjolln durchzulassen.

Der Zwerg sah Alea hinter sich an. Er zögerte einen Augenblick, und anstatt über die Steine zu steigen, wie die Bardin es gemacht hatte, sprang er los, den Kopf voraus, und schlug in voller Länge auf den Boden in dem unterirdischen Gang. Kaitlin half ihm aufzustehen.

»Guten Tag, meine Dame!«, sagte er nur und befreite seine Ärmel vom Staub.

Alea drückte noch immer die Tür mit der Kraft ihres Geistes zu. Als sie sah, dass ihre Freunde auf der anderen Seite waren, ging sie langsam Schritt für Schritt rückwärts, ohne den Kontakt mit dem Saiman abbrechen zu lassen.

»Lauft los, verschafft euch einen Vorsprung, ich werde die Tür ganz plötzlich loslassen und euch hinterherlaufen müssen!«, rief sie.

Galiad gab Faith eine Fackel und schob sie in den unterirdischen Gang, damit sie loslief.

»Beeilt Euch!«

Der Magistel brachte seine Gefährten einen nach dem anderen auf den Weg. Mjolln warf Alea einen letzten Blick zu.

»Sei vorsichtig, Steinewerferin!«, rief er, bevor er ebenfalls loslief.

Galiad stand jetzt allein vor dem Loch, bereit Alea zu helfen.

»Lauft!«, rief das Mädchen. »Ich komme Euch gleich nach!«

»Nein, Alea, ich werde der Letzte sein. Ohne dich bewege ich mich nicht von hier weg. Ich habe Phelim verloren, ich will nicht auch noch dich verlieren.«

Alea zögerte einen Augenblick. Sie drehte langsam den Kopf, um den Steinhaufen hinter sich zu betrachten. Sie würde sich beeilen müssen. Sobald sie die Tür losließ, würden die Wärter sich auf sie stürzen.

»Achtung, Galiad…«, warnte sie ihn vorsichtshalber, während sie sich vorbereitete.

Der Magistel steckte seine Hände durch die Öffnung in der Mauer und packte Alea bei den Schultern.

»Ich werde dich zu mir ziehen!«, erklärte er. »Bist du bereit?«

»Äh... ja«, sagte sie zögernd.

Der Magistel atmete tief ein. Er umklammerte Aleas Schultern und zog sie dann plötzlich mit aller Kraft zu sich. Das Mädchen stieß einen Schrei aus, und im selben Augenblick gab die Zellentür nach und knallte heftig gegen die Wand.

»Lauf!«, schrie Galiad und schob Alea vor sich.

Ohne auch nur einen Augenblick zu zögern, lief sie in die Dunkelheit hinein.

Galiad stürzte hinter ihr her. Er hatte kaum Zeit gehabt, die Soldaten in die Zelle stürmen zu sehen. Sie waren mindestens drei, vielleicht vier, und sie hatten bestimmt Alarm geschlagen.

Galiad konnte über Aleas Schultern die Fackeln ihrer Gefährten sehen, die in der Ferne weiter oben im Gang flackerten. Er schob das Mädchen im Rücken an, damit sie schneller lief, trug sie fast. Mehrmals hätte Alea beinahe das Gleichgewicht verloren, aber jedes Mal war der Magistel da, um sie festzuhalten.

Die Schritte der Soldaten hinter ihnen kamen immer näher.

»Bleibt stehen!«, rief einer von ihnen außer Atem.

Alea versuchte noch schneller zu laufen. Sie hätte gern den Saiman gefunden, um aus ihm etwas Kraft zu schöpfen, aber sie vermochte ihn nicht zu kontrollieren. Er war da, mitten auf ihrer Stirn, aber durch das Laufen, die Panik und die Erschöpfung war er irgendwie nicht zu fassen.

Plötzlich spürte sie, dass Galiad nicht mehr hinter ihr war. Sie drehte sich um und sah, dass der Magistel sich ebenfalls umgedreht hatte, um sich ihren Verfolgern entgegenzustellen. Alea versuchte zu Atem zu kommen, lehnte sich an die Wand des unterirdischen Gangs und suchte tief in ihrem Innern den Saiman.

Galiad zog Banthral aus der Scheide. Er hob das Schwert über seinen Kopf und stieß den Kriegsruf des Zwergs aus: »Alragan!«

Der Magistel ließ sein Schwert auf den ersten Soldaten niedersausen. Die Klinge funkelte vor ihm und traf seinen Gegner an der Schulter. Der zweite Soldat hinter ihm sprang über seinen Kameraden und ließ seine Axt auf Galiad niedersausen. Der Magistel machte einen Satz zur Seite und wich der schweren Waffe aus. Er zog den Ellbogen zurück, um seinem Arm genügend Schwung zu verleihen, und rammte dem Krieger sein Schwert mit einem schnellen, heftigen Stoß in den Bauch.

Der erste Soldat hatte sich wieder hochgerappelt und setzte gerade zu einem Schlag mit dem Morgenstern auf den Nacken des Magistel an, als eine Art Blitz ihn mitten im Gesicht traf, betäubte und mit vollständig verbrannter Haut gegen die Wand schleuderte.

Galiad machte einen Satz nach hinten, blickte sich um und sah Aleas erhobene Arme. Er machte ihr ein Zeichen mit dem Kopf, hob Banthral über seine Schulter und stürzte sich auf den letzten Soldaten, der, verblüfft über den Blitz, der seinen Kameraden niedergeschmettert hatte, mit gesenkten Armen mitten im Gang stehen geblieben war. Das Schwert des Magistel schlug ihm mit einem einzigen Hieb den Kopf ab.

Noch bevor der enthauptete Körper des letzten Soldaten zu Boden fiel, drehte Galiad sich zu Alea um.

»Gehen wir«, sagte er und legte seine Hand auf die Schulter des Mädchens.

Gemeinsam liefen sie auf den Ausgang des unterirdischen Gangs zu.

Bald sahen sie das schwache Licht des Mondes am Ende des Gangs. Der Ausgang war ganz nah. Aber Galiad sah Bewegung am Ende des Tunnels.

»Was ist los?«, keuchte er außer Atem.

»Da müssen Soldaten am Ausgang sein!«, rief Alea, als sie sah, dass ihre Gefährten kämpften.

Galiad lief schneller und überholte das Mädchen. Er hörte Rufe und das Klirren von Schwertern direkt vor sich. Er führte Banthral vor sein Gesicht, und sobald er außerhalb des unterirdischen Gangs war, stürzte er sich auf den ersten Soldaten, den er sah.

Zehn waren noch auf den Beinen, drei oder vier lagen am Boden. Vermutlich von einem der Wärter alarmiert, waren sie hierher geritten, und Galiad sah, dass in der Ferne noch mehr kamen.

Es war Nacht und der Kampf ein wildes Durcheinander. Galiad schaffte sich rasch den ersten Soldaten vom Hals, indem er ihm sein Schwert in die Kehle bohrte, und stürzte dann auf einen zweiten Soldaten zu, während er sich nach seinen Gefährten umsah. Mjolln, der sein Schwert Kadhel nicht mehr hatte, kämpfte mit Finghins Waffe, die viel zu lang für ihn war. Aber der Zwerg schien trotzdem ganz gut zurechtzukommen und nutzte seine geringe Größe, um seinen Gegner zu überraschen. Finghin hatte soeben einen Mann zu Boden gestreckt und lief jetzt auf die Soldaten zu, die herangaloppiert kamen. Faith hatte sich die Lanze eines der am Boden liegenden Soldaten gegriffen und versuchte sich mühsam zu verteidigen. Erwan kämpfte ganz allein gegen zwei Gegner. Mel und Kaitlin schienen mit ihren Stöcken ihre Gegner zu umtanzen, brachten dort einen zu Fall, betäubten hier einen anderen und kamen immer wieder der Bardin zu Hilfe, die etwas überfordert war.

Galiad wich einem Hieb seines Gegners aus, rollte über den Boden, kam neben dem Soldaten wieder auf die Beine und traf ihn mit einem heftigen Schwerthieb an der Hüfte. Als er sah, dass der Mann zu Boden stürzte, drehte der Magistel sich um, um zu sehen, wo Alea war.

Sie war zu Finghin gelaufen, und beide schienen ihre Kräfte zu vereinen, um die Reiter zurückzudrängen, indem sie ihnen blaue Blitze entgegenschleuderten, die in der Nacht wie lange Feuerpeitschen knallten.

Dann hörte der Magistel einen Schrei hinter sich, drehte sich um und sah, wie Mel, ein Schwert im Bauch, auf die Knie fiel.

Galiad stürzte zu dem Wanderschauspieler, um ihn aufzufangen, und während er ihn mit seinem Körper schützte, griff er den Soldaten an, der den jungen Schauspieler getroffen hatte. Ohne seine Waffe hatte der Soldat keine Chance. Der erste Schwerthieb schnitt ihm die Kehle durch.

Der Magistel drehte sich um, um das Schwert aus Mels Körper zu ziehen, aber er sah sofort, dass er bereits tot war.

Galiad stand brüllend auf und stürzte sich auf einen Soldaten der Flamme, der ein paar Meter weiter auf Faith zulief. Der Krieger hörte ihn, drehte sich um und hob seine Axt.

Galiad führte einen Hieb nach rechts, aber der Soldat parierte. Der Magistel trat einen Schritt zurück und stürmte erneut, die Schwertspitze nach vorn gerichtet, auf den Soldaten los. Dieser wich mit einem Schritt zur Seite aus, aber seine Augen öffneten sich weit in einer irren Grimasse, als Faiths Lanze seinen Rücken durchbohrte. Er blickte an sich herab und sah entsetzt die blutige Spitze, die aus seinem Bauch ausgetreten war. Er warf seine Axt von sich und versuchte die Lanze zu packen, aber Faith zog heftig nach hinten, um die Spitze herauszuziehen, und holte dabei auf der kleinen abgeschrägten Klinge die Därme und die Leber des Soldaten heraus. Der Soldat stürzte vor Galiad auf den Boden.

Der Magistel warf der Bardin einen Blick zu und drehte sich um, um zu sehen, ob er jemand anderem zu Hilfe eilen könnte. Aber alle Soldaten lagen jetzt am Boden. Kaitlin hatte sich auf den leblosen Körper ihres Bruders geworfen und weinte. Erwan ging von hinten an sie heran, um ihr zu helfen, sich zu erheben, aber die Schauspielerin konnte sich nicht auf den Beinen halten und sank mit tränenüberströmtem Gesicht erneut nieder.

Galiad machte Mjolln und Faith ein Zeichen, zu ihm zu kommen.

»Holen wir die Pferde dort, wir müssen so schnell wie möglich von hier weg!«, sagte er zu ihnen und deutete auf die Pferde der Soldaten, die sich etwas weiter entfernt in Sicherheit gebracht hatten. »Und sammelt auch die Waffen ein. Bis Ihr Kadhel zurückhabt, nehmt Euch einen Dolch oder das kürzeste Schwert.«

Auf der anderen Seite der am Boden liegenden Soldaten unterbrachen Finghin und Alea plötzlich ihren wundersamen Angriff, als sie sahen, dass die letzten Soldaten, die noch am Leben waren, geflohen waren. Sie drehten sich um und entdeckten, was hinter ihnen vor sich ging. Kaitlin weinte, von Erwan gehalten, neben dem Leichnam von Mel. Der Druide lief zu ihnen und löste Erwan ab. Er nahm die junge Frau in seine Arme und fuhr mit seiner Hand durch ihr Haar. Er wusste nicht, was er sagen sollte. Er fand nicht die richtigen Worte.

Aber vermutlich hätte nichts, was er sagen könnte, diesen Schmerz lindern können. Und als die anderen mit den Pferden der Soldaten zurückkamen, begnügte er sich damit, die Schauspielerin auf die Wange zu küssen, und trug sie zu seinem Pferd.

Sie bereiteten sich darauf vor zu verschwinden. Mjolln kletterte hinter Faith aufs Pferd.

Kaitlin hatte sich inzwischen einigermaßen gefasst und sagte schluchzend: »Wir können ihn doch nicht hier zurücklassen!«

Galiad stieg vom Pferd, nahm Mels Körper und legte ihn über seinen Sattel. Zusammen mit Finghin half er der jungen Frau, auf sein Pferd zu steigen, und dann ritten sie los, der anmutigen Gestalt Aleas hinterher.

Der Soldat trat ohne anzuklopfen in den Archivraum. Feren Al'Roeg, Natalis und die Generäle, die um den großen Tisch standen und sich über eine Karte von Gaelia beugten, hoben sofort den Kopf.

Ihre Gesichter erschienen im Licht einer kleinen Laterne, die am Rand des Tisches stand. Die Flamme flackerte und ließ die Schatten im Raum tanzen.

»Herr Graf«, meldete der junge Soldat vollkommen außer Atem, »das Mädchen ist geflohen!«

»Wie bitte?«, rief Al'Roeg und richtete sich auf.

»Druiden sind in Euren unterirdischen Geheimgang eingedrungen und haben ihr und ihren beiden Gefährten geholfen zu fliehen.«

»Druiden«, sagte Aeditus. »Seid Ihr sicher?«

»Absolut, Eminenz, sie haben einen Zauber benutzt, um zu fliehen und die Soldaten zurückzuschlagen, die sie verfolgten! Ich habe mit meinen eigenen Augen die Blitze gesehen, die aus ihren Händen herausschlugen,

Herr Graf! Meine Brüder sind verbrannt gestorben … Ein solches Wunder habe ich noch nie gesehen!«

Der Graf schlug mit der Faust auf den Tisch. »Das hat gerade noch gefehlt! Bei Christus! Habt Ihr ihnen Männer hinterhergeschickt?«, erkundigte er sich.

»Ja, aber wir haben ihre Spur verloren. Ihre Feuerangriffe haben uns daran gehindert weiterzureiten, Herr Graf, und sie haben Pferde gestohlen. Wir wissen, dass sie nach Osten geritten sind, aber die Nacht hindert uns im Augenblick daran, ihre Spur zu verfolgen.«

»Druiden«, sagte der Graf erzürnt. »Die Druiden sind also bereits hier?«

»Ich glaube nicht, dass sie alle hier sind, Herr Graf«, erwiderte der Soldat schüchtern. »Es waren heute Abend nur zwei, nicht mehr. Aber wir haben soeben einen Bericht erhalten, demzufolge die Druiden in diesem Augenblick auf dem Weg nach Filiden sind, wo sie sich den Tuathann anschließen wollen, um uns anzugreifen. Auch deswegen bin ich hergekommen …«

»Ich hatte es Euch ja gesagt!«, warf Natalis ein. »Wir dürfen keine Zeit mehr verlieren. Wir müssen zuerst angreifen, wenn wir nicht belagert werden wollen!«

»Natürlich!«, erwiderte der Graf genervt. »Was bereiten wir Eurer Meinung nach heute Abend vor? Wir werden morgen angreifen!«

»Und das Mädchen?«, fragte Aeditus.

»Was wollt Ihr machen?«, entgegnete der Graf. »Eines Tages werden wir sie wiederfinden müssen, aber der Krieg geht erst einmal vor.«

»Und wenn sie sich auf die Seite der Druiden stellt?«, wandte der Bischof ein.

»Das ist unmöglich, ich weiß, dass sie sie hasst!«, erwiderte der Graf.

»Das stimmt wohl, aber wenn Ihr erlaubt, ich sage es noch mal, wir müssen sie unbedingt wiederfinden. Ich glaube, dass sie wirklich wichtig ist, und wenn wir uns Autorität verschaffen wollen, darf dieses Mädchen unserer Kontrolle nicht entgehen. Es wäre sehr gefährlich, sie frei herumlaufen zu lassen; sie ist imstande, das Volk gegen uns aufzuhetzen. Ihr habt es ja erlebt: Sie hat Charisma und einen schrecklichen Charakter!«

»Das weiß ich alles, Aeditus! Aber was soll ich machen?«

»Vielleicht sollten wir unsere Aufmerksamkeit auch auf diese Angelegenheit konzentrieren, nicht nur auf den Krieg …«

»Das ist lächerlich!«, protestierte Natalis, den nur der Kampf gegen die Druiden interessierte, damit er die drei Man'ith, die sich in ihrem Besitz befanden, an sich bringen konnte. »Gegenwärtig geht die wirkliche Gefahr von den Druiden aus, nicht von dieser unverschämten jungen Person!«

»Lasst Euer Urteilsvermögen nicht von Eurem Hass auf die Druiden trüben«, erwiderte Aeditus schroff.

»Das ist nicht der Punkt!«, entgegnete Natalis. »Dieser Soldat hat uns soeben gemeldet, dass die Druiden kurz davor stehen, uns anzugreifen. Das Mädchen ist auf der Flucht. Man braucht kein Gelehrter zu sein, um zu wissen, woher die Gefahr kommt!«

»Sie ist aus dem Gefängnis geflohen, aber sie ist noch immer in Harcort, und …«

»Das reicht!«, schnitt der Graf ihm wutentbrannt das Wort ab.

Al'Roeg machte ein paar Schritte um den Tisch. Er schäumte, und die Müdigkeit verbesserte seine Laune nicht gerade.

»Ich werde diese Druiden wie eine Ameisenarmee zertreten!«, rief er. »Wir werden morgen angreifen. Und wer weiß, vielleicht ist das Mädchen ja bei ihnen. Wenn das nicht der Fall ist, werden wir uns anschließend in aller Ruhe um sie kümmern können, und diesmal werde ich ihm keine Chance lassen!«

Natalis nickte. Er warf Aeditus einen befriedigten Blick zu. Die Druiden waren endlich in greifbarer Nähe…

Sie ritten bis tief in die Nacht hinein. Dann versicherte Galiad ihnen, dass sie nicht verfolgt wurden, und so beschlossen sie, endlich eine Rast einzulegen.

Die sieben Gefährten stiegen vom Pferd und errichteten ein kleines Lager. Kaitlin weinte noch immer, und Finghin setzte sich neben sie, um sie zu stützen.

Galiad entfernte sich mit Mels Körper vom Lager und begann mit seinem Schwert und dann mit seinen Händen ein Loch auszuheben. Er war erschöpft, aber er sagte sich, dass der junge Mann so schnell wie möglich begraben werden musste, vielleicht würde das die arme Kaitlin ein wenig beruhigen.

Mjolln und Faith machten mit den wenigen Lebensmitteln, die Erwan aus den verschiedenen Säcken holte, etwas zu essen. Es reichte nicht gerade für ein Festmahl, und zum Jagen war es zu spät, aber es würde ihren Hunger stillen und sie wieder etwas zu Kräften kommen lassen.

Alea saß vor Finghin und Kaitlin, rang ihre Hände und betrachtete die weinende Schauspielerin.

Wieder war jemand wegen ihr gestorben! Wie glücklich war sie gewesen, Galiad und Erwan wiederzusehen, und jetzt holte ihr Schicksal sie erneut ein, um sie daran zu erinnern, dass in ihrem Leben kein Platz für eine Ruhepause war. Wie konnte sie all dem nur ein Ende setzen? Wann würde diese Todesspirale endlich aufhören? Sie fühlte sich erdrückt vom Gewicht ihrer Verantwortung. Überrollt von den Ereignissen. Sie war der Samildanach, und es war, als wäre sie die Ursache für alles Unglück der Welt.

»Danke, Fräulein«, sagte sie und näherte sich Kaitlin.

Die Schauspielerin antwortete nicht. Den Kopf auf Finghins Schulter, weinte sie stumm.

»Ich weiß nicht, wo Ihr und Euer Bruder den Mut hergenommen habt, Leute zu retten, die Ihr gar nicht kanntet, und ich werde das niemals vergessen. Ich weiß, dass Euch das Euren Bruder nicht wiedergibt, Kaitlin, aber auch wenn ich ihn nur sehr kurz gesehen habe, wird sein Gesicht für immer in meinem Gedächtnis bleiben. Und Ihr werdet immer meine Freundin sein.«

Das Schluchzen der Schauspielerin wurde stärker. Alea näherte sich ihr noch mehr und nahm die Hände der Älteren in ihre. Sie presste sie gegen ihr Herz. Sie fühlte sich der Wanderschauspielerin so nah! Als hätte sie sie schon immer gekannt. Sie ließ den Saiman in ihren Körper fließen und in ihre Hände steigen. Die Energie umhüllte langsam die Finger der Wanderschauspielerin, floss weiter zu ihren Handgelenken und ihre Arme hinauf. Alea legte die ganze Sanftheit hinein, die sie in ihrem Herzen hatte. Ihre zärtlichsten Erinnerungen, wie die an die Wirtsleute, die sie in Saratea aufgenommen hatten. Sie erinnerte an Tagor, ihren Bruder, als wollte sie ein reines Gefühl von Brüderlichkeit wecken und Kaitlin ganz einfach über den Saiman vermitteln. Sie wollte sich der Schauspielerin als Schwester schenken, ihr etwas von ihrem Blut abgeben, einen Platz in ihren Adern geben.

Sie näherte sich dem Ohr der Schauspielerin und flüsterte: »Danke, große Schwester.«

Dann erhob sie sich und ließ Kaitlin in den Armen des jungen Druiden zurück. Sie ging zu Mjolln und Faith am Feuer, und als sie sich noch einmal umdrehte, sah sie, dass die Schauspielerin kaum noch weinte.

Sie setzten sich alle auf einen großen Baumstamm ein paar Schritte vom Feuer entfernt, und auch Galiad kam, mit Erde an den Händen, zu ihnen.

»Ich habe Mel unter einer großen Roteiche begraben«, sagte er. »Bevor wir schlafen gehen, werden wir die Moira bitten, ihn aufzunehmen… Nicht wahr, Finghin?«

Der Druide nickte.

Sie begannen zu essen. Dabei starrten sie in die Flammen, und es fiel ihnen schwer, das Schweigen zu brechen.

»Der Krieg droht in den nächsten Tagen auszubrechen«, begann Galiad schließlich.

»Harcort wird schon morgen angreifen«, bestätigte Alea, ohne den Kopf zu heben. »Ich weiß nicht, auf was für einen Widerstand sie stoßen werden. Sie werden die Druiden und die Tuathann angreifen, aber Galatia?«

»Eoghan ist ermordet worden«, warf Finghin ein.

Das Mädchen riss die Augen auf.

»Ermordet? Und wer regiert jetzt das Königreich?«, erkundigte sie sich.

»Seine Gattin«, erwiderte Galiad.

»Amina?«

»Ja«, bestätigte Galiad, »und sie scheint ganz besonders schwierig zu sein… Wir haben in Ria gehört, dass die Königin sich dem Rat widersetzt, dass sie die Kontrolle der Armee über das ganze Königreich verstärkt und dass sie den Druiden und Tuathann wahrscheinlich nicht beistehen wird… Aber das sind nur Gerüchte.«

Alea warf Faith einen Blick zu. Sie erinnerte sich an die Worte der Bardin, als sie sich über ihre Freundin aus Kindertagen unterhalten hatten. *»Die Zeit verändert die Menschen manchmal. Ich kann die Freunde gar nicht zählen, die ich als Kind hatte, die ich zärtlich liebte und die mir heute vollkommen fremd sind.«*

»Glaubt Ihr, dass die Harcortianer siegen können, wenn Galatia nicht an den Kämpfen teilnimmt?«, fragte Alea den Magistel.

Galiad zuckte die Achseln. »Ich weiß es nicht.«

»Wir dürfen nicht zulassen, dass der Rat von Harcort vernichtet wird!«, sagte Finghin.

»Und wie?«, entgegnete Mjolln. »Ähm! Wir werden ihnen doch wohl nicht zu Hilfe kommen!«

»Ich erinnere Euch, dass ich Druide bin«, entgegnete Finghin streng, »dass Erwan mein Magistel ist und dass ich, auch wenn ich Sai-Mina verlassen habe, noch immer an unseren Orden glaube! Ganz gleich, was für Fehler manche meiner Brüder auch begangen haben mögen, ich stehe noch immer im Dienst meiner Kaste!«

»Ich mache mir vor allem um die Tuathann Sorgen«, warf Alea mit ruhiger Stimme ein.

Sofort trat Schweigen ein. Alle sahen das Mädchen an, vermutlich erwarteten sie eine Erklärung.

»Die Druiden werden nicht alle an dieser Schlacht teilnehmen, dessen bin ich sicher, und wenn sie sich hier töten lassen, wenn alle Brüder, die in den Kampf geschickt wurden, sterben, werden immer noch genügend in Sai-Mina sein, um den Rat aufrechtzuerhalten. Aber die Tuathann werden alle an diesem Kampf teilnehmen. Wenn sie verlieren, ist ihre Kultur dem Untergang geweiht. Die Tuathann sind meine Vorfahren. Ich werde das nicht zulassen.«

»Deine Vorfahren?«, fragte Galiad überrascht.

Alle sahen sie erstaunt an.

»Meine Mutter war eine Frau des Sid, und ich habe einen Bruder im Volk der Tuathann.«

Galiad drehte sich zu der Bardin um. Er versuchte zu erkennen, ob Faith Bescheid wusste, aber sie schien genauso überrascht wie er.

»Was immer auch geschieht«, fuhr Alea fort, ohne ihnen Zeit zu lassen, sich wirklich bewusst zu machen, was sie da eben gesagt hatte, »wir müssen ihnen zu Hilfe kommen. Ich möchte, dass die Kämpfe aufhören, aber diesmal werden wir doch gezwungen sein einzugreifen.«

Die sechs anderen warfen sich verblüffte Blicke zu.

»Aber so einfach ist das nicht«, warf Kaitlin ein, die ihre Tränen getrocknet hatte, deren Stimme aber noch immer etwas verweint klang. »Wir haben gehört, dass eine riesige Armee von Gorgunen nach Norden marschiert.«

»Ja«, erwiderte Alea, »aber sie wollen mich, und sie sind noch nicht hier. Darum werden wir uns später kümmern...«

Mjolln seufzte und nahm den Kopf zwischen seine Hände.

»Trotzdem«, fuhr Alea in ihrem schroffen Ton fort, »können wir den Tuathann nicht alle zu Hilfe kommen. Die Zeit drängt, und ich muss nach Mons-Tumba, bevor es zu spät ist. Wir werden uns also morgen trennen müssen.«

Sie sah ihre Gefährten nacheinander an. Sie sprach jetzt nicht mehr zu ihnen als Freunden, sie erteilte ihnen ganz einfach Befehle.

»Galiad, Erwan und Finghin, ihr werdet nach Filiden gehen, um den Tuathann Beistand zu leisten. Unterwegs werdet ihr alle Männer guten Willens unter meinem Banner sammeln, um eine Armee aufzustellen. Vielleicht werdet ihr nur zehn Männer zusammenbekommen, vielleicht werden euch tausend folgen, aber was zählt, ist, dass ihr in Filiden seid, um den Tuathann beizustehen. Es gibt dort einen Jungen, der Tagor heißt. Das eine seiner Augen ist blau, das andere schwarz. Wenn ihm etwas zustößt, werde ich euch das niemals verzeihen. Faith, Mjolln und Kaitlin, ihr werdet mit mir nach Mons-Tumba gehen.«

Faith atmete tief ein. Alea erkannte an ihrem Blick, dass es sie wütend machte, sich schon wieder von Galiad trennen zu müssen, aber sie traute sich nicht, es zu sagen. Auch in Kaitlins und Finghins Augen sah sie, dass sie sich nicht trennen wollten, aber sie war sicher, dass alle tief in ihrem Innern verstanden, dass es sein musste. Für den Augenblick.

Schließlich wäre auch Alea lieber bei Erwan geblieben. Aber sie hatte keine Zeit mehr zu verlieren.

»Wir werden so schnell wie möglich zu euch nach Filiden kommen«, versprach sie schließlich.

»Wir sollen Männer unter deinem Banner sammeln?«, fragte Galiad überrascht.

»Mein Name wird auf Gaelia mittlerweile immer bekannter«, erklärte Alea.

Ihre Stimme klang selbstsicher, aber diejenigen, die sie gut kannten, sahen, dass sie es hasste, das sagen zu müssen.

»Ich bin der Samildanach, viele werden bereit sein, für mich zu kämpfen.«

Alea wandte sich jetzt an Kaitlin.

»Ihr habt doch sicher geschickte Finger. Könntet Ihr noch heute Abend mein Symbol auf mehrere Stoffstücke sticken, damit Galiad und Erwan sie als Banner tragen können?«

Alea nahm den Ring von ihrem Finger und hob ihn zwischen Daumen und Zeigefinger hoch. Der goldene Ring blinkte in der Nacht. Finghin riss die Augen auf.

»Dieses Symbol. Zwei Hände, die eine Krone und ein Herz beschirmen.«

»Das ist das Symbol des Samildanach«, bestätigte Finghin.

»Es wird das meiner Armee sein«, erklärte Alea und steckte den Ring wieder an ihren Finger.

Kaitlin nickte. »Ich werde es versuchen. Ich müsste es eigentlich hinbekommen.«

»Versucht, weißen Stoff zu finden«, bat Alea. »Ich will, dass mein Banner rot auf weißem Grund gestickt wird.« Sie lächelte der Schauspielerin zu und fragte dann in ruhigerem Ton den Magistel: »Galiad… Die Wölfin hat Euch gefunden, nicht wahr?«

Al'Daman nickte.

»Und wisst Ihr, wo sie jetzt ist?«

»Nein. Sie hat uns verlassen, als wir Finghin begegnet sind. Wir haben die Richtung nach Ria eingeschlagen und sie aus den Augen verloren.«

»Ich verstehe… Ich freue mich, dass Ihr ihr gefolgt seid. Danke. Ich danke euch allen, dass ihr nach uns gesucht habt.«

Dann seufzte Alea.

»Ja«, sagte sie. »Ich hätte gerne einige Zeit mit euch allen verbracht, ohne dass wir uns um all das Gedanken machen müssten. Aber ihr seid hier, weil ihr bereit seid, Teil meiner Geschichte zu sein… Und im Augenblick ist in meinem Leben kein Platz für die Erholung, die wir alle verdient hätten. Es tut mir leid. Ich danke euch allen unendlich, dass ihr hier seid. Aber morgen werden wir uns trennen müssen.«

»Es ist ein Vergnügen, jemandem wie Euch zu dienen«, erklärte Finghin, den Aleas Charisma schon längst überzeugt hatte. Er hatte sich gefragt, was Phelim, Galiad und Erwan angetrieben haben mochte. Wie hatte ein Mädchen so sehr ihr Interesse, schlimmer noch: ihre Leidenschaft wecken können? Aber heute wusste er es. Er konnte die Aufrichtigkeit ihres Glaubens sehen. Alea war der Samildanach. Das war die einzige Wahrheit. Und man konnte für sie sterben.

Kiaran ist hier. Er ist jetzt diskret. Er respektiert meinen Wunsch. Ich kann ihm vertrauen.

»Kiaran?«

»Guten Tag, Alea…«

»Ich brauche Euch.«

»Ich verstehe.«

»Ich bin in Harcort.«

»Man sagte mir, Graf Al'Roeg hätte Euch entführen lassen.«

»Ja, mehr oder weniger… Aber das ist nicht wichtig. Ich bin befreit worden.«

»Von wem?«

»Galiad, Erwan und Finghin… Ihr seid nicht der Einzige in Sai-Mina, auf den ich mich verlassen kann!«

»Dann hat Finghin Euch also gefunden! Gut! Er ist ein außergewöhnlicher Druide…«

»Ja. Er hat zwei junge Wanderschauspieler getroffen, die ihn begleitet haben…«

»Zwei junge Wanderschauspieler? Wie heißen sie?«

»Kaitlin und Mel …«

Er wirkt überrascht. Er kennt sie.

»Sagen ihre Namen Euch etwas?«

»Es sind mein Neffe und meine Nichte, Alea! Ein merkwürdiger Zufall!«

Ich erinnere mich. Er war wie ein Wanderschauspieler gekleidet, als ich ihn zum ersten Mal hier gesehen habe. Ist er wirklich ihr Onkel? Warum sollte er mich anlügen? Bei der Moira! Ich werde ihm eine schreckliche Nachricht mitteilen müssen! Kann ich es hier tun? Ich muss! Diese Aufrichtigkeit schulde ich ihm.

»Was ist los?«

Ich kann ihn nicht belügen.

»Mel ist in den Kämpfen gefallen, zu denen es nach meiner Flucht gekommen ist.«

Er weint. Kiaran ist ein so reiner Mensch. Er kann kein Gefühl verbergen. Er weint wie ein Kind.

»Es tut mir leid, Kiaran. Ich verbreite Tod um mich herum …«

Er hebt den Kopf. Es gelingt ihm zu lächeln.

»Macht Euch keine Sorgen, Alea. Bald werdet Ihr Leben verbreiten. So ist es.«

Was meint er? Er ist so rätselhaft. Ich bin froh, dass unsere Wege sich gekreuzt haben.

»Er wäre am Leben, wenn …«

»Redet keinen Unsinn! Wenn er sein Leben nicht hätte riskieren wollen, wäre er nicht gekommen, um Euch zu befreien. Er war wohl der Meinung, dass es der Weg der Moira ist, und es ist gut so.«

Er weint nicht mehr.

»Kaitlin ist ganz durcheinander …«

»Natürlich! Aber macht Euch keine Sorgen, Alea, sie wird Euch treu bleiben, da bin ich ganz sicher.«

»Ich mache mir solche Vorwürfe!«

»Denjenigen, die ihn getötet haben, muss man böse sein!«

»Wahrscheinlich.«

Ich würde Kiaran so gern außerhalb von Djar sehen! In seiner Stimme und in seinen Augen ist so viel Aufrichtigkeit. Er ist ganz das Gegenteil der alten Druiden des Rats. Keine Manipulation, nichts Unausgesprochenes…

»Kiaran, sagt mir, was der Rat hinsichtlich Harcort beschlossen hat.«

»Sechs unserer Brüder sollen mit den Magisteln und zwei Dritteln der Druiden von Sai-Mina gehen. Otelian, Kalan, Lorcan, Tiernan, Henon und Odhran sind bestimmt worden. Aber Henon und Kalan sind verschwunden. Ernan denkt, dass sie nach Euch suchen, wie Finghin, aber ich glaube das nicht…«

»Das heißt?«

»Zehn junge Druiden sind ebenfalls verschwunden. Und ich glaube, sie sind nach Galatia unterwegs.«

»Nach Galatia?«

»Ich glaube, die Königin will Sai-Mina spalten, und es sieht so aus, als würde es ihr gelingen. Ich habe gehört, dass sie die Absicht habe, unseren Orden zu reformieren, damit Frauen akzeptiert werden, und vor allem, weil sie Erzdruidin im Palast von Providenz werden will! Anscheinend ist es ihr bereits gelungen, manche von uns zu überzeugen…«

Das soll Amina getan haben? Wie ist das möglich? Das ist nicht die Amina, die ich gekannt habe…

»Und glaubt Ihr, dass sie ihren Mann ermordet hat?«

»Davon bin ich überzeugt.«

»Was Ihr da sagt, ist ja schrecklich…«

»Aber es ist nichts verglichen mit dem Krieg, der uns erwartet. Die vier Großdruiden, die noch übrig sind, sind mit den Magisteln und den Druiden bereits aufgebrochen. Sie sind nach Filiden unterwegs. Das wird ein Massaker geben. Sie müssen unbedingt aufgehalten werden!«

»Wir können nichts mehr verhindern, Kiaran!«

»Ich weiß nicht, was ich tun soll …«

In seiner Stimme klingt so viel Verzweiflung mit. Ich möchte diesen Krieg verhindern, aber es ist nicht mehr möglich. Und doch, sollte ich nicht gerade das tun? Aber ich komme zu spät, und ich bin noch nicht stark genug. Ich glaube, ich habe noch nicht einmal die Hälfte des Wegs zurückgelegt, den ich gehen muss, um zu verstehen, was ich tun muss …«

»Kiaran, wir werden unser Bestes versuchen. Ich muss Euch jetzt verlassen. Ich muss jemanden treffen …«

»Ja, ich weiß … Euren Bruder.«

»Ihr wisst?«

Er dreht sich um.

»Kiaran! Woher wisst Ihr das? Druide! Wartet!«

Er ist gegangen. Ich kann ihn nicht einholen. Woher weiß er das? Sollte er mich doch ausspioniert haben? Nein. Er hatte es mir versprochen, und ich bin sicher, dass er seine Versprechen hält. Außerdem hätte ich seine Gegenwart gespürt. Dazu bin ich mittlerweile in der Lage. Also was? Kennt er meine Vergangenheit? Wenn er weiß, dass ich einen Bruder habe, weiß er vielleicht noch mehr! Warum ist er gegangen? Er wollte mir nicht antworten. Was für ein Geheimnis will er bewahren?

Ich muss Tagor sprechen. Er wird es vielleicht wissen. Er kann nicht weit sein. Ich muss nur an ihn denken.

Seine Augen. So tief, so merkwürdig. Das eine blau, das andere schwarz. Tagor…

»Bist du da?«

»Guten Tag, kleine Schwester.«

»Ich weiß nicht, ob du etwas erreicht hast, aber ich glaube, wir werden diesen Krieg ohnehin nicht mehr verhindern können. Harcort marschiert auf Filiden. Sie kommen, um uns anzugreifen. Die Druiden sind unterwegs, sie werden an eurer Seite kämpfen. Aber ich weiß nicht, ob sie genug sein werden, um dein Volk zu beschützen.«

»Ich bin nicht mehr bei meinem Volk, Alea. Ich bin gescheitert, und da habe ich es vorgezogen zu gehen. Ich hatte gehofft, meine Brüder würden daraufhin zur Vernunft kommen, aber nur wenige sind mir gefolgt. Wir sind im Gor-Draka-Gebirge. Aber ich bereue es jetzt. Wir sind Feiglinge, nicht wahr?«

Auch hier wird das Gleichgewicht zerstört. Überall lösen die Ordnungen sich auf. Sai-Mina, Galatia, Braunland, und jetzt die Leute des Sid.

»Nein, Tagor. Du hast richtig gehandelt. Wenn ihr nur zehn seid, hättet ihr ohnehin nichts ändern können. Und das ist eher eine gute Nachricht. Ihr müsst in den Bergen bleiben. Ich weiß nicht, was geschehen wird, aber je nachdem, wie dieser Krieg ausgeht, werde ich euch vielleicht brauchen!«

»Meine Brüder werden vernichtet werden.«

»Ich werde alles tun, was in meiner Macht steht, um sie zu beschützen. Die Druiden sind unterwegs, und ich schicke weitere Männer.«

»Wie könnte ich hierbleiben, ohne etwas zu unternehmen, während meine Brüder in Filiden niedergemetzelt werden? Nein, ich muss zurück zu ihnen.«

»Tagor! Du musst dich unbedingt da raushalten! Deine Zeit wird kommen, mein Bruder, das verspreche ich dir. Und wenn dein Volk diese Schlacht verlieren sollte, werde ich dir die Gelegenheit geben, deine Brüder zu rächen. Sie haben diesen Krieg gewollt, du hast dir nichts vorzuwerfen.«

»Wenn es nur so einfach wäre!«

»Tagor. Du musst im Gor-Draka-Gebirge bleiben. Ich werde schon bald zu dir kommen. Warte auf mich.«

»Einverstanden, kleine Schwester. Ich werde auf dich warten.«

Ich weiß, dass er es tun wird. Ich hoffe nur, dass ich mich nicht irre. Aber wenigstens weiß ich, dass er dort in Sicherheit ist. Ich will meinen Bruder jetzt nicht verlieren. Und ich werde bald zu ihm gehen.

»Tagor, kennst du den Druiden Kiaran?«

»Nein, wer ist er?«

»Ein Mitglied des Rats. Er wusste, dass ich einen Bruder habe. Er scheint allerhand über mich zu wissen, und ich weiß nicht, woher… Ich habe mich gefragt, ob du ihn vielleicht kennst oder von ihm gehört hast…«

»Nein, Alea, tut mir leid.

»Das ist nicht schlimm. Ich muss jetzt gehen. Ich muss schlafen. Bleib in den Bergen, großer Bruder, und warte auf mich!«

8

Auf dem Hügel des Sandes

Am nächsten Morgen verabschiedeten Erwan, Galiad und Finghin sich von ihren vier Gefährten. Alle waren traurig, und Tränen flossen. Mjolln tat schlecht gelaunt und kürzte den Abschied ab.

Als Erwan zu Alea kam, zögerte sie einen Augenblick. Sie nahm die Hände des jungen Magistel in ihre und blickte zu ihren Gefährten. Alle hatten den Kopf abgewandt. Sie ging nah an den jungen Mann heran und küsste ihn zärtlich auf die Lippen. Erwan umarmte sie.

»Sei vorsichtig!«, flüsterte sie ihm ins Ohr.

»Wenn ich weiß, dass du an mich denkst, dann kann mir nichts passieren«, beruhigte er sie lächelnd.

Sie trat einen Schritt zurück und versuchte die Tränen zurückzuhalten, die ihr in die Augen traten.

»Sei du auch vorsichtig!«, fügte der junge Magistel hinzu, bevor er sich umdrehte.

Erwan stieg auf sein Pferd. Galiad und Finghin waren bereit aufzubrechen.

»Wer seine Mission zuerst beendet hat, macht sich auf den Weg zu den anderen«, sagte Alea, bevor sie sie losreiten ließ. »Wenn wir in Mons-Tumba fertig sind, bevor die Kämpfe in Filiden beendet sind, werden wir kommen, um euch beizustehen. Und wenn ihr vor uns fertig seid, wartet auf uns am Eingang von Mons-Tumba. Kommt nicht in die Stadt, ihr könntet gefangen genommen werden. Wenn wir gleichzeitig fertig sind, kann es sein, dass unsere Wege sich kreuzen. Der Weg zwischen den Bergen und dem Meer ist schmal. Ich werde eure Gegenwart spüren, und du, Finghin, du musst nach unserer suchen.«

Der Druide nickte.

Galiad warf der Bardin einen letzten Blick zu und wendete dann sein Pferd. Die drei ritten los und entfernten sich so schnell wie möglich, vermutlich, weil ihnen der Abschied schwerfiel.

Mjolln seufzte. »Nun ja!«, rief er. »Erst musste ich tagelang zwei Frauen ertragen, jetzt werde ich drei aushalten müssen! Ähm!«

Kaitlin riss die Augen auf. Sie war die etwas sonderbaren Manieren des Zwergs noch nicht gewöhnt.

»Bitte, mein lieber Mjolln«, erwiderte Alea, »wenn du lieber nach Filiden gehen willst, noch ist Zeit, den Pferden hinterherzulaufen ...«

Der Zwerg streckte ihr die Zunge heraus.

»Wenn Ihr nicht etwas höflicher seid, mein Freund«, schlug Faith in die gleiche Kerbe, »dann frage ich mich, wer von uns dreien so nett sein wird, Euch auf ihrem Pferd mitzunehmen!«

»Wenn Ihr darauf besteht, ich kann auch hier warten, he he!«

Alea ging zu dem Zwerg und nahm ihn bei der Schulter. »O nein! Deine Liebenswürdigkeit würde uns gar zu sehr fehlen!«

Etwas besser gelaunt, schwangen die drei Frauen sich endlich aufs Pferd, und Faith reichte dem Zwerg die Hand, damit er hinter ihr aufsteigen konnte.

»Ich habe Euch noch einiges beizubringen, wenn Ihr noch vor dem Beltaina-Fest Barde werden wollt …«

Mjolln zog sich nach oben, schob sich seinen Dudelsack auf die Hüfte und begann eine lustige Weise zu spielen. Die Tiere setzten sich nach Osten in Bewegung.

Im Süden war die Meereszunge zu erkennen, blau wie der Himmel und ruhig wie ein großer See. Die Sonne stand bereits hoch, und der leichte Wind, der von der Küste herwehte, war sehr willkommen. Die drei Frauen schwiegen und freuten sich an den Melodien, die der Zwerg mit immer größerer Fertigkeit spielte.

Die Pferde hatten den Weg verlassen und gingen jetzt querfeldein. Alea wollte niemandem begegnen, und die Natur war schön auf den Ebenen von Harcort. Sie ritten einen Gutteil des Vormittags im Schritt, bis Alea, die allein vorausritt, sich zu ihren Gefährten umdrehte.

»Wir sollten jetzt schneller reiten. Wenn wir uns beeilen, können wir schon morgen in Mons-Tumba sein.«

Der Zwerg seufzte und schob seinen Dudelsack auf den Rücken, um Faiths Taille zu umklammern.

»Dann los!«, knurrte er.

Alea beugte sich über ihr Pferd, streichelte seinen Hals und flüsterte ein paar beruhigende Worte, dann ließ sie es losgaloppieren, und die beiden anderen Pferde folgten sofort.

Erst am frühen Nachmittag machten sie eine Pause, um zu essen, und teilten sich ein bescheidenes Mahl im Schatten einer Gruppe hoher Bäume. Danach ritten sie weiter in Richtung Mons-Tumba, dessen pyramidenförmige Silhouette bald im Meer auftauchen würde.

Sie ritten den ganzen Nachmittag durch, und als die Sonne zu sinken begann, erblickten sie endlich den Felsen mitten in der Bucht. Mons-Tumba schien in einem

Meer von Wolken zu treiben. Die befestigte Stadt verschwand beinahe in den Reflexen des Sandes auf dem Berghang, und die gewaltige Abtei ragte über den grauen Dächern hervor und reckte ihren Glockenturm wie die Feder eines Kopisten in den Himmel.

Alea betrachtete Mons-Tumba lange voller Bewunderung. Gewiss, das Gebäude erinnerte sie an Sai-Mina, aber irgendetwas war hier noch eigenartiger: Dieser einsame Fels, der sich da mitten auf einem Sandstrand erhob, wirkte irreal. Die kleinen Steinhäuser gegenüber dem Meer kletterten den Fels hinauf, als wollten sie die Abtei stürmen. Und ringsumher konnte man kaum unterscheiden, was Himmel, Erde oder Meer war.

»Wir werden hier schlafen«, erklärte Alea.

Mjolln klatschte vor Freude in die Hände. Den ganzen Tag auf der Kruppe eines Pferdes zu sitzen, war wirklich nicht sehr bequem, und er war froh, den Fuß auf den Boden bekommen.

Die vier Gefährten bereiteten das Abendessen vor, und das war die Gelegenheit für Kaitlin, sich in einem besseren Licht zu präsentieren. Der Tod ihres Bruders lastete noch immer auf jedem ihrer Worte, aber sie fand Trost in der Herzlichkeit, mit der ihre neuen Freunde sie aufgenommen hatten.

Sie aßen und gingen bald schlafen, da sie ahnten, dass ihnen ein schwerer Tag bevorstehen würde.

Imala! Wo bist du, meine Wölfin? Bist du nach Mons-Tumba gegangen? Hast du gedacht, Erwan und Galiad hätten dich verlassen?

Ich kann sie nicht finden. Sie ist nicht in der Welt von Djar. Ich habe sie sogar am Tor der Welten gesucht. Wäre sie da, könnte ich ihre Gegenwart spüren. Flieht sie mich? Oder findet sie einfach nur nicht hierher zurück? Ich hoffe, dass ihr nichts zugestoßen ist. Nicht ihr. Nicht Imala.

Ich muss Kiaran bitten, sie für mich zu finden. Er ist viel häufiger in der Welt von Djar. Er kennt sie besser als ich. Vielleicht hat er sie ja gesehen… Aber wird er bereit sein, mir zu antworten? Das letzte Mal ist er geflohen, als ich die Existenz meines Bruders erwähnt habe. Er hat nur gesagt, dass er Bescheid wisse, und ist gegangen. Er will nicht darüber reden. Dabei möchte ich es so gern wissen… Aber wenn ich ihn befrage, könnte er wieder fortgehen. Ich muss vorsichtig sein. Ich werde zuerst über Imala mit ihm sprechen.

Er ist da. Kiaran. Ich brauche ihn nur zu rufen.

»Kiaran?«

Da ist er. Wie am ersten Tag trägt er nicht das Gewand der Druiden. Er ist erneut wie ein Wanderschauspieler gekleidet.

»Habt Ihr wieder Eure frühere Kleidung angezogen?«

»Ja. Sie hat mir gefehlt. Ich frage mich, ob es richtig von mir war, meine Familie zu verlassen…«

»Manchmal zwingt das Leben einen, sich seine Familie neu zu erschaffen…«

»Ich verstehe, was Ihr sagen wollt, Alea.«

»Kiaran, ich brauche Euch noch einmal…«

»Ich höre.«

»Ihr verbringt viel Zeit hier. Ihr habt meine Wölfin schon gesehen, nicht wahr?«

»Die mit dem weißen Fell?«

»Ja! Habt Ihr sie kürzlich gesehen?«

»Schon lange nicht mehr.«

»Ich suche sie. Ich muss sie finden. Könnt Ihr mir helfen?«

»Ich kann es versuchen.«

»Ich wäre Euch unendlich dankbar! Ich bin etwas beunruhigt. Wenn Ihr sie seht, versucht ihr verständlich zu machen, dass ich sie suche. Versucht ihr zu sagen, dass sie auf mich warten soll …«

»Ich werde tun, was in meiner Macht steht.«

»Danke, Kiaran.«

Jetzt kann ich es versuchen.

»Warum seid Ihr, als wir uns das letzte Mal sahen, geflohen?«

»Ich spreche nicht gern über Dinge, die ich nicht verstehe, Alea. Ich will nicht gegen die Richtung der Moira gehen …«

»Ihr wisst Dinge, die mich interessieren. Die mich betreffen! Die ich wissen muss!«

»Ich weiß nichts Genaues, Alea. Nichts, was du nicht selber finden kannst. Du musst begreifen, dass das Lernen noch viel schöner ist als das Wissen.«

»Wie bitte?«

Er schweigt schon wieder. Er lächelt mir zu. Ich weiß, dass er gehen wird. Er liebt diese kleinen Geheimnisse. Ich bin ihm nicht böse. Kiaran ist gerecht. Vielleicht werde ich es eines Tages verstehen. Und doch … ich würde so gern Bescheid wissen!

Galiad, Erwan und Finghin hatten bereits in zwei Dörfern jenseits der Grenze zwischen Harcort und Galatia Halt gemacht. Finghin hatte wieder das weiße Druidengewand angezogen, und die beiden Magistel trugen auf ihrer Hemdbrust ein weißes Tuch, auf das Kaitlin am Abend zuvor in aller Eile Aleas Symbol gestickt hatte. Sie waren beeindruckend, und ihre Ankunft machte alle Einwohner neugierig.

Im ersten Dorf hatten sie bereits drei Männer rekrutiert, deren Augen zu glänzen begonnen hatten, als Galiad erklärt hatte, dass er die Armee des Samildanach ausheben wolle. Alle sahen den Druiden und seine beiden Magistel bewundernd an. Die Spannungen mit Harcort machten die Bewohner der Gegend kriegslustiger als die Dorfbewohner im Osten Galatias, und Aleas Name war bereits eine Legende, an der sie nur allzu gern teilhaben wollten. Es war, als sei die Anwesenheit dreier Männer, die mit dem Mädchen Umgang hatten, eine Ehre für das Dorf. Und die Ankündigung einer großen Umwälzung.

Zwei der Dorfbewohner, die sich ihnen angeschlossen hatten, gingen auf die vierzig zu. Sie hatten in der Schlacht von Harcort für Galatia gekämpft und ihre Waffen und Rüstungen behalten, die sie stolz hervorholten. Der dritte war ein junger Mann, Talin, der Sohn des Steinmetzen. Er war begeistert, endlich sein langweiliges kleines Dorf verlassen und sich ins Abenteuer stürzen zu können. Erwan, der dennoch überprüfen musste, ob diese Männer sich für den Kampf eigneten, sah sofort, dass er zwar mit keiner Kampftechnik vertraut, aber stark, beweglich und dermaßen Feuer und Flamme war, dass er keine Mühe haben würde, mit einem Schwert umzugehen.

In dem zweiten Dorf, das sehr viel größer war, fanden sie nicht nur fünf weitere Rekruten, sondern begegneten zudem auch einem Barden, den Finghin bat, die Nachricht zu verbreiten. Er sollte über das Netz seiner Kaste im ganzen Land bekannt machen, dass Galiad Al'Daman, der Drachentöter, nach Filiden unterwegs sei und dass sich jeder, der dem Samildanach dienen wolle, seiner Armee anschließen könne. Der Name des Magistel war bereits legendär. Jeder wusste über seine ruhmreichen Heldentaten und seinen Sieg über den Drachen, dem er Banthral, sein furchtbares Schwert, geraubt hatte, Bescheid. Das Volk von Galatia zu überzeugen, diesem berühmten Krieger zu folgen, war also ein Leichtes, und Aleas Name verstärkte die Begeisterung der Dorfbewohner noch. Dennoch betonte er nicht, dass sie unterwegs waren, um den Tuathann beizustehen, sondern erzählte ihnen, dass sie Harcort angreifen würden, und zwar mit Hilfe der Druiden. Allerdings musste er auch auf die Empfindlichkeit der Galatier Rücksicht nehmen, die den Kriegern des Sid nicht gerade Sympathie entgegenbrachten.

Im Laufe des Tages wurde die Zahl der Kämpfer immer größer hinter dem Banner, das Erwan stolz an der Seite seines Vaters trug. Milizsoldaten, ehemalige Soldaten, Schmiede, Bauern – zahlreich waren die, die dem Symbol des Samildanach folgen wollten, und je größer die Armee wurde, desto mehr Männer schlossen sich ihr in jedem Dorf, durch das sie kamen, an.

Als es Abend wurde und Galiad das Zeichen zum Halten gab, waren sie bereits an die zweihundert, zu Fuß oder zu Pferd, und aus ihren Augen leuchtete ein Stolz, auf den Galiad nicht zu hoffen gewagt hatte.

Diese Truppe hatte natürlich nicht die Disziplin einer echten Armee, ein lärmendes Durcheinander herrschte im Lager, aber alle waren von derselben Begeisterung angesteckt.

Als das Lager errichtet war, ging Galiad zu seinem Sohn, und sie baten Finghin, sich ihnen anzuschließen.

»Wenn wir in den Haufen heute keine Ordnung bringen, dann wird es mit jedem Tag schwieriger werden«, erklärte Galiad den beiden jungen Männern und deutete auf das Durcheinander, das um sie herum herrschte.

Erwan nickte.

»Wir werden hier eine Hierarchie wie in einem echten Regiment einführen müssen«, fuhr der Magistel fort. »Die Rollen verteilen, herausfinden, wer die meiste Erfahrung hat, wer kommandieren kann, wer ein Pferd hat, wer Bogenschütze ist, wer mit dem Schwert umgehen kann ... Und wir müssen noch heute Abend damit anfangen.«

»Ja, Vater.«

»Erwan, such all jene heraus, die über eine wirkliche militärische Erfahrung verfügen, und bring sie zu mir. Ich werde dann sehen, ob ich unter ihnen eine Hierarchie etablieren kann. Währenddessen kümmerst du dich um die anderen, und denen, die nicht kämpfen können, bringst du die Grundlagen bei. Wir haben wenig Zeit, aber ein paar Stunden Unterricht sind besser als gar nichts ... Finghin, ich weiß nicht, ob du dazu in der Lage bist, aber ich habe einmal gesehen, wie Phelim eine Armee auf den Kampf vorbereitete, indem er leichte Verletzungen und kleine alltägliche Krankheiten behandelte, die die Männer schwächen. Kannst du das versuchen?«

»Natürlich«, bestätigte Finghin.

»Dann beeilen wir uns«, sagte der Magistel abschließend.

Galiads Stimme hatte sich verändert. Nicht mehr der Magistel sprach jetzt, sondern ein echter militärischer Vorgesetzter. Erwan hatte seinen Vater noch nie so erlebt. Galiad hatte vermutlich seit sehr langer Zeit keine Armee mehr zu befehligen gehabt. Er war kurz nach Erwans Geburt in Phelims Dienst getreten, und sein Leben war seitdem viel einsamer geworden. Aber er schien nichts von seiner kriegerischen Vergangenheit vergessen zu haben.

Erwan, der den ganzen Tag an Talins Seite verbracht hatte, hatte sich mit ihm angefreundet. Er bat ihn daher, ihm bei der Organisation der gerade entstehenden Armee zu helfen.

Von den zweihundert Männern, die da waren, hatten nur sechzig militärische Erfahrung. Erwan gelang es mit Talins Hilfe, sie ausfindig zu machen, und bat sie, sich bei Galiad zu melden. Anschließend sammelte er die anderen etwas weiter entfernt und stieg auf sein Pferd, damit alle ihn sehen konnten.

»Galatier! Ihr habt euch bereit erklärt, euch der Armee des Samildanach anzuschließen, und dafür danken wir euch!«

Aus der Menge um ihn herum stiegen Freudenschreie auf.

»Ruhe! Wir haben keine Zeit zum Feiern! Dass ihr mit uns kommen wollt, heißt, dass ihr bereit seid, für den Samildanach zu sterben. Wenn es einen unter euch gibt, der sich weigert, sich für diese Sache zu opfern, dann verlasse er unverzüglich dieses Feld, denn danach ist es zu spät.«

Erwan machte eine Pause. Tiefes Schweigen herrschte, und Erwan ließ seinen Blick über die Versammlung der Männer schweifen. An ihren Blicken erkannte er, dass er ihre Aufmerksamkeit gewonnen hatte.

»Ich bin Erwan Al'Daman, Sohn von Galiad Al'Daman, dem Drachentöter. Ich bin der Magistel von Finghin, Großdruide im Rat von Sai-Mina. Ihr untersteht jetzt meinem Befehl und dem meines Vaters und des Großdruiden. Wenn einer von euch unsere Autorität nicht anerkennt, dann entferne er sich unverzüglich, denn danach ist es zu spät!«

Niemand rührte sich.

»Gut. Die Männer, die sich dort hinten um Al'Daman scharen, haben bereits in der Armee gedient. Sie haben eine militärische Ausbildung und können kämpfen. Aber ihr seid keine Kämpfer …«

»Deswegen können wir trotzdem kämpfen!«, rief ein Mann aus der Menge.

Erwan suchte mit den Augen nach dem, der gerufen hatte.

»Wer hat das gesagt?«

Die Menge teilte sich vor einem breitschultrigen Mann. Verlegen senkte er den Kopf.

»Ich«, gestand er und blickte zu Erwan auf.

»Was für einen Beruf hast du?«, fragte der junge Magistel.

»Ich schlage Holz, ich fälle Bäume, und ich beteilige mich auch am Bau unserer Häuser«, erwiderte er stolz.

»Und du kannst kämpfen?«

»Natürlich! Dass ich kein Soldat bin, heißt doch nicht, dass ich nicht kämpfen kann!«

»Das stimmt«, räumte Erwan ein. »Ich habe vor zwei Tagen Wanderschauspieler getroffen, die besser als manche Soldaten kämpften. Und mit welcher Waffe kannst du kämpfen?«

»Mit meinen Fäusten!«, rief der Dorfbewohner, woraufhin die Männer um ihn herum in Gelächter ausbrachen.

»Und du glaubst, du wirst mit deinen Fäusten viele Soldaten der Flamme töten können?«, fragte Erwan spöttisch.

Der Mann zuckte die Achseln.

»Ich fürchte«, fuhr Erwan fort, »dass du mehr als nur deine Fäuste brauchen wirst. Und etwas sagt mir, dass du nicht lange standhalten wirst, wenn ich jetzt absteige und mit meinen bloßen Fäusten gegen dich kämpfe. Willst du es versuchen?«

»Äh, nein, ich glaube Euch, Herr Erwan!«

Die Menge brach erneut in Gelächter aus.

»Das ist gut. Aber ich freue mich, dass du bereits kämpfen kannst. Das ist besser als nichts! Und wenn du Bäume fällst, dann kannst du ja auch mit einer Axt umgehen, nicht wahr? Das ist ein weiterer Vorteil. Vergesst aber nicht, dass die Männer, gegen die wir kämpfen werden, austrainierte Soldaten sind. Die Armee von Harcort ist die stärkste von ganz Gaelia, und unsere einzige Chance, sie zu besiegen, ist die Hilfe der Druiden. Hütet euch also vor allzu großem Selbstbewusstsein, auch wenn eure Fähigkeiten als Kämpfer der Stolz eures Dorfes sind. Gegenüber einem Soldaten der Flamme nützen euch eure Fäuste gar nichts! Uns bleibt nur sehr wenig Zeit vor der Schlacht. Zu wenig, um echte Soldaten aus euch zu machen. Aber wir werden trotzdem versuchen, euch die Grundlagen beizubringen. Gibt es unter euch einen, der bereits einen Bogen gehalten hat?«

Mehrere Hände hoben sich.

»Sehr gut. Sammelt euch zu meiner Rechten. Alle, die bereits eine Axt benutzt haben, auch wenn sie nur Bäume damit gefällt haben, sammeln sich zu meiner Linken. Hat jemand schon einmal ein Schwert in der Hand gehabt?«

Weniger als zehn Männer hoben die Hände.

»Ich verstehe... Sammelt euch in der Mitte. Und die Übrigen, kommt ebenfalls in die Mitte. Gut, und jetzt, gibt es unter euch Schmiede und Schreiner?«

Vier Männer hoben die Hand.

»Ihr vier«, erklärte Erwan, »werdet euch um unsere Waffen kümmern. Ihr werdet diejenigen reparieren, die zerbrechen, und für den Augenblick bitte ich euch, dass ihr versucht, möglichst viele herzustellen. Ich weiß, dass ihr nicht die Zeit habt, schöne Schwerter zu schmieden, aber ihr müsst Bogen und die entsprechende Anzahl Pfeile herstellen. Also, geht sofort an die Arbeit!«

Die vier Männer verschwanden in Richtung Lager.

»Gut, ihr anderen wartet kurz und rührt euch nicht von der Stelle«, befahl Erwan.

Der junge Magistel wandte sich an Talin.

»Sammle alle Waffen im Lager ein und sortiere sie hier nach Gattungen. Ich komme gleich wieder.«

Erwan wendete sein Pferd und trabte zu seinem Vater und den Soldaten.

Galiad, der dabei war, die Männer einzeln zu befragen, unterbrach, um seinem Sohn zuzuhören.

»Ich brauche sechs Waffenmeister, davon zwei Bogenschützen«, erklärte Erwan.

Galiad nickte. Er wählte sechs Männer und befahl ihnen, seinem Sohn zu folgen.

Und so begann die Ausbildung der unter dem Banner des Samildanach versammelten Männer bereits am ersten Abend. Erwan überwachte das Training bis zum Einbruch der Nacht, versuchte die Begabtesten zu erkennen und gab den Anfängern ein paar Ratschläge. Galiad ernannte drei Hauptmänner und zwölf Oberleutnants und erklärte den anderen, dass sie alle Dorfbewohner anleiten, sie überwachen und ihnen alle Grundregeln einer marschierenden Armee beibringen sollten.

Und Finghin fand tatsächlich mehrere Männer, die alte Leiden hatten, die er lindern konnte, und versuchte mit Hilfe des Saiman denen, die nicht so recht in Form waren, etwas Frische und Vitalität zurückzugeben.

Als es wirklich spät war und sich die Müdigkeit der Männer immer stärker bemerkbar machte, befahl Erwan, das Training zu beenden.

Die Männer aßen und gingen sofort schlafen, die meisten vollkommen erschöpft, aber alle stolz und sichtlich zufrieden.

Alea weckte ihre Gefährten noch vor Sonnenaufgang.

»Wir müssen sofort aufbrechen«, erklärte sie. »Diese Reise nach Mons-Tumba trennt uns von Finghin und den anderen, und das gefällt mir nicht. Sie werden unsere Hilfe brauchen. Ich will es so schnell wie möglich hinter mich bringen.«

Mjolln schmollte während des ganzen Frühstücks, aber Kaitlin und Faith bemühten sich, ihn zum Lachen zu bringen; als sie losritten, nahm die Bardin ihn wieder zu sich aufs Pferd.

Sie ritten unter den ersten Sonnenstrahlen an der Küste entlang. Am Vormittag machte diese eine Biegung nach Nordwesten und anschließend nach Süden, als sie sich der Bucht von Mons-Tumba näherten.

»Beeilen wir uns«, sagte Alea, während sie den Horizont absuchte. »Das Meer ist noch niedrig, wir müssten es durchqueren können. Aber wir müssen uns beeilen, die Flut kommt sehr schnell, und wir müssen den Treibsand vermeiden! Die Bucht ist besonders gefährlich ...«

Sie galoppierten unverzüglich weiter und stürmten mit klopfendem Herzen auf die Küste zu.

Gegen Mittag erreichten sie die Bucht. Das Meer war noch fern, aber die Flut setzte bereits ein.

»Wir haben keine Zeit mehr, den mittleren Damm zu erreichen«, erklärte Faith, die bereits hier gewesen war. »Das ist zwar der sicherste Weg, aber wenn wir ihn nehmen, verlieren wir Zeit, und es wird zu spät sein, das Meer zu durchqueren …«

»Ähm! Aber wenn wir durch die Bucht abkürzen, riskieren wir, in den Treibsand zu geraten, ja, und das ist viel zu gefährlich! Und ich erinnere Euch, verehrte Bardin, dass der Zwerg nicht schwimmen kann …«

»Wir haben keine Wahl, Mjolln«, erwiderte Alea verlegen. »Wir müssen jetzt hinüber, oder wir müssen die nächste Ebbe abwarten. Kommt, wir sind zu Pferd, wir riskieren nichts!«

Mjolln blickte zum Himmel empor und schüttelte den Kopf.

»Taha! Es ist sowieso völlig sinnlos, mit dir zu diskutieren, Steinewerferin, du machst ja doch, was du willst!«

»Beeilen wir uns!«, rief Alea ungeduldig.

Die Pferde jagten über den weißen Sand, auf dem stellenweise fluoreszierendes grünes Gras wuchs. Mons-Tumba erschien immer deutlicher vor ihren Augen. Die Dächer, die Fenster, die Schießscharten in der steilen Fassade der Abtei, die Steinmauern, die vorspringenden Türmchen, die dicht belaubten Bäume, die den Raum zwischen den Häusern und dem großen Gebäude füllten …

Alea bewunderte die gezackte Silhouette des Mons, als sie plötzlich spürte, wie die Hufe ihres Pferdes im Sand einzusinken begannen. Sofort projizierte sie den Saiman nach vorn. Der Energiestrom glitt zwischen die Sandkörner und hielt sie zusammen, um den Boden hart zu machen. Das Pferd galoppierte sehr schnell, und Alea hatte Mühe, die Richtung des Saiman zu kontrollieren, ihn zuerst vorne, dann unten und schließlich weit hinter sich zu halten, damit die beiden anderen Pferde ebenfalls nicht einsanken. Die Übung kostete sie unglaubliche Kraft. Der Saiman flitzte vor ihren Augen. Ihr wurde schwindlig. Ihr Blick trübte sich. Aber der Sand wurde immer weicher. Sie durfte nicht aufhören. Alea klammerte sich an die Mähne ihres Pferdes, um nicht herunterzufallen. Sie begann das Gleichgewicht zu verlieren. Die Ströme des Saiman wurden immer schwächer. Sie musste sich wieder fangen. Die Flamme. Sie musste die Flamme beherrschen.

Erwans Ratschläge fielen ihr wieder ein. Sie atmete tief ein und konzentrierte sich auf diesen Punkt in der Mitte ihrer Stirn. Es war, als stünde sie wieder ganz am Anfang. Der Saiman schien sich ihr entziehen zu wollen. Aber sie ließ nicht locker. Sie machte so lange weiter, bis sie Kopfschmerzen hatte. Und als ihr Pferd endlich wieder festen Boden unter den Hufen hatte, kippte sie zur Seite und fiel zu Boden.

Das Pferd lief noch ein paar Augenblicke weiter, bis es stehen blieb.

»Alea!«, rief Mjolln, der bemerkt hatte, dass das Mädchen das Gleichgewicht verloren hatte.

Ohne zu überlegen, sprang der Zwerg von Faiths Pferd und rollte mehrere Meter über den Sand. Er rappelte sich hoch, schüttelte den Kopf und lief zu dem Mädchen.

Alea lag reglos auf dem Bauch, das Gesicht im Sand.

Der Zwerg stürzte zu ihr. Er kniete sich neben sie und drehte sie auf den Rücken. Er schüttelte sie, versetzte ihr ein paar leichte Schläge und strich die Haare zurück, die auf ihrer Stirn klebten.

Langsam öffnete Alea die Augen. Mjolln seufzte erleichtert.

»Wie fühlst du dich?«, fragte er und streichelte ihre Wange.

»Es geht schon, ich glaube, ich bin ohnmächtig geworden… Danke Mjolln.«

»Du bist zu erschöpft, Alea!«, rief der Zwerg, dessen Herz wie rasend schlug. »Das ist unvernünftig. In diesem Tempo können wir nicht weiterreiten, o nein! Ähm. Das ist Wahnsinn, mein Kind.«

Alea keuchte und versuchte aufzustehen. Sie war noch etwas benommen, stützte sich aber auf die Schulter des Zwergs und schaffte es, sich auf den Beinen zu halten.

»Nein, Mjolln, das ist es nicht… Ich schwöre es dir…«

»Alea hat zu lange den Saiman benutzt«, warf Faith ein, die ebenfalls vom Pferd gestiegen war. »Ihr habt es nicht bemerkt, Dudelsackpfeifer, aber sie hat uns das Leben gerettet…«

Der Zwerg runzelte die Stirn. »Wovon redet Ihr?«

Alea lächelte. Allmählich kam sie wieder zu sich. Die Flamme des Saiman, die bei ihrem Sturz verschwunden war, flammte wieder auf in ihrem Geist.

»Es geht mir jetzt gut«, versicherte das Mädchen. »Es geht mir gut. Die Flut kommt, wir müssen sofort weiter. Mach dir keine Sorgen, Mjolln, es geht mir wirklich gut.«

Der Zwerg verzog skeptisch das Gesicht. Er sah Alea zu, wie sie aufs Pferd stieg, und zuckte die Achseln. Faith half ihm, hinter ihr aufs Pferd zu kommen, und sie setzten sich wieder in Bewegung. Mons-Tumba war nicht mehr weit.

»Die Soldaten der Flamme waren heute Morgen hier, Meister Druide!«

Finghin warf Galiad einen beunruhigten Blick zu. Der

Wirt schien in Panik. Die Armee von Harcort hatte also einen Tag Vorsprung, und wenn man ihm glauben konnte, war sie sehr groß.

»Ich habe nur einen sehr kleinen Teil ihrer Armee gesehen, sie sind nicht alle hier lang gekommen. Aber ich habe ihre Gespräche gehört. Ich habe ihnen Essen servieren müssen, und sie haben nicht bezahlt, diese Mistkerle!«

Der Druide dankte ihm und verließ den Gasthof mit Galiad.

Draußen waren die Krieger des Samildanach, wie sie sich selbst nannten, mittlerweile fast fünfhundert, aber Galiad wusste, dass das eine lächerliche Zahl war angesichts jener der Soldaten der Flamme. Und wenn sie auch noch Verspätung hatten, konnten sie den Tuathann dann überhaupt helfen? Würden sie rechtzeitig da sein? Sie hätten sich noch mehr beeilen müssen, aber dann wäre ihnen überhaupt keine Zeit geblieben, diesem zusammengewürfelten Haufen Soldaten wenigstens ein Minimum an Training und ein paar dürftige Ratschläge vor einem Krieg zu geben, für den er wirklich nicht geschaffen war.

»Erwan, sag den Hauptmännern, dass sie die Pause verkürzen sollen. Wir müssen so schnell wie möglich weiter.«

Der junge Mann gehorchte unverzüglich.

Die Truppen organisierten sich allmählich besser. Die Hierarchie war etabliert, und alle akzeptierten ohne Murren ihre Vorgesetzten. Für die meisten von ihnen war die Tatsache, dass sie mit einem Druiden und zwei Magisteln marschierten, ein solches Privileg, dass sie nicht wagten, sich über das angezogene Marschtempo und den Schlafmangel zu beklagen.

Filiden war noch weit entfernt, und Galiad ahnte, dass die Soldaten der Flamme sehr viel schneller marschierten und ihren Vorsprung möglicherweise noch vergrößern würden. Er hoffte, dass er eine Möglichkeit finden würde, die Verspätung seiner kleinen Armee in einen Vorteil zu verwandeln. Wenn die Soldaten der Flamme nicht gewarnt worden waren, dass sich eine Armee unter dem Banner des Samildanach sammelte, könnten sie sie möglicherweise überraschen, indem sie sie im Rücken angriffen. Aber das Netz der Barden hatte die Nachricht bereits verbreitet, und es bestand wenig Aussicht, dass die Harcortianer nicht bereits Bescheid wussten.

Sobald die Mahlzeit beendet war, machten sich die Krieger des Samildanach wieder auf den Weg. In jedem Dorf, durch das sie kamen, schlossen sich ihnen nicht nur neue Rekruten an, sie erhielten auch zahlreiche Geschenke: Lebensmittel, Waffen, Rüstungen und Kleidung in den Farben des weiß-roten Banners, Pferde... Die Nachricht, dass sie kommen würden, eilte ihnen voraus, und sie wurden jetzt von den Dorfbewohnern erwartet und mit allen Ehren empfangen.

Überrascht von dieser unerwarteten Begeisterung, befragte Galiad einen der letzten Männer, die er zum Hauptmann ernannt hatte. Er war ein ehemaliger Soldat, der nach dem Krieg von Harcort Tischler geworden war, sich aus seinen Jahren des Kämpfens aber eine Autorität und eine Ausstrahlung bewahrt hatte, die ebenso bemerkenswert waren wie sein Kampfgeist.

»Der Name des Samildanach war bereits in aller Munde, bevor von dieser Armee gesprochen wurde, Al'Daman. Schon seit langem warten die Einwohner von Galatia auf ein solches Ereignis. Ganz einfach auf eine Veränderung – und auch die Gelegenheit, sich an Harcort zu rächen.«

»Glaubt Ihr, dass ganz Galatia wie Ihr denkt?«, fragte Galiad.

»Nein. Ich glaube, das gilt in erster Linie für die Gebiete im Westen, diejenigen, die in direktem Kontakt mit den Christen sind. Aber das ist nicht alles.«

»Ja?«

»Amina. Seit Eoghans Tod mag das Volk von Galatia zum ersten Mal seit langem seinen Herrscher nicht. Niemand hier liebt die Königin, und als sie auch noch angekündigt hat, dass sie sich weigere, den Druiden zu helfen, Harcort zurückzuschlagen, hat sie alles nur noch schlimmer gemacht. Aus diesem Grund haben die Soldaten, denen wir im letzten Dorf begegnet sind, die Augen zugedrückt … Ich glaube, dass sie tief in ihrem Innern gern an unserer Stelle wären. Dass sie lieber dem Samildanach folgen als den Befehlen der Frau gehorchen würden, die unseren König ermordet hat.«

»Vielleicht hatten sie auch einfach nur Angst vor uns, wir waren immerhin mindestens zehnmal so viel. Vielleicht erstatten sie der Königin bereits Bericht.«

»Vielleicht, aber ich glaube es nicht.«

»Ich danke Euch, Hauptmann. Kehrt wieder zu Eurer Truppe zurück.«

Der Soldat grüßte Galiad und ging zu seinen Männern.

Der Magistel sah ihm nach und trieb dann sein Pferd an, um zur Vorhut zu reiten. Die Männer marschierten immer schneller. Als spürten sie, dass der Kampf nicht mehr fern war. Sie waren zu allem entschlossen. Bereit zu sterben. Für Galatia, für den Samildanach, so genau wussten sie es vermutlich gar nicht mehr.

Galiad seufzte. Er fragte sich, ob Alea sich bewusst war, wie das alles womöglich enden könnte. Es würde hunderte Tote geben. Hunderte Männer, die sie nicht kannten, würden für sie sterben. Aber hatte sie eine andere Wahl? Konnte sie zulassen, dass Harcort sich durchsetzte? Was würde geschehen, wenn die Christen siegten? Galiad zog es vor, gar nicht erst darüber nachzudenken, und ritt zu Finghin auf der anderen Seite der Truppe.

Am Spätnachmittag erreichten sie die Mauern von Mons-Tumba. Eine Einheit von Soldaten der Flamme war in der Wachstube hinter dem großen steinernen Tor stationiert, aber sie achteten nicht auf die Leute, die hineingingen. In Mons-Tumba war man es gewohnt, dass ständig Besucher kamen, und in der Unterstadt waren die Kontrollen nicht sehr streng. Die Abtei dagegen wurde wie eine Festung bewacht.

Alea, Faith, Kaitlin und Mjolln gingen durch das Tor und kamen in einen dreieckigen Hof, in dem sich Karren und eine Menge Fußvolk drängten. Sie mussten ihre Pferde in den großen Ställen von Mons-Tumba zurücklassen. Nur den Soldaten und den Händlern war es erlaubt, Tiere in die Stadt mitzunehmen. Alle anderen, auch die Studenten, mussten sie hier in dem kleinen Hof zurücklassen. Er war eine Art Schleuse zwischen dem Tor des Vorsprungs und dem Tor der Ringstraße, das viel größer war und nachts geschlossen wurde. Man ging durch ein breites Tor und betrat die eigentliche befestigte Stadt.

Die vier Gefährten bewegten sich langsam durch die Menge und versuchten nicht allzu sehr aufzufallen, auch wenn sie ihre Bewunderung für die Größe und

Pracht der Gebäude um sie herum kaum verbergen konnten.

Sie gingen durch das zweite Tor und kamen in die breite Straße, die an den Wällen entlangführte und auf beiden Seiten von hohen schmalen Häusern gesäumt wurde. Über den Dächern konnte man den oberen Teil der Wälle und die vorspringenden Türme der Fassade sehen, die die Fluten überragten.

Auf der Straße herrschte reges Treiben. Die Bevölkerung war sehr jung, und Alea erkannte sofort das Gewand der Studenten, die überall unterwegs waren. Es gab auch zahlreiche Händler und einige Besucher auf der Durchreise, die in aller Ruhe die Sehenswürdigkeiten von Mons-Tumba bewunderten.

Die Straße führte langsam den Felsen hinauf, und sie gingen schweigend bis ganz nach oben. Am Ende machte die Straße eine Biegung und führte hinter einer neuen Etage von Wällen in entgegengesetzter Richtung weiter. Und schließlich standen sie am Fuß der gewaltigen Abtei.

»So«, erklärte Faith und berührte Alea am Arm, »die Universität befindet sich innerhalb dieser Mauern.«

»In der Abtei?«, fragte Alea überrascht.

»Natürlich! Der Unterricht wird von den Mönchen gegeben. Die Abtei besteht aus zwei Gebäuden: dem zentralen Gebäude, in Form eines Kreuzes, wie eine Kirche, das im Norden von einem lang gestreckten Gebäude flankiert wird, das ›Das Wunder‹ genannt wird. In diesem zweiten Gebäude treffen die Mönche die Schüler. Dort befinden sich auch das Scriptorium und die Bibliothek.«

»Kurzum, dorthin müssen wir uns begeben«, schloss Alea und nickte.

»Ja«, bestätigte Faith und neigte den Kopf, »und das wird nicht leicht sein.«

»Wo ist der Eingang?«

»Die Wachen lassen natürlich nur die Mönche und die Studenten hinein. Sie gehen beim Empfang hinein, dort hinten, in dem kleinen Gebäude am Fuß der Abtei. Von dort hat man Zugang zur Treppe des Hohen Grades, die in die drei Etagen des Gebäudes führt. Es gibt auch eine Tür, die zum Armenhospiz führt, wo die Mönche die Armen aufnehmen … Aber es gibt nicht viele Arme in Mons-Tumba.«

»Glaubst du, dass wir eine Chance haben hineinzukommen?«

»Wir werden uns schwerlich für Mönche oder Studenten ausgeben können!«, erwiderte die Bardin und verzog das Gesicht.

»Wie stellen wir es dann an?«

Faith betrachtete die hohen Mauern der Abtei.

»Die äußere Treppe des Hohen Grades führt auch auf den Laufgang dort oben auf dem Wall«, erklärte Faith und deutete auf die Mauer, die an der Straße entlanglief. »Der Laufgang geht bis zu dem Turm dort hinten rechts. Wenn wir eine Möglichkeit fänden, in den Turm zu klettern, und wenn es uns gelänge, unbemerkt über den Laufgang bis zur Treppe zu gehen, dann könnten wir ins Innere der Abtei gelangen. Aber dann fangen die Schwierigkeiten erst an!«

»Und all das, um Bücher zu finden!«, rief Mjolln. »Dabei kannst du noch nicht einmal lesen!«

»Faith kann lesen«, erwiderte Alea etwas ärgerlich. »Und ich fange an, es zu lernen … Kaitlin?«

Die Schauspielerin nickte. »Ja, ich habe vor langer Zeit lesen gelernt. Ich kann nicht garantieren, dass ich sehr schnell darin bin, aber ich werde dir schon helfen können, Alea.«

»Wie auch immer, nein, wir werden niemals ins Innere gelangen, o nein!«, fügte Mjolln hinzu.

Alea seufzte. »Hör zu, du solltest lieber nach einer Möglichkeit suchen, auf diesen Turm zu klettern, als ständig nur zu meckern!«

Mjolln senkte den Kopf und blickte sich in der Straße nach allen Seiten um.

»Pst! Nicht so laut, du wirst es noch schaffen, dass man uns bemerkt!«, flüsterte der Zwerg und blickte verlegen zu Alea auf.

»Es gibt eine Taverne direkt gegenüber dem Turm«, warf Faith ein, »wenn wir dort zu Abend essen, können wir unauffällig die Wälle inspizieren …«

Die vier gingen die Straße hinunter und warfen der gewaltigen Abtei ein paar beunruhigte Blicke zu.

»Ähm! Und ich werde wieder bezahlen müssen!«, klagte Mjolln und steckte die Hände in seine Taschen.

Alea musste unwillkürlich lachen.

»Na schön, Mjolln, wenn du mir heute Abend in der Abtei hilfst, verspreche ich dir, dass ich mit dir in den Tunnel von Borcelia zurückkehren werde, um den ungeheuren Schatz zu holen, den du gesehen hast und den du ganz für dich allein behalten kannst. Das wird dir hundertfach all die Abendessen vergelten, die du für mich bezahlt hast!«

Der Zwerg verzog amüsiert den Mund. »Wirklich?«, fragte er und blieb stehen.

Alea drehte sich zu ihm um. »Diesen Schatz oder einen anderen! Aber ich verspreche dir einen Haufen Gold, einen Haufen Geld, einverstanden?«

»Nur ein Verrückter wäre nicht einverstanden, he he

he! Ich will gern jeden Turm hinaufklettern, Steinewerferin!«

Alea nahm ihn am Arm, und sie gingen weiter zur Taverne.

Sie aßen in aller Ruhe, genossen die Küche und den wunderschönen Rahmen dieser kleinen Taverne. Die Stimmung war fröhlich, der Krieg schien die Gewohnheiten der zahlreichen Studenten, die zum Abendessen hierher kamen, nicht zu stören. Man war ein wenig abseits hier in Mons-Tumba, fern von allem, auch von den Kriegen.

Bei Einbruch der Nacht verließen die vier Gefährten die Taverne und machten ein paar Schritte auf das Haus am Fuß des Turms zu, aber es waren noch zu viele Leute auf der Straße, und der Vollmond tauchte die ganze Stadt in helles Licht.

»Wir werden niemals da hinaufsteigen können, ohne gesehen zu werden!«, flüsterte Kaitlin und näherte sich Alea.

Das Mädchen biss sich auf die Lippe.

»Wir müssen vielleicht eine andere Möglichkeit finden, um hineinzugelangen«, meine Faith.

»Nein«, erwiderte Alea. »Wartet, es gibt sicher eine Treppe in diesem Turm und vielleicht ganz einfach eine Tür am Fuß der Mauer.«

»Das würde mich wundern«, erwiderte Faith, »und wenn, ist sie mit Sicherheit gut verschlossen.«

Alea lächelte. »Darum kümmere ich mich schon! Wartet hier auf mich.«

Das Mädchen schlüpfte zwischen zwei Häuser und verschwand im Schatten der Wälle.

Mjolln blickte zu der Bardin auf. »Tada. Wir werden uns ganz schön langweilen, wenn das alles vorbei sein wird, nicht wahr?«, sagte er, ein Lächeln in den Mundwinkeln.

»Wenn wir unser ganzes Leben mit Alea zusammenbleiben, werden wir vermutlich keine Zeit haben, uns zu langweilen!«

»Unser ganzes Leben? O nein! Ich erinnere Euch daran, dass ich Barde werden will!«

»Ihr werdet es nicht einen Monat ohne sie aushalten!«, sagte Faith spöttisch.

Mjolln kratzte sich den Bart und verzog das Gesicht. »Nein. Keine Woche. Ähm. Verfluchtes Mädchen!«

Kaitlin näherte sich ihnen. »Ist sie immer so?«, erkundigte sie sich lächelnd.

Faith und Mjolln sahen sich an, wandten sich dann der Schauspielerin zu und nickten gemeinsam.

Ein paar Augenblicke später sahen sie Aleas Kopf aus der Dunkelheit des Gässchens kommen.

»Pst!«, rief sie. »Kommt!«

Sie blickten sich um, um zu sehen, ob jemand sie beobachtete, und stürzten sich anschließend zwischen die beiden Häuser.

»Es ist offen!«, verkündete Alea stolz.

Damit ging sie in die Richtung zurück, aus der sie gekommen war, und bedeutete ihnen, ihr zu folgen. Tatsächlich entdeckten sie eine winzige Holztür unten im Turm. Das Schloss war aufgebrochen worden.

Alea schlüpfte hinein. Mjolln zögerte einen Augenblick, blickte am Turm hinauf und ging dann hinter dem jungen Mädchen her. Faith und Kaitlin folgten.

Die Wendeltreppe war sehr steil und führte bis ganz nach oben. Alea blieb mehrmals stehen, um Atem zu schöpfen, behielt aber dennoch ihren Vorsprung gegenüber dem Zwerg, für den die Stufen noch höher waren.

Die Treppe drehte sich und drehte sich in der Dunkelheit, nur ab und zu wurde sie vom Mondlicht beleuchtet, das durch die Schießscharten hereinfiel. Der Rand der Stufen war abgetreten, und sie rutschten häufig aus und konnten sich manchmal gerade noch an der Steinmauer oder der nächsten Stufe festhalten.

Schließlich hatte Alea völlig außer Atem das Ende der Treppe erreicht. Sie stand jetzt vor einer Holztür, die mit der unteren identisch war. Unter sich hörte sie die schweren Schritte Mjollns. Wenn er weiter solchen Lärm machte, liefen sie Gefahr, bemerkt zu werden. Aber sie konnte nicht zu ihm hinunterrufen. Das wäre noch riskanter.

Sie drehte sich um und presste sich gegen die Tür, um zu hören, ob auf der anderen Seite jemand war. Es gab sicher Wachposten, die ihre Runden machten, aber vielleicht kamen sie nur ab und zu hier vorbei.

Sie holte den Saiman aus der Tiefe ihres Geistes. Die warme Energie floss in ihrem Körper empor und in ihre Arme. Langsam kam sie aus ihren Händen heraus und schlüpfte unter die Tür, durch das Schloss und zwischen die Bretter. Alea hörte nicht auf, den Strom auf die andere Seite zu schicken. Er glitt über den Steinboden, erhob sich und erfüllte die Atmosphäre, um den Raum wahrzunehmen. Er war draußen. Auf dem Wall. Im Augenblick war niemand da. Alea schickte den Saiman noch etwas weiter. Wie eine formlose Wolke glitt er über den Laufgang. Noch immer nichts. Der Weg war frei.

Endlich kam auch Mjolln, gefolgt von Faith und Kaitlin. Der Zwerg ließ sich vollkommen erschöpft auf die letzte Stufe fallen.

Alea legte einen Finger auf ihre Lippen, um ihm zu bedeuten, nicht zu sprechen. Sie suchte in ihrer Tasche den Eisendraht, den sie unten benutzt hatte, um das Schloss zu öffnen, und steckte ihn in das neue Schloss. Es klickte. Alea drehte die kleine Nadel vorsichtig mehrmals im Inneren, als sei sie aus Kristall. Und plötzlich öffnete sich die Tür vor ihr.

Mit einem zufriedenen Lächeln richtete Alea sich auf, steckte den Eisendraht wieder in die Tasche zurück und blinzelte Mjolln zu, der mittlerweile wieder einigermaßen normal atmete.

Alea bedeutete ihren Freunden, sich hinter ihr zu verstecken, und schob die Holztür langsam auf. Sie ging wieder zwei Stufen hinunter, um auf die Höhe des Laufgangs zu kommen, und kroch dann vorwärts. Die drei anderen folgten ihr.

Die undeutlichen Echos der nächtlichen Geräusche der Stadt drangen herauf. Fensterläden wurden geschlossen, die Gäste verließen die Tavernen, Wassereimer wurden durch die Fenster geleert …

Die vier Schatten krochen auf dem Bauch über den Wall. Ein aufmerksamer Beobachter hätte von der Stadt her ihre dunklen Gestalten sehen können, die von Zeit zu Zeit durch die Öffnungen des Mäuerchens sichtbar wurden, das den Laufgang säumte. Aber es war spät, und sie blieben unbemerkt.

Bald hatten sie die nordwestliche Ecke des Walls erreicht, wo der Laufgang einen rechten Winkel bildete und nach Süden weiterführte, zu dem Hohen Grad. Alea hielt an und bedeutete den anderen, sich ebenfalls nicht zu bewegen. Sie bemerkte Licht am Eingang zur Treppe. Vermutlich an der Wand befestigte Fackeln. Das bedeutete nicht zwangsläufig, dass auf der anderen Seite jemand war, aber es war durchaus möglich. Wieder schickte sie den Saiman voraus. Diesmal konnte sie ihn lenken, und sie sah bis zur Tür der Treppe. Sie schickte den Saiman auf die andere Seite, schloss die Augen und ließ ihn den ganzen Raum ausfüllen, von dem aus die Treppe hinunterführte.

Plötzlich zuckte sie zusammen. Sie hatte eine menschliche Gestalt gespürt. Eine zweite. Soldaten. Zwei Soldaten befanden sich in der Wachstube. Alea verzog das Gesicht, brach den Kontakt mit dem Strom des Saiman ab und drehte sich zu ihren Gefährten um.

»Die erste Schwierigkeit«, erklärte sie leise.

»Ach, die Treppe war wohl ein Spaziergang?«, sagte Mjolln spöttisch.

»Pst«, flüsterte Faith hinter ihm.

»Die Treppe wird oben von zwei Posten bewacht«, sagte Alea. »Sie machen vielleicht ihre Runden über den Laufgang, und in diesem Fall könnten sie jeden Augenblick auftauchen!«

»Kehren wir um?«, fragte Mjolln lächelnd.

»Nein!«, erwiderte Alea und schüttelte den Kopf. »Nein, wir müssen unbedingt zu der Tür gelangen. Wenn sie herauskommen, wird uns nichts anderes übrig bleiben, als sie zu betäuben und zu knebeln ... Wenn sie hinuntersteigen, brauchen wir nur hineinzugehen.«

»Ah, ja!«, sagte Mjolln und verzog das Gesicht. »Die Feindseligkeiten beginnen!«

»Also los!«

Alea begann wieder zu kriechen, allerdings sehr viel schneller diesmal. Die Soldaten durften sie nicht überraschen, sie mussten die Tür erreichen, bevor sie herauskamen.

Als sie vor der Treppe war, stand sie auf, presste sich gegen die Mauer neben der Tür und machte Mjolln ein Zeichen, schnell zu ihr zu kommen.

Der Zwerg machte die letzten Schritte aufrecht und versteckte sich neben ihr. In dem Augenblick, als Kaitlin sich aufrichtete, um zu ihnen zu gehen, öffnete sich die Tür neben Alea und Mjolln.

Kaitlin blieb stehen und suchte einen Ort, wo sie sich verstecken könnte, aber es war bereits zu spät.

»Was ...«, begann der Wachtposten, als er Kaitlin und Faith mitten auf dem Laufgang entdeckte.

Er zog sein Schwert und stürzte auf die beiden Frauen zu, dicht gefolgt von seinem Kameraden. Aber bevor sie angreifen konnten, schickte Alea eine Saiman-Kugel hinter ihnen her, die sie mit aller Wucht am Nacken traf.

Die Wachposten stürzten bewusstlos zu Boden. Faith und Kaitlin bemerkten jetzt Aleas ausgestreckte Hände am Ende des Laufgangs. Sie gingen weiter, stiegen über die beiden am Boden liegenden Soldaten und waren gleich darauf bei dem Zwerg und dem Mädchen.

»Wir können sie nicht so da liegen lassen«, flüsterte Alea. »Sie werden aufwachen und Alarm schlagen.«

Kaitlin drehte sich um. Sie betrachtete die beiden ohnmächtigen Männer, zögerte einen Augenblick und ließ sich dann neben ihnen auf die Knie fallen. Sie zerriss Teile ihrer Umhänge und knebelte sie damit.

»Ich brauche etwas, um ihre Hände zu fesseln!«, sagte sie zu den drei anderen.

Alea blickte in den Raum, konnte aber nichts finden, was brauchbar gewesen wäre. Sie sah zur Decke empor und entdeckte zwei Kandelaber, die an einer Schnur hingen. Sie stieg auf den Tisch und schnitt die Schnur mit ihrem Dolch durch.

»Hier, sagte sie zu Kaitlin. »Und fessle sie straff! Sie dürfen sich nicht befreien können ...«

»Keine Sorge«, erwiderte Kaitlin lächelnd. »Ich werde einen so festen Knoten machen, dass selbst ich ihn nicht aufbekäme!«

Als die beiden Wachposten gefesselt und geknebelt waren, zog Kaitlin sie bis zur Biegung des Laufgangs, in der Hoffnung, dass ein anderer Wachposten, der die Treppe hinaufkäme, sie so nicht sehen könnte. Faith half ihr dabei, dann kehrten sie zur Tür zurück und betraten die Treppe des Hohen Grades.

Sie waren nur noch einen Tagesmarsch von Filiden entfernt und bereits mehr als tausend. Erwan und Talin hatten genau zwölfhundert Männer gezählt. Das war weit mehr, als Galiad erhofft hatte, aber es würde vielleicht nicht ausreichen. Dennoch hatte die Armee, die da unterwegs war, etwas Bewegendes. Alle waren von ein und derselben Hoffnung beseelt, der reinsten von allen: die Welt zu verändern. Die Welt zusammen mit dem Samildanach zu verändern.

Als Galiad die Menge der Soldaten betrachtete, die mit energischem Schritt auf Filiden marschierten, begriff er, dass es erst aufhören würde, wenn Alea es verlangte. Es würde immer neue Krieger des Samildanach geben. Wenn sie jetzt bereits zwölfhundert waren, dann würden sich noch tausende im ganzen Land ihnen anschließen. Es gab kein Zurück mehr. Die Veränderung hatte eingesetzt. Und das Unglaublichste war, dass ein dreizehnjähriges Mädchen es ganz allein geschafft hatte, sie herbeizuführen.

Galiad fragte sich, ob diese Männer wussten, von was für einem Gaelia sie träumten. Was für Veränderungen wollten sie? Was für eine bessere Welt? Mit Sicherheit wussten die meisten von ihnen es nicht. Und war er selbst sich der Absichten Aleas überhaupt sicher? Diese Männer marschierten nicht für die Idee einer neuen Welt, sondern ganz einfach für die Idee der Veränderung, für die Veränderung an sich.

Mittags, als die Sonne am höchsten stand, kehrte ein Kundschafter im Galopp zu Galiad zurück. Erwan und Finghin sahen ihn und kamen dazu, um ebenfalls die Neuigkeiten zu hören.

»General Al'Daman«, begann der Soldat, an Galiad gewandt, »der Krieg hat auf dem Hügel des Sandes nördlich von Filiden begonnen.«

Galiad nickte. Er warf dem Druiden und seinem Sohn neben ihm einen Blick zu. Sie waren noch nicht bereit. Aber war man es überhaupt jemals?

»Habt Ihr schätzen können, wie viele sie sind?«, fragte Galiad.

»Im Augenblick sind die Tuathann allein. Die Druiden sind noch nicht eingetroffen. Die Armee von Harcort ist erheblich stärker. Drei- oder viermal so viele. Fast zwanzigtausend Mann, denke ich. Aber die Tuathann haben einen Geländevorteil: Sie befinden sich auf einem Hügel, den sie, wie es scheint, in aller Ruhe vorbereiten konnten. In der Mitte gibt es ein Lager, und auf den Hängen rundherum haben sie Pfähle in den Boden gerammt, die die Pferde daran hindern sollen hinaufzukommen; außerdem haben sie große Felsblöcke vorbereitet, die sie vom Hügel auf die Soldaten der Flamme hinabwerfen wollen.«

»Gut. Wer befehligt die Armee von Harcort? Ist Al'-Roeg persönlich erschienen?«

»Ich habe ihn nicht gesehen. Aber General Dancray ist da, ich habe ihn erkannt. Ich denke, dass er den Kampf leiten wird.«

»Und sind die Harcortianer allein? Keine Männer aus Braunland?«

»Ich habe das Banner von Graf Meriander nicht gesehen, General.«

»Ich danke Euch, Soldat. Informiert unverzüglich die acht Hauptmänner und sagt ihnen, dass wir noch schneller marschieren müssen. Wir werden versuchen, Al'Roegs Armee im Rücken anzugreifen.«

Der Kundschafter ritt sofort zur Vorhut der Truppe. Die Sonne brannte so stark wie selten. Unter den Rüstungen und Panzerhemden war es unerträglich heiß. Bei dieser Hitze würde das Kämpfen schwierig werden. Aber das dürfte die Tuathann nicht weiter stören, hoffte Galiad. Die Bewohner des Sid waren es gewohnt, mit nacktem Oberkörper bei noch viel schlimmerer Hitze zu kämpfen.

Der Magistel wandte sich an Erwan und Finghin: »Ich will, dass ihr für die ganze Dauer der Kämpfe zusammenbleibt. Erwan, vergiss nicht, dass du Finghins Magistel bist. Wenn ihm irgendetwas zustößt, so ist das deine Schuld. Der einzige Rat, den ich euch geben kann, ist, dass ihr in einer Schlacht wie der, die uns bevorsteht, niemals zu kämpfen aufhören dürft. Macht keine Pause. Kämpft immer. Auch wenn ihr zu erschöpft sein solltet. Solange ihr kämpft, seid ihr am Leben.«

Finghin nickte, aber in seinen Augen flackerte Angst.

9

Der schwarze Druide

Die Tuathann standen noch immer in Reih und Glied oben auf dem lang gezogenen Hügel. Malden hatte den Kriegern aller Klans befohlen, so lange wie möglich auf dem Hügel des Sandes über dem Feind auszuharren.

Der Anführer der Stämme hatte selbst die Oberkörper der sechs anderen Klanchefs bemalt. Sie hatten im selben Zelt geschlafen und sich bis spät in die Nacht unterhalten. Alle Krieger des Sid waren da. Nur Sarkans Sohn und diejenigen, die ihm gefolgt waren, fehlten. Die Tuathann wussten, dass diese Schlacht die wichtigste von allen und mit Sicherheit die blutigste sein würde. Tagors Schwert würde ihnen fehlen. So wie ihnen das seines Vaters fehlte. Die ganze Nacht riefen sie die Moira an, und als sie jetzt die langen Kolonnen ihrer Feinde sahen, hofften sie, dass sie sie gehört hatte.

Unten hielten die Sümpfe Männer und Pferde auf, aber die Armee von Harcort rückte dennoch immer weiter vor, stumm und geradeaus. Ein gewaltiger Zug war kegelförmig vor dem Hügel erschienen und schwärmte jetzt aus, um an allen Fronten anzugreifen.

In der ersten Linie bereiteten sich die Bogenschützen, die nur einen einfachen Umhang und die leichtesten Helme trugen, darauf vor, schon bald eine erste Salve von

Pfeilen den Hügel hinaufzuschicken. Sie mussten die Tuathann zwingen, sich zu bewegen, zum Feind hinunterzukommen und ihren Verteidigungsposten zu verlassen.

Die zweite Linie bildeten die Infanteristen. Die größte Gruppe. Sie trugen dicke Kettenhemden über ihrem gefütterten Wams, Ellbogenschützer, Knieschützer, Kniehosen und Panzerhandschuhe. Ihre Schwerter hingen noch an ihren Gürteln, denn General Dancray hatte befohlen, dass zu Beginn des Kampfes nur die großen Lanzen benutzt werden sollten, die beim Angriff auf einen Feind, der erhöht Aufstellung genommen hat, wirksamer waren.

Die dritte Linie schließlich bildeten die Reiter in vollständigen Schuppenrüstungen. Unter ihren langen kegelförmigen Helmen mit Nasenschutz trugen sie feinmaschige Halsmanschetten, die den gegnerischen Waffen keinerlei Öffnungen boten. Bewaffnet mit Lanzen, Schwertern und Morgensternen, hielten sie im Augenblick ihre mächtigen Pferde im Zaum, die ebenfalls von rudimentären Rüstungen geschützt wurden.

Am Nachmittag blieben alle Truppen von Harcort plötzlich stehen. Die erste Linie der Bogenschützen hatte bereits zwei Drittel des Hügels erklommen. Sie waren nur noch etwa fünfzig Meter von den Tuathann entfernt, als sie niederknieten, Pfeile auf ihre Bogen legten und sie nach oben richteten.

Die Bogenschützen der Tuathann machten sich ebenfalls bereit. Vom Hügel aus hatten sie einen besseren Angriffswinkel. Eine Reihe von Bogen erhob sich vor den Stämmen.

Die Zeit schien stillzustehen. Das Geräusch der Schritte, das Klirren der Rüstungen war verstummt. Bedrückende Stille lastete auf dem Hügel des Sandes.

Es waren die beklemmenden Minuten, die der Schlacht vorausgehen. Jene, in denen die Reue beginnt. Jene, in denen tausende von Herzen schneller schlagen. In denen einem die Angst schwer im Magen liegt. Oder so bedrückend wird, dass man nur noch einen Wunsch hat: sich in die Schlacht zu stürzen, um es hinter sich zu bringen. Und diese anhaltende beklemmende Spannung loszuwerden. Diese Minuten, in denen man an die vergangenen Jahre zurückdenkt. Sich an zärtliche Momente erinnert. Oder sich fragt, ob der andere unmittelbar neben einem die gleiche Angst empfindet. Ob er sich ebenfalls fragt, ob diese Sache es wert ist, dass man für sie stirbt. In denen man sich fragt, wann der Pfeil fallen, wann das Schwert niedersausen wird.

Diese dumpfen Minuten, in denen man nur noch das Blut in den Adern pochen hört. Als poche es zum letzten Mal.

Dancray gab zuerst den Befehl zu schießen.

Alle Sehnen peitschten innerhalb einer einzigen Sekunde die Luft. Die Pfeile der Soldaten der Flamme stiegen wie ein Vogelschwarm in den Himmel empor. Die Tuathann antworteten sofort. Die beiden Schwärme überlappten sich in einem anmutigen Ballett. Dann war das Pfeifen der herabregnenden Pfeile zu vernehmen.

In beiden Armeen gingen die Schilde hoch, aber einige Männer wurden dennoch getroffen, bei den Harcortianern wie bei den Tuathann. Die erste Salve war perfekt abgestimmt, alle Pfeile fielen gleichzeitig herab, aber schon bald legten die Bogenschützen erneut an, und diesmal flogen die Pfeile nacheinander los, ohne irgendeine Ordnung, wie ein anhaltender Regen, der die Infanteristen und Reiter zwang, sich pausenlos zu schützen.

Plötzlich gab Dancray den ersten Linien den Befehl

vorzurücken. Er wollte das von den Bogenschützen ausgelöste allgemeine Durcheinander nutzen, um zum Feind hinaufzugelangen und seine Reihen zu durchbrechen. Sofort regnete ein Hagel von Wurfgeschossen vom Hügel herab. Die Tuathann hatten diesen Augenblick erwartet und richteten sich nun schreiend auf, um Steine, Felsblöcke und Äxte den Hang hinunterzuschicken, die die perfekte Ordnung der Infanterielinien Harcorts auflösten.

Der tödliche Hagel schlug die Infanteristen in die Flucht. In ihrer Panik liefen sie auseinander, und viele starben zerschmettert. Die erste Reihe der Tuathann machte ein paar Schritte vorwärts, um die nach Luft ringenden Überlebenden mit Axthieben zu empfangen.

Die Infanterie der Soldaten der Flamme trat den Rückzug an, um zu versuchen, sich etwas weiter unten neu zu ordnen, bevor sie erneut angriff.

Maldens Befehlen zum Trotz liefen einige Tuathann daraufhin den Hügel hinab, um die Flüchtigen zu verfolgen. Das war natürlich ein schwerer Fehler, den Sarkan niemals geduldet hätte, aber Malden war ein noch junger Führer, der seine entfesselten Krieger, die hofften, diese Scharen von Feiglingen sehr schnell zu dezimieren, nicht zurückzuhalten vermochte. Aber sie wurden von einer Abteilung der Kavallerie empfangen, die sie innerhalb eines einzigen Augenblicks niedermetzelte.

Dancray begriff jetzt, dass er so schnell wie möglich die Bresche, die sich in der Linie der Tuathann geöffnet hatte, nutzen musste, bevor diese Zeit hätten, sie wieder zu schließen, indem sie die vorderen Truppen etwas auseinanderrücken ließen. Er gab der dezimierten Infanterie den Befehl, vom Westhang des Hügels her anzugreifen, wo die Tuathann eine Lücke gelassen hatten.

Die Infanteristen stürmten los, dicht gefolgt von der Kavallerie.

Malden sah, dass die Armee von Harcort seine Linien zu durchbrechen drohte. Er brüllte seinen Männern zu, sich auf den Westhang zu begeben, aber sie kamen zu spät, und der Kampf begann oben auf dem Hang. Die Pfeile regneten jetzt nicht mehr auf genau diesen Ort herab, wo nun der Nahkampf begann. Die Soldaten der Flamme waren überrascht, wie geschickt die Tuathann mit dem Schwert wie mit der Axt umgehen konnten; auf beiden Seiten gab es große Verluste, aber immer wieder rückten neue Männer aus Dancrays Armee nach, so dass die Tuathann schon bald überrannt wurden.

Die Harcortianer waren in der Übermacht, und es gelang ihnen ziemlich schnell, die Verteidigungslinie der Tuathann zu durchbrechen, indem sie die Öffnung auf diesem Hang des Hügels vergrößerten. Die Männer des Sid hatten den Vorteil ihrer erhöhten Position verloren.

Das Gemetzel begann.

Sie gingen langsam die Steinstufen der Treppe des Hohen Grades hinab und standen vor dem Kloster. Der Mond erhellte den weitläufigen Garten, der von Arkaden umgeben war. In der Dunkelheit war undeutlich ein doppelter versetzter Säulengang zu erkennen.

Alea ging als Erste unter die Arkaden aus Kalkstein und entdeckte die Skulpturen der bemalten Ecksteine zwischen den Säulen. Sie erwartete, jeden Augenblick eine Wache hinter jedem Pfeiler auftauchen zu sehen, da die Nacht in der ganzen Galerie merkwürdige Schatten zeichnete. Sie machte ihren Gefährten ein Zeichen, zu ihr zu kommen.

Der Anblick machte sie sprachlos. Gegen Westen öffnete ein breites Glasfenster die Galerie, so dass der Garten im Zentrum zwischen Himmel und Erde zu schweben schien.

»Wo müssen wir hin?«, flüsterte Alea und drehte sich zu Faith um.

»Ich meine mich zu erinnern, dass das Refektorium, das am Ende dieses Gangs liegt, unten ins Scriptorium führt… Aber ich bin nicht sicher!«

Alea nickte. Sie ging die Galerie entlang, wobei sie versuchte, möglichst oft hinter den großen Säulen verborgen zu bleiben, und warf immer wieder Blicke in den Gang und in den Garten. Schließlich stand sie vor der Tür, die die Bardin erwähnt hatte.

Das Refektorium war ebenfalls verschlossen. Alea beeilte sich, das Schloss aufzubekommen, und ließ Mjolln, Faith und Kaitlin hinein, um die Tür hinter ihnen wieder zu schließen.

Das Refektorium war ein riesiger viereckiger Saal mit einem getäfelten Tonnengewölbe. Das bleiche Licht der Nacht drang durch schmale Fenster in der Nord- und Südwand hinein. Jede dieser kleinen Öffnungen wurde von einem Bogen umrahmt, den zwei kleine Säulen stützten.

Große Holztische mit schmucklosen Bänken auf jeder Seite standen in der Mitte des Raums. Mönche und Studenten trafen sich hier zum Essen. Alea sagte sich, dass sie, wenn sie durch diesen Saal wieder hinauswollten, zurück sein mussten, bevor die Bewohner der Abtei zum Frühstück kämen.

Faith deutete auf eine Tür im Westen. Alea nickte, und sie durchquerten den großen Saal, wobei sie versuchten, so wenig Lärm wie möglich zu machen. Jede falsche Bewegung hallte in diesem riesigen kalten Raum.

Alea drückte den Türgriff. Die Tür war nicht verschlossen. Sie entdeckte eine Treppe, die nach Westen führte, und ging als Erste hinauf. Sie kamen in die zweite Etage und standen vor einer doppelten Holztür. Diesmal kostete es Alea mehr Mühe, sie zu öffnen, denn es gab zwei Schlösser, und ihr Mechanismus war kompliziert. Aber sie hatte die kleinen präzisen Bewegungen nicht vergessen, die sie in ihrer Kindheit so oft ausgeführt hatte, und bald hatte sie das Scriptorium geöffnet.

Der tiefe Raum war durch drei Säulenreihen in vier unterschiedlich große Schiffe unterteilt. Schwaches Licht drang durch zwei runde Fenster in der Höhe herein. Bunte Teppiche, die zwischen den Säulen hingen, teilten die Mitte des Raums in kleine abgeschirmte Abteile, in denen die Mönche und Studenten studieren, aber auch die Manuskripte abschreiben oder bemalen konnten.

Alea ging die vier Stufen hinunter. Sie blickte an den Holzregalen hinauf, die alle vier Mauern bedeckten. Hier gab es noch mehr Bücher als in dem Kloster, in dem sie übernachtet hatten. Viel mehr. Da und dort standen Leitern, die den Zugang zu den oberen Regalen erlaubten. Überall im Saal türmten sich die Manuskripte, gebunden oder nicht. Das hier war die größte Bibliothek auf Gaelia. Die Bibliothek von Mons-Tumba. Das ganze Wissen der Welt.

Faith stand jetzt hinter dem jungen Mädchen und seufzte vor Bewunderung.

»Das ist phantastisch, nicht wahr?«

Alea antwortete nicht. Sprachlos drehte sie sich um sich selbst und blickte zu den endlosen Buchreihen hinauf.

Mjolln und Kaitlin kamen jetzt ebenfalls in den Saal. Sie waren genauso hingerissen.

»Ähm. Wie sollen wir unter diesen tausenden von Bänden nur finden, was du suchst?«, fragte Mjolln verzweifelt und näherte sich Alea. »Und was suchen wir eigentlich genau, hm?«

»Die Enzyklopädie von Anali«, flüsterte Alea.

Sie ging zu einem Pult, nahm eine Feder und zeichnete ungeschickt die fünf Buchstaben auf ein altes fleckiges Pergament. »*ANALI.*« Als der Mönch ihr in dem Kloster die Buchstaben gezeigt hatte, hatte sie sich bemüht, sich diese ganz besonders einzuprägen. Sie hatte sie nicht vergessen. Sie nahm das Pergament und zeigte es stolz dem Zwerg.

»Anali«, wiederholte sie. »Ich glaube, es schreibt sich so, nicht wahr, Faith?«

Die Bardin nickte.

»Los, beeilen wir uns!«, fügte Alea hinzu und legte das Pergament auf das Pult zurück.

»Vielleicht gibt es ja einen Katalog«, meinte Faith.

Sie ging zu einem Regal und sah, dass weder die Bücher noch der Regalblock irgendeine Nummer aufwiesen.

»Nein«, sagte sie seufzend. »Ich habe das Gefühl, dass wir ganz schöne Schwierigkeiten haben werden, diese Enzyklopädie zu finden! Aber sie kann sich eigentlich nur an drei Stellen befinden, wenn die Bibliothek gut geordnet ist. Entweder bei den Geschichtsbüchern, bei den Enzyklopädien oder bei den Büchern, die die Moira und die Druiden behandeln… Kaitlin, versuchen wir erst einmal, die Einteilung zu erkennen. Das wird die Anzahl der Bände, die wir anschauen müssen, schon einmal verringern.«

Die beiden Frauen machten sich an die Arbeit.

Plötzlich sah Malden eine gewaltige Explosion auf dem Nordhang des Hügels, dort, wo die Armee von Harcort durchgebrochen war. Dutzende von Körpern wurden durch die Luft geschleudert, und Malden erkannte an ihrer Rüstung, dass es Harcortianer waren.

Der Höllenlärm und die Flammen versetzten Dancrays Truppen in Panik, und sie zogen sich zurück. Malden sprang auf sein Pferd und galoppierte an den Rand des Hügels, um zu sehen, was da los war.

Und da entdeckte er die dicht gedrängte Gruppe der Druiden in ihren langen weißen Gewändern, die aus Osten kam, angeführt von den Magisteln, die den Feind bereits im Rücken angriffen.

Die Tuathann schöpften wieder Mut, als sie die Männer von Sai-Mina kommen sahen. Ein paar Augenblicke waren sie fassungslos angesichts der Feuerkugeln, die auf die Armee von Harcort herabfielen, und der Blitze, die die Druiden aussandten, dann stürzten sie sich wieder in den Kampf und stürmten den Hügel hinab, um dic Soldaten der Flamme anzugreifen.

In der Ferne, hinter der dritten Linie, schäumte Dancray vor Wut. Seine Reiter wurden von diesem Überraschungsangriff aus der Bahn geworfen und konnten sich gegen das Feuer, das vom Himmel herabregnete, nicht schützen. Die Pferde scheuten, und viele warfen ihre Reiter ab, die sofort unter dem brutalen Angriff der Magistel starben, die sich über den ganzen Osthang verteilt hatten.

Dancray befahl den Bogenschützen, sich in zwei Kolonnen jenseits des Hügels zu sammeln. Während sie sich aufstellten, fielen die Männer des Grafen Al'Roeg zu Dutzenden, verbrannt, zerschmettert oder aufgeschlitzt.

Endlich schossen die Bogenschützen von Harcort eine erste Salve ab. Die Pfeile regneten zu Tausenden auf die Neuankömmlinge herab. Ein paar Magistel starben, ebenso wie mehrere Druiden, aber keiner der vier Mitglieder des Rats, die so vorsichtig gewesen waren zurückzubleiben.

Eine zweite Salve flog los, aber sie wurde von einer unsichtbaren Kraft abgelenkt wie von einer durchsichtigen Mauer, die in der Luft über den Druiden schwebte. Und die Magistel griffen jetzt mit doppelter Kraft an.

Dancray sah, dass seine Truppen zurückzuweichen begannen. Er brüllte vor Wut. Die Harcortianer waren so sehr in der Übermacht, das konnte doch nicht möglich sein!

Die Tuathann rückten weiter vor und ließen ihre Äxte und Schwerter um sich herumtanzen. Sie drangen in die Linien der Infanteristen ein; schon bald würden sie in Reichweite der Kavallerie kommen. Der Kampf wurde immer ungeordneter, immer blutiger.

Als Dancray sich schon besiegt wähnte, sah er, wie im Süden eine neue Kolonne von Soldaten auftauchte. Im selben Augenblick kam einer seiner Männer angaloppiert.

»Meriander von Braunland kommt mit mehr als achttausend Mann, General! Wir sind gerettet!«

Dancray fand sein Lächeln wieder.

»Sehr gut. Teilt Meriander mit, dass er vom Osthang her angreifen soll. Wenn sie uns die Magistel vom Hals schaffen können, dann, denke ich, werden wir die Oberhand über die Tuathann gewinnen können.«

»Gut, General. Und die Druiden?«

»Die Druiden?«, wiederholte Dancray und biss die Zähne zusammen. »Um die Druiden können wir uns erst kümmern, wenn die Linie der Magistel gefallen ist. Im Augenblick können wir uns nur verteidigen. Aber wenn wir im Nahkampf sind, werden sie ihre flammenden Kugeln nicht mehr benutzen können, aus Angst, ihre eigenen Verbündeten zu töten.«

Der Soldat nickte und galoppierte in die Richtung zurück, aus der er gekommen war.

In der Ebene des Sandes ging das Blutbad weiter.

Die Bogenschützen von Harcort hatten ihren sinnlosen Angriff abgebrochen und ihre Schwerter aus der Scheide gezogen, um im Namen Christi die Armee der Barbaren anzugreifen, die noch immer die Hänge herabstürmte. Die Reiter kreisten um die feindlichen Linien und versuchten sie zu durchbrechen, aber die Tuathann sprangen auf die Kruppe der Pferde, um sie zu Boden zu reißen, wo alles in einem Schlamm- und Blutbad endete.

Dancray hörte die Schreie seiner Männer. »Beim Kreuze Christi!«, brüllten sie und stürmten geradewegs auf den Feind los. Aber mehrere tausend waren bereits gefallen, und der General fragte sich, ob sie bis zur Ankunft der Braunländer durchhalten konnten.

Im selben Augenblick hörte er im Norden Schreie hinter sich. Er drehte sich sofort um und sah mehrere seiner Männer auf ihn zugaloppieren. Sie kamen aus dem Lager, das am Abend zuvor etwas zurückgesetzt errichtet worden war, und in ihren Augen war nackte Panik zu erkennen.

Dancray setzte sich in Bewegung, um sie aufzuhalten.

»Was ist los?«, fragte er wütend. »Warum verlasst ihr das Lager?«

Die Männer hielten an, sobald sie den General erkannten.

»Eine Armee kommt aus Norden!«, sagte einer von ihnen keuchend und stieg vom Pferd.

»Eine Armee? Aus Norden? Sollte die Königin sich endlich entschlossen haben, ihre Truppen zu entsenden?«, fragte Dancray überrascht.

»Nein, General«, fuhr der junge Mann außer Atem fort. »Sie tragen nicht das Banner von Galatia …«

»Was für ein Banner denn dann? Es werden doch nicht etwa die Sarrländer sein?«

»Wir kennen dieses Banner nicht, General. Es müssen Fremde sein …«

Dancray runzelte die Stirn. Mit dieser Auskunft konnte er nichts anfangen.

»Sind sie viele?«

»An die zweitausend, denke ich.«

Der General richtete sich auf seinem Pferd auf und rief einen Hauptmann zu sich.

»Schickt zwei Kundschafter los, ich will wissen, ob diese Armee uns feindselig gesinnt ist. Sie ist es mit Sicherheit, aber ich will wissen, woran ich bin. Und wir werden sie stoppen müssen, bevor sie uns im Rücken angreifen können. Wenn sie wirklich nur zweitausend sind, müssten wir sie zurückschlagen können, aber das wird unsere Frontarmee erneut schwächen. Habt Geduld, sobald Merianders Armee die unsere entlastet, bereitet ihr euch darauf vor, diese Neuankömmlinge abzufangen!«

Der Hauptmann nickte und machte sich auf den Weg, um seine Befehle zu geben.

Die Sonne strahlte noch immer hoch oben am Himmel. Merianders Armee, ehemalige Soldaten von Braunland und Söldner, griff jetzt in die Schlacht ein. Sofort mussten die Magistel ihre Offensive gegen die Armee von Harcort einstellen, um sich gegen die Braunländer zu verteidigen. Dancrays Männer nutzten das, um erneut den Hügel zu erklimmen, und eine Formation von dreitausend Mann sonderte sich ab, um sich im Norden zu postieren.

Die Tuathann kamen langsam an ihre Grenzen. Sie wurden vom Gegenangriff der Harcortianer überrollt, die jetzt vom Druck der Magistel befreit waren. Die Klans mussten den Rückzug antreten und wichen auf den Hügel zurück, wo sie sich besser verteidigen konnten.

Plötzlich tauchte ein neues Banner im Norden der Ebene des Sandes auf. Die Harcortianer fragten sich ebenso wie die Braunländer und die Tuathann, wer diese rot und weiß gekleideten Soldaten sein mochten. Nur die Druiden erkannten sofort das auf ihre Banner gestickte Symbol. Es war das Symbol des Samildanach.

Nach langen Stunden des Suchens begannen sie die Geduld zu verlieren. Die Müdigkeit und die Angst, entdeckt zu werden, quälten sie, und Alea fragte sich, ob die Enzyklopädie sich wirklich in diesem Raum befand.

»Vielleicht haben wir sie gesehen, ohne es zu merken«, meinte Kaitlin erschöpft.

»Oder sie ist vielleicht woanders«, erwiderte Alea.

»Na, na«, warf Faith ein, die ganz oben auf einer Leiter stand. »Wir haben noch nicht alles überprüft. Wir werden doch jetzt nicht aufgeben!«

Der Zwerg hatte schon längst aufgegeben. Den Kopf zwischen den Händen, saß er auf einem Stapel gebundener Manuskripte. Er seufzte und gähnte abwechselnd, und seine Augen glänzten vor Müdigkeit.

Kaitlin und Alea machten sich wieder an die Arbeit.

Beiden fiel es sehr viel schwerer als der Bardin, die Buchstaben auf den Buchrücken zu entziffern. Und auch das schwache Licht des Mondes half ihnen nicht besonders.

Sie hatten alle möglichen Arten von Büchern entdeckt, manche wunderschön geschmückt, andere unvollständig oder nicht fertig, und wieder andere wurden nur durch eine dünne Schur zusammengehalten. Aber keines entsprach dem, das sie suchten.

Häufig mussten sie eine dicke Staubschicht entfernen, um den ins Leder eingeprägten Titel lesen zu können, und manchmal stand auch gar nichts auf dem Einband, so dass sie das Buch öffnen und auf den ersten Seiten nach einem Hinweis suchen mussten.

»Vielleicht«, meinte Mjolln gähnend, »liegt euer verfluchtes Buch ja auf einem der Pulte! Ha ha!«

Alea drehte sich zu dem Zwerg um.

»Das ist gar nicht so dumm!«, sagte sie. »Du brauchst nur zu suchen …«

Der Zwerg murrte.

»Ich hätte besser, o ja, meinen Mund halten sollen!«

Er stand mühsam auf und schlurfte zu den kleinen Abteilen zwischen den Teppichen. Alea sah ihn in der Dunkelheit verschwinden und ging lächelnd wieder an die Arbeit.

Sie stieg eine Leiter so hoch hinauf, dass sie an eines der Fenster kam. Sie blickte hinaus. Das Meer war dunkelblau, fast schwarz. Sie drehte den Kopf, um durch das andere Fenster zu blicken, und sah das Licht einer Fackel, die weiter oben in der Galerie, die das Kloster umgab, flackerte.

Sie blickte erneut auf das Meer hinaus und sah, dass die ersten Sonnenstrahlen nicht mehr lange auf sich warten lassen würden.

»Es wird bald Morgen«, murmelte sie. »Die Mönche werden aufwachen!«

Im selben Augenblick ertönte ein Höllenlärm in der Mitte des Raums. Alea hätte beinahe das Gleichgewicht verloren. Sie hielt sich an den Sprossen der Leiter fest und sah nach unten, um zu erkennen, was diesen Lärm verursacht hatte.

Mjolln hatte ein riesiges Buch von einem Pult gestoßen.

»Alea«, rief er und blickte zu dem Mädchen hinauf. »Ich glaube, ich habe dein Buch gefunden!«

Alea ließ sich die Leiter hinuntergleiten, ohne die Füße auf die Sprossen zu setzen. Im Nu war sie unten und lief zu dem Zwerg.

Faith und Kaitlin kamen ebenfalls herbeigelaufen.

Die Enzyklopädie von Anali lag zu Mjollns Füßen.

Faith bückte sich und fuhr mit der Hand über das Leder des Einbands.

»Ja, das ist das Buch«, murmelte sie; im selben Augenblick wurde die südliche Tür des Scriptoriums aufgerissen.

Sie duckten sich sofort. Das Licht einer Fackel leuchtete durch die Teppiche und erhellte die Decke.

»Ich habe hier drin ein Geräusch gehört, Pater, ich schwöre es.«

Alea hob die schwere Enzyklopädie auf. Kaitlin öffnete ihren Rucksack und hielt ihn Alea hin, die das dicke Buch hineinsteckte.

Langsam gingen die vier zu der Tür, durch die sie hereingekommen waren. Hinter sich hörten sie die Schritte der beiden Männer, die den Raum durchsuchten.

Alea bedeutete ihren Freunden, schnell hinauszugehen. Im selben Augenblick rief einer der Männer:

»Dort hinten! Die Tür zum Refektorium ist gerade geöffnet worden!«

Das Mädchen stürzte hinaus und schloss die Tür hinter sich.

»Schnell!«, rief sie und schob Mjolln vor sich her. »Sie kommen!«

Sie jagten die Treppe hinauf, die zum Refektorium führte. Die Tür, durch die sie soeben hinausgegangen waren, öffnete sich in dem Augenblick, als sie in den großen Raum kamen.

Kaitlin stürzte zu einer Bank und schob sie zur Tür. Mit einem Fußtritt beförderte sie sie die Treppe hinab. Sie konnte gerade noch sehen, wie die Bank dem jungen Studenten am unteren Ende der Stufen gegen die Brust prallte und ihn gegen die großen Flügel der hohen Tür schleuderte.

»Raus hier!«, rief Alea und packte Kaitlin an der Taille.

Sie rannten ohne sich umzudrehen zu der Klostergalerie und durch den Garten geradewegs auf die Treppe des Hohen Grades zu.

Die Rufe der beiden Männer hallten jetzt durch das Refektorium, und ein paar Fackeln erhellten die Fenster der beiden letzten Etagen des Gebäudes, das »Das Wunder« genannt wurde.

Sie kehrten zu der kleinen Wachstube zurück, die zu den Wällen führte. Es war noch immer niemand da. Alea ging als Erste und lief über den Laufgang. An der Ecke sah sie, dass die beiden Soldaten weiterhin dalagen, aber sie waren aufgewacht und versuchten verzweifelt, sich zu befreien.

Ohne zu zögern, gab Alea ihnen erneut einen Schlag auf den Kopf und drehte sich zu ihren Freunden um, um ihnen zu bedeuten nachzukommen. Dann lief sie zum

Turm weiter. Bevor sie die Tür öffnete, warf sie einen Blick vom Wall hinunter und erblickte entsetzt vier Soldaten, die das aufgebrochene Schloss entdeckt hatten. Die Stadt war bereits alarmiert. Die Mönche hatten keine Zeit verloren!

»Hier können wir nicht hinunter!«, rief Alea, als ihre Gefährten bei ihr waren.

»Aber einen anderen Ausgang gibt es nicht!«, rief Mjolln in panischer Angst.

»Und die Soldaten werden gleich über den Hohen Grad heraufkommen«, ergänzte Faith.

»Ich weiß«, erwiderte Alea. »Ein paar kommen bereits den Turm hoch!«

Das Mädchen blickte sich um. Eine andere Fluchtmöglichkeit gab es nicht. Keine Falltür im Boden des Laufgangs, kein anderer Turm.

Alea beugte sich über die Wallmauer nach unten. Die Befestigungsanlage ging direkt auf den Felsen über der Bucht.

Sie drehte sich zu ihren Gefährten um, faltete die Hände vor dem Mund und atmete tief ein.

»Gut«, sagte sie, »vertraut ihr mir?«

Mjolln runzelte die Stirn.

»Was willst du damit sagen?«, fragte er beunruhigt.

Alea zögerte. Sie blickte erneut über die Mauer.

Faith packte sie an der Schulter. »Erzähl mir nicht, dass wir da hinunterspringen sollen!«, rief sie ungläubig.

Alea blickte sie verlegen an. »Ich fürchte, das ist unsere einzige Chance«, gestand sie schließlich.

Der Zwerg brach in Gelächter aus. »Natürlich! Tada! Wir brauchen nur wie kleine Vögelchen fortzufliegen«, spottete er.

Alea rieb sich die Wangen. »Hört zu, ich bin sicher, dass ich unseren Fall verlangsamen kann. Wenn wir alle gleichzeitig springen, dann bin ich sicher, dass ich es schaffe …«

»Du spinnst wohl?«, rief Mjolln, der allmählich ernsthaft Angst bekam.

Im selben Augenblick öffnete sich die Tür zu der Wachstube des Hohen Grades, und Soldaten erschienen.

Alea zögerte keine Sekunde. Sie stieg auf die Wallmauer und streckte die Hand nach ihren Freunden aus.

»Kommt rauf! Wenn ihr an mich glaubt, kommt rauf!«

Faith gehorchte unverzüglich. Mjolln sah sie fassungslos an.

»Ihr seid verrückt!«

Kaitlin zögerte. Sie drehte sich um, sah die Soldaten, die über den Laufgang rannten, und entschloss sich, ohne weiter nachzudenken. Sie nahm den Zwerg bei den Hüften, stellte ihn auf die Brüstung und kletterte dann nach ihm hinauf.

»Nein!«, schrie Mjolln. »Ich springe nicht!«

Faith packte ihn an den Schultern und drückte ihn an sich.

»Herr Abbac, wenn wir das überleben, dann schwöre ich, dass ich einen Barden aus Euch mache!«

»Das ist mir egal!«, rief der Zwerg, der am ganzen Körper zitterte.

»Jetzt!«, rief Alea und sprang als Erste ins Leere, wobei sie Faith, deren Hand sie hielt, mit sich zog.

Die Bardin ließ sich fallen, ohne den Zwerg loszulassen, der wohl oder übel mit hinuntermusste, und Kaitlin folgte ihnen mit geschlossenen Augen.

Die Leere zog sie hinab. Es war ein Moment vollkommener Stille. Wie das plötzliche Aufwachen aus einem

Albtraum. Der Fall dauerte nur einen sehr kurzen Augenblick. Alea konnte gerade noch rechtzeitig den Saiman um sie herum schließen. Der Boden kam bereits näher, und sie glaubte, sie würden zerschellen. Sie brüllte, und plötzlich begann der Saiman unter ihren Füßen hochzusteigen. Er blähte sich um sie herum und bremste die Wucht ihres Falls ab, bis er vollkommen zum Stillstand kam. Alea, die durch die Geschwindigkeit die Orientierung verloren hatte, fasste sich endlich wieder und erlangte die Kontrolle über den Saiman zurück.

Langsam berührten ihre Füße den Boden.

Alea brach in Gelächter aus, als sie die verzerrten Gesichter ihrer drei Gefährten sah, die sich nicht trauten, die Augen zu öffnen. Steif wie Bretter, standen sie auf Zehenspitzen da.

Als sie das nervöse Lachen des Mädchens hörten, öffneten sie zaghaft die Augen.

»Sind wir noch am Leben?«, fragte Mjolln, Tränen in den Augen.

Er spürte die Hand der Bardin, die seine drückte, und begriff, dass sie gesund und wohlbehalten unten angekommen waren.

Er warf Alea einen wütenden Blick zu. Das Mädchen zuckte die Achseln. Mjolln starrte sie eine Weile böse an und brach dann ebenfalls in schallendes Gelächter aus.

Alea stieß einen Seufzer der Erleichterung aus. Alle vier lachten jetzt, als hätte der Fall sie betrunken gemacht.

»Und was machen wir jetzt?«, fragte Kaitlin schließlich und betrachtete die überschwemmte Bucht, die sich so weit das Auge reichte vor ihnen erstreckte.

Galiad gab den Befehl zum Angriff, sobald er sah, dass ein Teil der Truppen von Harcort sich darauf vorbereitete, sie abzufangen.

»Wir dürfen ihnen keine Zeit lassen, sich aufzustellen!«, rief er.

Er hob sein Schwert Banthral über seinen Kopf und schrie aus Leibeskräften: »Alragan! Für den Samildanach!«

Die tausendzweihundert Infanteristen und Bogenschützen begannen, dicht gefolgt von den Reitern, auf den Feind zuzustürmen, wobei sie ebenfalls Aleas Namen riefen.

Brüllend liefen sie über die lange Ebene, die sie von den Harcortianern trennte. Es war eine eindrucksvolle menschliche Flut, die, wie es schien, durch nichts aufzuhalten war.

Als sie nah genug herangekommen waren, gab Erwan den Bogenschützen das Zeichen, in Position zu gehen. Die Linie der Infanteristen löste sich von ihnen, und eine lange Reihe von Bogen richtete sich gegen den blauen Sommerhimmel.

Die Pfeile flogen über die Infanterie, die weiterhin vorrückte, und regneten auf die ersten Linien der Truppe von Harcort herab. Hunderte von Männern fielen mitten im Lauf, von allen Seiten durchbohrt.

Gleich darauf kamen die Infanteristen des Samildanach mit dem Feind in Berührung. Der Zusammenprall war furchtbar. Die Krieger von Al'Daman stürzten sich furchtlos in die Schlacht, weniger erfahren, aber ungleich mutiger.

Auf beiden Seiten gab es gleich viele Tote.

Finghin, der zurückgeblieben war, schleuderte lange bläuliche Blitze auf die Reiter von Harcort. Die lebendigen Zungen umtanzten die Rüstungen und grillten das Fleisch im Inneren. Lebendig verbrannt, stürzten die Reiter zu Boden.

Erwan blieb an der Seite des Druiden und schützte ihn vor den zahlreichen Infanteristen, die versuchten, Finghin anzugreifen, damit seine tödlichen Angriffe aufhörten. Unterstützt von Talin, schlug der junge Magistel die Soldaten der Flamme einen nach dem anderen mit Schwert und Morgenstern zurück.

Weiter entfernt durchbrach Galiad in vorderster Linie die feindlichen Reihen. Immer, wenn er das Schwert niedersausen ließ, traf er sein Ziel und streckte seine Opfer mit einem einzigen Hieb nieder. Die Klinge bohrte sich mal in einen Bauch, mal in eine Seite, schnitt Kehlen durch und spaltete Schädel.

Dancray erkannte ihn aus der Ferne.

»Al'Daman!«, rief er wütend.

Er wandte sich an den Hauptmann, der neben ihm wartete, und befahl ihm, den Magistel anzugreifen.

Hauptmann Gallover war schon etwas älter, aber vielleicht einer der tapfersten Krieger von Harcort. Als junger Mann hatte er zu den Kämpfern gehört, die sich im Krieg gegen Galatia an der Seite von Al'Roeg ausgezeichnet hatten, und nur wenige Soldaten konnten in Harcort so mit dem Schwert umgehen wie er. Er hatte es vorgezogen, Hauptmann zu bleiben, um sicherzustellen, dass man ihn nicht hindern würde, an den Kämpfen teilzunehmen. Er war ein echter Krieger, und das Kämpfen war nicht nur das, was er am besten konnte, es war sein einziger Lebensinhalt!

Er grüßte den General und galoppierte auf Al'Daman zu, um diesen legendären Krieger anzugreifen – ein wahrhaft würdiger Gegner. Sein Pferd hatte Mühe, sich einen

Weg durch die Infanteristen zu bahnen. Beinahe hätte es einen der eigenen Männer zertrampelt, aber Gallover schaute nicht unter sein Pferd. Seine Augen waren auf den Mann geheftet, den er zu vernichten hatte.

Galiad ließ gerade seine Klinge auf einen Mann von Harcort niedersausen, der versucht hatte, sich ihm zu nähern. Als er aufblickte, sah er den Hauptmann, der geradewegs auf ihn zustürmte. Er konnte Gallovers Lanze mit knapper Not ausweichen und verlor das Gleichgewicht, weil er sich allzu sehr zur Seite geneigt hatte.

Der Magistel fiel vom Pferd, hinuntergezogen vom Gewicht seiner Schuppenrüstung. Er prallte heftig auf dem Boden auf, mitten zwischen den blutüberströmten Leichen.

Er spürte, dass eine warme Flüssigkeit über seine Stirn lief. Beim Fallen war sein Schädel gegen die Innenseite seines Helms gestoßen, und er hatte sich wohl verletzt. Das Blut lief zu seinem rechten Auge hinunter und trübte seinen Blick. Er beugte den Kopf, aber sein Gesichtsfeld war äußerst eingeschränkt, da sein Helm in den Boden gedrückt war. Er konnte nur das Durcheinander der Waffen erkennen, die über ihm gekreuzt wurden, Schatten, die kamen und gingen, den blendenden Glanz der Sonne auf einer Klinge … Galiad versuchte aufzustehen, aber das Gewicht der Rüstung hielt ihn am Boden fest. Er versuchte es ein zweites Mal, aber er klemmte sich nur den Rücken ein.

Er schüttelte den Kopf und erblickte jetzt Gallovers Gesicht über sich. Der Hauptmann war im Begriff, sein Schwert auf ihn niedersausen zu lassen. Galiad biss die Zähne zusammen und vollführte mit Hilfe eines kräftigen Hüftschwungs eine Rolle zur Seite, wobei er sein Bein nach links ausstreckte, um den Reiter zu Fall zu bringen.

Der Magistel drehte sich am Boden um und legte seine ganze Kraft in seine Arme, um aufzustehen. Das Blut pochte auf seiner Stirn. Er machte eine Kehrtwendung und sah, dass Gallover zu Boden gegangen war, sich aber schon wieder hochrappelte.

Galiad trat einen Schritt zur Seite und sah Banthral direkt vor sich. Ohne den Hauptmann aus den Augen zu lassen, ging er langsam auf sein Schwert zu. Er war bereit auszuweichen, sollte Gallover ihm nicht die Zeit lassen, seine Waffe aufzuheben.

Galiad bückte sich. Das Blut hatte sein Auge vollständig verschlossen, und sein Helm hinderte ihn daran, es abzuwischen. Er hatte Mühe, Banthral aufzuheben, so getrübt war seine Sicht.

In diesem Augenblick stürzte Gallover sich auf den Magistel. Galiad sah ihn im Augenwinkel losstürmen. Er ließ sich auf die Seite fallen, um zu versuchen, unter seinem Gegner hindurchzukommen. Es gelang ihm, mit der rechten Hand Banthral zu ergreifen und zugleich seinen Fall abzubremsen. Dem Hauptmann blieb keine Zeit, um auszuweichen. Überrascht vom Fall seines Gegners, wurde er von Galiads Schwert aufgespießt, und sein Gesicht verzerrte sich zu einer lächerlichen Grimasse.

Der Magistel stand auf, zog seine Waffe aus dem Körper des Feindes und wandte sich um, um nach seinem Pferd Ausschau zu halten. Er lief zu dem Tier, hielt einen Infanteristen an und bat ihn, ihm beim Aufsteigen zu helfen.

Als er wieder im Sattel saß, nahm er seinen Helm ab und zog einen Handschuh aus, um das Blut zu entfernen, das auf seinem Auge geronnen war. Endlich konnte er wieder richtig sehen, und er erkannte, dass die Schlacht um ihn herum eine neue Wendung nahm.

In seiner unmittelbaren Nähe war der Kampf ziemlich ausgewogen. Die Toten türmten sich, aber die Soldaten der Flamme vermochten den Angriffen der Krieger des Samildanach nicht standzuhalten. Galiad wusste allerdings, dass das nicht lange so bleiben würde.

Im Süden jedoch war es den Braunländern, die weit in der Überzahl waren, gelungen, die Magistel von Sai-Mina zurückzuschlagen. Sie griffen jetzt die Tuathann oben auf dem Hügel an.

Im Nordwesten hatten die Soldaten der Flamme die Oberhand gewonnen und arbeiteten sich jetzt nach und nach durch die geschwächten Reihen der Männer des Sid hindurch den Hang hinauf.

Am erstaunlichsten aber war, was sich im Osten abspielte. Unter den Druiden herrschte eine merkwürdige Verwirrung, und sie begannen auseinanderzulaufen. Galiad zog an den Zügeln seines Pferdes, um es nach Osten zu lenken, und ritt los, um herauszufinden, was da los war. Er galoppierte mitten durch die Schlacht, in der seine Männer gegen die Soldaten der Flamme kämpften, aber sein Pferd lief so schnell, dass nichts es aufhalten konnte. Als er ein wenig abseits des Getümmels war, richtete er sich im Sattel auf, und was er sah, kam ihm unglaublich vor.

Ein Mann, gekleidet in ein religiöses Gewand, jedenfalls schien es ihm so, kämpfte, nur mit einem Schwert bewaffnet, ganz allein gegen die Druiden.

Galiad ritt weiter. Als er nah genug herangekommen war, erkannte er das wahnsinnige Gesicht von Samael. Der ehemalige Druide hielt hoch über seinem Kopf das Schwert von Nuadu.

Es war ihm gelungen, die Druidenarmee zu durchbrechen, und jetzt griff er die vollkommen desorientierten

Großdruiden an. Zwei von ihnen lagen bereits verstümmelt am Boden. Die beiden anderen wirkten erschöpft. Seit Stunden kämpften sie bereits gegen die Männer von Harcort und waren mit Sicherheit am Ende ihrer Kräfte. Als Galiad ihre verstörten Blicke sah, fragte er sich, ob der Saiman sie nicht verlassen hatte. Er sah sie einen Augenblick an und erkannte sie. Tiernan und Otelian.

Der Magistel stieg vom Pferd und lief zu dem Abtrünnigen, wobei er seinen Namen rief.

»Samael!«

Der ehemalige Druide drehte sich um. Er erblicke Galiad und lief mit einem breiten Lächeln auf ihn zu.

»Al'Daman! Der größte aller Magistel!«

Galiad umklammerte den Griff seines Schwerts. Er atmete tief ein und stürzte sich auf Samael. Sein Herz schlug immer schneller. Aber er würde nicht kneifen.

Er erinnerte sich wieder an Phelims Tod. Der Fürst der Herilim hatte ihn vor seinen Augen getötet, und er hatte nichts dagegen tun können. Es war die schlimmste Erinnerung seines Lebens: den Druiden sterben zu sehen, den mit seinem Leben zu beschützen er geschworen hatte. Und heute waren weitere Großdruiden auf dem Schlachtfeld gestorben.

Er hatte Sai-Mina für immer verlassen, aber sein Pflichtgefühl war ungebrochen. Er war es sich schuldig, die Mitglieder des Rats zu beschützen. Mit seinem Leben.

Er würde kein zweites Mal zulassen, dass ein Großdruide vor seinen Augen starb. Wie immer der Kampf auch ausgehen mochte, er würde mit seinem ganzen Mut kämpfen. Gewiss dachte er, dass das eine Möglichkeit wäre, Phelims Tod zu rächen. Hier. Jetzt.

Er blickte zu Samael auf und sah, dass dieser den

Mund öffnete. Er wollte etwas sagen. Galiad ließ ihm nicht die Zeit dazu.

Wie ein wildes Tier stürzte er sich auf den Verräter, Banthral nach vorne gestreckt wie den Bug eines Schiffes. Das Schwert glänzte in der Sommersonne.

Samael wich im letzten Augenblick aus und führte einen Hieb zur Seite. Das Schwert von Nuadu flammte auf und sauste los. Galiad sah die Klinge auf sich zukommen und warf sich auf den Boden. Das Schwert pfiff über ihm, ohne ihn zu berühren, aber eine unsichtbare Energie, die die Klinge umhüllte, traf ihn an der Seite und ließ ihn weit hinter Samael über den Boden rollen.

Benommen rappelte Galiad sich wieder hoch und stellte sich seinem Gegner entgegen. Das Schwert von Nuadu war eine furchtbare Waffe, und obwohl Samael nicht Galiads Wendigkeit und Stärke hatte, machte der Man'ith ihn zu einem sehr viel gefährlicheren Gegner.

Keuchend spannte der Magistel seine Armmuskeln an, um Banthral fester halten zu können. Tief in seinem Inneren meldeten sich Zweifel. Aber er durfte nicht auf sie hören. Wenn er sterben sollte, dann war er dazu bereit.

Plötzlich fuhr er zusammen. Er hatte etwas in seinem Rücken gespürt. Wie ein heißer Wind, der hinter ihm wehte. Er blickte nach links und sah Otelian und Tiernan, die die Augen geschlossen hatten. Die beiden Großdruiden umhüllten ihn mit Saiman. Sie würden ihn schützen.

Galiad atmete durch. Jetzt hatte er eine Chance. Er streckte die Arme aus, richtete Banthral auf Samael und spürte die Energie der Druiden, die an seinem Körper entlanglief wie ein langer Schild. Er dachte an Alea. Er durfte nicht sterben. Sie brauchte ihn noch. Sie war der Samildanach. Er war ihr Magistel.

Der Angriff erfolgte im nächsten Augenblick. Aber

dieser Augenblick schien sich zu einer Ewigkeit zu dehnen. Die Welt schien stillzustehen.

Samael. Das Schwert von Nuadu. Der ehemalige Druide stürzte sich auf Galiad. Das Schwert funkelte und schien den Mann hinter sich herzuziehen. Galiad richtete sich auf. Sein Bewusstsein war niemals so klar gewesen. Er hätte längst ausweichen müssen, aber er rührte sich nicht und erwartete die Klinge, die auf ihn zusauste. Er sah sie näher kommen. Sie war nur noch eine Spitze. Ein flammender Strahl. Und als sie so nah war, dass die Flammen ihn bereits umloderten, machte Galiad, getragen vom Saiman, einen Satz nach oben, winkelte die Beine unter seinem Körper an und schlug mit seinem Schwert kräftig nach Samael unter ihm.

Banthral pfiff, während es die Luft wie ein Fallbeil durchschnitt, und schlug dem ehemaligen Druiden in einer Blutfontäne den Kopf ab.

Galiad fiel etwas weiter entfernt wieder auf die Füße, drehte sich um und entdeckte Samaels enthaupteten Körper hinter sich. Der Abtrünnige war tot. Galiad seufzte tief.

In diesem Augenblick stürzte Otelian zu dem Leichnam und nahm das Schwert von Nuadu an sich. Er richtete sich auf, warf Galiad einen Blick zu, zögerte einen Augenblick, lief dann zu einem Pferd und galoppierte fort in Richtung Norden.

Tiernan grüßte den Magistel verstört und floh dann gleichermaßen vom Schlachtfeld, vermutlich um zum Palast von Sai-Mina zurückzukehren.

Galiad machte kehrt und ging ebenfalls zu seinem Pferd. Er schwang sich in den Sattel und beobachtete den Verlauf der Kämpfe.

Diesmal, daran bestand kein Zweifel, würde Harcort

siegen. Dancrays Armee hatte sich den Braunländern oben auf dem Hügel angeschlossen, wo die letzten Tuathann niedergemetzelt wurden.

Samaels Tod würde nichts ändern. Die Schlacht war verloren.

Galiad ritt unverzüglich nach Norden, wo die Krieger des Samildanach noch immer kämpften. Er suchte nach dem Gesicht seines Sohnes in dem Durcheinander. Aber er sah nur seine erschöpften Männer, die fielen, in einer letzten Anstrengung ihre Waffen hoben und starben.

Er ritt im Norden um das Schlachtfeld herum und entdeckte schließlich Finghin. Der Druide beugte sich über den Boden. Über einen reglosen Körper.

Galiad hatte das Gefühl, sein Herz würde aufhören zu schlagen. Lange quälende Sekunden konnte er kaum atmen. War Erwan etwas zugestoßen?

Der Magistel galoppierte wieder los und sprang vom Pferd, sobald er hinter Finghin war.

Erwan lag auf dem Boden. Galiad zitterte. Aber dann sah er, dass sein Sohn die Augen offen hatte und mühsam atmete. Erwan lebte.

Finghin sah Galiad hinter sich.

»Euer Sohn ist verwundet!«, rief der Druide, der ebenfalls erschöpft wirkte. »Aber ich kümmere mich um ihn. Kehrt in den Kampf zurück!«

»Der Kampf ist verloren«, sagte der Magistel leise, während er näher kam. »Nehmt meinen Sohn mit auf Euer Pferd und verschwindet von hier. Ich werde den Männern befehlen zu fliehen oder sich zu ergeben. Wir treffen uns heute Abend an der Stelle wieder, wo wir gestern gelagert haben.«

Finghin blickte zu dem Magistel auf. »Seid Ihr sicher?«, fragte er.

Galiad nickte. Er warf seinem Sohn einen letzten Blick zu und stieg wieder aufs Pferd, um zu versuchen, den letzten Kriegern des Samildanach das Leben zu retten. Aber die meisten waren bereits tot. Unter ihnen auch Talin, der Sohn des Steinmetzen.

»Der Damm ist auf der anderen Seite des Felsens, und dort warten bestimmt schon Wachen auf uns. Das Wasser ist zu tief, um gehen zu können, und Mjolln kann nicht schwimmen... Ich weiß wirklich nicht, was wir machen sollen!«, sagte Faith, während sie als Erste zur Bucht hinunterging.

»Wir könnten hicrbleiben und auf die Ebbe warten«, schlug Kaitlin vor.

»Das ist zu riskant«, erwiderte Alea. »Die Soldaten von Mons-Tumba werden bestimmt nach uns suchen.«

»Wir könnten ein Floß bauen«, schlug Faith vor.

Mjolln seufzte tief.

»Warum müssen wir dauernd, o ja, über das Meer fliehen, Alea?«, sagte er und blickte zum Himmel empor.

Alea lächelte ihm verlegen zu. »Ich denke, ein Floß ist tatsächlich die beste Lösung«, sagte sie. »Und ich werde mich wieder darum kümmern müssen, dass es schnell genug vorankommt, nicht wahr, Mjolln?«

»Ja, ja«, erwiderte der Zwerg, »o ja, darauf versteht sie sich! Ähm.«

Sie machten sich also auf die Suche nach Holzstücken. Die Flut hatte ein paar Bretter an den Rand des Felsens gespült, die sie einsammeln konnten. Kaitlin schnitt die Riemen ihres Rucksacks ab, um die Bretter und Holzstücke damit zusammenzubinden, aber sie reichten nicht, so dass sie auch die Ärmel ihrer Hemden benutzen mussten. Sie waren müde, aber die Zeit drängte, und sie arbeiteten so schnell sie konnten. Mjolln, der weiter oben auf dem Felsen in einem Wald nach weiteren Brettern suchte, fand schließlich ein kurzes Stück Schnur, mit dem sie ihr Werk vollenden konnten. Faith hoffte, dass die Plattform groß genug wäre, um auf dem Wasser zu schwimmen, wenn sie sich darauf befänden.

»Ich hoffe, wir werden nicht versinken«, sagte sie, wobei sie darauf achtete, dass Mjolln sie nicht hören konnte.

»Ich werde mich darum kümmern«, erwiderte Alea. »Machen wir uns auf den Weg!«

Mjolln stieg natürlich zuletzt auf das Floß. Er schloss die Augen, flüchtete sich in die Mitte der schwimmenden Vorrichtung und steckte den Kopf zwischen seine Knie.

Alea setzte sich nach hinten. Sie suchte den Kontakt mit dem Saiman. Die kleine Flamme leuchtete im Innern ihrer Stirn. Sie ergriff diese stärkende Energie und wartete, bis der Saiman anschwoll; dann ließ sie ihn unter das Floß gleiten.

Plötzlich begann das Floß sich vorwärtszubewegen. Faith, die stehen geblieben war, hätte fast das Gleichgewicht verloren. Sie konnte sich gerade noch an Kaitlins Schultern festhalten und ging wie sie auf alle viere.

Das Floß schien über das Wasser zu fliegen. Das Meer war ruhig, und Alea hatte keine Mühe, die Plattform waagerecht zu halten. Wassertropfen spritzen auf, wenn der vordere Teil eine kleine Welle durchquerte. Das Meer wurde immer blauer, je höher die Sonne hinter der Horizontlinie emporstieg. Die Nacht verschwand ganz allmählich.

Mjolln schimpfte während der ganzen Überfahrt, aber sie erreichten sehr schnell die andere Küste der Bucht.

Der Zwerg lief auf den Strand, überglücklich, vom Wasser wegzukommen, und ließ sich auf den Rücken fallen.

»Mjolln!«, rief Alea, während sie auf ihn zuging. »Wir können nicht hierbleiben. Los! Es wird gleich Tag. Wir müssen weiter!«

Der Zwerg schimpfte, erhob sich jedoch, und dann gingen sie hinter Alea her nach Osten.

Plötzlich blieb Faith stehen, den Blick auf Mons-Tumba gerichtet.

»Da kommen Soldaten über den Damm!«, rief sie und zeigte mit dem Finger auf die Pferde, die auf die Küste zuritten.

Die anderen blieben stehen und entdeckten ebenfalls die Soldaten.

»Schnell! Verstecken wir uns!«, rief Mjolln.

»Na, na, Herr Abbac! Ein bisschen Mut«, erwiderte Faith.

Alea zückte ihren Dolch, und Kaitlin holte sich einen Stock. Faith und Mjolln zogen ihr Schwert aus der Scheide. Alea begann auf den Damm zuzulaufen. Sie musste die Soldaten abfangen, bevor sie sich über den Strand verteilen konnten. Die drei anderen folgten ihr.

Sie stellte sich mitten auf den Damm. Die sechs Reiter stürmten geradewegs auf sie zu. Sie streckte den Dolch aus, ließ den Saiman in ihre Fingerspitzen steigen, wartete, bis die Soldaten nah genug herangekommen waren, und schleuderte dann mit aller Kraft die Waffe gegen sie. Der Dolch flog pfeifend durch die Luft und bohrte sich zwischen die Augen des ersten Reiters, der vom Pferd fiel.

Sofort sammelte das Mädchen die Energie in ihren Handflächen und schleuderte Blitze gegen die anderen

Reiter. Sie erinnerte sich an Finghins Bewegungen, als sie ihm geholfen hatte, die Soldaten am Ende des unterirdischen Gangs in Ria zurückzuschlagen.

Die Blitze krachten in der Luft und schleuderten drei Reiter in Staubwolken zu Boden. Zwei saßen noch auf ihren Pferden, als sie die Arme senkte, um zur Seite auszuweichen. Die Pferde kamen so nah an ihr vorbei, dass sie das Gleichgewicht verlor und ins Wasser fiel.

Die beiden Reiter hielten nicht an, sondern stürmten auf ihre drei Gefährten zu. Mjolln schleuderte sein Schwert gegen den ersten Soldaten, der viel zu hoch war, als dass der Zwerg ihn vom Boden aus hätte angreifen können. Das Schwert prallte gegen die Rüstung und fiel zu Boden, ohne den Soldaten zu verletzen.

Der andere Reiter ließ seinen Morgenstern mit aller Wucht auf Kaitlin niedersausen. Die Schauspielerin machte einen Satz zur Seite, näherte sich der Flanke des Pferdes und versetzte dem Reiter einen Schlag mit ihrem Stock, der ihn das Gleichgewicht verlieren ließ. Der Soldat stürzte zu Boden. Kaitlin hob Mjollns Schwert auf und stach mit all ihrer Kraft auf ein Bein des Kriegers ein. Die Klinge drang unter dem Knieschutz ein und schnitt in sein Bein. Der Soldat brüllte vor Schmerz.

Auf der anderen Seite wich Faith den wiederholten Angriffen des letzten Reiters aus, der sie umkreiste.

Alea, die aus dem Wasser herausgekommen war, schickte einen letzten Blitz in seine Richtung. Der Reiter fiel leblos hintüber. Das Mädchen lief nun zu einem der Pferde, packte es bei den Zügeln und brachte es zum Stehen. Kaitlin und Faith taten es ihr gleich.

Einen Augenblick später trugen die drei Pferde sie im Galopp davon. Mjolln, der sich hinter der Bardin festklammerte, warf einen Blick zum Strand. Die drei anderen Pferde standen reglos zwischen den blutigen Körpern der sechs Soldaten der Flamme.

Sie ritten den ganzen Tag und kämpften gegen den Schlaf. Alea hielt sich von den Straßen fern. Die Soldaten von Harcort würden sicher intensiv nach ihnen suchen. Sie machten nicht einmal eine Pause, um zu essen, aber als Alea am späten Nachmittag bemerkte, dass die Pferde nicht mehr konnten, beschlossen sie endlich, sich auszuruhen.

Der Zwerg ließ sich vom Pferd fallen und legte sich unter einen Baum, wo er sogleich einschlief.

Graf Al'Roeg kam am Tag nach dem Krieg auf dem Hügel des Sandes, eskortiert von der Elite der Soldaten der Flamme, nach Filiden.

Er begab sich zuerst auf das Schlachtfeld, eine verwüstete Ebene, über der bereits Schwärme von Aasgeiern kreisten. Schwarz gekleidete Männer zogen mit Holzkarren über die nach Verwesung stinkende Ebene, um die vielen Leichen einzusammeln, die weiter entfernt in einem Massengrab beerdigt wurden, mit Ausnahme einiger Adliger, deren Körper nach Ria gebracht wurden. Die von schwarzem Blut besudelten Körper türmten sich wie zerfetzte Puppen. Wenn sie stehen blieben, um neue Leichen aufzuladen, mussten die Männer, die die Karren zogen, die Geier verjagen, die sich bereits an ihr schauriges Werk machten.

Samaels Körper war zuerst fortgebracht worden. Er würde bereits am nächsten Tag in Filiden beerdigt werden, wo der Graf befahl, ein Denkmal zum Gedenken an diese Schlacht zu errichten, das auch Bischof Natalis die gebührenden militärischen Ehren erweisen sollte.

In der großen Stadt gab es keinen einzigen Tuathann

mehr. Frauen und Kinder waren vertrieben worden, und es wurde erzählt, dass sie sich in die Berge zurückgezogen hätten.

Harcort und Braunland hatten den Krieg gewonnen. Die Neuigkeit verbreitete sich wie ein Lauffeuer im ganzen Land.

Am Abend wurde an ebendem Ort, an dem die Tuathann ihr Hauptquartier eingerichtet hatten, ein großes Festmahl organisiert. Die Wahl dieses Ortes war überaus symbolträchtig, und die Harcortianer jubelten.

Al'Roeg, Meriander und Aeditus aßen am selben Tisch, umgeben von den hohen Offizieren wie Dancray und den Adligen aus Harcort und Braunland.

»Vetter«, begann Meriander Mor ziemlich laut, damit alle ihn verstanden, »ich verdanke Euch alles. Ich werde diesen Augenblick niemals vergessen! Ihr habt Braunland seinen Einwohnern zurückgegeben, und als Zeichen meiner Dankbarkeit schwöre ich Euch ewige Treue!«

Die Tischgenossen applaudierten.

»Ich bin ebenso glücklich wie Ihr, lieber Vetter«, erwiderte Al'Roeg und erhob sein Glas. »Ich kann es kaum erwarten, Euch wieder in Mericort residieren zu sehen. Aber vergesst Euer Versprechen nicht: Die Kirche muss auf Eurem Gebiet ebenso aufgenommen werden, wie sie es auf meinem wurde.«

Meriander nickte.

»Aeditus«, fuhr der Graf von Harcort an seinen Bischof gewandt fort, »ich will, dass Ihr Priester, Mönche und einen Bischof nach Mericort entsendet. Mein Vetter wird die erste Kirche in Braunland bauen, und dann werden sie damit beginnen können, die Braunländer zu bekehren.«

»Im Herzen sind wir es bereits!«, warf ein Adliger aus Braunland ein, der rechts von Meriander Mor saß.

Ein Diener kam an den Tisch, um nachzuschenken. Der Wein floss in Strömen, und die Männer tranken völlig hemmungslos.

»Ich will«, fuhr Al'Roeg fort, »dass morgen alle an dem Begräbnis von Bischof Natalis teilnehmen. Er ist ehrenhaft auf dem Schlachtfeld gefallen, dort, wo ein Mann der Kirche niemals sein Land zu verteidigen haben sollte.«

Tief in seinem Innern war Al'Roeg außerordentlich froh, dass Natalis tot war. Der Bischof war ein äußerst eigenartiger Mann gewesen, und hinter seinem versteckten Hass auf die Druiden, auch wenn er ihm ganz gelegen gekommen war, hatte sich möglicherweise irgendeine Seltsamkeit verborgen, über die der Graf sich jetzt zum Glück keine Gedanken mehr machen musste. Und er wusste, dass Aeditus ebenso dachte.

Aber der Krieg hatte die Dinge von ganz allein geregelt.

»Jetzt, da unsere beiden Grafschaften vereint sind«, fuhr Al'Roeg fort und legte die Hände auf den Tisch, »wird das die politische Situation dieses Landes grundlegend verändern! Wir haben die Druiden in die Flucht geschlagen! Ihre Autorität über Gaelia ist gebrochen, und ich bin sicher, dass Sai-Mina seine Glaubwürdigkeit bei den Einwohnern der Insel verlieren wird … Vom heutigen Tag an müssen wir die Druiden für unerwünscht auf unserem Gebiet erklären. Die Einreise nach Harcort und Braunland muss ihnen strengstens verboten werden.«

Meriander Mor nickte zustimmend. Allerdings hatte er auch keine andere Wahl. Al'Roeg hatte ihn gerettet.

Ohne ihn und vor allem ohne Bischof Natalis wäre er in der Schlacht von Tenian mit Sicherheit gestorben, gnadenlos niedergemetzelt von den Barbaren des Sid. Aber jetzt waren die Tuathann nur noch eine unangenehme Erinnerung. Diejenigen, die sich unrechtmäßig in Braunland niedergelassen hatten, wurden bereits vertrieben, wenn man sie nicht gleich an Ort und Stelle hinrichtete …

»Aber das ist nur der Anfang, lieber Vetter. Wir dürfen nichts überstürzen, gewiss, aber wir dürfen auch nicht auf halbem Weg stehen bleiben, jetzt, wo alles so gut läuft. Ich will mich mit der Königin von Galatia treffen. Ihr auf den Zahn fühlen. Aber ich halte sie für eine Idiotin. Es war ein Fehler von ihr, sich nicht an dieser Schlacht zu beteiligen, das war ihre einzige Chance, uns zu besiegen. Jetzt, da die Druiden geschwächt sind, ist sie verwundbarer als je zuvor. Zunächst werden wir die Grafschaft Sarrland in die Knie zwingen. Damit werden wir dann drei der fünf Hoheitsgebiete der Insel besitzen und unser Gesetz durchsetzen können.«

Alle im Saal schwiegen. Mitgerissen von seinen ehrgeizigen Zielen, hatte der Graf immer lauter gesprochen.

»Al'Roeg«, warf Aeditus ein, »wir werden Euch bald zum König an Stelle der Königin ernennen können! Die Überlegenheit Galatias hat ihre Berechtigung verloren. Gott hat Harcort erwählt, und Harcort wird herrschen!«

Die Tischgenossen erhoben erneut ihre Gläser.

»Auf den zukünftigen König!«, prostete Aeditus.

»Auf den König!«, erwiderten sie und stießen an.

Draußen sammelten die Männer von Harcort noch immer die Leichen ein …

Während der beiden folgenden Tage ritten Alea und ihre Gefährten nach Süden. Sie ließen das Gor-Draka-Gebirge hinter sich und hielten sich noch immer von den Straßen und Dörfern fern, um nicht entdeckt zu werden. Alea sandte regelmäßig den Saiman aus. Sie suchte die Spur von Galiad, Finghin und Erwan. Vielleicht war der Krieg ja vorbei ... Dann würden sie sich bestimmt begegnen.

Dadurch, dass sie sich abseits hielten, erfuhren sie natürlich auch nichts über den Ausgang des Krieges, und ihre Unruhe wurde mit jedem Tag größer. War es Galiad gelungen, eine Armee aufzustellen? Waren sie den Druiden und den Tuathann zu Hilfe gekommen? Sie waren von allen Nachrichten abgeschnitten und peitschten ihre Pferde zur Grenze von Galatia, um so schnell wie möglich einen Gasthof zu erreichen, wo sie endlich Auskunft zu erhalten hofften.

Aber am Abend des zweiten Tages wurde ihre Reise durch einen furchtbaren Hinterhalt unterbrochen.

Die Sonne war soeben hinter den Bergen verschwunden. Die Nacht breitete sich über Gaelia wie ein Leichentuch über den, der beerdigt wird. Sie befanden sich mitten auf einer großen Wiese, die von Bäumen und Hügeln gesäumt wurde. Plötzlich weigerten sich die Pferde weiterzulaufen und begannen auf der Stelle zu treten. Alea richtete sich auf und blickte sich um. Ein leichter Wind strich über die Ebene. Sie stützte sich auf den Knauf ihres Sattels, und endlich sah sie sie.

Hunderte. Tausende von Blicken, die gleichzeitig aus den Wäldern im Süden und im Osten kamen. Eine Armee von Blicken, die langsam vorrückte, kam aus der Dunkelheit heraus.

»Gorgunen«, murmelte Mjolln mit zitternder Stimme.

Alea sank auf ihren Sattel zurück.

Es waren tausende von Gorgunen. Sie erkannte sie an ihrer grünbraunen Haut, ihren kleinen roten Augen, ihren hervorstehenden Knochen und ihrem schlotterigen Gang.

»Wir sind vier, sie sind tausende«, fuhr Mjolln fort und fragte sich, ob er nicht gerade einen Albtraum hatte.

Aber sie waren wirklich da. Am Ende dieser Wiese. Und sie rückten vor, schwangen ihre Waffen und marschierten wie eine stumpfsinnige Herde auf Alea zu.

»Wir sind verloren«, schloss Mjolln und ließ seine Arme am Körper herabfallen.

»Alea, ich weiß nicht, ob du etwas tun kannst, aber wenn, dann tu es schnell!«, flüsterte Faith, die Augen auf den Horizont gerichtet.

Die Angst erstickte ihre Stimme.

»Gegen zwanzig oder dreißig von ihnen könnte ich etwas versuchen, aber gegen tausend?«, rief Alea ohnmächtig.

»Wir sollten vielleicht ganz einfach versuchen zu fliehen«, schlug Kaitlin vor.

Die Gorgunen kamen immer näher.

»Eine andere Lösung sehe ich nicht!«, erwiderte Faith.

»Dann los!«, rief Alea und zog an den Zügeln ihres Pferdes.

Sie wendeten und galoppierten nach Norden. Die Pferde liefen so schnell wie nie, gewiss überglücklich, von hier fortzukommen, aber nach ein paar Schritten blieben sie erneut stehen.

Alea blickte nach vorne. Hatten die Gorgunen sie umzingelt? Ihr Herz schlug wie rasend. Die Angst tobte in ihren Eingeweiden, und sie stellte sich vor, dass ihre drei Gefährten ebenso entsetzt waren. Diesmal war keine Rettung in Sicht.

Plötzlich sah sie die Schatten, die aus Norden kamen. Sie sah, was die Pferde veranlasst hatte, erneut stehen zu bleiben. Sie stellte sich in den Steigbügeln auf, um sich zu vergewissern. Und da entdeckte sie eine neue Reihe leuchtender Augen, aber diese waren nicht rot.

Alea schob den Kopf vor und kniff die Augen zusammen, um besser zu sehen. Nein. Sie träumte nicht. Es gab auf dieser Seite der Wiese eine andere Armee, gewiss, aber es war keine Gorgunenarmee.

Es war eine Armee von Wölfen.

Alea drehte sich um. Hinter ihnen rückten die Gorgunen weiter vor, schneller jetzt.

»Was ist das denn!«, schimpfte Faith, als sie die Reihe der fluoreszierenden Pupillen sah, die in der Nacht leuchteten.

»Das sind Wölfe, Faith«, erwiderte Alea ruhig. »Wölfe.«

Die Bardin riss die Augen auf. »Glaubst du, dass …«

»Imala«, bestätigte das Mädchen. »Das muss Imala sein. Jedenfalls hoffe ich es!«

Immer mehr Wölfe kamen aus den Wäldern vor ihnen. Sie waren ebenso zahlreich wie die Gorgunen, vielleicht sogar noch zahlreicher. Die Pferde waren völlig verängstigt. Alea hatte Mühe, ihres im Zaum zu halten.

»Wir müssen so schnell wie möglich von hier weg!«, erklärte das Mädchen und deutete mit dem Finger nach Westen. »Wir dürfen nicht hier in der Mitte bleiben! Die Pferde werden sonst noch verrückt!«

Sie wartete die Antwort ihrer Freunde gar nicht erst ab, sondern galoppierte mit gesenktem Kopf los. Die beiden anderen Pferde folgten ihr sogleich.

Vom Norden und Süden kamen die beiden Armeen immer näher.

Imala, ich hoffe, du bist es!

Die Gorgunen fingen jetzt zu laufen an. Im Gegensatz zu den Wölfen, die sich weiterhin auf die Mitte der Wiese zubewegten, bogen sie nach Westen ab, um Alea und ihre Gefährten zu verfolgen.

Und dann griffen sie plötzlich an. Mit einem Höllenlärm, der noch ohrenbetäubender war als beim Angriff einer Armee von Soldaten. Alea und ihre Gefährten warfen sich in panischer Angst auf den Boden, ließen ihre Pferde, die ihnen nicht mehr gehorchten, einfach stehen und rannten zum Wald.

Völlig verängstigt, drehte Alea sich um. Und was sie sah, war das Unglaublichste, was sie jemals gesehen hatte. Die Wölfe, die erstaunlich rasch die Wiese überquert hatten, stürzten sich wie Kampfhunde auf die Gorgunen.

Die missgebildeten Kreaturen verteidigten sich mehr schlecht als recht und schwangen ihre Schwerter und Äxte, um zu versuchen, diese todbringende Flut zurückzudrängen. Aber die Wölfe waren schneller und schlugen ihre Fangzähne in die grünlichen Kehlen der entsetzten Gorgunen.

Alea blickte nach Norden. Immer mehr Wölfe kamen aus den Wäldern. Die riesige Meute versperrte den Gorgunen jetzt den Weg, und diese konnten auf der Flucht vor den wilden Tieren nur noch nach Westen zurückweichen.

Alea und ihre Gefährten beobachteten als ohnmächtige Zuschauer sprachlos vom Wald aus das unglaubliche Geschehen. Das Heulen der Wölfe übertönte kaum das der Gorgunen, das rote Blut der Tiere vermischte sich mit dem dieser widerwärtigen Kreaturen, die Leichen türmten sich übereinander, und der Tod forderte auf beiden Seiten immer höheren Tribut.

Alea biss sich auf die Lippe. Die Wölfe starben für sie. Sie versuchte Imala in diesem gewaltigen Durcheinander zu finden, aber in der Dunkelheit der Nacht und dem Kampfgetümmel konnte sie natürlich kein Tier deutlich erkennen.

»Wir müssen etwas unternehmen!«, rief sie plötzlich, als sie das schreckliche Schauspiel nicht länger ertragen konnte.

Aber ihre Gefährten waren wie gelähmt. Daraufhin stürzte sie sich vor den verblüfften Blicken der drei anderen zwischen die Wölfe. Diese machten ihr Platz und schienen dann einen weiten Kreis um sie zu bilden, als wollten sie sie schützen.

Alea rannte nach Osten und ließ dabei ein Heulen ertönen, das dem der Tiere um sie herum ähnelte. Der Lärm betäubte sie, die Nacht erstickte sie, die Geschwindigkeit berauschte sie. Sie fühlte sich als Wölfin. Animalisch.

Als sie in der Mitte der Wiese war, sank sie auf die Knie. Langsam streckte sie die Arme zum Himmel empor und nahm die glühende Kraft des Saiman in sich auf.

Die Energie begann in ihr zu kochen. Ihr Körper war nur noch ein Vulkan, der jeden Augenblick ausbrechen konnte. Die Arme in die Höhe gereckt, ließ sie die Energie noch einige Augenblicke brennen und stärker werden; dann öffnete sie plötzlich die Hände und schleuderte auf einmal das ganze Feuer, das sie versengte, aus sich heraus. Die roten Flammen stiegen zum Himmel hinauf und verbreiteten ihr Licht über die ganze Wiese, dann schlossen sie sich zu riesigen Kugeln zusammen, die im Osten dieser grünen Arena wie ein Meteoritenhagel auf die Armee der Gorgunen herabregneten.

Der Boden begann unter den Explosionen, die nacheinander zwischen den Monstern detonierten, zu beben.

Dutzende von zerfetzten Körpern wurden um die Feuer- und Staubsäulen herum in die Luft geschleudert. Sie starben zu Hunderten unter dem Hagel der riesigen Feuerkugeln. Zerschmettert, zermalmt, bei lebendigem Leib verbrannt. Gorgunen rannten mit brennenden Körpern in alle Richtungen und stürzten dann verkohlt zu Boden.

Und die Wölfe setzten ihren Angriff fort, verbissen sich in die Knöchel der Fliehenden, zerfetzten das graugrüne Fleisch mit ihren kräftigen Kiefern, als sich plötzlich inmitten der Gorgunen eine Bresche öffnete.

Erschöpft von ihrem Angriff, stand Alea langsam auf. Die Wölfe waren jetzt nicht mehr um sie herum, sie drängten den Feind weiter zum Wald zurück. Sie bemerkte jetzt die Leere, die in der Mitte des Schlachtfelds entstand.

Sowohl die Gorgunen als auch die Wölfe schienen sich von einer unsichtbaren Mauer fernzuhalten. Und in der Mitte sah sie die dunkle Gestalt eines Vertikalen.

Er war in einen langen schwarzen Umhang gehüllt, und der Kopf war unter einer dicken Kapuze verborgen, so dass man auch nicht das kleinste Stückchen Haut sehen konnte.

Alea sah jetzt die roten, fast unsichtbaren Wolken, die ihn umtanzten.

Der Saiman. Dieser Mann beherrschte den Saiman. Ein Druide. Aber er trug nicht das weiße Gewand, und sein Gang war nicht der eines Mannes von Sai-Mina. Sollte er einer der beiden Abtrünnigen sein? Samael war er nicht. Und sie war sich sicher, dass er auch nicht Maolmòrdha war. Er konnte es nicht sein. Noch nicht. Sie hätte seine Präsenz gespürt. Wie in der Welt von Djar. Nein. Aber wer dann?

Der Mann, der auf sie zukam, schien keinerlei Präsenz zu haben. Keine Seele. Sie versuchte seinen Geist, seinen Herzschlag zu spüren, aber da war nichts, nur dieser langsame und selbstsichere Schatten, die dunkle Gestalt, die auf sie zukam.

Es war, als wäre er bereits tot.

Alea erschauerte.

Die Schlacht zwischen den Gorgunen und den Wölfen tobte noch immer ringsumher, aber die Tiere und ihre Gegner hatten sich entfernt und schienen sie nicht zu sehen. Als hätten zwei Welten sich plötzlich getrennt.

Mit einem Mal hörte Alea Schreie hinter sich. Aber sie wollte sich nicht umdrehen. Der Mann war nicht mehr weit von ihr entfernt. Sie konzentrierte sich, um herauszubekommen, was hinter ihrem Rücken vor sich ging, ohne den merkwürdigen Druiden aus den Augen zu lassen. Plötzlich erkannte sie die Stimmen von Galiad und Finghin. Die Moira hatte sie hierher geführt. Zwischen dem Meer und den Bergen hindurch. Wie sie es gehofft hatte. Aber sie hörte Erwans Stimme nicht. Ihr Gesicht verkrampfte sich, und sie biss die Zähne zusammen.

Der Mann war nur noch ein paar Meter entfernt. Sie hätte gern hinter sich geblickt, aber sie durfte sich von diesem bedrohlichen Feind nicht abwenden.

In diesem Augenblick hörte sie Schritte. Sie wich langsam zurück. Der Mann vor ihr blieb stehen. Sie wich immer schneller zurück und hätte beinahe das Gleichgewicht verloren. Und schließlich sah sie Galiad zu ihrer Rechten auftauchen, gefolgt von Finghin, Faith und Kaitlin.

»Wo ist Erwan?«, fragte sie sofort mit ängstlicher Stimme.

»Er ist da«, beruhigte Galiad sie sofort. »Er ist mit

Mjolln im Wald geblieben. Er ist verwundet, aber es ist nicht schlimm.«

Alea stieß einen Seufzer der Erleichterung aus. Sie hatte die unter dem schwarzen Umhang verborgene Person nicht aus den Augen gelassen.

»Wer ist das?«, fragte Kaitlin, in der Hoffnung, dass jemand eine Antwort für sie hätte.

Aber niemand hatte eine.

»Er hat den Saiman«, sagte Alea nur.

Galiad zog Banthral aus der Scheide. Finghin ging zu dem Mädchen.

In der Ferne schien es den Wölfen gelungen zu sein, die Gorgunen vollständig zurückzuschlagen. Manche begannen sich in den Wäldern zu zerstreuen. Die Wiese hatte wieder zu ihrer nächtlichen Ruhe gefunden, aber der Boden war mit hunderten von Leichen übersät.

Die schwarze Gestalt setzte sich wieder in Bewegung und näherte sich ihnen majestätischen Schritts.

»Wer seid Ihr?«, rief Galiad und ging auf ihn zu.

Der Mann blieb stehen. Er schien zu zögern. Sein langer Umhang zitterte im Nachtwind.

»Gegenwärtig nennt man mich Dermod Cahl.«

Galiad erkannte das Siegel von Aldis um seinen Hals. Er hatte also die Gorgunen hierhergeführt.

»Und was wollt Ihr?«, fragte Galiad weiter mit gerunzelter Stirn.

Er hatte das Gefühl, diese Stimme zu kennen. Sie klang irgendwie eigenartig, als sei sie zu tief, zu heiser, aber er war sich sicher, dass er diese Stimme kannte.

»Ich bin gekommen, um Alea zu holen.«

Und alle verstanden, welche Bedeutung er diesem Verb gab.

Wer ist er?, fragte sich Alea. *Wer ist dieser Feind?*

Langsam holte er einen großen schwarzen Eichenstock unter seinem Umhang hervor. Galiad ging in Kampfposition. Faith und Kaitlin griffen ebenfalls nach ihren Waffen.

Er hat die Bewegungen eines Druiden und den Gang eines Toten.

Der Magistel ging langsam nach rechts und bedeutete den anderen mit einem Zeichen seiner Hand, einen Halbkreis um Dermod Cahl zu bilden.

Der Saiman brennt immer stärker um ihn herum.

Ohne weiterzugehen, hob der lebende Tote den Arm über seinen Kopf und zog langsam seine Kapuze nach hinten.

Entsetzt entdeckten die fünf Gefährten das zerfetzte Gesicht des lebenden Toten. Nur noch ein paar Stücke roten Fleisches hingen an Dermod Cahls verbranntem Schädel. Seine Augenhöhlen schienen leer. Aber es war ein absolutes, übernatürliches Schwarz.

So stark kann der Saiman nicht sein. Es muss etwas anderes sein.

Plötzlich stürzte sich Galiad auf den lebenden Toten. Faith und Kaitlin stürmten von der anderen Seite auf ihn zu.

Der Arhiman. Ich erkenne diese andere Energie. Es war die der Herilim. Aber er ist keiner von ihnen.

Dermod Cahl bückte sich, wartete bis zur letzten Sekunde und trat dann einen Schritt zurück, um Galiads Angriff auszuweichen. Er versetzte dem Magistel einen heftigen Schlag mit seinem Stock in den Bauch, der diesen nach hinten schleuderte, und drehte sich dann um sich selbst, das rechte Bein ausgestreckt, wobei er mit seinem Arm eine weite kreisförmige Bewegung nach links vollführte, um die beiden Frauen niederzustrecken, die nicht schnell genug ausweichen konnten. Kaitlin und Faith stürzten nebeneinander zu Boden.

Er kämpft besser als ein Druide. Ich muss etwas unternehmen. Aber welche Art von Angriff könnte ihm etwas anhaben?

Alea reagierte sofort, indem sie einen Blitz gegen den lebenden Toten schleuderte; aber die Feuerschlange wurde direkt vor Dermod Cahl gestoppt, den der Schild aus Saiman schützte.

Ich kann ihn nicht besiegen. Nicht so.

Galiad, Faith und Kaitlin rappelten sich wieder hoch, völlig außer Atem.

Auch sie sind machtlos gegen ihn. Ich muss es ihnen sagen.

Finghin machte ein paar Schritte zur Seite, um zu versuchen, hinter den Gegner zu kommen. Aber dieser wich zurück und hinderte seine Angreifer daran, ihn zu umzingeln.

Galiad versuchte einen erneuten Angriff. Banthral sauste mit aller Wucht neben dem lebenden Toten nieder.

Galiad, Ihr könnt ihn nicht treffen! Nein!

Dermod Cahl, der sich nach hinten gebeugt hatte, um dem Hieb auszuweichen, streckte den Arm nach dem Magistel aus. Galiad wurde von einem Blitz mitten ins Gesicht getroffen und fiel, vor Schmerz brüllend, hintüber.

Entsetzt stürmte Faith sofort los. Sie hob ihr Schwert über ihren Kopf und stürzte sich auf den lebenden Toten. Dermod Cahl drehte sich nicht um. Es gab einen weißen Blitz. Blendend weiß. Nur ein einziger kurzer Augenblick. Eine einzige Bewegung. Er streckte seinen Stock hinter sich aus, und plötzlich verwandelte dieser sich in eine lange Metallklinge. Faith blieb keine Zeit mehr, um auszuweichen. Sie stieß einen Schrei des Entsetzens aus, als sie begriff, dass der Tod sie erwartete, und wurde gleich darauf von der funkelnden Lanze aufgespießt.

Alea stieß einen gellenden Schrei aus.

Ihr Schrei durchschnitt die Luft. Schien die Nacht anzuhalten.

Dann glitt der Körper der Bardin schlaff an der großen Klinge entlang und ließ auf dem glänzenden Metall eine scharlachrote Spur zurück. Das Gesicht zu einer letzten Grimasse erstarrt, sank sie zu Boden. Langsam. Schwer. Und das Blut verbreitete sich um sie herum. Um ihren reglosen Körper.

Um ihren reglosen Körper.

Galiad kam wieder zu sich, erhob sich schwankend und entdeckte voller Entsetzen Faiths Körper, der zu Füßen ihres Henkers lag und soeben den letzten Atemzug getan hatte.

Der Magistel begann ebenfalls zu schreien. Tränen traten in seine Augen. Sein ganzer Körper begann zu zittern. Seine Muskeln verkrampften sich, das Blut ließ seine Adern schwellen, und mit gebrochenem Herzen, zerstörter Seele ging er ohne nachzudenken, Banthral mit beiden Händen umklammernd, auf den lebenden Toten los.

Alea stürzte nach vorn, um ihn aufzuhalten. Sie sah die Sekunden vorbeiziehen. Die Zeit unerschütterlich auf eine furchtbare Zukunft zulaufen, der sie nicht entgehen konnte.

Und wieder war Dermod Cahl schneller. Seine Bewegungen hatten nichts Natürliches. Er wurde von dem Zauber getragen, der ihn unterstützte. Seine Arme schienen zu schweben. Die Luft zu durchbohren. Unter Aleas fassungslosem Blick wurde der Magistel von der Klinge des lebenden Toten mitten in die Kehle getroffen. Der Stahl drang durch die Haut des Halses, durchtrennte eines nach dem anderen die Stimmbänder und glitt in einer Bewegung, die nicht enden zu wollen schien, durch das geöffnete Fleisch bis zum Nacken. Der Magistel fiel nach hinten auf den Boden. Sein Kopf rollte hinter ihn, die Wangen tränenüberströmt.

Alea fiel neben Galiad auf die Knie. Sie konnte nicht glauben, was sie sah. All dieses Blut. Faith. Und jetzt den Körper des Magistel. So gut. Galiad. Die Bilder kehrten eins nach dem anderen zurück. Der Hof von Sai-Mina. »*Phelim hat mich gebeten, Euch den Umgang mit dem Schwert zu lehren...*« Diese Stimme. Der Wald. »*Einverstanden, Alea, ich duze dich, aber keine nächtlichen Überraschungsspaziergänge mehr, verstanden?*« Der unterirdische Gang von Ria. »*Ich werde nicht ohne dich gehen. Ich habe Phelim verloren, ich will nicht auch noch dich verlieren.*« Diese Stimme, für immer verschwunden.

Alea weinte. Ihre Hände zitterten, die Haare klebten durch die Tränen auf ihren Wangen. Sie blickte zu Dermod Cahl auf, der ein paar Schritte von ihr entfernt reglos dastand. Er starrte sie an.

Er wollte sie.

Finghin und Kaitlin waren wie versteinert. Sie wagten sich nicht zu rühren. Ungläubig sahen sie Alea an und suchten auf ihrem Gesicht eine Sekunde der Ruhe, eine letzte Zuflucht in dem Wahnsinn, der von ihren gelähmten Seelen Besitz ergriffen hatte.

Alea erhob sich langsam. Sie stellte sich vor den lebenden Toten.

Mich willst du.

Dermod Cahl trat einen Schritt zurück und hielt den Stock senkrecht an seinem Körper.

Wenn du mein Leben willst, dann nimm es, aber ich werde nicht ohne dich gehen.

Das Mädchen schloss die Augen und ließ den Saiman aus seinem Körper hinaus. Die blaue Energie glitt nach vorn und vermischte sich mit der des lebenden Toten.

Du hörst mich, nicht wahr? Aber du willst nicht mit mir sprechen. Macht meine Stimme dir Angst?

Dermod Cahl hob langsam seinen Stock hinter seinen Nacken.

Lass mich hinein. Schau. Ich bin unbewaffnet. Wenn du willst, kannst du mich ganz einfach nehmen.

Der Stock begann zu glänzen, als er seine Materie änderte.

Ich sehe jetzt. Ich sehe deine Seele, Druide.

Das Holz verwandelte sich in Stahl.

Ich sehe deine Seele. Aber sie ist tot, Druide. Du bist tot. Das bist nicht du hier. Es ist nur dein Leichnam.

Die Klinge neigte sich, gestreift vom schwachen Licht des Mondes.

Sieh nur, was Maolmòrdha aus dir gemacht hat. Sieh dich an, wie ich dich ansehe. Sieh, was du bist… Ich sehe seinen Blick über dir. Er hat dich zu einem Sklaven gemacht. Du hast für ihn getötet.

Die Klinge senkte sich langsam in Richtung Alea.

Sieh den Mann zu deinen Füßen. Den Mann, den du soeben getötet hast.

Dann wurde sie schneller.

Sieh Galiad an. Galiad Al'Daman.

Sie pfiff durch die Luft über Alea.

Deinen Magistel.

Sie drang ein.

Phelim.

Es gab ein Knallen in der Luft. Einen jähen Schatten.

Alea stürzte zu Boden.

Die Klinge hatte ihre Schulter gebrochen. Ihr Fleisch zerfetzt.

Im Fallen blickte sie zu Dermod Cahl auf. Sein Kopf war explodiert. Der missgestaltete Körper des lebenden Toten sank langsam nach hinten, enthauptet.

Alea glitt auf das Gras. Ihre Sicht trübte sich.

Das Letzte, was sie sah, waren Finghins ausgestreckte Arme hinter ihr. Sein entsetzter Blick. Und der Saiman, der noch immer aus ihren zitternden Fingern kam.

Epilog

Als Alea wieder zu Bewusstsein kam, erblickte sie über sich die Gesichter von Finghin, Kaitlin und Mjolln. Sie drehte den Kopf und sah Erwan. Er lag auf einem Bett neben ihrem und lächelte ihr zu.

»Wo sind wir?«, flüsterte sie mit trockener Kehle.

»Pst«, erwiderte Finghin und legte seine flache Hand auf Aleas Stirn. »Du musst dich noch ausruhen. Wir sind in einem kleinen Gasthof in Galatia. Fern von allem. Schlaf weiter!«

Alea erinnerte sich jetzt. Und Tränen traten in ihre Augen. Galiad und Faith waren nicht mehr. Sie waren von Dermod Cahl getötet worden. Und Dermod Cahl …

Es fiel ihr schwer, einen klaren Gedanken zu fassen. Diese Erinnerung war gar zu schmerzlich. Sie hätte sich gern eingeredet, dass es unmöglich war.

Dass es nicht Phelim war.

Und es war nicht Phelim. Es war nicht mehr Phelim. Sie musste sich erinnern. Es war nur ein von Maolmòrdha manipulierter Leichnam. Es hätte jeder beliebige Leichnam sein können.

Jeder beliebige Leichnam.

»Die Enzyklopädie?«, flüsterte sie plötzlich und versuchte sich aufzurichten.

Finghin legte einen Finger auf ihre Lippen.

»Beruhige dich, Alea! Die Enzyklopädie ist hier. Du wirst sie sehen können, sobald es dir besser geht.«

Alea kämpfte. Ihre Augen fielen von ganz allein zu. Aber sie wollte es wissen.

»Aber... Finghin... Die Prophezeiungen... Gibt es Antworten?«

Der Druide streichelte lächelnd ihre Stirn.

»Ja, Alea. Es gibt Antworten. Du wirst sehen.«

Und sie verlor erneut das Bewusstsein.

Ich bin in der Welt von Djar. Ich spüre die Leere um mich herum. Ich schaffe *die Leere um mich herum. Ich will nichts mehr sehen. Nichts mehr spüren. Ich möchte tot sein.*

Nein. Ich kann nicht. Erwan. Er ist da. Seinetwegen muss ich bleiben.

Phelim. Was habe ich getan? Was habe ich getan, mein guter Druide?

Oh, kommt, kommt her, ich flehe Euch an! Zeigt mir nur einen Augenblick Euer sanftes Gesicht. Eure Augen voller Leben.

Aber er kommt nicht.

Maolmòrdha. Ich werde zu dir kommen. Diesmal wird niemand zwischen uns sein. Kein Schild mehr. Nur du und ich. Hörst du mich, Maolmòrdha? Ich komme zu dir!

Diese Stille. Diese anhaltende Stille. Als wäre die Welt von Djar stehen geblieben. Oder als wäre niemand anderer als ich hier.

Und doch...

Ich spüre deine Gegenwart. Ich spüre sie ganz in meiner Nähe. Ich muss weitergehen. Ich muss die Leere um mich herum auflösen. Wenn ich mich in Djar verirre, verirre ich mich überall. Ich muss kämpfen. Für Erwan. Und für dich.

Imala.

Danksagungen

Am Ende des ersten Bandes von *Das Geheimnis der weißen Wölfin* habe ich – natürlich – vergessen, zwei Personen zu danken, und mit ihnen fange ich daher an, in der Hoffnung, dass sie mir verzeihen: ein herzliches Danke an Arnaud Allegret für seinen diskreten Rat und an Barbara Mallison für ihre Großzügigkeit und Geduld.

Erneut möchte ich den zahlreichen Menschen danken, die bei jeder Zeile in meinen Gedanken sind, Anne Ménatory, Bernard »*magic*« Werber, Emmanuel »*mot Fin*« Baldenberger, Alain »*alors non*« Névant, David »*ridley*« Oghia, Emmanuel »*skittles*« Reynaud, Laurend »*thésard*« Genefort und meiner ganzen Familie, in der ich stets meine ersten Leser finde. Ein respektvolles Exvoto für meinen Verleger Stéphane »*quand tu veux*« Marsan. Danke auch den Freunden, die gegangen sind, die gehen, deren Erinnerung aber so gegenwärtig ist …

Für ihre entscheidende Unterstützung danke ich Dominique Richardeau und Élisabeth Mahé, Alexis Aubenque, Cathy Martin, Pascal Daoust, Jacques Lestrades, Jean-Damien Bastid, Claire Gachet, Marie-Laurence Potier, Stéphane Auroy, Éric Kaeuffer und Sandrine Ganachon, Juliette Ninet, Nathalie Mur, Christophe Roig,

Cédric Vaudremer und allen Buchhändlern, die mir ihr Vertrauen geschenkt haben …

Und ich möchte an dieser Stelle auch Ihnen, den Lesern, danken. Der Erfolg, den Sie dem ersten Band bereitet haben, hat alle unsere Hoffnungen weit übertroffen, und ich beende nicht ein Kapitel, ohne an Sie zu denken, ohne mich zu fragen, ob das, was ich schreibe, auch Ihren Erwartungen gerecht wird, ob ich das Wohlwollen, das Sie mir entgegengebracht haben, auch wirklich verdiene. Danke für Ihre Briefe und die Begegnungen mit Ihnen, und danke den treuen Besuchern meiner Website und der von Bragelonne …

Unendlichen Dank schließlich Delphine und Zoé, diesen beiden Musen, die das Leben verändern!